临终告白

The Last Confession of Thomas Hawkins

[英]安东尼娅·哈吉森/著
程闻闻/译

重庆出版集团 重庆出版社

THE LAST CONFESSION OF THOMAS HAWKINS
Copyright ©2017 by Antonia Hodgson
Published in agreement with Conville & Walsh,
through The Grayhawk Agency.
Simplified Chinese Translation Copyright ©2021 by Chongqing Publishing House Co.,Ltd.
All rights reserved.

版贸核渝字（2016）第022号

图书在版编目（CIP）数据

临终告白 /（英）安东尼娅·哈吉森著；程闰闰译.—重庆：重庆出版社，2021.9
书名原文：The Last Confession of Thomas Hawkins
ISBN 978-7-229-15925-2

Ⅰ.①临… Ⅱ.①安… ②程… Ⅲ.①长篇小说—英国—现代 Ⅳ.① I561.45

中国版本图书馆 CIP 数据核字（2021）第 128039 号

临终告白
LINZHONG GAOBAI

[英]安东尼娅·哈吉森 著　程闰闰 译
责任编辑：邹　禾　许　宁　方　媛
装帧设计：徐　图
责任校对：刘小燕

重庆出版集团 出版
重庆出版社

重庆市南岸区南滨路162号1幢　邮政编码：400061　http://www.cqph.com
重庆出版社艺术设计有限公司 制版
重庆市鹏程印务有限公司 印刷
重庆出版集团图书发行有限公司 发行
E-mail:fxchu@cqph.com　邮购电话：023-61520646
全国新华书店经销

开本：890mm×1230mm　1/32　印张：12.25　字数：300千
2021年9月第1版　2021年9月第1次印刷
ISBN：978-7-229-15925-2
定价：60.80元

如有印装问题，请向本集团图书发行有限公司调换：023-61520678

版权所有　侵权必究

目录

序曲　　　　　　　　　001

第一部　　　　　　　　005
　　第一章　　　　　　007
　　第二章　　　　　　017
　　第三章　　　　　　027
　　第四章　　　　　　042
　　第五章　　　　　　053

第二部　　　　　　　　061
　　第六章　　　　　　065
　　第七章　　　　　　082
　　第八章　　　　　　101
　　第九章　　　　　　114
　　第十章　　　　　　126
　　第十一章　　　　　141
　　第十二章　　　　　157

第三部	169
第十三章	173
第十四章	191
第十五章	201
第四部	225
第十六章	229
第十七章	249
第十八章	266
第十九章	282
第二十章	292
第五部	301
第二十一章	311
托马斯·霍金斯之歌	330
第六部	331
第二十二章	333
第二十三章	342
尾声	357
《临终告白》背后的故事	366
致谢	376
参考书目	378

The Last Confession of Thomas Hawkins

献给大卫与克里斯
尽管他们更喜欢20世纪

前情提要

本书延续前作《黑狱谜局》的故事情节。托马斯（汤姆）·霍金斯是一名生于教会家庭却不安分守己的叛逆赌徒，在一次足以令他倾家荡产的惨败后，他被逮捕并关押于马夏尔西监狱，这是一所金钱至上、毫无公义可言的监狱，在这里，即便是罪大恶极，也能依靠金钱交易过上花天酒地的牢狱生活。因缘际会下，霍金斯接手了一桩秘密调查狱中谋杀案的委托，在惊险的探案过程中，他结识了莫逆之交，也看破那些"上流人士"虚伪的嘴脸，最终得知了自己入狱的真相。

在这个死牢洞子里躺好了,做好准备,明天你就要上刑场。
——纽盖特监狱行刑前夜的训诫词

序曲

没有人想到霍金斯会被处以绞刑，直到最后的那一刻来临。

绅士们都不会被处以绞刑，甚至连谋杀的罪名都不会被安放于这类人的身上。虽说霍金斯的确算不上什么绅士，可他也是出身名流之家，拥有良好的社会关系，减缓其刑罚的机会肯定存在；行政官却会将这种机会深藏于口袋之底，待到一干人马行至绞刑架时，才耀武扬威地亮出这张底牌。对暴徒来说，这情节颇有点戏剧性，同时，也算是给他了一个教训：这种宽恕行为总会附带上教训的性质。

当霍金斯的马车缓缓驶出纽盖特监狱时，他就是这样告诉自己的。宽恕的行为总会到来，我遵守了自己的诺言，我保持了缄默不言。然而，霍金斯身上还具有赌徒的本能，车轮每转动一圈，他就能感觉到这种胜算在增加。

他本该在几个小时之前就被释放了，要是他能引起某人的注意就好了……然而，行政官骑行在队伍的最前面，紧跟着的是一帮手持警棍的警察。他们的皮靴重重地踏在鹅卵石的地面上，发出在雪山上行军的声响。他看不见他们，他是一名死刑犯，被判死刑的人必须反身坐在覆盖着黑布的马车上行至绞刑架前。他背对马车头而坐，身上挂着锁链，两条长腿伸在身前，目之所及的仅仅是自己经过之后的情景：下方泥泞的道路、两边的房屋和人群。

圣塞普克大教堂的钟声像恶魔的心跳一样低沉而厚重，召唤着整个城镇的民众走上街头。执行绞刑，对他来说是曾经熟悉的场景。以前，他曾多少次听着那钟声的响起，自己随着人群跟在马车的后面走到行刑之地去看热闹。他目睹了刑犯们慢慢死去，眼白呈现、双腿乱蹬，直至无力。此刻，却轮到他自己被吊上断头台，而世界都为他的死亡欢呼。

不！他必须得保持冷静。马车穿过人群到达泰伯恩刑场需要两个小时，时间还来得及。他已经按要求做了该做的所有事情，他的忠诚、他的沉默，在此时能拯救他的性命吗？一丝微弱的、像蛇一样的声音在他的大脑里低语：没有什么东西比死人更能保守住秘密。

他赶紧抛开这种念头，集中精力去呼吸。至少，呼吸还是他所能控制的东西。他左边袜子的脚踝处有一块泥迹，他一直盯着那块泥迹看，直至马车到达圣塞普克大教堂前的台阶。

马匹突然收脚顿住，他的身体向前一倾，继而向后仰身。他痛得抽搐起来，因为肩膀被身后棺材的锋利边缘划破。是的，那些人已经将棺材捆绑在车后，准备送他上路。

呼吸！

今天有四名囚犯在这里上绞刑台。希格斯和奥克利拦路抢劫，被同党出卖。玛丽·格林因在斯皮塔菲尔德①的一家商店里偷了几码的曼图亚②丝绸而被抓捕，据报道称这种樱桃红的丝绸好像很贵重。霍金斯是他们中间唯一一名以谋杀罪论处的死刑犯。人群涌到这里，就是为了来看他，即使低着头，他也能感觉到人们盯着他的目光。在乱糟糟的人群外边缘处，每扇窗户里都有人探出头来，在五六条狭窄的街道上排成一行。他们诅咒着他的名字，和他说他会像条狗一样被吊

---

① 位于伦敦东区，有著名的市场街与各色集市。——本书注释均为编注，下同。
② 曼图亚是一座意大利城市，以其生产的丝绸制作的一种外袍式长裙在18世纪初流行一时，因而这类裙装也以曼图亚命名。

The Last Confession of Thomas Hawkins

死在这里。分立于马车两侧的两名守卫紧紧地握着他们手中的长矛,密切注意着四周。

有时候,这个镇上的人们会极富有怜悯之心,但不会是今天。对于一个并不愿意承认自己罪行的罪犯,同情怜悯绝不会有。暴力的氛围在空气中酝酿,愤怒之焰随时都会被点燃。载着死刑犯的马车快速行驶过去会更安全一些,然而,在去泰伯恩刑场的路上必须遵守一些传统的规矩,这便是其中之一。**也许众人会将马车推翻在地,他的手臂被绑住了,但他还能跑。**他抬起眼睛望向人群,看到的只有仇恨、恐惧和愤怒,是的,他可以直接跑入人群之中,但他们会将他撕成碎片。

教堂的敲钟人出现在台阶上,那人骨瘦如柴、焦躁不安,对他的身形来说,手铃都显得太大。他用双手握住铃铛的手柄,抖出十二次的声响。这是一场斗争,当它结束时,他看起来如释重负。观众们高兴地为他鼓掌,似乎把他当成了沙德勒之井剧院①的喜剧演员,他皱着眉头看向人群,这本应是一个庄严的时刻,却被这些人们给毁了。"衷心地为这些可怜的罪人向上帝祈祷,"敲钟人尖声喊道,努力地让自己的声音压过那片喧闹,"他们现在已是将死之人!"

"谢谢你的提醒哦。"霍金斯低声说,站在他左边的守卫咬唇微笑。

敲钟人要求这些被判死罪的犯人们为自己的罪行忏悔,其他三名囚犯承认了他们所犯下的罪行——他们平静的忏悔赢得了看客们的认可,年轻的女孩们将白色的花朵扔到他们的死囚车上,白色意味着宽

---

① 位于伦敦伊斯灵顿地区,是伦敦第二古老的剧院。1683年,理查德·沙德勒创建音乐厅时掘出一口中世纪古井,吸引了伦敦民众在此取用"灵水"、听音乐。沙德勒之井剧院也有"英国表演艺术源头"的美誉。

恕,意味着重生。奥克利深信上帝会赐予他怜悯,所以他穿着寿衣走向死亡:长长的白罩衫和皱巴巴的帽子向所有人表明,他渴望离开这个邪恶的世界,升入天堂。

霍金斯身着一件天蓝色的天鹅绒外套和马裤,以及一件夹杂着金线装饰的白色丝绸马甲。

一名体形丰满的漂亮姑娘颤抖着身子朝他的方向走来,就好像他是一头被关在笼子里的老虎。她将手中的最后一小枝花从马车的木栏中塞进去,他从她手里拿花时,指尖碰到了一起,她吓了一跳,半是紧张,半是激动,匆忙跑向安全的教堂台阶上。他低声叹息,也许用不了多久,她就会告诉她的朋友们,向她们描述自己是如何遇到那位正在前往泰伯恩刑场的臭名昭著的托马斯·霍金斯的。她会描述从他明亮的蓝眼睛里发出魔鬼的亮光么?他的触碰会灼伤她的皮肤么?她会付上一先令的钱来买下一英寸吊起他脖子的绞绳以求好运么?

我不会被绞死的! 他这样提醒自己。*我肯定会被宽恕*。然而,他已然不能笃定。

第一部

第一章

故事要从黑暗中的那一声尖厉的呼叫声开始。

那是一月初的一天,我拖着脚步跌跌跄跄地从考文特花园穿过往家走。那时刻不是深夜,也并非清晨,而是黎明前最黑暗的时刻。那正是窃贼们蹑手蹑脚地从紧闭的百叶窗台爬出来,偷偷溜回至圣吉尔斯的贫民窟的时刻;是那些行为端正、正直体面的人锁好室门、在床上熟睡的时刻。

几个小时之前——究竟几个小时我也记不清了,我悄悄地溜出去喝了一杯潘趣酒①,还玩了一盘纸牌,我赢了三枚基尼②,这样的手气肯定值得庆祝。于是,我为一群衣衫褴褛的新朋友的宵夜以及大量的潘趣酒买了单。夜生活在继续,我花光了那三个基尼,之后我又花了更多的钱,不知是什么时候,我把一只鞋都弄丢了。

第一批来赶集的商贩冷得缩起了肩膀,将他们的马车拖至广场,摇摇晃晃地打着灯笼走进阴影,寻找指定的位置。从那里经过时,我点头向一两个人致意,并没有作任何逗留。天气又阴沉起来,空气显得很潮湿,皮肤上都有了感觉。不过,至少没有下雨。

事实上,想到了自己丢了一只鞋和赢来的钱,我的心情相当愉快。掏出银表,在昏暗的月光下举起看时间,差不多凌晨五点钟。吉

---

① 一种果汁鸡尾酒,酒精含量较低。
② 1基尼金币=21先令。

蒂现在应该快睡醒了，她习惯早早起床的。我们两人享受着如此不同的时光，也算是少见。我想象着她现在正在用发夹将那一头乱蓬蓬的红色卷发抚顺的样子，也许我会取下她的发夹，让头发披散在肩上，再次变作蓬乱；也许她会因为我又在外面玩了一整夜而对着我大喊大叫。是的，此刻我想到了这种情形，它更有可能发生。吉蒂发起脾气很是可怕，或许温顺的人一旦拥有了大笔钱财，就会变得肆无忌惮吧。

我和吉蒂相识于去年秋季，当时我因为债务问题被拘留进马夏尔西监狱。我在监狱里被人折磨、殴打、出卖，被人谋杀，差点送命。那些阴影在我心中挥之不去，是一种无法治愈的创伤。我花了几个星期的时间才从身体和精神上的创伤中恢复过来，这种创伤让我身心疲惫不堪。我与老朋友和熟人保持着谨慎的距离，像一只受伤的猫，待在无人的角落里独自舔伤，甚至怀疑人生，怀疑一切。然而，吉蒂的出现让一切改观。在过去的三个月里，我们一直生活在一起，我的一些邻居认为这事伤风败俗，其余的人根本就不在意这件事，在城里这处声名狼藉的地方这种事情根本不值一提。吉蒂并非没有缺点，但我深知——我可以用我的生命去信任她。

慢慢地，我恢复了体力，我在书桌旁静静地看书和工作，或是白天在城里闲逛，晚上和吉蒂待在一起。有一段时间，我很满足。但是，内心却极不安分，是的，是的，该死的我像个傻瓜一样，也许像我这种性格的人，做什么都可能会有产生厌倦的一天。比如说，把我带上天堂，过上一段短暂而快乐的时光后，我就会去敲开地狱之门，问是否有人愿意玩纸牌游戏。我从监狱里释放出来时的那些深刻而惨痛的教训开始慢慢消退，去喝杯咖啡或是去赌桌上小玩几把能有什么

危害呢？或许再经历一次那些事？我可不是个烂人——不像以前那样玩世不恭，这已经足够了吧？妈的，我又不是个修道士。

吉蒂对此并不是十分介意，让我在城里溜达溜达总比让我坐在屋里愁眉苦脸强。惹恼她的是，我开始一个人溜出去，没有带上她。

"汤姆，这不公平。"上一次我正偷偷地从房屋溜出去时，被她逮住。她说："我可不是一只为你唱歌的、胆小的鸟雀，天天被关在笼子里。"

"那倒是真的，"我表示同意，我听到过她唱歌，"但是请告诉我该怎么做，亲爱的？世界就是这样。"

"好吧，你好像不太高兴。"她低声说。

我叹了口气，摊开双手。我只是勉强道歉，但这并不是我的错，这座城市就是为单身汉而建。那些在咖啡馆、赌桌和小酒馆里流连忘返的女人会被人们认为不体面。吉蒂并不在乎这些，但在这种乱糟糟的地方我没法保护好她，这让我很不安。我也不喜欢那些人饥渴的样子，他们像狗一样在她周围垂涎三尺。当她挽着我的胳膊出去的时候，我知道他们那些人看到了什么——一个没有结婚的富婆和一个身无分文的浪子睡在一张床上。换句话说，她就是个淫妇。一般来讲，男人都不会善待淫妇的。

"也许，如果我们结了婚……"我狡猾地补上一句。

我向吉蒂求过一百次婚，她也拒绝了我一百次——理由很充分。几个月前，她从她的监护人塞缪尔·弗里特那里继承了一笔财产，包括我们现在同居所住的房子和印刷厂。如果她嫁给我，我就能控制她的生意和所有的财产。她怎么能相信我不会把她的遗产在牌桌上赌掉呢？她从未向我承认过她的担忧，但每当我向她求婚时，我都能从她那双锐利的绿眼睛里看出她内心的疑虑。若是需要在富裕和体面两者之间做出选择,她会选择留住她的钱,让名声自生自灭。这事不能怪她,我也肯定不会选择和我自己这样的人结婚。

我拐进罗素街,离开了广场和市场。

一个模糊的身影从墙上跳下来,挡住了我的去路,把我吓了一跳。那是一只猫,正在捕捉猎物。它猛地向前方几英尺处的一堆发臭的垃圾扑过去,扑腾了几声,然后是一声长长的、惨烈的尖叫。过了一会儿,猫得意扬扬地小跑过来,嘴里叼着一只大老鼠。我紧张地从垃圾堆旁边绕过,几乎是径直走过去。

罗素街就像一名年轻的乡下姑娘,头一次坐上伦敦的长途汽车。它从美好的愿望开始——漂亮的咖啡馆、漂亮的私人住宅,再走上一小段路,它的街道就会转变成一种功利而实用的氛围——一家药店、一家美容店,在那之后是一段急速堕落的、肮脏的下坡路段——一处肮脏的杜松子酒店、一家赌场、一个妓院,破窗户、烂屋顶,在妓院的对面,有一家书店和印刷厂,柜台下面卖的却是毒品和暴乱器械,门的上方挂着一个牌子,上面画着一支手枪,以一种不雅的角度倾斜着,手枪下面写道:经营者,S.弗里特。不,不再是他了,他已经死了,究竟是下地狱经受烈火焚烧之苦了呢,还是正在天堂引发骚乱,谁又知道呢?如今,这里已经是吉蒂·斯帕克斯的地盘了。

那支像男性生殖器一般勃起的上膛之枪离街面有一定的距离,就像是一看到麻烦就准备随时溜之大吉似的。它的门面也比两侧的房屋更狭小,看起来像是要被邻里的房屋慢慢挤死的模样。我在深绿色的门口停了下来,准备迎接吉蒂的盛怒。场面看起来很可怕,对我们两人来说却是相当令人兴奋。她会因情绪激动而面红耳赤,双手缩在长袍里捏成拳头,胸部上下起伏,她斥骂我"狗东西""无赖""婊子养的反复无常的儿子",在某一时刻,这些责骂和斥责声会变得断断续续,那时她抓住我,或者我抓住她,我们急匆匆地冲上楼梯,她用一种极为销魂的方式,将她的手指塞入我的裤中,将我拖拽至床上,一边深情地盯着我的眼睛。这件事情并不复杂,但我的上帝啊,所有大声的喊叫都不为过!

"抓贼啊!"

一声低沉的尖叫,就在附近响起。我吃了一惊,在黑暗的街道上东张西望。那儿一个人也没有,我什么都没有看到。街上陷入了一片寂静,仿佛屏住了它的呼吸。我感到脖子上的汗毛竖了起来。有人躲在阴影里吗?我摸着去拿匕首,顺手把它从我身体的一侧抽了出来。

又是一阵喊叫,尖锐的、恐惧的叫声:"救命!救命啊!上帝啊,饶了我吧!"

那是一个年轻女人的声音——可能是一个女仆在呼救,我想。她的声音是从我刚刚经过的地方发出来的——那是约瑟夫·伯顿的家,我最不希望发生骚乱的地方。不然,教堂都不能保持安宁和体面了。我跑回到那里的门口,捏起拳头重重地砸门。

"喂,伯顿先生!你还好吗?"

没有人回答。我能听到里面的呼喊声和尖叫声,还有楼梯上的脚步声,伯顿先生在愤怒地咆哮着要点灯照明,女孩还在哭:"我看见他!我发誓我看见他了!"

遭遇强盗了,肯定是的!干这个行当的人最喜欢一月——在这个月里,黑夜漫长,天寒地冻,外面人迹稀少,不会发现他们,除了像我这样的男人。我更用力地去敲门,"伯顿先生!"

门"砰"的一声打开了。伯顿先生的学徒奈德·韦弗站在门口,手里攥着一把锤子,他宽阔的肩膀挡住了我通往走廊的视线。他低下头,以免碰到门楣。

"进小偷了?"

"是的。"他用锤子往肩后比画着,贼还在里面。

"有人受伤吗?我听到了尖叫声……"

他摇摇头。"是爱丽丝,把她吓坏了。"他的脸上掠过一种奇怪的、颇为酸楚的表情,"把她惊醒了,那贼,他站在床上。"

我迈出脚向广场那边走去,寻求帮助。

"等等!"奈德抓住我的胳膊,把我拉到前面的台阶上,几乎要把我整个人给举起来,我觉得自己好像被大型猎犬给咬住了。伯顿是个木匠师傅,他的徒弟干活很卖力。"我们把他困住了,先生,请您在这里把风,别让那魔鬼跑了。"

他怒气冲冲地奔向楼上。麻烦来了,我一边揉着胳膊,一边想着,呃,我还真有这方面的运气。我挺直了肩膀,将手中的匕首握得更紧,真希望自己没有喝那么多酒,没有丢那只鞋子。楼上的房间里有人在抽泣,男人们在屋里搜查时,靴子来回地砰砰作响——但是没有人回到门口,我一个人在黑暗中等得越久,就越感到困惑。为什么小偷在伦敦所有的住宅中挑选了约瑟夫·伯顿的家?即使在这条街上,也有更好的地方可以抢劫,而伯顿晚上总是把门窗锁得严严实实的,冬天下午六点钟,他就把房门关好,邻居们都知道这情形,还为此嘲笑他。

上膛之枪书店下面的门打开了,烛光柔和地洒在街上。

"汤姆。"吉蒂探出身子,光着脚,踮着脚尖,她穿着一件丝质裹身长袍,头戴一顶白色棉帽,几缕蓬松的卷发披散在前额上,"你回来了,狗东西。你在干什么?如果你再对着商店撒尿……"

我的天使!"有小偷进去了,我在守着门口。"

她的眼睛闪闪发亮,闪身进屋了一会儿,然后穿着我的靴子出现了,手中持着一个大煎锅。当她快步向我走来时,我想说为了安全起见让她回到商铺里面,想了一下这种建议会受到怎样的回应之后,于是,我什么也没有说。

"多少人?"从她的嘴角蹦出这话。

"只有一个,我希望。"

吉蒂匆匆回到商店,对着楼上喊叫:"山姆!山姆!拿上我的手枪。"她提起长袍,跑回我身边,热切地越过我的肩膀向远处狭窄的走廊张望,房子里仍然一片嘈杂,惊慌失措的说话声夹杂在混乱的喊叫声和命令声中。

"像被困在桶里的老鼠一样,"吉蒂低声说,"他们会怎么处理他,汤姆?"

我回想着约瑟夫·伯顿此人——虔诚、严肃、倔强,"大概会对他说教,说死他。"

吉蒂哼了一声。

"他们会绞死他的。"我们身后传来一个低沉的声音。

"山姆,"吉蒂责备道,轻轻地拍了拍男孩的手臂,"你一定要这样鬼鬼祟祟的吗?"

十四岁的山姆·弗里特,跟着他已故叔叔塞缪尔的姓。塞缪尔是我以前的狱友,山姆长得像那个老魔鬼——同样矮小、瘦削的身材,同样黑眼睛,肤色较深,像西班牙人,用黑丝带扎着一头黑色卷发,他手里拿着一把手枪。

我把它塞进大衣里,山姆已经从我身边溜了过去,从门口探头进去,向阴暗的室内张望。伯顿的住宅对邻里来说是一个谜——他不喜欢别人进去,我拍了拍山姆的肩膀:"回去。"

山姆的面孔上掠过一丝愤怒的神色,但他还是听话地走开了,不

临终告白

急不躁得仿佛这是他自己的决定,我笑了笑,根据自己年轻时的叛逆行为,我能看出山姆是在抵触。

屋子里陷入了寂静,我跨进走廊,对着楼上呼喊。

"伯顿先生?奈德?你们都安全了吗?抓住窃贼了?"

"霍金斯先生?"一个轻柔的声音在楼上回应,一个人影慢慢地走了下来——一双秀美的赤脚,裙子的下摆轻抚着楼梯,一只细长的手端着烛台,她缓缓地移动着脚步,带有一种梦幻般的优雅,她是朱迪思,约瑟夫·伯顿的女儿。她应该和吉蒂同样的年龄,除了去教堂之外很少出门,我也从来没有跟她说过话。

"看在上帝的分上,"吉蒂低声说,"我就算在该死的睡梦中都能走得比她快。"

朱迪思楼梯下到一半的时候停了下来,她那只空着的手紧紧地抓住了楼梯扶手,在她的嘴唇上,有一个新的伤口,她盯着我们俩,一双灰色的眼睛茫然而冷漠,脸色苍白。"你们为什么在这儿?"她的声音缓慢而呆滞,仿佛刚从梦中醒来。

"伯顿小姐,你受伤了,你看见小偷了吗?他打了你?"

"小偷?我……没有看到。"她一只手蒙上肿胀的嘴唇。"我什么也没看见。"她干笑了一声,"什么事情都没有。"她跌坐在楼梯上,额头紧倚着栏杆,仿佛那是监狱的铁栅栏,烛台滑落到了地板上。

吉蒂赶紧跑上前去,把烛台扶正放在地上,以免火将地板烧燃。我在朱迪思的一侧跪下,她的身体在剧烈地颤抖,呼吸急促,她所看到的一切使她失去了理智。我担心她会晕倒或是痉挛发作,抓着她的一只手,轻轻地握着,这只手很小,很光滑,它属于日常生活仅限于刺绣和茶艺的姑娘的手。"别害怕,伯顿小姐,你现在很安全。"

"我们有枪。"吉蒂说,她看着我握着朱迪思的手,扬起了一边的

眉毛。

"还有平底锅。"我笑着补充道。

朱迪思报以一丝微笑以作回应,"你真好,先生。"她低声说,但她的手却像死物一般在我手中没有动。

"爱丽丝现在安全么?"吉蒂问道,爱丽丝·邓恩是伯顿先生家中的管家,她有时会和吉蒂隔着院墙聊天。

"爱丽丝?"朱迪思缩回她的手,身体蜷缩在楼梯上,头埋在长袍里,"我为什么要关心爱丽丝·邓恩是否安全呢?她只是个女仆。"

"朱迪思。"

约瑟夫·伯顿站在我们上方的楼梯口,身影看不太清楚,就像一头准备进攻的熊一样——一头好斗的熊,年事已高,但仍然很危险。他身形高大,得益于多年的辛苦劳作,他的双臂又粗又壮,肚子却很大,紧紧地顶着睡衣。他砰的一声走下台阶,一只手野蛮地将他女儿拽了起来,朱迪思痛苦地叫了一声,立刻没有了声音。她父亲一把抓住她的后脖颈,狠劲儿地将她向楼梯上方推了一把,她扑倒在地上,手忙脚乱地爬走了,一声没有吭。

吉蒂咬紧了牙关。

伯顿从楼梯上咚咚地走下来,他的脸贴向我的脸,"你!你怎么敢跑进我家?"

我身体向后倾斜,力图避开他口中腐臭的气息。"是你的徒弟求我站在门口守着,你们找到小偷了吗?"他的脸涨得通红:"我家没有进小偷,爱丽丝在乱说,她这愚蠢的贱人不管是醒了还是睡着了,什么都搞不清楚。"

这话可没办法糊弄我,我可是清楚地听到有人在尖叫——爱丽丝说话很清楚,而且看她的样子,她很害怕。

"伯顿先生,你打了你的女儿吗?"吉蒂问道,她的声音听起来不急不躁,可是她却把手中的平底锅紧紧地握着,手指关节都变白了。

伯顿撇起了嘴。"霍金斯,告诉你的婊子当心她的舌头,不然的话,我就把她的舌头从喉咙里给拔出来。"

"懦夫!"吉蒂嘘声道。

伯顿转过身子,一拳打向吉蒂,吉蒂像挥动球拍一样举起了那只锅,伯顿的指关节啪的一声撞击在坚硬的铁块上,他捂着手疼得大叫起来。吉蒂把锅举过头顶,准备再来一击。我一把抓住她的腰,在她打碎伯顿的脑袋之前把她拖到了外面街道上。

门被猛力地关上了,发出砰的一声响,"屁眼儿虫!"吉蒂大喊道,"你有种出来,再威胁我一次——你就试试看!我要把你的牙给踢掉。"

马路对面的妓院里传来一阵欢呼声,约瑟夫·伯顿在罗素街这地方并不招人喜欢。吉蒂抬头看了一眼那些从窗口探出头来的妓女,向她们行了个屈膝礼。她的脾气像闪电一样炽热且激烈,来得快走得也快——感谢上帝,不然的话和她一起没法儿生活。

她冲我咧嘴一笑,双手拽着我的外套将我扯了过去,直到我们两个紧抱在一起,"汤姆·霍金斯,你今晚上哪儿去了?"

我吻了吻她,双手在她的长袍上游走,摸索着她柔软的曲线。

"你身上有烟臭味,"她叹了口气说,"还有酒的气味。"她的脸紧贴着我的脸,光滑的肌肤在我的胡楂上乱蹭,将她的嘴唇凑到我的耳边:"吻我!"

我按吉蒂说的做了,整个世界都融化了,就像往常一样。至于约瑟夫·伯顿、他女儿的古怪行为以及那个没有来过的小偷,我都忘得一干二净。

这是我犯下的第一个错误。

第二章

我竟然睡到下午一点才醒来。吉蒂早就起床了，但她的气味还留在床单上。我一只手摸索着她躺过的地方，微笑着回忆昨晚的纠缠翻滚。她仍然是一个处女——用她的指甲死守着最后的防线。吉蒂说，她之前曾经付出太多的时间照顾哭闹的婴儿，不想让我再在她的肚子里面种下一个孩子，至少在这一年左右不行。我怀疑她还有其他不愿意透露的原因，可能，她害怕我会抛弃她，我这样认为。

不管真相是什么，我对自己发誓，在我们结婚之前，我不会侵犯她，会让她保持处女之身。对于我们的新婚之夜，我有一个愚蠢美好的念头——干净的床单，壁炉中燃烧的火焰以及美酒——这一切都令人舒心，这个可敬的小梦想所带来的力量使我感到惊讶。说实话，它也让我感到害怕。一个男人最初会梦想这些美好的东西，接下来呢？一份稳定可靠的工作，在城里体面的地方安家，过上平静、正正经经的生活？那我还不如回萨福克的那个家里，变成我父亲呢。

我没有把这些话告诉吉蒂，怕她会笑话我，或者更糟——她会觉得这话很令人着迷。于是，我继续向她求婚，她继续温柔地拒绝我，仿佛这一切都是一个大笑话。我一直不知道该怎么说出这话来：**吉蒂，别再拒绝了，我是认真的。**天知道，我宁可被人笑话也不想被人当真地拒绝。

呃，至少我们在一起是快乐的。目前，还有更多的快乐可以去探索——其中的大部分，我都已经让她体验到了。她所学的知识和自身

临终告白

的纯真奇异地结合在一起的那种唐突,令人忍俊不禁,又让人爱不释手。我猜想她也知道这一点,也看到了它的力量:让我在每晚结束时都带着想要更多的念头。嗯,这是我的谢赫拉莎德①。不过,我们已经同床睡了三个多月了,而我担心,万一有一天晚上,她的决心和我的抑制同时失效,那么一切都将结束。昨天晚上,当她赤身裸体躺在我的身下时,我几乎都要屈服于欲望了。天哪,我是如何抑制住自己没有更进一步的?我盯着镜中的自己,看着她紧紧抓在我手臂上的那块小小的瘀青,我的自控能力简直就是个奇迹。像永远得不到满足的圣汤玛斯②。

我打了个哈欠,伸了下懒腰,双手在头皮上摩挲。昨晚喝了太多的潘趣酒,晚饭又没怎么吃,过度地纵情酒色让我现在感到头痛得厉害。毫无疑问,这些堕落行径都将会被刻在我的墓碑之上。我往楼下喊女佣珍妮去拿一壶咖啡和一碗热水。一旦洗漱完毕,穿戴上干净的衬衫和领带,我就能准备好迎接新的一天——或是面对这一天之中剩下的时间。

拉开百叶窗,乌沉沉的天空带来了下雨的征兆,潮湿的空气渗入骨头。那是一个寒冷、悲惨的冬天,我对这天气恨之入骨。我的手指在一件土褐色的旧马甲上摩挲,不,不,不行。我拿出我那件崭新的银扣马甲穿上,那是吉蒂给我定制的礼物,看起来精神多了。一个绅士必须有自己的标准,即使是在这灰暗、空洞的一月。

我倒完最后一杯咖啡,站在窗边,用手捧着咖啡杯取暖,看向下面的街道。妓院那边很安静,但仍有源源不断的人流从那里经过。白

---

① 《天方夜谭》中的苏丹新娘。
② 《圣经》人物。

The Last Confession of Thomas Hawkins

日的民俗向来如此。奈德·韦弗吃力地行走在路上，一侧的肩上挎着一袋工具，该是刚做工回来。他低头凝视着鹅卵石，心事重重的样子。面包师的妻子詹金斯夫人站在门口喊他，这女人总爱说长道短谈是非，只要打定了主意，她就能不懈地从一个男人的口中将别家的秘密拼凑、揉捏出来。奈德是个面相和善的小伙子，长着一张英俊的脸，脸上总带着缓慢而腼腆的微笑。还有什么更好的方式来度过这个上午呢？她又叫了一声，但奈德假装没听见，重重地捶着伯顿家的门。詹金斯夫人赶紧从温暖、舒适的面包房走出来，将披肩裹在胸前，一瘸一拐地穿过街道。当她走到伯顿家的门前时，大门被关上了，奈德妥妥地走了进去，她气得双颊都鼓了起来。

我抿了抿嘴唇，觉得有点奇怪。奈德是个心地善良的人，以如此直率且并不友善的方式对邻居漠然无视，并不像他一贯的行事方式。同样奇怪的是，那道门是锁着的——这似乎是针对那个想象中的小偷所做的一种预防措施。趁着詹金斯夫人还没看到我，我赶紧从窗口处退了回来。

吉蒂和我住在商铺正上方两个相连的房间里，不在床上的时候，我们就会把这两个房间之间的门打开，形成一个大的空间，前面为起居室和壁炉，后面是小卧室。我听见她在楼下的店里和一位顾客聊天的声音，声音明亮而和善。她喜欢让自己忙个不停，极具赚钱的天赋。而我，我认为自己具有花钱的天赋。

对着窗台下方的小书桌，我不由得皱起了眉头。在过去的三个月里，我花了很多时间翻译成人小说，放在店里出售。我不确定这是不是我父亲逼着我去上学时的初衷；我也不确定这是不是自己所想要的——一连几天弓着背坐在桌前。我花了那么多时间写关于性器官勃起文段，所换来的只有后背的僵硬。

临终告白

我回顾着自己最新的杰作——一位经验丰富的女修道院院长和一名天真但热心的年轻新手之间的亲密接触,翻译自法语文学,我定名为《修道院的指导》。目前已经完成了书稿,我得把它带到葛拉布街①上的打印店去打印装订成册。我们出售它,连同其他所有的私密书籍和小册子一起出售,包括一些成人诗歌、春宫类的绘图,以及那些对男子之间的行为所作出的满腔愤慨却又异常详尽的细节讨论。弗里特在被关进监狱之前,就是如此经营这家"上膛之枪"书店,与他同类经营的竞争对手埃德蒙·柯尔不同,弗里特从未因刊登广告或是与作者公开争吵甚至翻脸而弄得声名狼藉,他一向谨小慎微——若是这样还不够,他就会通过贿赂和恐吓来摆脱困境。

吉蒂继承了这家商店后,把店里打扫得干干净净,杂乱的货架也被收拾得井井有条。除此之外,经营业务并没有改变。谨慎的顾客很快意识到,他们仍然可以在这里买到同样的成人书籍和图册,而且还可以得到一个漂亮姑娘的服务。如果他们有这样的倾向,他们甚至可以买到些体面的东西——政治宣传册、关于自然哲学和诗歌的各种主题的著作。食谱类和罪犯生活类的书籍尤其畅销。如果我们能再找到一个杀过人的厨师,那我们就能发大财了。

外面传来了一阵骚动,我回到了窗前。六名警察扛着警棍,沿着街道行进。走在他们前面的人装腔作势,他穿着一件棕色外套,袖口是老式的,尖下巴向前突出,手杖重重地敲击着鹅卵石地面。

我操这个世界,要狠狠地操上两次。

我抓起假发,怒吼冲至楼下的商铺:"贡森来了!"

柜台上的那位老先生惊恐地叫了一声,两条肥腿摇摇晃晃地走了

---

① 伦敦一条旧街,过去为穷苦潦倒文人的聚居地。

出来，从我身边经过时赶紧把他那包书塞到我的胸前。我把书从一处入口吊到下面的地下室里，而吉蒂在店里转来转去，搜找一切与之有关的东西。她拉了拉一根隐藏在后面架子上的杠杆，把所有的东西都放进后面的秘密柜子里，砰的一声关上柜门。就在这时，商店的门突然被撞开了。

市政长官约翰·贡森在门口停了下来，约瑟夫·伯顿那大高个儿正杵在他身后，身上套着干活时用的皮围裙，两手握成了拳头。卫兵们留在街上，用警棍戳着泥土，悠闲地聊天。看来，这并不是一场突袭，吉蒂和我交换了一下放心的眼色。

"贡森先生。"我尽自己最大努力向他微微鞠了个躬，尽量不去冒犯他。

贡森跨过门槛，低下头进门，他身材匀称、精力充沛，瘦削脸庞和干净的肤色使他看上去比三十多岁的实际年龄要年轻。这个人睡眠很好，喝酒也很节制，从不赌博，也不收受贿赂，廉洁而刚毅。

他的目光飞快地扫过书架，目之所及若是有不道德的东西就会翘起两片薄唇以示反对。贡森不仅是威斯敏斯特区的行政长官，还跻身于礼仪改革协会，很是敬业。该协会在多年之前就已经建立起来，旨在消除城市中的卖淫嫖娼、盗窃和同性恋行为。有人认为要做这些事情，就像要清除天上的星星一样。然而，贡森却很有耐心，决心也很大，他给这个协会带来了新的活力和秩序。他派人潜入了妓院和莫尔家，虽然大多的诉讼并未予以处理，但有一些诉讼已经上了法庭。根据贡森的线人提供的证据，两个可怜的家伙因为同性恋而被施以绞刑，而且贡森已经将几十个女人送进了拘留所。

换句话说，贡森是一个非常危险而又令人信服的动物：一位极具洞察力的人。那支上膛的手枪阻挡住他的视线，事实上，这东西的存

临终告白

在本身就是一种冒犯——在过去的几个月里,贡森认为拆卸下这支枪就是他神圣的职责之所在。我们的许多顾客都有些权势,给予了我们一些保护,然而,贡森每周至少都要来一次,搅乱我们的生意。

他在书架上并没有发现什么不体面的东西,于是就把他的视线转移到了我身上:"我得和你家的那个孩子谈谈。"

"小偷!"伯顿咆哮着,在店里踱来踱去。贡森个头很高,但伯顿还要高,他的脑袋几乎已经碰到了天花板,我们三个大个子男人在一起,让店里显得特别拥挤。吉蒂躲到了柜台后面,装出一副百无聊赖的样子,那就让男人们先撒一会儿野吧。

"赶紧把他叫过来。"伯顿喊道。

啊,现在我明白了。伯顿是在寻找替罪羊,同时也是在报复。他也是贡森改革协会的一员,而且在这方面极为热心,他讨厌我们这家书店,恨它离自己家这么近。

他还讨厌这家店子的前任经营者塞缪尔·弗里特,而山姆是弗里特的侄子。在他父亲詹姆斯·弗里特(塞缪尔·弗里特同父异母的弟弟)的请求下,山姆已经和我们一起生活一个月了。我被吩咐要把山姆培养成一名绅士,但坦白地说,这要求不会比去剃掉一只狼的毛然后把它塞进马甲里让我觉得运气更好。山姆去了哪儿?这是一个很好的问题。躲在柜子里?爬上烟囱了?这个男孩性情极为安静,动作异常敏捷,就算他躲到我的外套下面,我也不会察觉。

"他跑腿儿出去了。"吉蒂说。

贡森并没有理她。"伯顿先生让我发布逮捕令,但是,我必须得先审问那个男孩。"伯顿开始抗议,但贡森让他安静下来,"我得遵从法律,先生。"

"这种圣吉尔斯的人渣也配?"伯顿冷笑道。

"对所有人都应如此!"贡森挺起了胸膛,仿佛被自己这种宏大的胸怀所震撼。

"贡森先生,恕我直言,先生——这完全是一派胡言,昨晚我在伯顿先生的门口守着,没有人进屋,也没有人离开——"

"该死的,是你让他溜出去了!"伯顿打断了我的话。

"你和我说的是:你家的管家做梦犯了迷糊,她弄错了。"

伯顿的脸红了:"我儿子斯蒂芬发誓说他看见了那个小鬼,我去把他叫过来,先生。"

他急忙跑到隔壁,大声地呼喊他的儿子。

贡森皱起了眉头,掏出了怀表看时间。

"贡森先生,"吉蒂对着他说,"我可以为山姆作证,他昨晚在店里。"

贡森第一次看向她,兜帽下目光如炬,"妓女的证词对我来说有用么?"他拖长了声调说道。

我向前踏出半步,吉蒂赶紧从柜台后面跑了出来,抓住我的一只手,紧捏着我的手掌以示警告。我犹豫了一下,然后慢慢地呼气,殴打一名市政长官会受到什么惩罚?鞭打吗?在监狱里待上几个小时?贡森望向我,乌黑的双眉高高扬起,我的太阳穴开始慢慢地跳动起来。

伯顿回来了,将他的儿子斯蒂芬从他身前推了进来。我之前从未见过这个男孩,他刚刚才从学校回来,这男孩十五岁的年纪,像小牛犊一般的细弱四肢,脸颊因为刮得太过频繁而显得通红。然而,他有一双与他父亲一样的暴风灰色的眼睛、强壮的方脸,一两年内,他就会变得很英俊。我暗自发笑,这小子以后肯定不会让人省心。他穿着土褐色的外套,很是破旧——毫无疑问,这是遵照他父亲的命令——

临终告白

但毋庸置疑,他是一个还在成长中的浪子。从一个小伙子系的领结便可以看出诸多端倪。

斯蒂芬的目光在店内扫视,就仿佛那墙上可能会挂着一幅裸体画像,或是几个妓女在角落里互相抚摸,啊……失意的年轻人。我与他目光相遇,对着他眨眨眼。

"告诉贡森先生你看到了什么。"他父亲对他命令道,并未察觉。

斯蒂芬犹豫了一下,然后抬起下巴:"我不能确定我看到了什么,先生,天很黑。"

伯顿怒视着他,张大了嘴巴,这是他的儿子第一次忤逆他的命令吗?还是以这样一种公然的方式?他缩起胳膊,恶狠狠地击向儿子的后脑勺:"无礼放肆的狗东西!快说!"

我畏缩了,但这一击使得斯蒂芬更加紧张起来,"没有小偷,"他诡异地斜视了父亲一眼,"你确定让我把看到的告诉他们,爸爸?昨晚我真正看到的那些?"

我以为伯顿会因为斯蒂芬的无礼再次动手,但他似乎僵在那里,突然之间一动也不动。

"伯顿先生,"贡森提醒道,"你是不是在浪费我的时间,先生?"

伯顿终于开口说话了:"我……请原谅,先生,误会了。"

"好吧,"我高兴地说,"先生们,感谢你们的光临。如果你们想买书,我可以向你们推荐——"

"该死的家伙!"伯顿咆哮道,"该死的脏书!"他在离他最近的架子上抽出东西,狠狠往地板上扔去,从一本书里面撕下几页纸来,攥成拳头揉成一团。

贡森抓住他的胳膊,在他耳边低语了几句,伯顿垮下肩膀,将纸团扔在地上,拖着儿子冲了出去。

吉蒂蹲在地上,将散落的书捡起来,并将撕下的书页兜入围裙。

贡森拿起他的手杖:"你觉得这很有趣吗,先生?"

"不,完全不。"我说。

"对你来说,这是一场游戏——让儿子跟父亲作对,故意挑起一个正派的公民使用暴力,而且是你的邻居。"他用手杖戳向地上一本摔断了书脊的书,"我听说你是个受过教育的人,先生。在神学院读过书,却兜售污秽刊物,腐蚀无知人群,你没有感到羞耻吗?没有基督教徒的责任感吗?你贩卖的那些令人恶心的黄书和刊物——呸!呸!先生——你别否认!那些被我送上法庭的人,那些被我送上绞刑架的人,他们都是你的顾客,霍金斯。是你将他们送上了这条路。难道你看不到你所造成的伤害和痛楚吗?难道你不想让你的城市远离犯罪吗?你不想结束那些肮脏和痛苦么?"

他停了下来,眼中那炽热火焰已燃烧殆尽,他看出了我的无动于衷。我是牧师的儿子——我学会的第一项技能便是将布道说教当成耳边风,根本就不可能被人驯服。他皱起眉头,黑眉紧锁。"可能你比我所能想象的还要不可救药。"他若有所思道,"或许并不是这家店子污染了这里的环境,而是你,霍金斯先生,你才是这一切腐败和邪恶的根源之所在,脏网上的一只黑蜘蛛。"

我玩味儿地笑了。伦敦的一切罪恶都该怪在我身上吗?我几乎要笑出声来了——直到我从他的表情中捕捉到了平静之下的愤怒。"贡森先生……"

"我听说了一些关于你的阴暗经历,先生。阴暗得令人恐惧。有谣传说你杀了一个人,就在伯勒镇上。"

在他身后,吉蒂犹豫了片刻,伸手去拿一本书。

"我之前并没有把这些传言当回事儿。"贡森继续轻声言语,几乎是在自言自语,"恐怕是我判断有误,我会去调查这件事。"他戴上帽子,然后离开。

吉蒂坐到最近的椅子上,抬起眼睛看着我,她看起来很害怕,我和她都知道谣言是假的。但如果贡森前去调查去年秋季的事件……如果他在马夏尔西监狱里找了不该找的人了解情况……他可能会发现事情的真相。"哦,汤姆……"她喘着气,浑身开始发抖。

"他没有证据,吉蒂,没有人看到。"

"是没有证人,可是,他会一直挖掘到底,直到他发现什么为止。"她毅然耸了耸肩,"我决不会让他把你从我身边带走,汤姆,我就是死,也不会让他带走你。"

第三章

山姆并没有出去跑腿儿，吉蒂撒谎只是为了不让贡森审问他。但是，那个男孩在哪里呢？他没在房子顶层的阁楼间，也不在狭窄的储藏室里——他有时会躲在那里，把自己塞进那个狭小得不可想象的空间里以便不受打扰地看书。我根本就不会介意，况且他看的那些书并非什么非法书籍。一个他这样年龄的男孩选择去看《牛顿原理》而不是《穿上衣服的维纳斯》，这也会令人觉得不可思议。

我倚在他房间的门口，凝视着他画的炭笔肖像。那肯定是用二十多枚钉子固定在墙上的，由于潮湿，边框处往外翘起。画中有他的家人、邻居和街头的商贩，我认出了他的父亲詹姆斯——身姿笔挺如同军人，眼神犀利；一位轮廓分明的漂亮女性，一头乌黑的头发包在脸庞外，我猜那是山姆的母亲；还有一个小妹妹，她有一双快乐的眼睛，正咬着一个小拳头。我在画中寻找感情的所在，但在山姆的笔下，绘画的精准多于爱的表达，一面镜子不可能总捕捉到最佳的显示角度。他曾画过我坐在书桌前的样子，我的手搭在书上，画中的我看起来一副索然无趣的样子。真够随性！

"霍金斯先生？"我们的女仆珍妮从顶楼楼道走出来问道，她已经学会了在贡森过来时自己躲起来。她和他去的是同一所教堂，不想让对方知道自己在哪里工作。"是真的吗？他们要把山姆抓起来吗？"

我笑着对她说："不会的，没有什么盗贼进去，爱丽丝做了个噩梦而已，没什么事情。"我本以为她会因这番话而安下心来，可是她却变得更加激动起来，重心从一只脚换到另一只脚上。

"不好意思，先生，爱丽丝可不是个傻姑娘，她知道自己什么时候是在做梦。"

我打量了她片刻，想知道山姆如何用他那毫不畏惧的眼光来勾勒出她的模样，她看上去不太舒服——脸色几乎成了灰色，眼睛红肿，极度痛心的样子。"你怎么啦，珍妮？"

"是山姆，先生，他就是那个贼，"她语速很快地说，"他曾……爬过房屋。"

"呃——他一向都这样，珍妮，我不确定的是这能说明什么。"

"先生，在夜里，我们都睡了。有一天晚上我醒了，发现他就站在我的床上。"

我迟疑了一下，珍妮这人胆子特别小，并不喜欢搬弄是非，对天气这样的话题都不怎么吭声。"我没听到什么——"

"我当时吓得想大声叫喊，可是他用手捂住了我的嘴，还有，他当时那眼神——我以为他要杀我呢！但是，后来他走得太快，天太黑了，我以为是我在做梦。可是现在，爱丽丝说她看见……"她没有继续说下去，抬眼望向我，脸上带着希望和期待的表情，就好像我打个响指，这个世界一切都会好起来似的。

"这确实怪异，"我说，"我要找山姆谈谈——"

"不，噢，求求你，先生，不要！请什么都不要说！我很怕他。他那眼神……他会在我床上杀了我，我敢肯定！"她情绪崩溃了，用手背抹去眼泪。

"珍妮，过来，你不用这么害怕，山姆昨晚整晚都在这个房子里，我亲眼看见他在，他不可能同时出现在两个地方。"

她抽了抽鼻子，惊恐地看了我一眼："魔鬼总会有办法做到的，先生。"

我答应珍妮我会进一步考虑此事,还答应帮她在门上安个门闩。她的话让我感到极为不安,可是,要是依她所恳求的那样不直接找山姆询问,我还能做什么呢?也许这一切确实都是她所做的梦。我有自己的理由不相信那个男孩,然而我昨晚亲眼看见他在这里了,那时候小偷应该还在隔壁的房屋内逃窜。估计她看到的是黑暗中的阴影,仅此而已。

我走下楼去,肚子在咕咕叫着,吃顿晚餐——这应该会有助于驱散这些烦心事。我把头探进商店,吉蒂并不在那里,却是……"啊,该死的,你在这里啊!"

山姆正在阅读一本解剖学的书,黑色的卷发垂在脸上,他的目光轻快地与我对视,然后又落回到一张画着心脏的插图上,那上面标以详细的注释。

我敲了敲那页纸张:"看来,你正在学习人类心脏的奥秘。"

"心室。"

若是在一个月前,我肯定会对他的这种反应感到困窘而不知所措。可是现在,我已经学会如何将他硬生生地抛向空中的怪异单词组合成句。在这种情况下,他刚刚所要表达的应该是:不,先生。我不是在研究人类心脏的奥秘,而是心脏的构造机制。比如说,心室,我要大声说出这个词,这样会给自己带来一种高深莫测的乐趣。

他的嘴唇挤出一丝微笑。

"斯帕克斯小姐跑哪儿去了?"

没有回应。

"治安长官刚才来过一趟。伯顿先生指控你闯入过他家,他说斯蒂芬见到过你——尽管斯蒂芬否认了。对这件事，你有什么要说的吗？"

没有回应。

"我为你作了辩驳，斯帕克斯小姐替你撒了谎，山姆！"我有些恼怒，加快了语速道，"当一位绅士为你的盗窃指控作辩护时，一般来说你需要对他表达感激之情。比如说，'非常感谢您，先生。'或是'霍金斯先生，谢谢你为我的人格辩护，我欠下您这份人情。'"

山姆合上了书："谢。"

就说了一个字儿，也算是一场胜利。当山姆一开始来这里时，我以为他在陌生人面前很害羞，或是想念他的家和家人。随着一天天的生活，我逐渐意识到他的性情天生如此。毫无疑问，他是个奇怪的孩子——可是，我并没有把他看作是家里的一个危险人物，我是不是太信任他了？

我正要出去弄一顿像样的饭吃，这时一个年轻人走进了店里。他的衣服上打着补丁，却很干净，脸色看起来还不错，他是詹姆斯·弗里特手下的人。我瞥了山姆一眼，捕捉到他眼中的一丝恐惧，他惧怕他的父亲？呃，也并非他一人如此。

小伙子递给我一张纸条，上面写道：

霍金斯，我有事情找你，赶紧过来，带上山姆。

我付了那年轻人一些钱，然后将他打发走了。我能感觉到山姆的目光穿过房间，紧紧地落在那张纸条上。

"你父亲想见你。"

他的两条眉毛扭动起来，啊，我深悉那种焦虑。告诉一个男孩说他的父亲叫他过去，那么十有八九会有麻烦。我的童年有一半的时间都是在父亲的书房里度过，他一边盯着我，一边训斥着我的错误：没用、倔强、任性。

"我去换身衣服。"山姆说。

我迷惑地眨了眨眼睛——他好像已看出了我的心思,当我明白他的意思时,他已经绕过柜台,爬上楼梯,回到他的阁楼房间。

"你衣服不用换。"我对着楼上向他喊道。

"衣服太正式了。"

这想法不错。我回到自己的房间,穿上我那件最破烂的马甲和马裤,还有那件破烂的鼠灰色大衣,上面没有银制纽扣,也没有刺绣,这可不是要去圣吉尔斯旅游。

圣吉尔斯离考文特花园广场只有十分钟的路程,然而却像是另一个世界。考文特花园这地方也不是就没有危险——尤其是夜里,可圣吉尔斯鱼龙混杂,涉及这个城市中一些最致命的街道。上次我冒险走了进去,之后是用手和膝盖爬出来的,遍体鳞伤,浑身是血,幸运的是我还活着。那次,我花钱雇来一个小子持火把照亮回家的路,他却把我骗至那里,带我穿进那些弯弯曲曲、迷宫似的巷子,进入坏人的埋伏,被人抢了钱,还遭受殴打。

今天跟在我身边的还是那个小子。

山姆的父亲詹姆斯·弗里特是圣吉尔斯最有势力的盗贼团伙的头目。我会说他们声名狼藉,不过他们的这种成功源于其低调、隐秘的经营方式。弗里特行事谨小慎微,诸事皆在隐秘之处低声交谈,若非事关重大,绝不会引人注意。当其他帮派在城里大摇大摆地吹嘘自己的行径时,弗里特的手下却鬼鬼祟祟、悄无声息,即使被抓住,也绝不会告发帮派其他成员。詹姆斯·弗里特统治圣吉尔斯这地方已有十年之久,但几乎无人知晓。

临终告白

我们走出德鲁里巷，穿过圣吉尔斯大道时，我一只手搭到山姆肩上，距上次他把我骗至这里已经有三个多月的时间了，我相当地肯定自己已经原谅了他。毕竟，我们当时并不相识——事实上，后来他的父亲也为此事做出了补偿，但我仍然记得当时我被人打倒在地时，山姆脸上骄傲和好奇的表情，那是一种令他父亲满意了的满足感。"你还记得上次带我来这儿的情形吗？"

他歪着脸，抬头看看我，黑色的眼睛冷静而坚定："记得。"

"你从来没有为此向我道过歉。"

他想了一会儿。"没有。"

我放弃了。

城市的街道从来不会有芬芳之香味，可圣吉尔斯却是伦敦城里气味最难闻的地方。循着街道走直线是不可能——必须绕行，所绕之物可能是一堆大便，一摊凝固的血泊，一个躺在地上的醉汉或是垂死之人。山姆迈着脚步轻松自如地在其中穿行，而我的脚后跟却沾上了某样臭烘烘的污秽之物，恶心得我几乎当街而吐。我将手探进口袋想去拿手帕，转念又想了想，或许这儿每条小巷的每个屋顶上都有一双小眼睛在注视着我们的一举一动，我可不想这样在鼻前挥舞着手帕，像个可笑的傻瓜一样进入圣吉尔斯。

山姆最初过来和我们一起生活时，他的衣服、头发和皮肤上处处都沾着圣吉尔斯的气味儿。我们给他换了新的衣服、干净的亚麻布制品，还带他到附近的一处浴室去了几次。在浴室里，将他的身体擦洗再擦洗，还给他抹上了好闻的精油。我建议他把卷发也剪掉，以避免滋生虱子和其他讨厌的虫子，倨傲的沉默便是他当时的回应。现在，他又穿上了他最喜欢的"旧衣服"——一顶破旧的帽子低扣在他的脸上，一件破旧的外套，单薄的马裤。他父亲本可以花钱请镇上最好的裁缝给这唯一的儿子缝制一套新衣服,但那样会引起一些不必要的关注。他从哪儿弄来这么古怪的衣服,嗯?詹姆斯·弗里特那帮人里没人会穿新衣服招摇,衣着干净而低调——这是命令,刚刚那个给我递纸条的小伙子就是如此。

"霍金斯,我有事情找你,赶紧过来,带上山姆。"我的胃部抽搐起来。

几天前的一个晚上,我犯了一个严重而愚蠢的错误。在圣詹姆斯公园附近,我碰巧遇见了山姆的父亲。他不常来这里,在这样一处光明正大的体面地方闲逛,不知怎的显得有些落魄了。事实上,他看起来神色确实有些茫然,以至于让我一时兴起,邀请他和我一起前去查令十字街附近的赌场玩上几把。

我根本就没有去想过他来圣詹姆斯公园究竟要做什么,像弗里特这样的人是不会偶然遇到的。我相信当时他一直在那里等我,但那时的我根本没有考虑到这些。

他曾经找准了时机抓了我,他什么都清楚,王八蛋。在马夏尔西的那段经历给我的灵魂投下了漫长的阴影,我差一点死在那里,也让我得以改变——当我对着镜子审视自己时,我能看到那阴影的所在。我不再相信"一切都会好起来",我不再是从前那个粗心大意的愣头青了。然而,我当时究竟是什么身份呢?不是牧师,尽管这是我父亲的心愿。那么是因为什么?我出于什么样的目的呢?这很难说。没有目的人很容易陷入困境。

我把詹姆斯·弗里特带进了赌场,就像牵着一头拴着皮带的宠物狮子。看!看我带来了什么!我把钱包里所有的钱都赌光了,喝得酩酊大醉,脚下似乎踩着船一般地晃晃悠悠。我离开监狱时许下的所有誓言全然无影无踪,心中只有那个低廉而诱人的念头:都他妈的见鬼去吧——生活必须过下去！我从监狱里赢得了自由，我赢得了吉蒂的心，我赢得了我的安全，游戏结束了。那么，现在呢？

当然，又是一轮新的赌局，因为赌局永远不会结束。

我和詹姆斯·弗里特坐在一家酒馆里——醉得连酒馆的名字都想不起来了，我向他坦白了我自己都不愿承认的事情，我活得快要窒息了。我开始怀疑人生，对我这样的人来说，没有冒险的生活实际上是一种缓慢的死亡。弗里特向前探过身子，对我的心思很感兴趣。"我需要一个像你这样有能力的人，霍金斯。"第二天早上，我醒来时头痛欲裂，有种不安的感觉，好像我不小心与魔鬼达成了协议。

而现在，他有事来找我了。

山姆转向凤凰街，那一条长路像箭一样直穿圣吉尔斯的中心地带。大部分的房屋已是废墟，腐烂的屋顶用柏油布修补支撑，好像那些木梁和制酒器之间的火灾风险还不够高。一幢楼房一夜之间便扑倒在街上，几个衣衫褴褛的瘦弱男孩正把木头挑拣进手推车里好去卖钱。我们从那里匆匆路过时，他们向山姆致意，山姆点头以示回应。

在这里，每一扇窗户后面都有一双眼睛在盯着我们，每一处阴影里都有人潜伏在那儿。当我们经过的时候，我能感觉到背后那紧盯着我们的炽热的目光。我偷偷抬头瞥了一眼屋顶，仔细观察那些连接于房屋之间的以绳索固定好的长木板，它们将这片住宅变成一处悠长且杂乱的亡命之徒丛林。他们称它为鸦巢——一处藏于天空之中的小偷之城，在上面穿梭，完全可以不用接触地面。接着，我们从一家杜松子酒店经过，然后又经过了另一家，接着是第三家，走到第四家酒店，一名衣衫褴褛的小伙子醉醺醺地在街上呕吐，一群比他大的年轻人正在奚落取笑，踢他几脚。这地方没有老者。

詹姆斯·弗里特并未住在凤凰街上。他的住处隐蔽，藏得就像深埋在守财奴口袋里的一枚硬币那样坚牢。这是我第一次去他住的地方，山姆故意把我带入怪异而混乱的路线。不过，他上次故意把我引到圣吉尔斯的时候，我已经吸取了教训。一路上，我密切地注意着每一处转弯和折回。

突然，他毫无预兆地推开了街道尽头处的一扇门。门活页很紧，他必须用尽全力去支撑。然而，他不知道怎么的就做到了，而且没有发出一点儿声音。令我讶异的是，山姆和其他那些用刀或拳头说话的男孩那样，一直保持沉默。我又想起珍妮低声和我说的那些话，心里感到一阵不安。

接着，我们从一座又高又窄的房屋往上爬，楼梯两侧是用床单和毛毯分成的数个房间，尽可能地塞进更多的人。没必要去猜想那些临时分隔墙后面是怎样的情形，空气中充斥着性交和烈酒的臭味，在低沉的呜咽声、快乐和痛苦的呻吟声中，我听到一个小女孩一遍又一遍地喊着妈妈，没有人回应她。我在楼梯上停了下来，不知所措。山姆回头看了一眼，从他不耐烦的表情中，我能看出来，这些声音对他而言毫无意义。毕竟，他童年时期便是与这些声音为伴而长大。他听这些声音，就如同我听到海鸥的叫声和海浪拍打海岸的声音一样，然后，我们继续前行。

到了房屋的顶部，我们钻过活板门爬上屋顶，风把新鲜的空气吹到我们的脸上。从这里，我们可以看到一直延伸至远方的城市，还有远立在东边的圣保罗大教堂的圆顶。连山姆也忍不住了，他停下了脚步，放眼望向他父亲的地盘，轻松地立于架在两幢房子之间的那块潮湿木板上，保持着身体的平衡。我分明地看到他脸上的神情——回家的喜悦和焦虑。

"你父亲见到你会高兴的。"我大声说道。

他敏捷地在横梁上转过身来："斯蒂芬，他说他没有看到小偷？"

天哪，他无声无语的状态都已经够糟的了，更糟糕的是，他以如此古怪的方式跳跃到另一个话题。

"他说天太黑了，根本看不到。"

山姆笑了起来，然后他轻轻地跨过横梁，跳上隔壁的屋顶。

对于我身体里的冒险性情来说，这一切都令人感到无比振奋——从屋顶滑过，穿越城市中最危险的地方，这不就是生活吗？这不就是能让心跳加快的东西吗？一个较为平静的声音建议道，这样的冒险可能会令人兴奋，但不利于长寿。**哦，看在上帝的分上，别往下看。**

山姆在我前面几步远的屋顶沿脊上停下，低头盯着下面的一个院子。这些房子挤在一起，在中间形成了一处小小的、隐秘的广场。山姆动了动肩膀，踩上外突的窗沿，然后跳了下去。

我惊呼了一声，爬到屋顶边沿处。在我的下方，大约十英尺外的地方，山姆干净利落地跳落在广场中心一处房屋阳台上。那座木屋并不起眼，它比环绕于其周围的其他房屋低两层，若不是把身子探出屋顶，根本就看不到它的存在。

"我该怎么办呢？"我向下大声叫喊。

山姆将帽子向后拍了拍，勾勾手指头。

"别他妈的往下跳！"一个声音从窗户里吼出来，过了一会儿，山姆的父亲摇摇摆摆地上了阳台。他身形矮小，体格健壮，身着普通衬衫和马甲，袖口卷起；光秃秃的脑袋上头皮乌黑，鬃毛立起。"你跳下去肯定会摔断脖子，即使没有，你也会把我的屋顶上摔出个洞，我来扭断你的脖子。"他咧嘴一笑，拎出一架梯子推了过来，狠狠地砸在我所站的屋沿边上。

我紧张地抬脚，试探其牢固程度。"这梯子能承受我的重量么？"

"我上去没问题。"

我打量着他手臂和胸部那钢铁般结实的肌肉,他比我矮了一头,但至少比我重上几磅。我深吸了一口气,慢慢地往下爬,意识到自己正撅着屁股。一种让男人深感无力的脆弱在空气中弥漫,毫无疑问,这是故意的。

弗里特的住处是我看到过的最为奇怪的地方——它与普通的居家地截然不同,以至于在第一时间我对其连基本的意识都没有。楼上被全部打通成一间房,也可能在建造时就是如此设计。那是一个很大的方形房间,其空间直接延伸至上方倾斜的房顶,屋梁全然敞开,脑袋能直接撞到横梁上去。这层房屋外部所环绕的一圈皆为阳台。从这里,梯子可以靠向这广场四周的任何一处屋顶,同时也可以利用绳索爬至大街上,这是一座为逃生而设计的建筑。

我猜想这处房屋应该是弗里特这伙人戒备森严的聚会地,但屋梁上挂着吊床,屋角还有个炉栅,炉栅上正烤着一条羊腿。一闻到那香味,我就忍不住要流口水。

山姆摘下帽子扔到吊床上,一只手插进他的卷发里,用眼角的余光瞥向他的父亲。他们之间存在某种无法言说的东西——疑问或是威胁。然而,接下来弗里特咯咯地笑了起来,并将山姆拉入怀中简短地拥抱了一下,吻了儿子的前额,然后把他推开。

"嘿!你闻起来像个妓女,他们用什么给你洗澡,该死的玫瑰花露?"

"薰衣草油。"山姆两眼瞪向我回答道,就仿佛我这个月一直在用剃刀刮他身上的肉似的。

我抬起两手。"你希望你的儿子能成为一名绅士,绅士闻起来就得是这种味道。"

"确实如此。"弗里特认可了，友善地将山姆推了一把，"快去看看你的妈妈。"

山姆犹豫了一下，"爸——"一接触到父亲眼中严厉的目光，他立刻走开。他爬上阳台，没有走楼梯，而是顺着绳子爬到另一处房间。

弗里特挥手示意我坐到火炉旁边的座位上，烤肉的味道实在是太香了，令人难以忍住想吃的欲望，但我深知自己不能这么开口索要一份。欠詹姆斯·弗里特的情并非明智之举——即使是一口羊肉也不行。我点燃一支烟想抑制住体内的馋念，他给我们一人倒了一杯啤酒，然后坐在对面的椅子上。他体格健壮，相貌英俊，天庭饱满，下颌尖锐，棱角分明。他和他儿子一样拥有一双引人注目的黑色眼睛。不过，山姆的五官近乎精致，精瘦的面庞颧骨高耸；而詹姆斯·弗里特却无精致可言，他的脸上和手上遍布伤疤——这是一幅旧战场的地图，上面记载着战斗和胜利。

"吉蒂还好吗？"他吞下一大口啤酒，问道。

"她很好。"我的声音听起来显得孱弱。

他边喝啤酒边窃笑道："别那么担心，霍金斯，我又不打算吃掉她。"

我强挤出个笑容，"你有什么提议吗？"

他还没准备好与我交底，谈话是按照他的节奏进行的，而不是我的节奏，"那么，我的儿子怎么样了？"

"很好，除了喋喋不休之外都不错。"

他哼了一声大笑，"得花多长时间？"

"把他改造成一名绅士？"我耸耸肩，"怕是要一千年吧？"

"不，不，不。看起来像就行了，你要是把我儿子给培养成真正的绅士,我就拧断你的脖子。"

"啊,好,那可是个秘密——这世上可没有真正的绅士,我并不是在开玩笑。如果一个人穿戴得体,与人交谈彬彬有礼,那么他就很有可能进入仕途。上流社会便是一种如此奇怪的集合体,连傻瓜、笨蛋,即使是最不可能的人也能进入其中。"

弗里特挥了挥手,不想理会这些,他对这种细微的差别并不感兴趣。"有些地方我是不能前往,有些机遇我也没办法抓住。山姆熟悉这样的世界——我们的世界,我需要他也能理解你们的世界。"

我想起了山姆闷闷不乐、一言不发地站在商店柜台后面的样子。"我会尽力而为的。"

弗里特紧紧地盯着我,盯得让我意识到,如果我的尽力而为没有达到他的期望,会发生什么。"好吧,"他说,汗水顺着我的背往下流,"这还算公平。"

我轻啜了一口啤酒:"今天贡森先生来找我们了。"

"哈,他妈的礼仪协会。"

"我们的这位邻居控告山姆闯入他家,"我停顿了一下,"这可能吗?"

"被盗了吗?"

"没有。"

"有人被杀吗?"

"感谢上帝——没有!"

弗里特仰身而坐,心满意足地开口道:"那我们来谈谈交易吧?"

我在爬上圣吉尔斯的屋顶时就已经做出决定,不管詹姆斯·弗里特对我有什么要求,我都必须得想办法拒绝他。"弗里特先生,"我装出一副十分遗憾的表情,"恐怕我在目前这种状况下没办法帮到你——"

他伸出一只手示意我不要再说下去。"可怜可怜你自己吧，霍金斯——别再靠女人生活了，一个提议，仅此而已，只是有个赚钱的机会，"他看了我一眼，"你自己的钱。"

哦，我承认这话让我深感刺痛。在过去的几个月里，我的确是在靠着吉蒂的钱生活，那是她从弗里特同父异母的哥哥那里继承的一笔财产。

"我在法庭上接到一个熟人的消息。一位贵妇人向我求助，这需要秘密行事，一定不能泄露。我想让你今晚见见她，看看她想要什么。"

我眯起眼睛，满腹狐疑。这是真的吗？仅此而已？也许我能去试试，就这一次……最好还是不要因为这样的小要求而拒绝弗里特。我自己挣点零花钱，这也很不错。"能拿到多少钱？"

弗里特耸了耸肩："如果我能接下这笔生意，我就付给你十分之一的费用。"

"一半的费用。"

一阵干笑。"只不过是和一名该死的官员见个面就想要这么多？让我想想。"他挠了挠下巴，"十分之一。"

我缓缓地吸了一口烟，这可是弗里特的地盘——他可以在这里割断我的喉咙而不用为之付出代价。可是，如果我现在不跟他讲价，就会示弱。"既然事情这么简单，为什么不派你自己的人去呢？你为什么不自己去？"

弗里特咬咬牙，没有吭声。

透过烟雾，我对他笑道："因为你需要一名真正的绅士出面来做这件事情，需要一个懂得上流社会规则的人，一个不会把那位可怜的贵妇吓得半死的人。"一个念头在我脑中闪现,"以前是你哥哥扮成绅士,出面为你做这类事情,对吗?"我想起了我的那位狱友,他脸色灰白、身着破旧睡衣的形象从我心头掠过。原谅我,塞缪尔,不该这样称你为绅士,我无意冒犯你。"在过去的几个月里,你肯定迫于无奈丢失了不少机会,也许你法庭上的朋友会失去耐心?要另请高明?"

弗里特脸色沉了下去:"霍金斯!别多嘴!"

"一半。"

"四分之一。"

"一半。"

沉默,长久的沉默。血液在我的耳朵里怦怦跳动,我在做什么,和一个挥挥拳头就能把我下巴打掉的人讨价还价?然而,我无法抗拒,激动得近乎热血沸腾。我的天啊,我已经好几个月没有这种感觉了。

弗里特向前探身凑近,我们两人的膝盖几乎碰到一起,他深深地盯着我的眼睛。"你是能够和我共事的人,"他低声说,"三分之一。"

我伸出一只手,它竟然奇迹般地没有颤抖。"成交。"

第四章

我和山姆在圣吉尔斯吃了个简餐,回来时吉蒂正要关店门。她一边整理书架上的书,把一捆裸体线描画塞进皮夹子里,一边哼着小曲。在这样的光景里,我对她的爱胜过所有一切。这让我想起了在马夏尔西监狱第一次看见她的情形:她正在冲泡一壶咖啡,来回走动时散发出最简单的优雅气质,工作起来敏捷又能干。

她看见我,脸上顿时容光焕发——那是当我回家时才会产生的光芒,温暖的喜悦之光。一眨眼,它就不见了。吉蒂会在我们的卧室里走来走去,赤身不着寸缕,根本不去理会我盯着她看时的艰难挣扎。但是,她尽量不让我了解她内心最深处的感情,好像有一天我会用这手可怜的牌来对付她似的。

"你现在正盯着我的屁股看吗,汤姆·霍金斯?"

"一直在看。"

她咧嘴一笑,双臂钩住我的脖子。"你到哪儿去了?"

"圣吉尔斯,弗里特想见他的孩子了。"

吉蒂身体一僵,瞥了山姆一眼,山姆正给自己倒上一小杯啤酒。山姆的叔叔塞缪尔·弗里特一直是她的监护人,尽管他的身上带有种种缺点,但她仍然深爱着他。正因为如此,她才会允许山姆住在家里。她不信任山姆的父亲詹姆斯,也不喜欢他。"跑到那样危险的地方去闲逛,"她的手指在我身上沿着马甲往下游走,"我希望你能看好他。"

"很安全,我们——"

"我是在和汤姆说话。"她笑着说,放开了我。

山姆的脸涨得通红。我们很难读懂他内心的大致想法,但是吉蒂所关心的问题他绝对明白。她是一个活泼漂亮的年轻女子,而他是个十四岁的男孩,生活中并非每件事都是神秘的。

"你心情很好。"我对她笑着说,我很高兴她的心情已不再受贡森来店里所言的影响而一直糟糕下去。

"我有份礼物送给你。"她吻了吻我的嘴唇,没有再继续盘问下去,"今晚。"

礼物?我的脑海里浮现出种种美妙的可能性。难道她找来了一个自愿的朋友,并让她加入我们一起欢度春宵,这样的念头会不会是痴心妄想的意淫?

确实,绝大可能是奢念。

她解开系在腰间的围裙,抖落灰尘。"我们走之前你必须去把衣服换了,汤姆,我能闻到你衣服上的怪味儿。"

我皱起眉头,对着衬衫袖口猛嗅:"走?要去哪里?"

她嘴唇紧紧地抿着,重重地将围裙折起,唰,唰。

哦,上帝啊。"晚餐……?"我猜测道。

"晚餐,剧院,艾略特。"

该死的,我把这些完全搞忘了。约翰·艾略特是吉蒂的律师,也是她父亲忠实可靠的老朋友。他和他的妻子多萝西都很喜欢吉蒂,并且经常来看她——不惜以他们自己的名誉来冒险:一名未婚女子,和我同床共枕,一起经营一家臭名昭著的书店。

就上流社会而言,贡森说的是实话——吉蒂只不过是个妓女。"妓女比奴隶强。"她撇着嘴唇说,她这种不在乎的态度使得没有人愿意和她交往。她既不是妓女,也不是仆人,也不是贵妇,她什么身份都不是。因此,艾略特一家成为了她弥足珍贵的朋友,比自己丈夫年岁小很多的多萝西一直期盼着即将在春天出生的第一个孩子的到来,吉蒂每周都会去看望她好几次,带去的篮子里装满了新鲜的水果和自制的药酒。

我们和艾略特一家相处得很愉快,而我又喜欢在剧院度过夜晚——因为戏剧和观众,那地方总是有一些重大的出人意料的情形或丑闻在上演,看着那些一本正经的人群和我们这些人擦肩而行总会令人觉得有趣儿。但我已经和詹姆斯·弗里特达成了协议,现在我没法脱身。"吉蒂……"

她睁大了眼睛:"你敢。"

山姆悄悄地溜到楼上去藏起来。

我伸出手想搭上吉蒂的肩膀。

她闪开了。"你答应了的,你都不记得了,是吗?"

"我当然记得,"我撒了个谎,"只是我今晚有个约会,我很抱歉,亲爱的,但这约会很重要。"

"比我更重要?"

这是一个没办法回答的问题。

吉蒂转过身去,我没能看到她眼中的失望。她开始整理架子上的书本杂志:"你要跟谁约?"

我得想出一个不会招致更多麻烦的答案,但我能怎么说呢?*我酩酊大醉后百无聊赖,然后我和伦敦城里最危险的恶棍说我可以帮他办事?* "我下次一定跟你去,我保证——"

"我才不想去他妈的什么剧院呢!"她用力地抓住我的衬衫喊道,我想这衬衫会被撕破。

"发生什么事情了,汤姆?你为什么表现得这么奇怪,鬼鬼祟祟的?告诉我!你要去哪里?"

"求求你了!"我厉声道,"你能不能别再唠叨了,你又不是我老婆,真烦!"

她退缩了一下,好像我给了她一耳光似的。

我本无意要伤她的心,只是不想让她再质问下去。我不假思索地脱口而出那些伤人之语,太过于刻薄,其暗含的信息也过于残酷——我和她并非一体;我随时都可以弃她而去,和她不再有关系,任她伤心欲绝。"呃,吉蒂。"我低声叫道,伸手去拉她。

她双臂交叉抱在胸前,往后退了几步,没让我碰到她,"是的,你说得对。"她冷冷地说,"我又不是你的老婆,你想做什么就去做什么!"

说完,她一言不发地走出了房间。

一个小时后,吉蒂去了剧院,她气得连一声再见也未和我说,让山姆代替我和她同去。

我叹了口气,慢吞吞地上楼去换衣服。我对今晚要见的那个女人一无所知,只知道她来自官宦之家,恐惧、绝望,想要寻求詹姆斯·弗里特的帮助。我选了一件黑色的丝绸外套和马裤,还有一件红色的马甲。冷静,可靠,带有军人般的勇猛,这些应该足够应付她了。我系好领结,从走廊里捡起帽子和手杖,走入外面的夜色之中。

一对年轻人和他们的同伴们正在远离花园的罗素街闲逛。我认出了其中一个女孩,他们一群人经过时,她向我眨了眨眼,那个此刻正搂着她腰的傻瓜很可能会在明天一早才发现他丢了钱包。然而,此刻他们是一群快乐的人。我站在街道中间,想溜进他们的行列。林肯酒店广场、剧院、吉蒂以及艾略特一家人就在那条路上。我现在还可以去找他们——忘掉我那秘密的任务吧。詹姆斯·弗里特总会找到另一位绅士——不管是真的绅士还是别的什么——来完成他的交易。我没有必要为一个陌生人去冒险,付出安逸满足的生活为代价。向东,向东走,去追上吉蒂。

然而,接下来我永远也不会知道在圣詹姆斯公园等着我的那人会是谁,永远也不会洞悉他们的秘密。这将成为一个永远无法解开的谜。该死的弗里特,狡猾的混蛋。我又如何能抗拒这种阴谋呢?这就如同在一个酒鬼的面前放上一碗酒。

不过是见个人罢了,和一名贵妇进行一次简短的交谈,肯定是说一些微不足道的琐事,一个失窃的饰物,一桩小小的敲诈,我会把她的烦心之事转述给弗里特,他去解决剩下的问题。一次碰面而已,当然,我再也不会有下次了。

那么,就往西走,去圣詹姆斯公园。从伯顿家经过时,我没有停下脚步去作任何考虑,从来没有想过抬头看看窗户或是去对前一天晚上发生的戏剧性事件加以思索。在那之后发生了太多的事情,使我无法去想这些。八点钟了,天已经黑了——很可能约瑟夫·伯顿已经锁门上闩,准备过夜了,我根本就没有去留意。

我低着头迎着风匆匆走入花园,寒冷的空气像小偷在找寻硬币一样从我的衣服缝里钻进来。我把外套扯得更紧了,大步走过汤姆·金的咖啡馆,无视顾客们的喧哗和欢呼。我以前也曾在那地方混迹多时,与汤姆·金那聪明而危险的老婆莫尔虚度了上百个晚上的光阴。今晚不行。她只会从我这里探出秘密,然后采取一些恶毒的方式加以利用,笑着便将她的背叛化解开来。我最好能把自己锁起来,并加以固定。可她却是个出色的同伴,会把你的灵魂从你的身体里掐出来,等着机会将它卖出最高的价钱。

在风中沿着斯特兰德大街前行,我心中祈祷能搭上一辆出租马车来避寒,但它们的生意太好了,马儿们喘着粗气咔嗒咔嗒地走过,车夫们身上裹着厚厚的毯子,用冻得麻木的手指握着鞭子。于是,我继续往前步行,缩起肩膀跃过积满雨水和污物的水坑。

行至查令十字路口时,我听到粗声粗气的喊叫:"快让开,先生!"身后传来沉重的脚步声,我跳到一边,差一点就被这快速奔走于人行道上的轿子撞到。轿子颠簸得厉害,车里的人紧紧抓住边沿,以防被甩出去。后面的轿夫走过时抬起下巴对我以示感谢,但轿内的人却探出身子,愤怒地瞪着我。那是一位年事已高的男人,他的脸涨得通红,满头大汗。"该死的傻瓜!"他怒声喊叫,口中喷出了唾沫。

我惊异于他的粗鲁无礼,于是停下脚步,想寻求一个合理的说法。一名准备回家的水上劳工盯着那晃晃悠悠前往帕摩尔街的轿子,"笨蛋!"他边看边高兴地骂着。

嗯,就是。我心怀感激地压了压帽子,继续前行。

在帕摩尔街,圣詹姆斯宫①灯火通明,灯光照亮了人行道。在那些杂乱无章的老建筑深处,国王和他的家人在那里玩纸牌或西洋双陆棋,那些无聊、谄媚的朝臣们在旁边观看。如果我是国王,我会坚持每天晚上开展一些新鲜活动——舞会、假面舞会和戏剧表演,或者解散整个宫廷,赤身裸体地在宫殿里走来走去,去吓唬仆人们——为什么不呢?如果你不能随心所欲,当国王又有什么用呢?不过,大家都说乔治国王最喜欢的还是那些繁文缛节——日复一日令人厌倦的盛况

---

① 圣詹姆斯宫位于圣詹姆斯公园北面,它是伦敦区内最古老的宫殿之一,也是英国君主的正式王宫。

和仪式。据说他每天都在同一时间去看他的情人,如果他早到几分钟,就会在她的房外盯着表来回地踱步。我父亲那边的远房表亲,他们一生都在朝廷中,在这些苦差中为权力和地位而争来斗去。我的上帝啊——他们热衷于此。

我行至帕摩尔的尽头,一只手放在匕首上,溜入公园外围。圣詹姆斯公园比圣吉尔斯的那处大杂烩地要安全得多,但朝臣们所乘坐的马车沿着肯辛顿大道一直折腾到深夜。但凡是朝臣马车所到的地方,都少不了那些埋伏于附近的拦路抢劫的强盗们——瘦骨嶙峋的高地狼在一群懒散的肥羊中间徘徊。

我朝着公园深处走去,那里的草长得更高,湿漉漉的污泥溅在我的袜子上,在湿泥中抬脚都有些费力,我心里暗自咒骂。国王大道上的灯笼像项链上的珠宝一样闪闪发光。我回到黑暗中,敏捷地低下了身子,不能在这里被任何人看见。若是一名朝臣大晚上在公园里与一个年轻人单独会面,其名誉或多或少地会受损。

在白金汉宫①的阴影深处,我拿出怀表,对着月光仰首看时间,现在是八点半,弗里特的那名神秘客户随时可能会来。身为朝臣,肯定会从宫殿前来公园,而作为女人,她肯定会乘坐轿子或是马车过来,身边伴有仆人保护她。我收起了表,跺脚取暖,以作等待。

几分钟后,我听到了国王大道上的车轮声。黑暗中,一辆漂亮的黑金相间颜色的马车平稳地滑过草地向我这边驶来,车夫轻拍着鞭子催马前进,穿着制服的仆人站在马车的两边,守卫着车门,还有一个人站在后面,窗户上的红丝绒窗帘紧闭着。我的心开始狂跳,血液在

---

① 与圣詹姆斯宫毗邻。1837年维多利亚女王登基后,这里才成为英国王室的正式宫殿。

我的血管里歌唱。啊……事实上，我就是为这个而来的啊，这是一种瞬间的神秘感和兴奋感。毫无疑问，几秒钟之后，门就会打开，某位全身战栗的老寡妇会开始和我絮叨她的哈巴狗跑丢了，问我能否帮她找到？

我正要走上前去，这时旁边有人喊了一声："快停下！你这狗东西！"

一声枪响在夜空中爆发，瞬息间闪出明亮的光。我转过身来，正好看到硝烟中钻出一个身影来。我大吃一惊，片刻之后才认出是那个在帕摩尔附近乘坐在轿椅上骂我的人。此刻，他正快速向马车冲去，满脸暴怒的神色。

"滚开，该死的！"他对车夫吼道，车夫正在安抚受到惊吓的马儿，试图让它平静下来，"快滚开——不然我一枪打死你！"

车夫吓得差点从座位上掉下来，赶紧滑了下来，朝黑暗中飞奔而去。两名仆人头都没有回一下，也跑了。只有离袭击者最近的那名警卫还站在那里——他年岁较大，脸上有伤疤。

"真无耻，"他斥责道，指向马车问道，"你要打劫一名无辜的女人吗？"

"无辜？"拿枪的人恶狠狠地笑了，"她是一个妓女，全世界都知道，你靠边站。"

警卫大吼一声，跳下马车，重重地扑在那人身上。他把他推倒在地，拳头重重地向其腹部击去。

我向前跳了出来，绕过马匹。这时，那两人已经在泥里翻滚互殴起来，在激烈的搏斗中相互拳打脚踢，撕来扯去。马儿们开始惊慌失措地往后仰，蹄子重重地踏在地上，马车从一边被撞击到另一边，车门砰的一声打开了。我瞥见被困在里面的那个女人，她裹着一件黑色

临终告白

天鹅绒斗篷，脸上全然是恐惧的呆滞神色。当她清澈的蓝眼睛与我的眼神相遇时，我猛然意识到她是何人。

亨丽埃塔·霍华德，国王的情人。

警卫正在节节败退。我犹豫了一下，起先不清楚该找谁来帮忙，随后我跳上马车踏板，伸出一只手，霍华德夫人茫然地看着我。

"赶紧。"我说，马匹在惊恐地嘶叫着，随时准备奔跑。我将身子探进车厢内："夫人——请，把手给我！"

她吓了一跳，就好像刚从噩梦中苏醒，接着向我倾身过来。当马车颠簸着又开始向前行驶时，她倒在我的怀中，我托着她的腰将她拉回地面上。一秒钟后，几匹马便撒开蹶子，以致命的速度拖曳着其身后的马车跑走了。

我救下了霍华德夫人，却牺牲了她的那名警卫，那警卫的口鼻中都在流血，双脚无法站稳，他举起了拳头，却没有了丝毫力气，攻击者给了他最后一击，一记重拳落下，警卫重重地摔在地上，再也没有动弹。

霍华德夫人双手蒙住嘴巴。"不！"她黯然地说。

那男人听到了她的声音，咧嘴一笑，红润的嘴唇张得大大的。他看上去有些疯疯癫癫，眼睛里闪烁着兴奋的光芒。在这场混乱的袭击中，我原以为他一定是个强盗，可现在我不那么肯定他的身份，路上的劫匪根本不会去乘坐轿椅。从他的衣着穿戴来看，他应该颇有身份，但他那张老脸上显露的却是一副浪荡的做派，常年纵情酒色的堕落生活在其面部留下了不堪的斑驳，血液从他的太阳穴流经面颊，但他似乎没有注意到。毋庸置疑，他是个严重酗酒之人——我的天哪，他居然还醉着呢。他朝着警卫的胸部狠狠地踢了一脚，然后跟跟跄跄地退了几步，气喘吁吁。

一朵云散开了,月亮散发出明亮的柔光,将我们笼罩在一片银光之下。在那人的靴子旁,有样东西闪闪发亮,那是金属的光亮。我的喉咙哽住了。那是一把手枪,我一边拔出匕首,一边向上帝祈祷希望那人不要低头往下看。

"你到底是谁?"他的声音有些含糊不清。

"无名小卒一个,我听到了呼叫声跑过来的。"

"呃,无名先生,那个在啜泣的婊子是我的人。"

霍华德夫人低声抽泣了一声。他瞥向她:"你这荡妇——你以为你把我甩掉了吗?你认为你安全了吗?"他大笑道,我在十步以外的地方都能闻到他气息中呼出的酒味。

霍华德夫人抓住我的一只胳膊,她吓得浑身发抖:"求求你,先生,我求求你,别让他带走我。"

我把她推到身后。

他立刻向我走来,向我发起攻击,猛然将我手中的匕首击落。尽管他上了年纪,又喝了不少酒,身体却是强壮得可怕——而且他深谙打斗之术。我惊慌失措地踢向他,他猛地一拳重重打在我的下巴上,我的头撞倒在地,连视线都变得模糊了,只能愕然感受着世界在我四周旋转。

刹那间,他向我扑来,手指掐在我的喉咙处。我扣住他的手腕,想挣脱出来,但他太强壮了,我无法得逞。我想起躺在几英尺之外的那名警卫,他已经被打昏过去,但还活着。而我,可能就没那么幸运了。

那人放开我的喉咙,举起拳头准备再打我一拳,我的机会来了。我用尽全身的力气往上猛推,狂暴地对他又扭又踢。我的出手方式既没有风度,也没有策略,然而我身形比他高大,年岁小他一半,而且头脑清醒。当我们两人滚打在泥中时,我的手重重地碰到了什么东西,是那支手枪,我抓起那支手枪,将枪口对准他的头,用另一只手把他按倒在地。

他一动不动地倒在地上,眼睛盯着一英寸之上的枪膛,接着,他笑了笑。"没有火药。"

他说的对——我没有时间重新添加火药。枪在我的手里转了一圈,我感觉到了它的重量,接着,我高举起那支枪,将它狠狠地砸在他的太阳穴上,他疼得闷哼了一声,便无声无息地躺在那里了。

我踉踉跄跄地站起身来,感到一阵眩晕,下巴疼痛得在抽搐,我能感觉到血从喉咙里渗出来,那人的指甲戳破了我的颈部。"霍华德夫人?"我对着黑夜喊道,"女士?"

然而,她却没了踪影。

第五章

我回到家时,屋里一片黑暗,没有人在。我在房间里的火炉上烧热了一锅温热的葡萄酒,丁香和肉豆蔻那温暖而诱人的香味在室内蔓延开来,我在这香味之中深深呼吸。

在回家的路上,我一直处于惊恐的恍惚之中,跌跌撞撞地穿过街道,茫然失措。现在,当我瘫倒在火炉边的椅子上时,才意识到自己刚刚差点儿就丢了性命。我摘下假发,松开领结,我的左脸颊现在肿得很厉害,下颌在剧烈地跳动,疼痛使我只能小口抿酒,下巴应该没有被打碎,但我深知它需要几天的时间才能痊愈。刺激的冒险行为到此为止,霍金斯——你这个该死的傻瓜。

到底发生了什么事?刚刚那袭击的凶猛之狠和速度之快令我头晕目眩,我曾见过一些男人因臆想中的被轻视而在街上光着膀子斗殴。我在监狱里也曾被人用铁链绑在墙壁上殴打过,感谢上帝,我得以从那场骚乱中幸存下来。但是,我从来没有见过一个人的怒气如此失控,如此迅猛,他就像一条疯狗,被嗜血的欲望驱使而发狂。是霍华德夫人引发这样的疯狂吗?还是他本人被无尽的怒气所诅咒,以至于好斗成性?考虑到他从轿中向我吐口水且咒骂的行径,我认为应该源于后者。不管怎样,我向上帝祈祷,我再也不要遇到那个畜生了。

至于霍华德夫人,谁会去责怪她独自逃回安全的宫殿呢?不管她现在遇到什么样的麻烦,她的爱人都能比我更好地保护她。我很高兴今晚救了她,但我不想再参与这样一个黑暗的阴谋。法庭政治,詹姆斯·弗里特,还有一个持枪疯人?不,谢谢。

我闭上眼睛,现在危险已经过去了,我的血液也已经冷却下来,已然筋疲力尽。我坐在椅子上,断断续续地睡着了……之后又在黑暗中醒来,炉火已经熄灭,楼下的店铺里传出阵阵的欢声笑语。我缓缓地撑起身来,吉蒂正在唱一首民谣——她的声音很大,有点跑调。一个男人正求她"饶了他的耳朵",然后他们都笑了。

一丝嫉妒刺痛了我的心,那是约翰·艾略特,我立刻听出了他的声音。他年岁已大,婚姻幸福,心宽体胖得像个足球。然而,只有他和吉蒂待在一起。我悄悄地走下楼梯,去听他们在说些什么。没什么内容——只是在无聊地谈论戏剧,以及周围座位上那些令人讨厌的观众。尽管如此,我还是站在门边忍痛听了一会儿。几个小时前的我们还吵得那么凶,可她现在怎么能那么高兴呢?难道她不知道我今晚差点没命了吗?她不知道在她回到家后或许会发现永远失去了我么?呃,不会。她并不知道这些,汤姆。事实上,如果你还记得的话,你并没有告诉她你今晚要去哪里。

我感到自己有些愚蠢,便轻轻地推开门,向他们两人道了声晚上好。

"啊!霍金斯!"艾略特叫道,他站起身来,现出热情的笑容。他们坐在桌边,两人中间放着一瓶酒,只有一支蜡烛来照亮。

"哦,"吉蒂并没有转过身来,只是平淡地说道,"你在家。"她仿佛对此毫不在意。

我握住艾略特伸过来的手。

"我把她给你送回来了,霍金斯,"他高兴地说,然后压低了声音,"她想今晚和我们待在一起……我的上帝!"他瞥向我说:"嘿,你的脸怎么了?"

"怎么了?"吉蒂从椅子上噌地站起来,惊恐地喘着气。"汤姆!"她把艾略特推到一边,把我拖到烛光前,大喊道,"这是血吗?"她摸着我的领结,看见领结下面有深深的瘀青凹痕。"啊!你受伤了……"

"我没事。"我叹了口气,暗自高兴。

"山姆!"她喊道,一个黑色的人影从阴影中走出来,我都没有看到他藏在那里。"快去詹金斯夫人那儿去拿些冰来,她今天早上弄的冰。"她将他推向外面,跑上楼梯,"珍妮!"她大声喊道,那声音大得能把这方圆一英里之内的所有名叫珍妮的人都吵醒,"快起来!霍金斯先生受伤了!"

几分钟后,我被安顿在一张矮沙发上,吉蒂用滚烫的白兰地和热水冲洗我喉咙上的伤口,我畏缩了一下,指着碗说:"我不能喝这个么?看起来它有……药用。"

"你身上太脏了,"她说着,重重地擦了一下更深的一处伤口,"你是在泥里打滚了吗?"

"是的,事实上。我在圣詹姆斯公园遇到强盗了。"

吉蒂的眉头猛地皱了起来:"强盗?"

"我不知道他是什么人,也许是个疯子。"

她点点头,继续清理我的伤口,过了一会儿,她开口道:"我为人善良,又有耐心,是吧,艾略特先生?"

艾略特又坐回到桌边,一杯红酒端放在他肥胖的腹部处。"你是圣人。"他认可道。

"我知道你讨厌被人唠叨,汤姆。当然,我又不是你的老婆,所以我也没有资格问你,'这么晚去公园那边做什么?''你去那地方要见谁?'你要是像之前答应好的那样在今晚带我去看那该死的戏剧,就不会弄成这样,我这样说是不是显得太没有教养了?"她边说边擦拭着我下巴上的泥,"该死的,竟然洗不掉。"

"那估计是处瘀伤。"我虚弱地说。

"哦,确实如此。"她放下手,将双唇贴了上去。

"吉蒂……"

"詹姆斯·弗里特弄出来的,是吗?"

我嘟哝一声,什么也没承认。

"这不难猜到,"艾略特在桌子那边说,"吉蒂提到过你今天下午去了……"

"……然后——突然间——你就有了一个秘密的、出乎意料的约会。"吉蒂补充道。她把一只手捧在我肿胀的下巴上,轻轻托在那里,"汤姆,告诉我,是不是已经结束了?"

"是的。"我毫不犹豫地说。

"你发誓不再为那个杂种干活了?"

"绝不会了。"

她伸出手来,紧紧地拥抱着我,满满的柔情几乎箍得我肋骨破裂。"那么好吧,"她已经弄疼了我,"我原谅你,你真是最幸运的家伙!"

山姆突然出现了,把一包冰块丢在我腿上,我尖声咒骂。

"詹金斯太太要六个便士。"

"母牛。"吉蒂低声说。

"戏剧看得还开心吧,山姆?"缓过神来,我问道。

山姆摇摇头,卷发飞扬。

"喂!"艾略特和吉蒂一起发出了抗议。

"都是编出来的,"山姆耸耸肩膀说,"搞不懂有什么意义。"

"看的什么剧?"

"《乞丐歌剧》，"吉蒂替他回答。很显然，山姆并不知道剧名，也没把这剧太当回事儿来看，"这部剧我们都说了几个星期了，汤姆。"

"哦……"我垂头丧气地说，"我很想看看这部剧。"

吉蒂低声地嘀咕着什么。

艾略特双手拍着桌子，从椅子上站起身来。"我相信这部剧能持续上演好几个星期，凡是涉及针砭时弊的内容，都会获得巨大的反响。"

"这不就是一帮蟊贼的故事吗……啊？"

艾略特紧紧地裹住了自己的外套，屈起双臂，露出惊讶的神色，仿佛他裹紧了衣服后，胳膊就收缩了似的。"我怀疑盖伊先生①今后是否会受宫廷的欢迎，但我想这就是其目的所在——这出戏剧是他对他们所有人的报复。"

"真的吗？"凡是能够接触到的报纸和单幅大报，艾略特都会去看，把读报当成了事儿在做，所以他对宫廷中的那些流言蜚语总会知悉，"怎么会这样？"

他从墙上的钩架上摘下帽子。"盖伊是亨丽埃塔·霍华德的好朋友，他确信总有一天自己的朋友会为他在宫廷中谋取一个好位置——并以此规划自己的未来。后来老青蛙眼被加冕为国王，有消息爆出霍华德夫人对他并没有任何影响力，他听从的是王后的建议，而不是其他人。谁又能想到这些呢？一个接受妻子建议的男人。"他向吉蒂眨眨眼，"极不符合常理。"

---

① 《乞丐歌剧》是剧作家约翰·盖伊（1685—1732）的真实作品，上演后在英国等地取得空前成功，并孕育出"叙事歌剧"这一剧作类型。故事围绕一名强盗头子和他的手下展开，生动描绘了社会底层人物机敏又卑劣的两面性。

临终告白

我笑了笑,但仍然保持沉默。我想起了今晚和我短暂相遇的那个被吓坏了的女人。她根本帮不了这位约翰·盖伊,对此我并不会感到惊讶:她甚至不能自救。她是不是答应过那位在今晚袭击她的男人类似的事情?是对那男人承诺过什么好事,又没能做到?啊,那又怎么样呢?我又不会再见到她。

"主角麦克希斯应该被绞死。"山姆说。

"绞死?"艾略特勃然大怒,"他是英雄!"

"他是个强盗。"吉蒂纠正道,一边将艾略特头上的帽子摘了下来,俏皮地戴在了她的头上。

"你不能让英雄死了,这是喜剧。"艾略特坚持道,伸手去拿他的帽子,吉蒂笑着闪身跑开,说,"观众会爆发骚乱。"

山姆对此并不认同。"我看到过五十多个麦克希斯这样的人在泰伯恩刑场玩儿完了,观众们还欢呼。"

后来,我和吉蒂躺在床上。随着火焰化为灰烬,我们身上加盖了厚厚的毛毯。我把脑袋倚在她的胸前,听着她轻柔的心跳,她的手在我的头皮上摸索,指间的毛发索索作响。

"我得去理发了。"我说。

她用一根手指抚摸着我青肿的下巴,"再让头发长长一点吧,我喜欢你的头发变软,那样摸起来就像鼹鼠皮。"

我咯咯地笑起来,抓住她的手。

"汤姆,"过了一会儿,她说,"今晚我差点就失去你了吗?"

我想起了那个男人的手指撕裂我喉咙的情形,那沉重的马蹄声,以及亨丽埃塔眼中的绝望和恐惧,"当然不会。"

"没有你我活不下去。"她非常平静地说。

我笑了,"没有我,你也可以过得很好,想想你能省下多少钱。"

她叹了口气,什么也没说。房间里一片漆黑,一片寂静,但我能感觉到她失望的情绪在我周围的空气中弥漫开来,像一团潮湿的雾气笼罩着我。

我们身后的墙上突然传来砰的一声巨响,我们俩都吓了一跳。

砰!又是一声,那声音更大了,像是有什么东西重重地砸在另一边的墙壁上。

"什么声音?"吉蒂小声说,爬到墙边去听。

我摸索着找到了火柴盒,点燃了一盏灯。当我点燃蜡烛时,一声女人的尖叫响起来。

"啊!哦!上帝啊!哦!"

吉蒂一只手捂住嘴,开始咯咯笑起来。

床又砰砰地响了起来,女人的呻吟声也随之而起。

我惊异地盯着那堵墙,隔壁是约瑟夫·伯顿的家,不会有人在约瑟夫·伯顿的家里乱搞吧?我和吉蒂激动地交换了一下眼神:"你猜会是谁?"

吉蒂把一只耳朵贴在墙上,爱丽丝?爱丽丝和奈德?

"应该不是。他们俩的房间都在阁楼上。"

她聚精会神地皱起眉头,仔细地听,"不可能是朱迪思,我猜一定是爱丽丝。"

"和斯蒂芬?"

一阵长长的、颤抖着的呻吟声之后,陷入一片寂静,吉蒂做了个鬼脸,"嘀!不会是伯顿吧?"

想到这里,我们不由吓得举起手来——又像孩子一样咯咯地笑出声。约瑟夫·伯顿,作为一名礼仪改革协会的成员,正在和他的女管家滚床单儿。嗯,很不错。

"啊!送你的礼物!"吉蒂忽然想起,伸手从床底下拿出一个漂亮的木盒子,她把它伸到我面前,神色有点儿紧张。

我把盒子放在腿上,翻开盒盖。那里面放着十几个小包,又窄又平。我拿出一个打开来看,意识到吉蒂正在等着我的反应。小包里是一个长长的、半透明的套状物,被折叠成两半,用一根细丝带松松地系着,那是一个避孕套。

"我从法国订购店里买的,它们是用羊肠制成的。"

多么的振奋人心啊!"是的。我……我以前用过。"

她把手放到了我手里:"那么……我们不必再等了。"

她的脸在烛光的映照下闪闪发光。那么年轻,那么漂亮。这就是她给我的礼物——她的贞节。我拂开她脸上垂落的头发,她微笑着,紧张地凝视着我的眼睛。

告诉她,告诉她你为什么会等待此刻等得那么久;告诉她你想先娶她,照顾她,你想让这一刻与其他以往的经历截然不同;告诉她你担心若是你不等待,她将永远没有理由嫁给你。

告诉她你爱她,该死的。

我张开嘴……话在我的喉咙里全咽了下去,"我……吉蒂,我今晚很累,晚上发生的那些事还必须……"这是实情,除了我刻意隐瞒的谎言之外。

她的目光柔和下来,满是关切,"哦,当然。"她尴尬地同意了,立刻合上盒子,将它塞到床下,然后用嘴唇碰了碰我的脸颊,"当然没问题。"

我吹灭了蜡烛,我们两人静静地躺在黑暗之中。

第二部

The Last Confession of Thomas Hawkins

眼下,那一队人马将他们带至一处狭窄的石桥及舰队沟,还未看到那里,他就闻到了那里的味道:一股污物和内脏的恶臭。与其说那是一条河,还不如说是一处在流动的脓疮,黏液一直往下渗至泰晤士河。上帝啊,这是三月的一个寒冷刺骨的日子,并非炎热的夏日,风把那股恶臭吹向南边,带至黑修士桥。霍金斯闭上眼睛,当马车转向霍尔本山时,他的身体摇摆了起来。

"凶手!"

一个老妇人的声音响彻云霄。他的眼睛猛地睁开,她又尖叫了一声,他看到她,拥挤人群中的一个陌生人,她的脸因仇恨而变得扭曲,其他人也开始跟着大喊大叫起来,大声地咒骂他。

"残忍的怪物!"

"下地狱去!"

他们是多么地恨他啊!其缘由不仅仅是因为这些人认为他谋害了性命,还因为他浪费了生命。一位年轻的绅士,被赋予的每一个机会,金钱、健康、教育——统统都是浪费。

一群学徒从酒馆的窗户探出头来,等着马车从他们下方驶过。等到这个时机,那群人朝他扔下一堆石头,并因此举狂笑。学徒们都喝醉了,大部分的石头都投掷到四处,然而有一块石头还是重重地砸中了霍金斯。顿时,血从他的太阳穴处喷涌而出,他用双手护着脑袋,处于半昏迷状态。

一名瘦削的黑衣人攀爬上马车敞开的端头,朝他靠近,那是纽盖特监狱的一名普通牧师詹姆斯·格思里,他掏出一块手帕。"如果你坦白认罪,他们就不会那么怨恨你。"

霍金斯把手帕压在伤口上,身体往后一靠,仰首望向那片凄冷、洁白的天空。"我是无辜的,格思里先生。"

临终告白

"霍金斯先生……"格思里开口了,然后又想了想,对于不愿自救的人,他可帮不了什么忙,他从车上跳了下来,"上帝保佑你的灵魂。"他一边大步走开,一边大声地说着,在众人面前做做样子。

当他们一行到达圣吉尔斯的边界时,血已经止住了。圣吉尔斯。这地方沉溺于罪恶,沉醉于烈酒。在圣吉尔斯,只要一幢房子发生震动,就会有成群的小偷、妓女和杀人犯倾巢而出,数量远远多于在纽盖特监狱所关押的那些。这里算得上是一处喝断头酒的好地方。即使没有骑行者发出号令,马匹仍然自觉地在王冠酒馆外停了下来,它们以前曾多次在这条路上行走,早已熟悉一切。

卫兵扶着霍金斯从马车上下来。天太冷了,他能看到自己的呼吸从唇间逃逸出来化成一片雾气。有人递给他一杯温热的红酒,拍了拍他的肩膀。他的手指紧紧抓住杯子,感激它带来的温度。深红色的葡萄酒看上去像血,在寒冷的空气中冒着热气。

这里的人群相比之下更和善一些,他们喊出一些鼓励的话语,并承诺要为他祈祷。这群人是社会中最低等的男人,最下贱的女人:扒手、拦路强盗、骗子,离断头绳只有一步之遥的距离。他平生第一次产生了要在此地逗留的念头,然而,还没有等喝完那杯酒,他就被叫回到马车。随着王冠酒馆渐渐消失在远方,一个念头钻进了他的脑海,像预言一样坚定:这是我的双脚最后一次接触大地。

而在此刻,他感受到——他与之斗争了这么久的那种恐惧。这恐惧令人眩晕,远比从人群中扔出来的任何一块石头都要重。

他快要死了。

不!不!他们承诺过,他不会死。

他是一枚硬币,以边缘立起在旋转:正面或反面;生或是死。

第六章

差不多过了一个星期,我才准备好再次步入外面这个世界。刚开始的几天,我的下巴又黑又肿,我只能吃清淡的肉汤和乳酒冻之类的东西。吉蒂非常担心我脖子上的伤痕,坚持每天用热葡萄酒清洗两次。

"我就快像酒馆的地板一样臭烘烘的了。"我抱怨道,酒在渗进伤口时,我缩起肌肉。

"干净的伤口会愈合得更快。"吉蒂一边说着,一边将她自制的油膏涂上。吉蒂的父亲纳撒尼尔曾经是一位很有名气的医生,和塞缪尔·弗里特是密友。当吉蒂第一次走进这家"上膛之枪"店里时,她在地下室里一个锁着的柜子里发现了他藏的书和日记。店里没什么生意或是深夜时,她便会坐在炉火旁边,眯起眼睛,贪婪地阅读这些书刊。

在那晚的袭击发生几天之后的一个早晨,我躺在床上,突然有人轻轻地敲门。我刚刚撑起身靠在枕头上,女仆珍妮溜进了房间。她站在门边,紧紧地抓住门把手,目光落到我裸露的胸膛上,然后又飞快地移开。"我可以和您谈谈吗,先生?"

"当然可以。"

"恐怕……恐怕我得离开,不能在这里干活了,先生。"

我隐藏了沮丧的情绪。"是因为山姆么?我会给你的房间安上一个门闩,珍妮,我保证——只是这些天我一直在分心……"我指着我的伤口说,"如果你愿意,我也要和他谈谈——"

"不是因为那件事,先生,至少——那只是占了一小部分。"她躲在门后,一半身子在外面一半在里面,"我在莱斯特那一带的一家找到了一份工作,在教堂遇到的一家人。"

"啊,我明白了。呃,吉蒂会想你的。"吉蒂肯定会怒火冲天。"你需要介绍信吗?"

她摇了摇头,貌似被这个提议吓了一跳。"谢谢您的好意,先生,但如果您不向任何人提起我在这里工作过,我将不胜感激。他们……他们在教堂里把你说得那么难听。"

我咯咯地笑了起来,"哦,我能想象出来。"

"不是,先生。"

她的话让整个房间顿时无声。**不是,先生**。这话既是打断,也是反驳,这不像珍妮和我说话的方式。一阵寒意袭上心头,我预感到无论她接下来说的是什么都具有毁灭一切的可能。我想从床上跳起来,用手捂住她的嘴巴不让她说下去。与之相反,我在等待,两人静谧无声。

珍妮焦虑地将手指绞在一起,她的手因长年干活儿显得又红又肿,大拇指底部有个小伤口,那是被热锅烫伤所致,看起来,她似乎也不愿意继续下去,她双唇紧闭,鼻孔使劲地呼吸。**她是害怕,是在害怕我**。

不要问,不要问她。

"他们是怎么说我的,珍妮?"恐惧令我的声音变得毫无热度,这句询问听起来几乎像是一个威胁,甚至听在我自己的耳朵里也是如此。

她咽下口水道:"他们说你杀了一个人,先生,在马夏尔西监狱里。"

一阵长时间的沉默,她的身体开始发抖。

"你应该知道那是谎话。"我说。

她点点头,并无信服之意。

"是谁,究竟是谁说出这么恶毒的谎话?"但我一开口问时就知道了答案,"伯顿先生?"

又是点头,她向楼梯平台跨了半步说,"他说,贡森先生会拿出证据的。"

"人们相信他了吗?"珍妮常去广场西端的圣保罗教堂,每个礼拜天,至少有一半的邻居们都会聚在那里。

"没有……至少……没有那么多人相信,先生,但是,后来有人看见你被打得满身是血地回家,大家都开始怀疑了,先生——我必须为我自己的名声着想,您理解吗?这个新的工作,非常受人尊敬……"

"我理解。"我说,她的脸色顿时放松下来,"珍妮,如果你不把这件事告诉斯帕克斯小姐,我会很感激的。"

"是的,先生,我什么也不说,我保证。"

"你相信我没有杀人,对么,珍妮?"

"是的,先生!"她说。但是,哦——她在回答之前稍做了停顿,这几乎伤透了我的心。

"非常好。"我点点头,打发她走了。

她行了个屈膝礼,关上了房门,收拾好她仅有的几件东西,不到一个小时就离开了这里。

该死的约瑟夫·伯顿,赤口毒舌,谣言已像瘟疫一样在这个镇上传播开来——过不了不久，伦敦有一半人都将会知道我是个杀人不眨眼的恶棍。黑色的眼眶，瘀青的下巴，我看上去确实像是个杀人犯。我不敢以这样可怖的面貌冒险地走到外面去，甚至不敢下楼到店里去——这只会对传言加以佐证，让我们的那些邻里平添议论。于是，我独自一人在房间里沉思冥想、来回地踱步，好像我又回到了监狱里度日。

我没有把珍妮的话告诉吉蒂。吉蒂的爱像野火一样炽热而凶猛，这只会带来更多的麻烦。最好的情形是，她只用为此而担惊受怕；最糟糕的是，她会和伯顿直接冲突。所以我保持沉默，祈祷谣言能慢慢消失。

然而，吉蒂并不是傻瓜。没过多久，她就对我的行为起了疑心。因为我一直都喜欢出去和人交往，我的天性不会让自己闭门不出，更不会为了面子而如此。

一天晚上，我梦见自己又一次地被囚禁在马夏尔西监狱。看守们把我从牢房里拖出来，经过那个院子，朝高墙那边走去，他们将我带至那处普通监狱，前往刑讯室。我开始大声呼叫，却没有声音发出，看守们笑着把我推了进去，然后把门锁上，我独自一人，呼吸着死亡的恶臭，老鼠在我脚边逃窜，吱吱地叫着，我向前迈了一步，又冷又湿的鞋子缠住了我的脚踝，更多的手，没有皮肉、白骨森森的手将我往下拉，那是一堆腐烂的尸体，我踉跄着倒在它们的中间，它们抱着我，紧紧地箍着我的身体，老鼠从我们身上爬过，爪子抓着我的脸，我越是挣扎，在这堆尸骨中却陷得越深，直到我无法呼吸，口中塞满了泥土，我永远不会被释放，我永远被困在这里……

"汤姆！"吉蒂摇醒了我。

我坐了起来，心跳加速，衬衫全被汗水浸湿。

她在黑暗中伸手抓住我:"你在大叫。"

"梦到在监狱里。"然而,情形远不止这些,我口中还能尝到泥土的味道,空气中有一种淡淡的气息——那是腐烂的皮肉散发出的香甜的味。我梦见过死亡,它紧紧地纠缠着我,即使我已经醒来,依然如此。

"难怪你会梦到监狱,"吉蒂说,"你困在这房里的时间太久了,你必须出去,汤姆。"

她说得对,我待在这房间里的时日越久,就越发认为自己更像个囚犯,更多的旧梦又会萦绕在我心头,我向后靠在枕头上想。

吉蒂蜷缩在我的身旁,抚摸着我的胸膛。"你的心跳得这么厉害……又遇到什么麻烦事儿了吗?"

要是我不能阻止伯顿继续散播流言的话,我们两人都会陷入麻烦之中,我的爱人。我吻了她的头顶:"没有。"

她叹了口气,温暖的呼吸扑在我的皮肤上。"我讨厌你对我撒谎。"

第二天晚上,吉蒂决定去拜访律师艾略特一家。她试图说服我和她一起去,我拒绝了,但坚持让她带着山姆一起,我不希望她一个人在黑暗的街道上行走,同时让山姆多点儿时间和体面的人有所接触,对他来说也是好事。

"紧跟着斯帕克斯小姐,"我说,他正把我那条最好的领带绕在他脖子上,"记住我教给你的,怎样进行良好的交谈。"

他在镜子里看着我:"句子。"

"是的,的确如此,要用句子交谈。"我顿了顿说,"比如说,不是那个。"

临终告白

他用黑丝带把头发扎了起来，我仍然没能说服他去剪头发。不戴假发，他永远也无法过渡为一名绅士。我试着去想象山姆头戴假发向女士们行礼、和其他绅士们闲谈的场景——我又一次被自己愚蠢的念头所打动，山姆永远也变不成一名绅士——不管是伪君子还是其他，如果他这么爱他的卷发，他还不如留着。

等到他和吉蒂走了以后，我穿戴完毕，大步走进考文特花园。下巴仍然有些瘀肿，但眼睛已经好多了，黑夜可以掩盖最糟糕的状况。

莫尔的咖啡馆一如既往的人声鼎沸——那喧闹声能传至半条罗素街。我熟悉那些顾客们，更了解那里的女孩儿们，她们正透过烟管里喷出的那团黄色烟雾瞥向我。"另一种生活。"我心头带着一丝遗憾提醒着自己——我来这里并非为了消遣，而是为了摸清情况。要想弄清楚伯顿将关于我的谣言传播得有多广、我遇到的麻烦有多大，这里是探索消息的最佳之地。

莫尔·金在一场纸牌游戏中获胜，被一群醉醺醺的崇拜者围绕其中。没有人知道莫尔的真实年龄——我猜她三十五岁左右。她已不再是风华正茂的少女，但她的身上却有一种邪恶的魅力，这种魅力比年轻姑娘甜美的面容和纤细的脚踝更具有诱惑性。曾经，她的丈夫汤姆主宰着这家咖啡馆和他们的婚姻——莫尔身上的伤疤就证明了这一点。但是，这么多年来，她一直在做事，一直在等待——总是保持清醒，头脑也很聪明——而她的丈夫却被酒精削弱了力量。此刻，他正坐在炉火边，身体臃肿还伴有痛风的毛病，半数的牙齿已从牙根儿上烂掉了，而他的妻子却像是他已经进入坟墓似的，在那里和男人们调情、运筹、规划着这家咖啡馆。莫尔的名字仍然挂在咖啡馆门口的上方，但这里却是莫尔太太的地盘，全世界都知道这一点。我曾经也是她最喜欢的人，但自从我和吉蒂生活在一起之后，她就对我失去了兴致。为了保持她的友好态度，我把赌桌上的一个秘密告诉了她。然而，这城里有那么多年轻男人愿意在她和她的女孩儿们身上花钱买乐子，她也就无暇顾及我。她在馆内给我送出一个飞吻，然后又继续赌钱。

我需要的是贝蒂，莫尔的那名黑人侍女。我看到她正在火炉边煮咖啡，她托着下巴斜倚在一张角落里的桌子边，远离人群。几分钟后，她给我端来一碗潘趣酒，也给她自己拿了一杯酒，在桌子对面坐了下来。

人们低估了贝蒂。事实上，他们根本忽略了她的存在。莫尔家里总会有一个黑人侍女——这是一个传统。侍女的名字总是叫贝蒂——不管她的真名是什么。两年前这个贝蒂换成了另一名女孩，一些顾客甚至都没有注意到这一变化——她只不过是给人倒咖啡的黑人女仆。我第一次见到她是在一个安静的夜晚，我假装在看报纸，偷听旁边长椅上的谈话。等我抬头时，发现贝蒂正站在角落里盯着我看，嘴角挂着一丝微笑。我咧嘴一笑，她发现了我在偷听他人的谈话，我也发现她在暗中观察我，我们同属一类人。

我喜欢贝蒂——我喜欢她从浓密的黑睫毛下观察世界的样子，我想她也喜欢我。我们之间有某样未完成的事——那是一条我很久以前就错过了的路，再也找不到了。我在她的凝视中感到一种隐秘的热度。另一种生活，确实如此。

她抿了一口潘趣酒："贡森昨晚来找过我们。"

这算不上什么出人意料的事情，贡森似乎每天有一半的时间都在突袭"上膛之枪"，另一半的时间则穿梭于酒吧里面搜寻那些盗贼和妓女以将其绳之以法。对于一个如此痛恨犯罪的人来说，他当然会耗费大把的时间沉浸于其中。

"抓人了吗?"

贝蒂一只手将我的脸颊推向一边,把我的注意力引向旁边的长桌。莫尔的两个女儿两腿分开跨坐在桌子边,慵懒地撩起裙子,去逢迎一位年长的法官和一群忙于献媚的律师。一个女孩儿跪下,张口伸出舌头开始舔另一名女孩儿的大腿,以及……男人们神情呆滞,目不转睛地盯着这一幕。呃,似乎并不是每个人都像贡森那样具有十字军般的道德精神。

"国王的情妇认识不少'朋友'。"贝蒂说着,吸了一口气,她的手指顺着我下巴在那片瘀青处摩挲,"我听说你被人打了。"

"是为了保护一名女士。"

贝蒂露出好笑的神情,我举起双手来捍卫我的清白无辜。

"贡森昨晚问起你的事情。"她靠得更近了,贝蒂身上喷着一种罕见的香水,夹带着茉莉花的温暖的香甜,散发出昂贵而醉人的味道,与她发间弥漫的煤烟味道形成了有趣的对比。她怎么能买得起这个呢?也许她有一个秘密的情人,出身于贵族的情人;或是一名进行异国香水贸易的富商?一想到这个,我心头就涌现一丝嫉妒,尽管我没有资格对此产生嫉妒。她把嘴唇贴在我的耳朵上,轻声道:"他在调查你是不是杀了人,而且有很多人愿意和他谈这个。"

我低声咒骂了一句。"他们说了些什么?"

"说假话,半真半假,你的那位邻居伯顿和贡森一起来的。那人在这里面转来转去,说谁要是愿意告诉治安官你所犯下的罪恶,就能得到一大笔钱,他可是一心想置你于死地啊。"

或许更糟,我一只手捂住了嘴。要是放在几个月前,我可能会对这种无稽之谈一笑置之。但如今,我已经学会了不能粗心大意,贡森这人很有坚持劲儿,且有耐心,伯顿又对我怨恨之极,他俩在一起是一个危险的组合。

在房间的另一端,莫尔正叫人再上酒,她不会去喝,但跟她一起打牌的人会愿意喝,而且,赢那些喝醉酒的傻瓜的钱会更容易一些。她那一桌人大声地欢呼,似乎在咖啡馆内掀起了更大的喧闹声,男人们得大声喊叫,才得以使邻桌的人听到。贝蒂的声音轻柔地在我耳边落下:"贡森知道了雪原上的谋杀。"

刹那间,那个漆黑的夜晚再次将我笼罩于内。不顾一切地挣扎着要活下去的念头,一处敞开的坟墓以及我口中泥土的味道,枪膛里的烟和血的气味,吉蒂。"那不是谋杀。"

"不是吗?"贝蒂轻声问道。

我喝着潘趣酒,贝蒂看着我,一脸担忧的神情。"贡森这人遵纪守法,"我说,这既是为了让自己放心,也是为了让她放心,"没有证据,他发现不了什么。"

"那么你就应该待在你的狐狸洞里,霍金斯先生,任猎狗从你身边经过,很快就会有新鲜猎物诱它们去追逐的。"

像之前一样,这是个好的建议。贝蒂以前曾试图要帮我,但我没有听她的,几分钟后,我就被捕,然后被关进了监狱。"贝蒂,我只想平静地生活着。"

她翻了翻白眼,"没错,这就是你一直为詹姆斯·弗里特做事儿的原因。"啊,这就是贝蒂的不幸之处,她真的什么都知道。

贝蒂继续去忙她的事情了。我点燃烟斗,心里想着伯顿和贡森这两人以及贝蒂的建议。我想,暂时离开伦敦应该是明智之举,我正好可以去萨福克看望我的父亲。但那就得让吉蒂一个人待在这里,我不想这样。要么带她去见我的父亲，可我更不喜欢这样。

我不想离开这座城市。我为什么要这么做？为什么我要被约瑟夫·伯顿驱逐出门？或许我应该散布一些关于他的谣言，那个该死的伪君子。也许我应该向全世界宣告，那个整天向邻居们宣讲礼仪道德的人，到了晚上却在床上操他的女管家？

我抽了一口烟斗，靠在椅背上，懒洋洋地将烟喷向天花板。我在莫尔咖啡馆感觉很是惬意，尤其是像现在这样手中端着一碗温热的冬季潘趣酒，坐在咖啡馆的边缘地带时。黑暗的角落里正上演着一幕幕有伤风化的剧情，在摇曳的烛光中隐隐可见。我放松了下来——感觉比几天前要更放松了——接着又倒了一杯酒。在过去的三年里，我在这家咖啡馆里听到过多少传言，又有多少传言在这里慢慢消散。酒液从我的血管里射出一道金色的光辉，给予我一种虚假的满足。

邻桌的客人们正在讨论国王和威尔士亲王之间最新的矛盾，"所有的黄金，所有的权力都在他们手中，可他们还是不能好好相处。"他们中的一个人摇着头说，好像金子和权力都算不上最重要的东西。"当你的儿子在你身后跺着脚不耐烦地等着你断气的时候，你恐怕很难舒心地去面对他。"

这种话题使我感到厌烦，我的目光飘过咖啡馆，然后坐直了，伸长脖子望向人群。那是……？就是他，奈德·韦弗，伯顿的那名学徒。自从那个"不存在的盗窃之夜"起，我还没有和他说过话，以前我从未在莫尔咖啡馆见过他。当然，伯顿肯定不允许他来。真是奇怪啊！他兀自坐在一条长椅的边缘处，头耷拉在手中。我认识和他同桌的其他几个人——都是一群肮脏的恶棍和酒鬼，他们在莫尔咖啡馆曾激起过好多起严重的斗殴事件，老顾客们早已经学会了和他们这帮人渣保持距离。

他们的首领是个矮个子，肌肉发达，总是冷笑。他正对着他同伙们咕哝着什么，接着，这帮人一同动了动身子，满脸怒气地瞪着奈德。而奈德此刻正埋头盯着自己的咖啡，浑然不觉。

他跑这里究竟要干什么？生活在罗素街的三个月里，我一次也没有在考文特花园的酒馆和咖啡馆里见过他的身影。现在，那帮人正在窃窃私语，公然怒视着擅自闯入到他们领地的外来者。奈德是个强壮结实的小伙子，多年的木工劳动使得他肌肉发达。我曾看见他背着一张比他体积大上一倍的橡木桌子沿街跑。然而，那帮家伙一旦动起手来都是凶猛的杂种——他们总共有六个人。

我应该少管闲事。我有酒有烟，——还有我自己的烦心事儿。**好好待在你的狐狸洞里，霍金斯先生。**

奈德双手抹了抹脸，他的衣服乱作一团，身上的马甲解开着，衬衫也松散了，他看上去像是快要哭了。

该死的。如果他只是一个像他主人一样的恶霸，一个我可以鄙视和忽视的人，那就好了。我不应该给自己找麻烦……可是，我还是站了起来，从人群中挤过去。几枚钱币能解决这个问题吗？我走近长椅时，那团伙中的一人正使劲地捅奈德的肋骨。奈德仿佛突然从梦中惊醒，然后跳了起来，举起了拳头。哦，天哪，千万别又打起来。想到这里，我深感下巴一阵刺痛。如果今晚有人再来打我，我的头都有可能会掉下来。

"先生们。"我说，一只手搭在奈德的肩上，把他拉了回来。

六个男人对我怒目而视，接着是一阵紧张的沉默，我把肩膀往后缩，奈德又高又壮，我体形亦是如此。我俩……可以快步跑到街上，上帝保佑我们。

接下来，令我吃惊的是，这六个人都紧张地往后退。过了一会儿,他们的头儿向我低下头来,"霍金斯先生。"其余的人跟着他一起,急促地向我点头,接着反身继续喝酒去了。

我目瞪口呆,对自己这样的好运气感到惊异,不太相信会是这样。但是确实如此——今天晚上他们那帮人不像是想打架,也许是他们有生以来的第一次。我松了一口气,有些眩晕,于是一把抓住奈德,把他带回到我的桌旁,"真走运。"我嘟囔着,俯身从邻桌借来了一个酒杯。

我给奈德倒了些酒,他偷偷瞥了我一眼:"这可不是什么运气,先生,他们是害怕你。"

"无稽之谈。"我重新装上烟斗。

奈德吞下了一大口潘趣酒,然后将一半呛回到桌上,他尴尬地笑着抹嘴:"伯顿先生不允许喝酒。"

"我也听说了,"我深深地吸了一口烟,"但是他允许爱丽丝睡在他的床上。"

奈德那张英俊、坦诚的脸上闪现出愤怒的光。"那个……那不是真的。"他有些语无伦次,是个蹩脚的说谎者。

"墙壁并不厚,奈德。"

他内心挣扎了一会儿,对他的主人保持忠诚。然而,我能看出他想向别人倾诉的渴望,同时还有愤怒的情绪。他的拳头放在桌子上,攥得紧紧的。"这是不道德的事情,先生,"他终于开口道,"爱丽丝·邓恩是个值得尊敬的女人。可是,如果她不……如果她拒绝了他……她就无处可去了,最终会落得像她们一样的下场。"他的目光闪向律师那桌上的女孩儿们——她们的外衣已被褪至腰间,双手在解开的马裤下干活儿。

我放下烟斗,"他是违背她的意愿干的这事儿吗?"

"这是在几个星期之前,暗中开始的。我们起先并不知道。不久前的一个晚上,爱丽丝大呼'小偷!'是他在床上,我们都听到了她的声音。"他垂下了头,"现在他也懒得遮遮掩掩了,我还因为这事斥责过爱丽丝,告诉她这是一种罪过,她发誓说是伯顿先生逼她这样做的。她说他在床上逼着她大声浪叫,让我们都听到才行,我不清楚,我想……也许是她在撒谎……"

从奈德的神色中,我看出他并不认为是爱丽丝在撒谎。他的双眼噙满了泪水,仿佛这耻辱是他的,而并非是他主人的。事实上,他又如何能够做到在夜晚平躺在床上听那种声音呢?我和吉蒂在听到伯顿和爱丽丝一起弄出的声音时,我们两人都笑了,一想到这个我就觉得恶心。

那么伯顿家的孩子朱迪思和斯蒂芬呢?他们知道真相吗?他们能理解吗?祈求上帝!不,他们不要知道这些。我想起了那天晚上,朱迪思蜷缩在楼梯上口中吐出了爱丽丝的名字,就好像这个名字在她的舌头上留下了臭味似的。而斯蒂芬曾威胁他的父亲说要把他看到的实情告诉贡森,那晚他真正看到的情景。

我感到有一种可怕的愤怒在我体内滋长,这就是那个对我恶意中伤、散布谣言的人?这就是那个敢于认定我罪大恶极的人?我闭上眼睛,那一刻我是多么地恨他!

我还没来得及阻止自己,这个想法就出现了——我真希望他去死。"太可怕了,奈德,你怎么忍受得了?"

奈德沮丧地把空酒杯一圈圈地转动着,他有一双操劳的、做木工活儿的手——那双手伤痕累累,但敏捷而灵巧。"他很不对劲儿,已经不是他自己了。我在他手下当徒弟已经七年了,每周有六天都跟着他在干活儿,他以前答应过等我学徒期一满,就给我一份带薪酬的工作,现在一切都完了⋯⋯"他的声音中出现了哽咽,"他让我这周末就滚蛋。"

"我的上帝啊!"承诺要给奈德一份工作,却在七年的时间里让奈德干活,自己捞钱,然后等到学徒期满就不让奈德干了?那不是在奴役别人吗?"难道他付不起你的工钱?"

"给了十次!这些没有任何意义。没有我他怎么办?那个老傻瓜已经这把年纪了,他没办法靠自己支撑下去。"

"也许他想把生意交给斯蒂芬?"

"*斯蒂芬*?他连锤子都举不起来。"奈德被我的话逗乐,脸上的皮都笑得皱起来,我再次被他善良的本性所打动。若是我处在他的境地,我定会深感痛苦和怨恨。奈德看起来更加*迷茫*了,好像他的主人突然变成了一个陌生人,这一切之中的谜团似乎才是最令他烦忧的缘由。"我该怎么办,霍金斯先生?"

"我不会为此担心,奈德。你是一个诚实的人,木工活儿也干得不错。"我拍拍他的臂膀,天哪,果然强健,他的肌肉像铁一样坚硬,"你找工作肯定没问题的。"

"但这是我的家,先生。"他顿了顿,泪水再次充满了他的眼眶,"我以为他会为我感到骄傲,可是到头来,他却不在乎我在街头挨饿。七年啊,七年的时间一场空。"

我皱起眉头深表同情,又给他倒上一杯酒。

等我们把第二碗酒喝到见底儿时——奈德只喝了半杯——我已经喝醉,陷入了狂怒的情绪之中。伯顿竟敢如此残酷地利用奈德?他竟敢在这一带大肆污蔑我的名声?从咖啡馆出来,我跌跌撞撞地走到广场上,奈德焦急地跟在我后面。夜间的寒气扑面而来,鹅卵石路面在我的脚下变得弯弯曲曲。我已经好长时间没有像这样喝醉过了，自从圣詹姆斯公园那事发生以后，我几乎一滴酒也没沾过，还忘了晚饭这档子事儿。

走到伯顿家门口时，我用拳头拼命地砸门。

"伯顿！滚出来见我，你这个婊子养的！"我刚才说什么来着？婊子……这是在说什么？我晃了晃脑袋，稍稍清醒了点儿。

奈德的手抓着我肩膀道："霍金斯先生，先生……"

奈德身形魁梧，但也不及狂怒中的醉汉劲儿大，我挣脱开来，一脚踹向门，脚重重地撞在木头上，没人来开，我就再踢，手脚并用，又敲又踢，直到手指关节流出血来才作罢，紧接着，我拔出匕首，用刀柄砸起门来。

最终，门闩转动，伯顿愤然作色地立在门口，一副肆无忌惮的样子——直到他看到我手中的匕首："你想干什么？"

我试图将刀插入鞘中，连续几次之后，我最终把刀插入腰带中，当一个人的血管里流淌着的酒比血液还多时，这样的过程并非易事。"你一直散布那些谎言，卑鄙无耻地诽谤我！"我没再说下去，刚才说的话中有一个词并不准确。

"奈德！"伯顿叫道，示意他进去。

奈德唯唯诺诺地走了进去，伯顿上前准备关上大门时，我顶着门，隔着门缝隙瞪着他。"你凭什么对我说东道西？"我嘘声道，"你强迫爱丽丝·邓恩跟你上床，还敢来评判我？"

伯顿听到这话时简直惊呆了——然而，他很快就恢复了常态，咧嘴露出了牙齿。"贡森先生今天去了马夏尔西，有个狱卒说你杀了个人。"

突然之间，我清醒了。

临终告白

"你会被绞死的,"他得意扬扬道,"我保证,霍金斯。"

他在我眼前关上了门。

恐惧席卷了我的全身,这不是真的,这是不可能的,我是无辜的。但我在监狱里树敌不少——我想到了那几名狱卒,只要给钱,他们很乐意出来作证,或许情况比这还要糟——他们向贡森透露了事件的实情,哦,天啊,不!我的双脚发软,不得不倚着墙来稳住自己。

此刻,我心中的怒火已荡然无存,整个人筋疲力尽。我的两只手在不住地颤动。我疑惑地低头去看,却惊恐地发现我手指在刚刚捶打伯顿家的门时出了血,手上已是血迹斑斑,刺痛顿生。啊,上帝,我都干了些什么啊?拳头砸门的砰砰声响把什么都招来了,我身后的街道鲜活了起来,街对面,那些妓院里的姑娘在我看向她们时笑着向我招手,而我们那些相对体面的邻居则是目瞪口呆地站在门口的台阶上,他们没有听到伯顿威胁的言语,却看到了我像个疯子一样狂呼乱叫地在敲伯顿家的大门。**手中还拿着刀。**

我匆匆赶回家,关上了通往世界的门。我瘫倒在楼梯上,一把扯下头上的帽子和假发,松开领结,苦苦地做了一番思考。我应该逃到欧洲大陆去——趁贡森还没来得及发出逮捕令,今晚就动身。我冲上楼梯,又在楼梯口停了下来,不带吉蒂一起走?那不行。如果贡森问出了什么,她也会有同样的危险。

要是我们把真相告诉艾略特,他应该会帮助我们。也许他已经猜到了一些,是的——这是最好的办法,至少目前看上去是这样。在酒精的作用下,我的脑袋仍然有些晕乎乎的。我帮吉蒂收拾了一些东西——几件衣服,她父亲的文件,她的珠宝——还有我在这屋里能找到的所有的钱。我刚开始收拾我自己的衣服,突然有人在敲门。

我暗自咒骂着,走到窗前,店子的外面停着一辆马车,两名警卫手持棍棒立于两侧。我的心像一只鹰一样俯冲下来。已经来不及了。还有一名警卫站在店门口，肩上扛着枪，他抬头，看见立在窗前的我："霍金斯先生，开门，先生！"

我如释重负，认出了这人就是我在圣詹姆斯公园救下的那名警卫，他们一定是亨丽埃塔·霍华德的人。

我急忙下楼，从地板上拾起我的假发和帽子，待我打开店门时，那名警卫稍作鞠礼，便示意我上马车。

我指了指店里："我得写个条子——"

"没这时间。"他打断了我的话。

我犹豫了一下，突然心中起疑："我们要去哪儿？"

那名警卫向其他人打了个手势，不一会儿，他们就按着我，将我强拖上马车。我跌坐在车厢内，衣服和手脚乱成一团，我挣扎着爬上长凳，警卫在我对面的座位上坐了下来，重重地关上了车门。车夫轻声一喝，催马向前，马车就沿着德鲁里巷向海滨方向跑去。我用受伤的双手抓紧座位，摇晃的车厢以及刚才的突袭让我有些头晕目眩。

警卫拍着我肿胀的下颌说："你倒是恢复得不错啊，嗯，你是年轻人。"他咧嘴一笑，露出了他牙齿上的一个新缺口，加上他那扁平的鼻子以及天花留下的坑坑点点，他这张脸显得有些残暴，但他看起来很友好。"巴奇。"他伸出一只手来说。

我握着那只手："我有什么麻烦吗，巴奇先生？"

他仰起头笑起来。"太多了，霍金斯先生。"

第七章

当我们到达圣詹姆斯宫的门口时，巴奇命令我躺在车厢的地板上，他用一条粗羊毛毯子将我遮盖起来，那毯子上全是马身上的臭味。与门口的卫兵简短地招呼了几句之后，马车又向前行，飞快地从一片广阔的场地穿过。马匹来了一个急转后，马车停了下来，有人轻拍我的肩膀说："就在这儿等着。"我挣扎着坐起来，但巴奇猛地把我往后一推。

我局促不安地躺在黑暗中，竭力为我与国王情妇的这次意外会面作心理准备。霍华德夫人怎么会用如此下策，暗地里把我带进王宫呢？她一定很绝望，这种想法使我心中不得安宁。她可能没有能力帮助剧作家盖伊先生在宫廷之中找到一个合适的职位，但我毫不怀疑，如果她愿意，她肯定可以让我的生活变得不太平，就如同我此刻躺在冰冷的毛毯下面这种感觉。

我换了个姿势，刀柄戳到了臀部，疼得我缩了一下，口袋里的银表轻轻地嘀嗒作响，这是塞缪尔·弗里特送我的礼物。这位前狱友又当如何看待我经历的这些事情呢？当然，他会很高兴——非常激动。弗里特一直生活在麻烦之中，也为此而死。

现在是什么时刻？又过了多长的时间？天太黑了，我看不清表。我不能就这样冒险等太久——我今晚必须赶回吉蒂那里，和她一起逃离这个城市。也许我现在应该离开，逃到黑暗的城市街道上。但是我该怎么向门卫解释呢？如果他们发现我屁股上挂着刀在国王的宫殿里穿行，他们会作何反应？就我这种霉运，他们定会以叛国罪起诉我，然后把我绑在火刑柱上烧死。

有脚步声，我紧缩在毯子下面，但那只是一个马夫，他来解放马匹，放下车辕。车厢倾斜到了一侧。我在厢内滑来滑去，脚踝的骨头撞到了座位上，我低声咒骂了一句。脚步声越来越近了，一盏灯笼在窗边亮起来，亮光充满了整个车厢。我静静地躺在那里，紧张地屏住呼吸长达一分钟，之后车内变暗了，我又独自一人待在这里。

又过了一个小时，巴奇才回来。此刻我已经完全清醒了，头皮还在狂跳。我扔下毯子，跌跌撞撞地从马车上走了下来，伸直了酸痛的四肢和后背。

"太高了，"巴奇打量着我说，仿佛我在延展自己的高度似的，"对不起，让您久等了。国王一直喋喋不休地讲话。"

我们快速穿过马厩，马匹们在黑暗中蹬着蹄子，嘶嘶地叫着。远处的院子里点着灯笼和火把，在我长时间处于黑暗之中的眼睛里显得格外明亮。我睁大了眼睛看着沿途那些红砖砌成的、错落有致的宫廷建筑，这迷宫似的宫殿令我惊叹不已。尽管内心的忧虑仍在，但我还是禁不住产生一种更浓烈的兴奋情绪。

我们穿过院子，在阴影处停了下来，几个仆人提着灯笼快速走了过来。当一切又恢复平静时，我们转向一处隐秘的侧门，那里无人看守。巴奇打开门，向我招手示意跟过去。

"现在安静了。"他呼出一口气，自我从马车下来之后，我和他还没有说过一句话。

外面的走廊很黑，我们没有灯笼，所以不得不伸出手，用指尖挨着墙来探路。那墙壁光滑而干燥，我曾听说圣詹姆斯宫是一处摇摇欲

临终告白

坠、潮湿阴冷的破旧之地,但对我来说,它似乎足够坚固。

在黑暗之中,我的脚像是擦到了什么东西,我吃力地拖着脚向前走着,差点撞到巴奇的身上,他发出一丝轻微的恼怒声。我想,要是山姆的话定会默不作声。这段时间我一直在教他学东西,我也应该让他教我一些他的行事技巧。过了一会儿,我看见前面有一盏昏暗的灯。我们走到了一处古老的后梯,楼梯在仆人们来来回回的沉重脚步之下弯曲得厉害,烛台上的蜡烛闪烁着微光。

在第一个楼梯口,摆放着一个精致的瓷夜壶,壶盖斜在一边,臭气熏天,我皱起了鼻子,想必这里是生活区了。那么,我是要带着头痛和一身的马臭味儿去霍华德夫人的私人房间里与她会面了。棒极了!

在楼梯的顶端,巴奇把我的刀和匕首都卸下,然后把我带进一处小小的前厅。墙壁上覆盖着织锦和丝绸挂饰,在烛光下闪闪发光,光滑的橡木地板上铺着丝绸地毯,一个高高的木柜中堆放着不少书籍,那些书用绿色的皮带装订,上面有黄金的浮雕。房间是如此的富丽堂皇——与我们刚爬上的后梯形成了如此鲜明的对比——我花了一会儿时间才缓过气来。这一切物件皆是为国王的情妇所备,也许霍华德夫人比艾略特所说的更受宠。

巴奇敲了敲房间另一头的门,然后闪身走进第二个房间,只留下我一个人。我在地毯上轻轻地踱着步子,抓住这个机会琢磨着一会儿要说的话。"霍华德——我相信你已经从上次痛苦的经历之中恢复过来了,我很荣幸能来帮助你,我的——但是我很遗憾,因为现在我陷入麻烦之中,自身难保……"我犹豫了一下,站住不动了,心中产生了一个问题。

她是怎么找到我的?

我并没有告诉她我的名字。她在黑暗中几乎没有看见过我的脸。

这一切，足以说明什么？我是个年轻的绅士，身材修长，穿着黑色西装和红色马甲。

那么，她是怎么找到我的？

詹姆斯·弗里特。这是唯一可能的答案。毕竟，霍华德夫人雇了他——而巴奇，毫无疑问就是帮她传递消息的人。弗里特一定是把我的名字告诉了巴奇，告诉他在哪里可以找到我。想到这里，我心绪不安。

此时此刻，我心生怀疑：这是否是一个更深层次的局。我的任务是在那天晚上去见霍华德夫人，听听她的故事，仅此而已。那么我又是怎么在这半夜时分被人偷偷带进了王宫呢？

我没有时间再进一步去琢磨这件事情。巴奇又出现了，在他后面跟着的是霍华德夫人。她穿着一件玫瑰粉色的长袍，束在腰间，脖子上挂着一串珍珠，浓密的栗色头发扎成一个简单的结，用花边作以装饰。她应该年近四十，但看上去比实际年龄年轻了很多——气色极好，身形曼妙，确实是个美人。

我鞠躬道："夫人好。"

她微微颔首。公园里的那一幕恐怖场景早已被深埋——她神情温和，那双蓝色眼睛里目光坚定。我听说她在宫廷内的绰号是"瑞士人"，因为她总是保持冷静和中立，无论是她的外表还是她的观点都是如此。瑞士人，这绰号很适合她。

"霍金斯先生，你能来真是太好了。"她的声音柔和，听起来很是真诚。然而，她的身份是一位宫廷贵妇，经历过诸多风雨，只是外表看上去真诚罢了。她伸出一只戴着手套的纤细的手，我又鞠了一躬，吻了手背，往后退身的时候，我想追寻到那晚在公园里看到的那个女人，但是这个亨丽埃塔极为镇静，柔滑润泽的面孔上戴了一副彬彬有礼的面具。正是我眼前的这张脸令乔治国王欲罢不能吗？真是一个漂亮的小玩意，温和而甜蜜。呃，据说他是个迟钝的人。

"你真勇敢！"她的眼睛里闪烁着赞赏的光芒。

我断定她并不像我最初想象的那般乏味。"能为您服务是我的荣幸。"

"在我丈夫发怒的时候，很少有男人能这样勇敢地站出来对抗他。"

"你的丈夫？"我忍不住大声叫喊出来，那个怪物是她的丈夫？我简直不敢相信，我努力思索自己对查尔斯·霍华德的了解，终于想起，他曾经是老国王的仆人。大家都说他是个酒鬼，脾气很坏……但我并没有意识到这有多残酷，我在公园里遇到的那个人已经处于疯疯癫癫的状态了。

"谢谢您，先生，您把我从他手里救了出来，我确信他想杀了我，他以前也曾这样威胁过我。"她的声音很平稳，但她在说这些话的时候双手绞在了一起，这个小细节微不足道，不过我曾在赌桌上看到过——她很害怕，拼命想把这种恐惧给隐藏起来，害怕极了——即使是在宫殿里。

她的目光飘向墙上的挂饰，我把手放在背后，一副绅士的做派跟在她身后。她费了那么大的劲儿来掩饰自己的情感，若是将它们暴露出来就不厚道了。"真漂亮。"我点头如是说，不过我对那些挂毯一点儿也不感兴趣，我怎么能指望她把我叫到这儿来只是单纯地为了感谢我呢？如果她能再快一点儿的话，我会觉得更好，反正我的那笔钱肯定是不会有什么差错。

我想起了贡森，他正在收集证据。我没有时间去欣赏那些古老的针线活，即使是和亨丽埃塔·霍华德这样漂亮迷人的贵妇待在一起。

"我很高兴看到您一切安好,但我不知道该如何来帮您呢?"

她惊讶地轻启朱唇:"啊!我并没有召唤您来此地,先生,是我的女主人想和您谈谈。"

"霍金斯先生。"巴奇隔着房间喊道,"王后殿下正在等着您。"

王后!我当然知道霍华德并非是能登上大雅之堂的女人,但是我从来没有想到过的是,是她的女主人在这种奇怪的情况下命令我前来官里。我不知所措地将目光从巴奇身上转向霍华德夫人。大英王国的王后找我究竟要做什么?或许这全是我的梦境,这是我在莫尔咖啡馆喝得烂醉,头搁在桌子上所做的一个梦吗?

"霍金斯先生。"巴奇催促道。

我没有时间镇定下来,拂去大衣上沾着的马毛后,我便跟着霍华德夫人穿门而过,走进一个更大的房间。

卡洛琳王后端坐在一张红色锦缎沙发上做编织,她垂头忙于活计时,两道灰白而笔直的眉毛因注意力集中而聚到一起。她肘边的桌上放着一盘堆得满满的蜜饯水果,身后有两扇长长的框格窗,天鹅绒窗帘已被拉开。白天,从这里可以将庄园的美景尽收眼底,现在,外面的世界是黑色的,星星如同宝石一般镶嵌于其上。

英国的王后。这不是梦,但我还是不敢相信自己的眼睛。全世界的人都知道安斯巴赫①的卡洛琳王后在这个家族中权势倾天;除了她的丈夫之外。那些有名的、带有嘲讽意味的台词在我脑海里回荡:衣冠楚楚的乔治,你可以趾高气扬、不可一世,但这一切都是徒劳的,我们都知道统治这个国家的是卡洛琳女王,而不是你。②

---

① 威廉敏娜·夏洛特·卡洛琳王后的出生地,位于德国。
② 这是当时英国民间真实流行的一首讽刺诗歌。

临终告白

霍华德夫人默然走到王后的身后，成为一名谦逊的仆人，殷勤而沉默，巴奇站在壁炉边守卫。我向他瞥了一眼，想让他明白我的意思，但他双眼凝视着前方，双肩向后。霍华德夫人做了个微妙的手势，吩咐我先等着。我立在那里，一条腿半放在另一条腿的后面，准备鞠躬行礼。

炉火噼啪作响，编织针前后交梭嗒嗒响着，成为唯一的声音。王后用她粗壮的手指捻着羊毛，什么也没说。我除了去琢磨王后，别无他念，这无疑正是她的意图所在：*让这个无法作声的傻瓜呆立一会儿，直到他恢复意识*。她的衣服朴素而略带阴郁——一件深蓝色丝绸曼图亚长袍配一条黑色绗缝衬裙，她的头发上有一大片黑色的花边，设计相当神秘，甚至有点滑稽。

她曾经和她丈夫的情妇一样美丽——事实上还要更漂亮。二十五年前，欧洲的每一位王子都想要与她共结连理。她的美丽时至今日依然可见——那头浓密的、银灰色的长卷发搭在肩上，面孔上闪耀着奶油色的光芒，水润的双唇上总是挂着微微的笑容。然而，因曾经分娩，又爱吃甜食，她发胖了。她的身材膨胀得厉害，与那位默然立于其后的情敌相比，她的身材胖到了对方两倍的大小。毫无疑问，她也正是因此才身穿曼图亚——胸衣宽松，无骨撑束缚——它并非一种时下正流行的风格，但穿着极为舒适。

"霍华德，"王后头也不抬地说道，"把这小伙子的有关文件拿过来。"她的声音温暖而圆润，带着浓重的巴伐利亚口音，我感到脖子后面的汗毛都竖起来了。

霍华德夫人走向堆满书籍和信件的写字台，王后停下手中的针线活，开始用法语自言自语地数着针数，手指在针上轻敲，手工活做得还不错，她满意地哼了一声，最后才朝我看了一眼，一边将她编织的

The Last Confession of Thomas Hawkins

东西像羊毛面纱一样贴在鼻子上。这是一个刻意的、带有戏谑意味的动作，却莫名证实了她所持有的权势的力量。世界是她的，她可以随心所欲。我鞠躬行礼，她咯咯地笑起来，但我能感觉到她的目光像鞭子一样抽打在我的身上。

"噢，我的天啊！快起来！起来！"在我压低身体弯腰好几分钟，几乎把腰都折断时，她才开口让我起身，就好像不是她把我弄到这儿来似的。霍华德夫人行了个屈膝礼，把一捆文件递给她的女主人。对这两个女人来说，这是一个多么奇怪、多么令人不舒服的局面啊！我很想知道王后为什么会允许这样的事情存在。

"托马斯·霍金斯，"王后说着，把我的名字绕到嘴边，好像那是她口中的一颗糖，她打开一封信，看了前几行——或只是假装在看，她把信折好，放在旁边的沙发上，身体靠向靠垫。"嗯，先生——我听说你在公园里大打出手，把可怜的霍华德从与丈夫重逢的不幸之中救了出来。当然，他那人就是一头野兽——英国最坏的人。霍华德夫人在选择丈夫这一方面可没有我那么幸运。"她的眼睛闪闪发亮，将重音放在"选择"这个词上。亨丽埃塔选择嫁给查尔斯·霍华德。

王后瞥了一眼她身前的仆人、她丈夫的情妇、她曾经的朋友。"你结婚多久了，霍华德？我不记得了。"

我对此感到非常疑惑。

"二十二年了，王后殿下。我十六岁那年结的婚。"霍华德夫人声音清晰，而且相当的平静。然而，这平静的背后一定有痛楚深埋其中，二十二年了，嫁给了这样一个男人！这么长时间她又是如何忍耐这样的丈夫的？

"十六岁，"王后抽着鼻子，仿佛是想表达那个年龄的女人应该能懂得好坏的意思，她将目光刺向我，"你还没有结婚，先生。"

"是的，王后殿下。"

"是的，王后殿下。"她以惊人的技巧模仿着我的口气，"但愿不会如此！为什么我要娶那个红头发的妓女，就因为她向我张开了双腿并打开了钱袋？"王后捕捉到了我脸上沮丧的表情。"我知道这件事，你感到惊讶吗？我自己也很惊讶，先生。知晓你那肮脏的生活都会玷污了我的衣裙，哼？"她厌恶地撩起长袍的下摆，露出一双精致的红跟儿便鞋，里面塞着胖乎乎的两只脚。

接下来是短暂的停顿，大家都假装没有注意到王后那双令人目瞪口呆的胖脚，然后，她脱下长袍，神色变得严肃，开口道："呃，霍华德，把你的烦忧告诉霍金斯先生。"

霍华德夫人双手绞在一起。"我恭敬地恳求王后殿下，请允许我先向您表示感谢，感谢您对我的恩情：我所住的华丽的房间，我在宫廷里的地位，我在这里过着幸福而满足的生活，各式各样的消遣方式，还有友谊——这些实在是我的福气，我非常感谢王后殿下的慷慨。"

这些话是带着严肃的真诚说出来的——而且从霍华德夫人的嘴里脱口而出，那么流利，我敢肯定她以前一定说过一千遍了。在我看来，霍华德似乎既不高兴也不满足，但有时像这样的话必须通过死记硬背和宫廷仪式来安抚那些有权势掌控我们的人。

王后闭上眼睛。"你确实运气好，霍华德，"她说，"尽拥各式各样的友情。"她向着这位感激不尽的仆人挥挥手，示意她继续说下去。

"我丈夫和我一直不和。"霍华德夫人开始说。

"不和！是啊，就像狼和兔子之间不和那样。"王后打断了她的话，"你当然得知道，先生，霍华德先生曾经是已故老国王的仆人。"

我点了点头。这简直是太不可思议了！这样一个脾气暴躁的人竟

The Last Confession of Thomas Hawkins

然能在宫廷之中干溜须拍马的差事？我也知道——就像全世界都知道的那样——几年前，老国王和他的儿子发生了激烈的争吵，两人闹翻了，结果整个宫廷被撕成了两半。一些人仍然忠于国王，另一些人则跟随威尔士亲王流放至宫外——也就是在莱斯特郡外走上了另一段路。霍华德当时就曾紧紧地追随于后者，她把旧宫廷抛在身后，难道是出于对主人的忠诚吗？或者说，她只是想抓住这个机会避开她的丈夫？

"现在除了他自己，他谁也不伺候。"王后说，"他自己没有了收入来源，而且将所有的钱挥霍一空——他所有的遗产，还有他妻子的，最后一分钱都不放过。"她往口中塞了一个马卡龙，咬了一口，愉悦地闭上了眼睛，又向霍华德挥挥手，示意她继续讲下去。

"霍华德先生向陛下提出了一些要求，还对我进行暴力威胁。"

王后吞下了甜点，吮吸齿间夹杂的甜味儿。"又是要求，又是威胁！不可一世的恶棍——着实可恶。你知道吗，霍金斯先生，霍华德年轻时，他把她遗弃在一处茅屋里……什么地方……我说不出来那地方。霍尔本吗？"

"是，霍尔本，王后殿下。"霍华德夫人说道。

王后故作困惑地看了我一眼，仿佛霍尔本是远在月亮上的某个地方。"弃她于不顾，让她和他们刚出生的儿子一起挨饿，而他却在城里和那些妓女、流氓们混作一团。霍华德心灰意冷，甚至一度想过要卖掉自己的头发。不过，当时你却卖不出一个好的价钱，对吧，霍华德？"她向前倾着身子，阴阴地说，"霍华德这头漂亮的栗色头发可是相当有名。"

我真不知道此时该说些什么，便什么也没有说，只是朝着霍华德夫人瞥了一眼，希望自己能默默地表示怜悯之情。可是，她的头歪向

临终告白

一边,神情温和地在想些什么,眼睛温柔地望向她的脚——仿佛她正在倾听一段轻快的室内音乐,而不是她的婚姻所带来的恐怖。

我还是想不明白:王后想要我做什么?我开始怀疑这与查尔斯·霍华德有关——他的某些不安分的要求和暴力威胁。事实上,我似乎已经愚蠢地跳入了一个相当狡猾的陷阱。在这样一个房间里——窗上挂着天鹅绒窗帘,墙壁上挂着精致的、古老的、神色严肃的老人们的画像,人很容易迷失心智。炉火在熊熊燃烧,甜点高高地堆在桌上。

"事实上,"女王说,"我很担心我这可怜的霍华德她的丈夫一直对她心生厌恶、盛怒以待,但他多年来一直都收敛了他的脾气,并且保持了距离——我永远无法理解其中的缘由,现在看来,他是在国王陛下加冕之后,心里一直怀有某种期待,想得到一个差事,一份收入。如今,这些期望都让他深感失望。"

"他却把这些归咎于霍华德夫人。"我猜道。

王后昂首怒斥道:"不,先生——呸!我想不会吧!霍华德先生非常清楚——**全世界也非常清楚**——他的妻子对陛下没有什么影响力,还不足以左右这些事情!"她的食指和拇指紧捏在一起,其中毫无空隙。

我急忙鞠躬行礼,以示理解。

"霍华德决心制造出一些宫闱丑闻,他要求把他的妻子归还给他……我们可以称之为交由他监管吧?"她冷冷地点了点头。监管,这个词仿佛很是贴切。

"但是,我想说的是——他根本就不渴望这种与妻子的重逢。"

王后的目光滑向了霍华德夫人,我想我从中捕捉到了那么一丝同情的意味儿。"当然不会,霍华德先生比他看起来的样子更为奸诈,他当了很多年兵,一个好的士兵依靠的是头脑而不是蛮力,霍华德先

The Last Confession of Thomas Hawkins

生并不想要他的妻子，但在法律上他可以坚持要她回到自己身边，他已说服坎特伯雷大主教写信支持他的诉讼。"说着，她愠怒地看向我，我暗自庆幸自己不是坎特伯雷的大主教，"这自然只是一场博弈：令他的妻子痛苦心伤，迫使国王出手。"

她停了下来，怒不可遏。全世界有一半的人都知道亨丽埃塔·霍华德是国王的情妇——这虽是不言而喻的事实，但宫廷和议会都可以无视。然而查尔斯·霍华德威胁要以如此公开和卑鄙的方式揭露这段私情，并把教会都牵扯进来，这便不能再掉以轻心了。最起码，国王不能被众人认为是个荒唐之人，最坏的情况下也只能是向公众展示其无力和软弱的一面。他执政也不过短短的六个月，这种形势并不乐观。

与此同时，王后看起来已然恢复了镇静。"那么现在，我要给你讲一个不错的故事，先生。这个故事会令你大吃一惊。几个星期前，我一个人在书房时，门砰的一声被人猛然推开，霍华德先生冲了进来，大声咆哮，像疯狗一样狂吠。当然，他当时烂醉如泥——这个人很少有时间是清醒的。他叫嚣着必须把他的妻子还给他，坚持要回他的妻子。如果我不马上把他的妻子交出来，他就会待我们出宫时薅住她的头发把她从我的马车上拽下来。'好吧，先生，'我说，'如果你敢，就去做。'"说到这里，王后挺直了身子，"他气呼呼地来回走，就像这样，"她伸出手指作出到处乱捣的样子，"他又骂又嚷，威胁说，如果我不答应他的话，他就要把我从窗户扔出去，呃。我警告他不要做这种事。但事实上，他就是一个粗暴无情的家伙，还疯疯癫癫的，总是喝得酩酊大醉、神志不清的样子。窗户当时是打开的，我真有点害怕自己随时会被推到窗外去。"一想到这些，她愤怒得抿紧了嘴唇。

"殿下！他没有被人抓起来吗？"

她耸耸肩。"这属于私事。我说，'霍华德先生，我们都是理智的人。'——这完全是恭维他了，不是吗？'霍华德夫人对我忠诚且顺从，我舍不得让她离开。先生，我们得理智地来解决这件事。告诉我你想要什么，你直接说清楚。'呃，一旦从所谓的理性中恢复过来，他就提出了他的要求。"她又拿起一个蜜饯，"每年给他三千英镑，以补偿他的巨大损失，否则，只要一有机会，他就会以最暴力、最无耻的方式将他的妻子抓回去。"她吃东西的时候停顿了一下，继续说："国王不愿意付这笔钱。"

勇气到此为止。霍华德夫人给国王做情妇已有十年之久，三千英镑确实是数目过大，不过若是国王愿意，他也完全可以支付得起。然而，他却是打算让她生活在无尽的恐惧中，死困在宫里。我曾听说国王这人相当吝啬——但从这情形看来，称得上冷酷无情。

"可怜的瑞士人已经好几个星期没有离开过她的房间了。"王后无动于衷地继续说下去，"陛下非常生气。他每天晚上都向我细述他心中的愤怒，这种局面无法容忍。"她说着闭上了眼睛，再次睁开双眼之时，她直视着我的眼睛，目光炯炯有神。"霍金斯先生，你会为我们解决这个问题。"

"殿下……？"汗水顺着我的后背淌下去，整个房间仿佛都在逼近我。

"上前来，先生——我把你叫到这儿来可不是为了欣赏你的腿，尽管这双腿很漂亮。"她斜眼瞥向亨丽埃塔，"我亲爱的霍华德，你的机智闻名遐迩，我们早已因此而雀跃，去吧。"她一只手轻弹指向门。

霍华德夫人深深地行了屈膝礼，接着又屈了两次，然后一言未发地退身出去。我抑制住自己想要随她一起离开这里的念头——头也不回地逃离这个房间、这座宫殿、这个城市。我知道这次接见的意义何在了——这是在对我进行面试，所针对的是一份我不想接受却也不能拒绝的差事。

"你的脸色有点苍白，霍金斯先生，"王后开口道，"是源于你母亲苏格兰人的肤色，还是因为我的亲临令你过于紧张？"

"两者皆有，殿下。"

她得意地笑起来："给这小伙子一杯红葡萄酒，巴奇先生。"

巴奇给我端来装在水晶酒杯里的红葡萄酒，红酒在烛光下闪闪发光，我不由自主地喝了下去。

"你是塞缪尔·弗里特的朋友。"王后说。

"我们是狱友。"

"他是我的人，令人憎恶的奸诈之徒。我很喜欢他，他替我解决了几件小事。"

我的心猛烈地撞击着胸膛。弗里特曾和我说过——就在他死前不久——他做间谍和刺客的活儿已多年，他还告诉过我，他这一路走来获取了太多的秘密——正是缘于此，他才变得举足轻重，因为大有用处所以不会被杀，因为太危险也不能活下去。所以他被关进了监牢，慢慢腐烂。我曾猜测过他的主人权势极大，这显而易见，可我从来没有想到过他的主人竟然是王后。

"弗里特死在监狱里真是太可惜了。"她不自然地紧绷起双唇，"他的职位必须得有人接任，他的哥哥认为你会是这个人选。"

操你妈的詹姆斯·弗里特，去死吧！——我早该猜到这是他干的。"殿下，我恐怕会让您有所失望——"

"——行了，先生！我不能容忍你故作谦虚。你已经发现了杀害弗里特先生的凶手，是吗？你在无人帮助的情况下打赢了霍华德先生,难道你没有意识到那天晚上你就已经是在接受考验了吗?呃,也许这些会让你扫兴。"

"请原谅我,殿下……"我陷入了沉默,整理思绪。霍华德夫人并没有安排那次会面?没有——当然没有。与詹姆斯·弗里特交易,以及在半夜去完成一项秘密任务,完全是胆大之举。霍华德夫人并非勇敢之人,另一方面,王后……

她笑了。"我很好奇霍华德口中的威胁是否会付诸行动,于是我们把他的妻子当成诱饵,在他面前晃来晃去。弗里特的哥哥确保霍华德知晓那晚上的秘密会面。我必须承认,我们真没有料到事态会变得如此暴力。可怜的巴奇被打掉了一颗牙,那张脸那么迷人。"

巴奇咧嘴一笑。

"我已经厌倦了霍华德先生的粗鲁无礼,换作塞缪尔·弗里特,他会毫不犹豫地解决这个问题。"

我想起了自己和詹姆斯·弗里特达成的协议——他答应我只是一次简单的会面,就能让我挣到钱。他早就知道查尔斯·霍华德会去袭击亨丽埃塔的马车,也知道我是在经受考验,取代他那死去的哥哥,成为王后的私人间谍。

"我不是塞缪尔·弗里特,陛下。"

"你当然不是。"她笑着说。"让我们仁慈一点,只是认为弗里特先生行为古怪,"她扬起眉毛道,"而且还有点儿聪明,而你,霍金斯先生,是相当的聪明。"

这并不是我所受到最漂亮的赞誉。但在这种情况下,我不得不同意她的说法,如果说有什么区别的话,那就是她出手大方。

王后拿起一张纸。"必须阻止霍华德先生再这样下去,这些是他最喜欢去的酒馆、赌场和妓院。"她把纸递给了巴奇,巴奇把它转给了我。

我胸中产生了一种空虚的感觉:"殿下,我不能……我不是刺客……"

王后一脸惊讶:"真羞耻,先生!我可没有让你去杀了他——你这想法可真够离奇啊,他是萨福克伯爵的兄弟,你可得友善对待,霍金斯先生。"

友善对待? 我想起了霍华德撕扯我的脖颈、愤怒咆哮的情形。仔细想想,也许杀了他更好。

"如果你和他能友好相处,他可能就会放松警惕,你必须探悉出他的秘密,我们可以利用他的软肋来对付他。去把他找出来,霍金斯先生,然后对在公园里发生的事情向他表示歉意,以获取他的信任,鼓励他的暴行,他知道你也残暴——他会对你惺惺相惜。"

"殿下,我一点也不残暴。"

她从那堆信中又抽出一封信。"这是菲利普·梅多斯爵士所写。你去年秋天在他的庄园住过吧,他说你是一位极具魅力的客人[1]……这种印象一直维持到你打破了一个男人的鼻子。"

我咬紧牙关:"那是有人在激怒我,陛下。"

王后的眼睛闪出了光芒:"在雪原,你开枪将人打死的时候,是被人激怒了吗?"

她紧盯着我,她的嘴唇上挂着一个近乎于热切的、阴沉的笑容。这个笑着的女人,刚刚用匕首在一个男人的肋骨间戳了一刀——温柔而精准。

"那是……"我被逼得要为自己辩护。

---

[1] 见《黑狱谜局》。

临终告白

"第一枪是为了救你的命,当然。那么,第二枪呢?"她拍了拍眉心的位置,那是吉蒂瞄准开枪的部位。"你的看法呢,巴奇?"

"那肯定是站在死者上方的角度开枪,殿下。重新将枪上膛,朝着他两眼中间开了一枪。"

"那就是,谋杀。"

巴奇带着歉意看了我一眼。"殿下。"

血液在我的耳朵里怦怦跳动。我一言未发,呼吸困难。我不敢相信自己能说出话来,任何一句话都可能将吉蒂给扯进来。

王后向前倾身道:"你要否认这个故事吗?你去年秋天在雪原开枪打死过一个人的故事。"她的声音很轻软——近乎于温柔。

我咽下口水,顿感口干舌燥,炉火噼啪作响,火花四溅,壁炉台上,一只镀金的大钟敲响了一刻钟。"不,殿下。我不否认。"

接着,是一阵长久而沉重的沉默,然后,她笑了,不知怎么的,我竟然奇迹般地给出了一个正确的答案。王后仔细地打量着我,好像我是皇家动物园里新添的一员。接着,她从那堆纸上拿起一张来——那是一张在匆忙之中书写清晰的便条。"巴奇搜集关于你的信息已经有一段时日了,这个消息是两小时前传达到我这里的,有一张逮捕令计划明天天亮逮捕你,以谋杀的罪名。有一个证人,是个声名狼藉的家伙,"她直接承认说,"是你的邻居发誓说,他听见你承认了这件事。"

"是伯顿,那该死的家伙!"我大叫起来,什么都忘记了,"他在说谎!"

"我希望如此。"王后被我的突然爆发逗乐了,回答道。

"我希望你本身要比现在谨慎得多,霍金斯先生。我们会传话给行政长官,让他把逮捕令销毁,巴奇今晚会安排妥当。"

我深深鞠了一个躬。"殿下，我欠你一个人情。"

"你确实欠下了。"王后抿起双唇说，"你得还上这个人情，霍金斯先生，国王陛下为那件事情恼怒不已，我的夫君为此烦躁不堪，那么我也会因此而深感痛苦，你得找到办法去阻止霍华德的威胁，希望是在本周之内。"

我心领神会，再次鞠躬，她并没有直接说出来，弦外之音却再清楚不过：如果我不能在接下来的几天里解决国王这个棘手的问题，我就不能指望得到进一步的保护，躲过贡森的逮捕令。但还有一件事我无法理解，我犹豫了一下，担心会有所冒犯。"殿下，霍华德夫人……"

"你想知道我为什么要自找麻烦来保护她，是吗？为什么不让她那卑鄙无耻的丈夫抓着她那头漂亮的栗色头发将她拖出王宫呢？"她的目光转向了炉火，从侧面看，她那纤长的脖颈和立体的五官显得更加引人注目。此刻，我能够看出，以前的她曾经有多么美丽。"我已经习惯了……"她开了口，又停顿了一会儿，"这是一个恰当的安排，霍华德这人做事谨慎、为人谦逊，正如我所说的那样——完全没有影响力。"她露出了一个满意的微笑。

我记得艾略特曾经说过的关于霍华德夫人的那些话——去年秋天国王上台执政时，她的朋友约翰·盖伊等曾满怀期望得到提拔重用。经过这么多年的服侍，她竟然对国王完全没有影响力，怎么会是这样呢？这定然是一种令人耻辱的打击，同时也是对手的胜利。王后究竟花了多少时间才能取得这样一场完胜？

王后是一个现实的女人。如果她的丈夫必须要找一名情妇，那就找一个像亨丽埃塔·霍华德那样消极度日，又没什么能耐的女人吧。是的，她人很漂亮，很迷人，但国王从不会去向她征求建议，这样对王后来说很是合适。

"训练一个新的仆人会很累的。"

王后赞许，对于我们在这个问题上所示的谨慎感到高兴。她把搜集来的关于我的一切文件都拾了起来，递给巴奇，巴奇将这叠纸全扔进了火里。她慢慢站起身，伸出手来，我跪下行吻手礼，她弯下腰，贴近我的耳朵。"我知道是你的那个小娼妓开的枪，"她低声说，"你一定非常爱她，才会替她承担谋杀的罪名，对王后撒谎。"

我垂着头。"殿下。"

"我相信你为了保护她什么事情都会去做。"她停了下来——我迎向她的目光，她笑着说，"我很高兴你引起了我的关注，霍金斯先生，我想，你会成为我最忠诚的仆人。"

她摆了摆手，示意我离开。

第八章

到家了。我锁上门,倚着门闭上了眼睛,松懈下来,在黑暗中,我扯开领结,一只手伸入衬衫里面,摸到母亲留下的那枚十字架,我安全了——至少现在是安全的。没有必要害怕贡森再来;没有必要在月光下从这座城市逃亡。但这样的情形还能持续多久?又将要付出怎样的代价?

"汤姆……?"吉蒂站在楼梯上面叫道,她穿着一件镶有银线的翡翠色裹身长袍,在烛光下发着轻柔的光亮,"你终于出门了,"她欢呼着,轻快地跑下楼梯,"我很高兴!你整个晚上都在莫尔咖啡馆喝酒吗?你必须——"

我一把将她搂入怀中,深深地吻了她,持久而动情。一刻的惊讶之后,她便用双臂搂住了我的脖子,我轻轻地把她推到墙边,深吻她的脖颈和下颌。"天使。"我喃喃道,捧起她的脸又吻了下去。

她扯下我的假发,撕开我的外套并解开里面的马甲,整个人贴到了我的身上,我身上的匕首当啷一声掉在地上,我的手探入她的长袍里面去摸索她赤裸的身体,我感觉自己身体某个部位硬了起来。我的手往上探索,她轻轻地呻吟起来,指引着我接下来的动作。**那里,不,那里。**"今晚吧,"她咬着我的耳朵低声道,"今晚,汤姆。"

是的,是的,就今晚——为什么不呢,该死的?在经历了之前的所有事情后,为什么还要再等到下次呢?我真想带她在走廊上做爱,但我还是希望能在床上完成她的第一次。我俯身将她抱起,带到我们的房间里，她惊讶得乐不可支。我把她扔到床上，双膝跪在床上俯身对着她，解开裹在她身上的长袍，让她全身赤裸地躺在我的身下。她的身上不着寸缕，只有脖子上戴的一条项链，上面挂着弗里特的金指环。我停了下来，只有那么一小会儿，接着，我脱下了自己的衬衫，压向她的身体，用舌头舔着她的乳房，再继续往下，再往下，她的身体在颤抖，拱起了后背，兴奋地喘气，她是我的，她是我的——没有人能把她从我的身边带走。

她把我从床上推起来，眼中满是欲望之光，她的手指一路往下滑，解开了我的裤子，犹豫道："我的手很冷。"一边说，一边对着双手哈气。

我抓起她的双手放在我的手心，粗暴地搓着。"来吧！"

她低头盯着我的手看，我手上的指关节因上次狠命地去砸伯顿家的大门而变得又青又肿，我差点忘了这事儿，还和王后说自己并非暴力之人，吉蒂慢慢地坐起身来："这是怎么回事儿？你又和人打架了？"

"是和一扇门打。"我探身去吻她。

她却将我推开。

"我亲爱的……这无关紧要，来吧。"

她双腿屈至胸前，双臂环抱着膝盖，失望的寒意渗在床上蔓延开来，再一次如此。

"哦，看在上帝的分上，"我叹了口气，"我喝了太多的酒，擦伤了手指，就这样，没有必要这么大惊小怪的。"

可以说，吉蒂并不相信这个说辞。

接下来，我被驱赶，从自己温暖的床上起身。*今晚肯定不能得逞*

了，**汤姆**。我腋下夹着衬衫和毯子，闷闷不乐地抬脚往楼上走，仿佛自己是受伤害的一方似的，就好像我事实上并没有在整条街的面前对着邻居的门拳打脚踢，还挥舞着手中的刀似的。该死的吉蒂，她该死的固执和臭脾气。该死的世界，还有这世上的每一个人。

至少在这座房子的顶楼，在珍妮的旧房间里还有一张空床。我把蜡烛放在床边的椅子上，匆匆穿上衬衫，缩在被子里，心中郁闷至极。这个房间已经好几天没有生火了，墙壁摸起来湿漉漉的。一缕细风从窗户上的一条裂缝吹了进来，像刀刃一样锋利，即便再加盖了一条毯子，我还是冷得忍不住打哆嗦。

怒火中烧。我应该离开——从这座房子冲到距离这里最近的妓院去快活一番，给自己找个姑娘，她不会向我要任何东西，除了一两枚钱币之外，她也不会对我有任何要求。在这个夜里，和一个极具情欲、又能放开的荡妇在床上赤身以搏，势必是一件幸事。

烛光晃了几晃，然后又恢复正常。上帝啊，快来帮帮我。我竟然找了这个国度里最能惹人怒火的女人，我爱她该死的每一寸身体，我闭上眼睛，想象着她在楼下房间里的情形：来回走动，边咒骂着我的名字，*还有哭泣*，我心情有些沉重地想到这个，**你又一次地让她哭泣**。

如果她在今晚对我心生厌倦，怎么办呢？如果今晚她意识到我只会给她的家招致麻烦，怎么办呢？我拥有的只有麻烦，和空空如也的口袋。我想到自己曾经失去过她，那种悲伤的情绪令人难耐。我明天就道歉，我们将重新开始。

蜡烛烧到很低的位置，忽明忽暗地摇曳着。

我梦见了霍华德，醉醺醺地在月光下胡言乱语，他对着我大声喊叫，让我把他的妻子叫来，唇边沾着口水。"你是我的朋友，"他喊道，"你必须帮我！"他的嘴猛地咧开，发出一声咆哮，暴露出那一口黄牙，呼出的气息就像腐烂的肉那样臭，他抓着我的衬衫，摇晃着我，摇晃着……"

"霍金斯先生，快醒醒。"那是山姆的声音，低沉而急迫，他的一只手放在我的肩上。

我坐了起来。他拿起蜡烛照着我的脸，我眯起了眼睛："山姆，这到底是……"

橘红色的火焰映在他乌黑的眼睛里，"杀人了。"

吉蒂。我从床上扯下毯子就跳了起来，山姆挡住了我的去路，我正准备从他身边走过去，他一只手撑向我的胸口。"她还在睡。"他将一根手指按在嘴唇上示意我不要说话，然后带着我悄悄穿过楼梯口，来到他自己的房间，打开了门锁。

房间里一片寂静，黑得如泼墨一般。

黑暗中有沙沙的响声，靠窗的地板发出低沉的嘎吱声，还有人的呼吸，急促而紊乱。我向后退了几步，想起了我的匕首。那把匕首在两层楼下面的走廊里，太远了。

山姆把蜡烛举高了一些，房间顿时就明亮了起来。一张床，一张摆满医学和解剖学书籍的书桌，墙壁上挂着炭笔素描、一面镜子……一个年轻的女子蜷缩在角落里，一头金发披散在脸上，那是爱丽丝·邓恩，伯顿的管家，她怎么会在山姆的房间里？

她跌跌撞撞地走到光亮处，我暗自骂着，震惊得往后缩。她全身从头到脚都在血里浸过一般：淡蓝色的长袍上遍布深黑的血污，乱蓬蓬的头发上沾了血水，分成了几缕，她的围裙上满是血迹，以前她总是在围裙上将手蹭干净，看上去，她就像从地狱走过一遭。

"我的上帝啊!"我喊道,"你受伤了?"

她没有言语,恐惧得说不出话来,她眼中透露出疯狂的光,落在山姆身上。

他向她走近了一步,她的手立马扬了起来,她手中拿着一把刀,刀刃上糊满了血迹。

山姆赶紧往后退,举起了双手,爱丽丝的肩膀垂了下来,刀在她的手里晃来晃去。

"山姆,"我眼睛紧盯着那把刀,低声说,"去拿些白兰地来。"

待到山姆从房间离开,爱丽丝抽泣了一声,把刀扔到地上,就好像刀在灼痛她的手,那把刀啪嗒一声落在我们两人中间的地上,正如我所猜测和担心的那样,她是在惧怕山姆。"发生了什么事?"

"他死了,"她的声音有些麻木,"伯顿先生,他死了。"

呃……这确实是个不幸的消息。我慢慢地弯下腰,捡起了那把刀,我的手在发抖。这是一把工艺精良的武器,镶金的象牙柄,钢刃锋利,有六英寸长,真是一件漂亮的邪恶物件。"你杀了他?"

她摇摇头,她的手一直向外伸出,不想碰到自己的身体,不想碰到任何的血。

"你怎么会在这儿?山姆带你进来的吗?"

连听到山姆的名字也让她畏缩。"是他,"她喊道,"是他,哦,主啊!他也会杀了我的,我知道。"她的身体缩成一团,瘫倒在地上。

"坐这儿来。"我说着,拉起她的胳膊,轻轻地把她领到床边,她紧紧地抱住我,默然地哭泣,眼泪顺着她的脸庞滑落了下来,我仔细地打量她,想从她身上找出打斗的痕迹。伯顿壮得像一座大山——如果爱丽丝和他发生了打斗,那么在她的身上肯定会留下伤迹。她的手腕上有瘀伤的痕迹,那是几天前留下的;她的脖子上瘀青更多——左

临终告白

边四个,右边一个更大的,就在下巴的下面,那是四个手指和一个大拇指留下的痕迹,有人曾粗暴地掐住了她的喉咙,伯顿,他在对她施暴,侵犯她。我产生了一股强烈的欲望,想找到那个混蛋,将他击倒在地,接着,我意识到了——他已经死了,被人杀死了。

我在爱丽丝身上并没发现新伤口,甚至连一点抓伤也没有,她身上所有的血都是他的。

一阵恐惧穿透我的身体,令我战栗。我的邻居——就在几个小时前我还威胁过他,他发誓要在法庭上指证我——此刻就躺在我的隔壁,死了。而他的仆人,浑身是血地藏在我的屋子里。如果贡森听说了这些,肯定会把我们两人都送上绞刑架。

"爱丽丝——我知道伯顿对你做过什么……很抱歉……"

她低下头片刻,好像感到羞愧。"人们会怎么议论我呢?"她声音沙哑地问道,"他强迫我……我不得不每晚去他房里,我别无选择。但今晚不一样,那房间里一片漆黑,我很高兴。很高兴我不用看到他,他从来不允许我闭上眼睛,他让我假装很享受的样子,否则……"她打了个寒噤,深吸了一口气。"我在黑暗中摸索着走进房间,爬上了床,床上全是湿漉漉的,于是,我点燃了蜡烛。在黑暗中我只能摸索,我的手感觉到床单全是湿的,然后火光照到了……他躺在那里,胸口处插着那把刀,床单全是红色,好多血。哦,上帝!我躺在黑暗中,躺在血里……我的衣服上……我的手上全是血,全都……到处都是,我强忍着才没让自己叫出来。"她伸出右臂,露出臂下一圈深深的牙印,"他们会说人是我杀的。你看看我!看看我!"她开始抽泣起来。

"你为什么会认为是山姆?"

"他就是那个小偷,我看到他了。那只讨厌的小老鼠,到了晚上就到处乱钻。我告诉了他们,但他们不听。朱迪思说我疯了,只有斯蒂芬相信我。"她脸上的表情柔和了下来,"我知道,如果被人看到了我这副模样,我肯定会因为杀人而被绞死,而且,我逃不了。"她无可奈何地指着身上的血迹说:"求求你,先生,如果你告诉别人是山姆干的,他们肯定会相信你的,你是绅士。"

"可是,爱丽丝,这不可能是山姆,他不可能穿过墙去杀人。"

她抬头看向我,"能,他能,先生,噢,是的,他能,而且,我也能。"

我眨了眨眼睛,对此感到困惑。也许朱迪思说得对,爱丽丝可能已经疯了。

"这一切都是他计划好的,霍金斯先生。他是个魔鬼,所以珍妮才离开这里。她说过——"

门静静地被打开,山姆拿着白兰地回来了,爱丽丝飞快地抓过刀,迅速地跑回墙角,光脚在地上蹭着已然干涸的血迹。

山姆没有生气,却被逗笑了。他倒了一杯白兰地,递给她。她害怕地缩起身子,于是我接过了那杯酒,一饮而尽。虽然这酒不如女王的酒好,但喝下去还是对我有所帮助。

"她认为是我干的。"山姆哼了一声。

"我知道是你干的!"爱丽丝喊道。她指向了房间最远处那个角落上挂着的墙帷——那是一块褪了色的绿色丝绸,上面绣着一棵白樱桃树的图案,我从来都没有对它有所在意,如果有人问起,我会猜测这块墙帷是用来覆盖一块潮湿的墙壁或是灰泥上的一个洞。现在,我走过去,每走一步,心中便增添一分不安,甚至不用等到将它掀开,我就能知道自己会在那后面发现什么。

爱丽丝确实是穿墙而过。或者,至少,她是穿过了一扇隐藏的门。门洞很小，隐蔽性极好，它和房间的其他地方一样被漆成淡绿色。我用手指抚摸着它的边缘，它肯定是在某一时刻被封上的，因为门洞的边框处还有裂缝——很明显，它又被凿开过。上面没有把手，只有门锁，钥匙不在。

"我看见他的那天晚上，门窗都是闩上了的。"爱丽丝说着，手中仍然紧紧地握着那把刀，"所以我想一定存在一条暗道，上个星期，我利用每一个闲暇的时刻去寻找它。"她从围裙上扯下一只发夹，拨弄着锁，只听见轻轻的咔哒一声，门打开了。

入口通向一排巨大的橡木衣橱背后，衣橱里摆满了精致的老式深色丝绸长袍，空气中弥漫着葡萄汁的香味。有那么一瞬间，我感觉自己被送回了父亲的家，回到了那个被禁止进入的房间，那里面摆放着母亲的衣服，气味正慢慢消退。

"这些衣物是伯顿太太的。"爱丽丝低声说，她用手指抚摸着一条带有深荷叶边的衬裙——我小时候从未见过这种款式。"我本打算让伯顿先生来看，证明我没有撒谎，也不是做梦，如今已经太迟了，不是吗？"她怒视着山姆。

我把裙子推向一边，这地方太黑了，看不见外面的房间。我承认，这是一处巧妙的暗道。从伯顿家的房屋侧面来看，这门似乎位于大衣柜的背面，除非有人仔细检查才会发现它的存在。毫无疑问，这应该是山姆那位死去的叔叔弄出的杰作。塞缪尔·弗里特的生活复杂而危险——他需要尽可能多地为自己创造逃生的通道。我能看出这对山姆来说是多么具有诱惑力。他是偶然间发现的吗？还是说这通道的存在本就是弗里特家族的秘密？

"你就是那个入室的小偷。"

"**不是没有偷。**"

"什么也没偷。"我忍不住纠正他的语法。是的,当然,这是这个男孩所犯下的最大的错误——他使用了双重否定。"如果你不是去偷东西,那你去那边干什么?"

"练习。"

"啊!"爱丽丝惊恐地喊道,"啊,我和你说过,先生!"

我把一根手指放在嘴唇上,示意她小点声,如果隔壁有人被声音惊醒,我们就会惹上大麻烦。山姆并没有承认自己杀了伯顿,他可没有那么傻。他只表明了自己一直在实践自己的技能;就像他在半夜偷偷溜进珍妮的房间,在房间里蹑手蹑脚,想看看自己到底能做到怎样的悄无声息,从这个角度来看,他做得不够好。但这种行为只是令人不安的入侵,并不能成为杀人的证据。我一只手搓了搓脸,这个夜晚漫长而令人烦心。"你杀了伯顿先生,爱丽丝?"

"我?"爱丽丝目瞪口呆。

我指着她浸染了血的衣服,她身上有了臭味。

"我说过——我从来没有碰过他。"她一只手捂着胸口说,"我以生命起誓。"

我瞥了山姆一眼,扬起眉毛。*实情?* 他歪着头。*也许吧。*

看来有这个必要。"那么,把刀给我。"

她犹豫了一下,然后把刀递了过来。我拿起蜡烛,一只脚伸进橱柜的门里,挂着的那些都是木匠太太价值不菲的衣服,我拂开一件洋李子色①的曼图亚长袍,爱丽丝扯住我的袖子:"你要干什么,先生?"

"把你从绞刑架上救下来。"

她把一只沾满血迹的手放在喉咙处。"我不愿意跟他留在这里,

---

① 近深蓝紫色。

临终告白

没有刀绝对不行。"

山姆急切地看了我一眼,如果他不留在这里,理智上来说他必须跟我一起走。我叹了口气,把蜡烛递给他,去察看被谋杀的尸体通常不属于绅士的教养之列,但我又有什么选择呢?我想,他确实也有在黑暗中四处走动的经历,让他再扮演一次照明小子的角色,只当是夜行。

他偷偷溜了进去,挡住火焰,以免将那些沾满灰尘的衣服点燃。我转向爱丽丝:"别离开这个房间,不要出声,你才能保命。"

她惊恐地点了点头。

我推开橡木橱柜,心中祈祷她能理智,能保持安静。山姆在另一边等着我,烛光在他的脸上投下了阴影。在我们的下方,这个屋里的其他人都还在继续睡觉,浑然不觉。我回头瞥了一眼衣橱,那是一个黑暗而坚实的存在,占据了大部分的墙壁,就像当初制作衣柜的人一样结实。我穿着长袜,踮着脚跟着光亮走,地板发出的每一个细微的声响都让我心中生畏。有什么东西从我脸上掠过,我心中一惊——是蜘蛛网,我伸手擦掉了。

"这层没人。"山姆小声说,字里行间几乎没有用上一丝气息,但不知怎的,这些吐出的字句却清晰可辨。毫无疑问,这是他从他的父亲那里学到的另一个技巧。

我们蹑手蹑脚地走下楼梯,来到二楼,我的心怦怦直跳,我担心这声响会将整个房子里的人惊醒。如果我们在此刻被人发现,一切都完了。我能听到楼下客厅里的落地钟发出的沉重的嗒嗒声,还有人在美梦正酣时的打鼾声。我猜想,斯蒂芬现在正开心地做着梦,而他的父亲却被人杀死,躺尸在楼梯口。

山姆用手帕蒙住门闩,吱的一声打开了一扇门。门在铰链上无声

The Last Confession of Thomas Hawkins

地转动，一定是伯顿在那上面上了不少机油，好让爱丽丝晚上溜进来时不被他人听到声响。大家都在谈论犯罪，而他却在强迫一个年轻女孩和他上床。此刻，他的灵魂是否正在黑暗中沉默无助地望着我们？他上了天堂还是下了地狱？

我不紧不慢地吸了一口气，手里拿着匕首，跨过门槛。这把匕首必须得和尸体放在一起，如果没有了匕首，人人都会认为是凶手溜进了屋里，离开时带走了它，那么众人会怀疑谁……？

那张床摆放在厚厚的红色天鹅绒窗帘下方，山姆等到我进来关好了门，动作娴熟地将窗帘拉上。

伯顿赤裸着身子躺在地上，眼睛睁大，望着天花板。他已然松弛的白色胸脯被匕首戳开，皮肉绽开，皮瓣耷拉在那里，我很是害怕。这情形看上去不像是匕首戳死的，更像是要剥皮。血腥的场面让我的胃猛地抽搐起来。他的脸已经僵硬，嘴部扭曲，露出了最后的惊恐。床单浸在血水里，混合着尿和大便的气味，我一只手捂起了嘴。

山姆小心翼翼地走到床的另一边，以免衣服沾到血，他一只手探向伯顿的脸颊："凉了。"

我强迫自己再凑近一些观察，伯顿嘴唇泛青，床单上的血迹已经开始干涸，他很可能在几个小时以前就被人杀了，之后，谋杀他的凶手平静地走出房间，若无其事地继续其他的事情。奈德、朱迪思，或是斯蒂芬。我不由得想起了那些名字。如果不是爱丽丝杀了伯顿，那一定是他们这几个人中的一个。我眯起眼睛，努力寻找线索，但除了血迹和凶器之外什么也没有发现。理智告诉我，奈德的嫌疑最大——他力气大，心中又带有怨气——但理智在这里没有立足之地。我简直不敢相信，什么都不敢相信。"奇怪，"我低声说，"想想看，他们离得这么近却都睡得那么香。"

"有一个例外。"山姆答道,他把蜡烛举至伯顿尸体的上方。

我把匕首放在床尾。

山姆瞥了一眼,他抬起眉毛,指向伯顿胸口处的伤口。

我低声回应。他是对的,为了保护爱丽丝,为了保护我们自己,我们必须把匕首放回之前她发现它的地方——正是心脏位置的伤口。我拿起匕首,这是一件漂亮的玩意儿,上面的血迹除外。我犹豫了,可以这么做吗?将一把利刃插进一个死人的心脏?

山姆从我手里把刀夺了过来,迅速转动手腕,把匕首插回了伤口。它深深地插入伯顿的胸膛,噗的一声,发出邪恶的声响。我转过身去,当再回头看时,山姆已经在检查另外几处刀伤了。

"山姆,可以了,走吧。"我感觉脚下的地面变得歪斜,我能闻到空气中的血腥味——那是一股浓厚的铁锈味。我仍然不相信伯顿真的死了。我几乎以为他的尸体会突然坐起来大笑,好像这一切都是一个故意拿我开涮的可怕的玩笑。

奈德、朱迪思、斯蒂芬……当然,还有另一个可能。"是你干的吗,山姆?"

对于这个问题,他似乎一点也不生气。事实上,当我指控他盗窃时,他似乎表现得比现在有抵触情绪。

"我为什么要杀他?"他一只手放在伯顿那处被戳穿的胸上反问道。

"这算不上是答案……啊,上帝啊!快住手!"

他没有理我,用灵巧的手插进每一个伤口。"不够绅士么?"

"这不是儿戏,山姆。"

他露出温柔而神秘的微笑,仿佛这是世界上最有意思的游戏。"九处刀伤。"

我盯着他胸膛上的那几个血窟窿。*九处刀伤*。这应该不是一个冷血杀手出手的结果。无论是谁谋杀了约瑟夫·伯顿,其行为肯定是带着强烈的仇恨和愤怒。在凶手动手杀人时,肯定从头到脚都沾满了血。

还有谁会比爱丽丝更有理由仇恨伯顿呢?我把她一个人留在了隔壁,而吉蒂还在楼下睡觉,既没有得到警告,也没有人保护。

是时候离开这里了。

我最后看了一眼伯顿那血淋淋的尸体。他想要我死——他已经发誓要看到我被施以绞刑了;我生命中的敌人仍然能以死亡之躯置我于死地,该死的,我可不能沾上这桩命案被绞死。无论伯顿现在去了哪里——上了天堂还是下了地狱——我都不会让他顺心。

第九章

我根本无需担心吉蒂。当山姆和我两人返回至他的房间时,吉蒂正站在爱丽丝的一侧——手中握着一把枪。

"汤姆,你打算什么时候来做解释?"吉蒂将枪斜指向全身血迹斑斑的爱丽丝,"是真的吗?那个老杂种死了?"

"被戳穿了心脏。"

吉蒂用手枪敲了敲爱丽丝的肩膀:"你杀了他?要是那头肥胖的猪想强压在我身上,估计我也会宰了他。"

"我根本就没有动过他。"

我关上了阁楼间的门,山姆将那处墙帏拉回至原处。

"他的身上被人捅了很多刀,"我说,"有九处刀伤。"

"杀他的人势必会溅得满身是血……"

我们都看着爱丽丝。

"我告诉过你,当时天很黑,我没有看到血……直到……"她双手捂着脸,全身轻微地摇晃起来。吉蒂咬紧了牙,有些沮丧;山姆则目不转睛地看着她们俩。毫无疑问,他以后肯定会把这场景描绘在纸上:女仆身上沾满了主人的血,一边的姑娘手中持枪。

"你肯定清楚,爱丽丝,这看起来像是什么情形;你最有理由想要伯顿死掉。"

爱丽丝放下了手:"要是不算上你的话,先生。"

一阵短暂而冰冷的沉默之后,一声尖锐的咔哒声,吉蒂将手枪上了膛。"看看你自己是什么样子,爱丽丝!要不要我们立刻把你拖到治安官那儿去?"

"不是我干的!"爱丽丝绝望地号叫起来,"你们必须相信我!我这样做毫无意义啊!"

"为什么毫无意义?"

她的肩膀松了下来:"他打算要娶我了。"

我们惊愕得面面相觑。

"他昨天在吃晚饭的时候宣布的,事先并没有问我,没有警告,也没有争吵。朱迪思跑到外面院子里呕吐不止,想象一下,她家的女仆现在竟然要成为她的母亲。"

吉蒂放下手枪。"你答应这事儿了?"

"我还有什么选择呢?"爱丽丝看上去疲惫不堪的样子,"至少我能因此得到一些保护。为什么?——你以为我想让他那双粗糙的手在我身上乱摸吗?想让他那总是汗津津的、肥胖的肚子压在我身上让我喘不过气来?他让我觉得恶心。第一次时,我直接把他打了出去。但是他威胁我说,他会让全世界都知道我偷了他家的东西。这样之后谁还会再雇佣我干活?我会流落在街头,那些得了瘟疫的混蛋只用花半个便士就能将我骑在胯下。霍金斯先生,先生——你知道他干得出来这样的事情,他在教堂里对人编造了你那么多的谣言。"

"什么谣言?"吉蒂严厉地问道。

我皱起眉头,但继续掩饰也没什么意义。"他在散布关于我的谣言,他说我在南沃克区杀了一个人……"

"他对贡森先生起过誓,"爱丽丝说,"他说,他在墙那边听到你承认自己杀过人,我知道他在说谎,他恨你们两个,因为你总是很快乐,我想——快乐又年轻。"她停顿了一下。"他死了,我很高兴,那个混蛋。不过，我还是想先嫁给他，只是为了钱，还有朱迪思脸上的表情，她现在肯定想把我扔到街上……"

吉蒂没有理睬爱丽丝，她站在房间的另一头盯着我看，一脸震惊的表情，就好像她身边的房子已经坍塌了似的。"你为什么不告诉我这件事？你怎么这么傻……"吉蒂盯着手中的枪，声音慢慢低了下去，"哦，汤姆……"

我不能当着山姆和爱丽丝的面去解释我的行为，其实我并不需要去做解释。吉蒂明白，如果她知道伯顿打算控告我，她肯定会为了保护我而选择去自首，就像我为了保护她而在王后面前撒谎一样。不同的是，吉蒂确实扣动了手枪扳机，一颗子弹用于防守，另一颗子弹是为了复仇。

她从房间那头走了过来，双臂环抱着我，将头紧紧地贴在我的胸膛上，我把她拉得更近，紧紧地抱着她，这是完美的一刻。你瞧，她原谅我了。我所要做的就是证明我愿意为她而死，爱情就是这么简单而令人着迷！

她踮起脚尖，把嘴唇贴在我的耳朵上。"我不要让你为我担心，"她低声说，"决不要，你明白吗？"

天快亮了。我们得赶在那边的全家人醒来之前把爱丽丝送回去，否则就会有人发现伯顿的尸体。吉蒂带着爱丽丝下楼，给她换上了一件干净的长裙。我们应该相信她的清白——以及相当程度的常识。显然，爱丽丝并不能从伯顿的死中得到什么，除了那一瞬间的报复。昨天她本已注定成为他的妻子，与他分享财产，今天却变得一无所有，谁会再去雇佣一个前主人被人杀死在床上的女仆干活呢？

谋杀了伯顿的人一定想让爱丽丝背上杀人的罪名。奈德、斯蒂芬、朱迪思——他们三个都知道爱丽比每天晚上都要上伯顿的床,那天晚上,爱丽丝在房间里看到山姆时,像女鬼一样号叫,杀害伯顿的凶手一定是在期望她发现尸体时再次发出尖叫声,那么家里的其他人就会迅速冲过去……发现她在床上蜷缩成一团,浑身是血,下方是尸体。

这是一个残忍的凶手,内心燃烧着仇恨的火焰,然而,这种将嫌疑转向爱丽丝的计策却显得冷静而聪明。

奈德?斯蒂芬?还是朱迪思?

都不可能。

我告诉自己,到底是谁杀害了伯顿跟我无关。贡森可能会怀疑到我的身上,但只要他没有发现阁楼上的那处隐藏的门,我就相当安全。然而……可是……自己成了最大的嫌疑对象,这可不是一个让人有所安慰的想法。最好还是弄清楚事情真相,以防万一需要自证清白。

山姆将蜡烛举到床上方,抿起了嘴唇:"她在床单上留下了血迹。"

"如果爱丽丝嫁给了伯顿,她可能会轻而易举诞下一个孩子。事实上,生几个都有可能,爱丽丝多大了?十九岁?二十岁?"

山姆把一条围巾在水壶里浸湿,开始使劲擦洗。"二十五岁。"他带着相当大的恶意说。

"如果爱丽丝有了孩子,斯蒂芬就可能会失去他的遗产,或者说至少会失去一部分。还有朱迪思,一想到爱丽丝成为她的继母,她就感到恶心。损失了金钱,损失了尊严。这两者都有可能导致谋杀。可是,这样一来……他们肯定会去杀爱丽丝,而不是他们的父亲啊?"

奈德·韦弗对伯顿心存愤怒,可是,他能愤怒到要一刀戳进他的心脏的程度？如果我非要赌一赌，我想我会押注到伯顿学徒的身上——他承受了欺骗和背叛。不过他有这个力气去干，但肯定没有这个胆量。事实上，我不会在他们任何一个人身上下注。"你确定人不是你杀的，山姆？"

他停下手中的擦洗。"用刀杀？"接着，他拿起枕头，双手紧紧夹着，"最好的办法是捂死，看起来自然一些。"

"那……确实阴险。"

"人渣，横死，活该。"他拍了拍枕头，扔回到床上，"你衬衫上有血。"

我低头去看，衬衫前面全是血迹，是爱丽丝倚着我时沾染上的。她是故意的，要陷害我吗？不，当然不会……该死的。我得把它扔到火里烧了——上面弄得太脏，我不能冒这个险让人发现，贡森肯定会在中午之前来找我。

"我们为什么要帮爱丽丝？"山姆问。

"如果我们不这么做，她就会被绞死。"

他抬头望着我，一双乌黑的眼睛里满是挫败感。"那他们就会认为是你干的。"

"没有证据，贡森不会逮捕我。"

他把血迹斑斑的围巾扔进火里，布在火中嘶嘶作响，渗出液体，火焰受潮后在室内生出灰色的烟雾，他捂着袖子咳嗽起来。"给她钱，霍金斯先生，让她逃走。"

我犹豫了。我根本就没有想到过这个主意，这想法极具诱惑性。为什么我要为一个几乎不认识的女人将自己置于危险之中？如果爱丽丝今晚离开，她就能以新的身份开始新的生活。山姆的父亲可以把她藏上几个星期，再把她送到她想去的地方去。没错，人人都会认为是

The Last Confession of Thomas Hawkins

她杀死了伯顿,但她自己也说过,她现在已经被毁了,除了成为站街女赚钱存活下去,没有什么其他的路子可走了,那么,对每个人来说,这个主意不就是最好的选择吗?

我张开嘴想说话。*很好,那我们给你父亲捎个信。*但是我喉咙哽住了,说不出话来。我的良心。我那该死的良心。如果我现在把爱丽丝送走,她就会永远背上杀人犯的罪名。她将一直生活在恐惧之中,真正的凶手却逃脱了惩罚。如果她被人抓回来要被绞死呢,那又该怎么办?

爱丽丝出现在门口,她穿着吉蒂在马夏尔西监狱时穿的一件简单粗糙的羊毛长裙。我第一次在马夏尔西监狱的萨拉·布雷萧咖啡馆见到她时,她就穿的那条裙子。衣服在爱丽丝身上裹得很紧,尤其是胸口处,但还是能穿。

山姆不高兴了。"如果她和那些人说了那门的事呢?要是她指认是我们中的一个干的怎么办?"

"那我们就拿出这个给他们看看。"吉蒂说着,举起爱丽丝那件血淋淋的裙子,她把裙子扔给山姆,"把它藏在安全的地方,藏远点儿。"

山姆这才满意,他咧嘴一笑,匆匆离开了房间。

吉蒂拍了拍爱丽丝的肩膀。"你要保证,"她甜甜地说,"要是你打算提起那扇门,或是想要以其他方式使得霍金斯先生有嫌疑,怎么办?"

"我不会那么做。"

"是的,你肯定不会的,对吗?"吉蒂带着几分威胁的神色同意了,她拉开那幅墙帏,在爱丽丝耳边低声吩咐了几句,让她进去了。像往常一样开始新的一天,生上炉子,打扫地面,然后,等着有人高

临终告白

声尖叫,"杀人了!"

我脱下那件沾染血污的衬衫后,在清晨寒冷的空气中冻得瑟瑟发抖,吉蒂在我们的房间里生起火来。我头晕目眩,眼睛又干又痛,于是哀怨地瞥了一眼床,希望自己能钻在毯子下面,逃离这个世界几小时。然而,我又睡不着——我脑袋里面充斥着太多的不安和警觉。我想到了死在墙那边的伯顿,他被人杀了,离吉蒂睡觉的地方只有几英寸的距离。我突然想到一点。

"你夜里听到什么声音了吗,吉蒂?挣扎声?呼救声?"

"什么都没听到。"她撕开我的衬衫,把碎布扔到火里,"也许他吃了安眠药呢。"她垂下眼睛,拂去手上的煤烟。她的思绪回到了马夏尔西,心里正回想着另一桩谋杀案,我走过去抱住了她。

"等事情安定下来,我们离开伦敦一段时间吧,我们可以去巴黎,或者是去意大利。"我搓着她手臂上的鸡皮疙瘩,"找个温暖的地方。"

吉蒂递给我一件干净的衬衫。"意大利。"她笑了起来,"我确信我们会在那里找到新书让你翻译。"

我一直在想的是旅行和冒险,而不是几个月的时间都挤在书桌前,把想象中的欲望写在空白的书页上。我也笑了,吻着她的前额,这是一个承诺。

我正在扣着衬衣扣子,突然一声尖叫从墙壁那边传过来。是朱迪思,尖叫声继而变成了低沉的哀号,接着是斯蒂芬的声音透过墙壁传来。

"不!啊!父亲,不!杀人了!杀人了!"

开始了。

当我们走到街上的人群中时,奈德·韦弗正站在门口守着。他脸色苍白，手里拿着一把大扳手。当我凑过去时，他在手里转动着扳手。我必须表现得和街上的其他人一样好奇，显得并不知情。

"是真的吗？伯顿先生死了？"

他盯着我的脸看了很久。"是的。"他终于还是吐出了两个字。他的眼里满是悲伤，还夹带着一丝隐隐的震惊。不过，如果是他杀死了伯顿，那么他有几个小时的时间来准备好反应，我什么也没有看出来。

朱迪思从走廊里走出来，站在奈德的一侧，一头黑发披散在背上。她身穿一条草黄色的裹身长裙，裙摆上沾着她父亲的血迹，不像爱丽丝裙子上沾染的那么多，她天一亮就发现了他的尸体，肯定是害怕得避开了。

"伯顿小姐，"我低下头说，"我刚才听说——"

"你杀了他，"她声音嘶哑地说，"你杀了我的父亲。"

"那不是真……"

"凶手！"她高声喊道，将这两个字抛了出来，我感觉到身后的街道上一片寂静。

奈德弯下腰，在她耳边低语。朱迪思轻蔑地瞪了我一眼，然后反身回到屋里去了。奈德用扳手轻碰着我的胸口。"我已经派人去叫贡森先生了，我要告诉他你昨晚是怎样威胁伯顿先生的。"

他从我一边肩膀探出头，对外面的街道喊："我们都听到了！"

我环视了周围。邻居们挤成一团，窃窃私语，目不转睛地盯着我，好像我和奈德正在出演一部戏剧。从邻居们脸上阴沉的神色可以看出，他们把我当成了恶人。我转向奈德："是你杀了他吗，奈德？你有足够的理由去干这个。"

奈德想揍我——我能从他的眼睛里看出来——但他并不蠢。朱迪

临终告白

思指控是我杀了人,可是昨晚她家的房子被锁得严严实实。一个脾气暴躁,被主人出卖的学徒?是啊,在法庭上这就已经足够了。"见鬼去吧!"他咆哮起来,声音大到半条街都能听见,但是,他放下了拳头。

我转身向店里走去,听到背后有人发出了嘘声,连妓院里的那些姑娘们也显得相当谨慎,她们互相嘀咕着,不愿和我对视。走到店里,吉蒂正沮丧而愤怒地抹着眼泪。我在桌旁坐下来给自己装好烟斗,手在发抖,于是我把两只手都摊在面前,希望能在贡森到来之前不再颤抖。

吉蒂在我对面坐下来,屈起膝盖将下巴倚在上面。"如果走到那一步,我会坦白在雪原发生的事,你没有杀人,汤姆。"

"你也没有,吉蒂。"

她低头看着桌子,一滴眼泪从她的脸颊上缓缓滑落。对于去年九月那个可怕的夜晚在雪原发生的事情,我们俩从未提起过。我们能说些什么呢?她救了我的命——并为此冒着生命的危险。我伸出手把她的眼泪擦掉,并把我的烟斗递给她,让她镇定下来。她深深地吸了一口,闭上眼睛,吐出一股烟来:"意大利。"

我将手覆在她的手上。

等待着有人来叩门的那一个小时的时间,气氛怪异而紧张。我们听到贡森进入了伯顿家,带着他的人匆匆上楼去检查尸体。朱迪思的声音很大,尽管听不清她在说什么,但听得出夹杂着痛苦的颤抖,从墙壁那边传了过来。后来,贡森又慢条斯理地询问了一些问题。

天开始下雨了,大风一波又一波地冲向窗户,乌云遮挡了光线,房间里变暗了。吉蒂给炉子添了一把柴,双手覆在上方烤火。"我忍受不了。"她低声说。

我摘下假发,挠了挠头皮。那个谜题仍然在我的脑海里盘旋,像钟表上噼啪作响的发条一样一圈又一圈地旋转着。奈德,斯蒂芬,朱迪思,他们中的其中一人往伯顿胸口戳了九刀,然后冷静地等着爱丽丝发现尸体。而此刻,我也同样平静地在等待着谋杀的嫌疑降临到我的身上。昨天夜里我是多么的乐于助人,还威胁了伯顿。好吧,让贡森来处理吧,让他提出指控吧——他没有证据来支撑这样的指控,除非他能发现山姆的房间和伯顿家阁楼之间的那条通道。

有人在敲门,是用木棒在砸,而不是在用拳头叩门。我恍恍惚惚地站起身来,打开了门。贡森穿着一件深灰色斗篷站在门口,周围都是他的手下。他没有刮胡子,显然是在匆忙之中收拾穿戴的,领结歪斜,马甲上的纽扣扣错了孔,他是如此急切地想对这起谋杀案提出指控。我鞠躬行礼道:"先生。"

他身子前倾,倚着手杖,仔细地打量着我,他头上的帽子和长长的假发已被雨水浸湿。"伯顿先生死了。"

"我也听说了。如果你是来指控我的,先生——"

"不,霍金斯先生,我是来逮捕你的。"

我还没来得及回答,两个警卫就已经钻进门来,扭住了我的胳膊,他们想把我拖到门外,我拖着脚拼命反抗。"放开我,该死的!"我大声喊道,"我是无辜的!"

"你犯罪了,先生!"贡森厉声吼道,他将脸凑到距我仅一英寸的地方,"别把我当成傻瓜!伯顿原本就是要等到今天早上来作证控诉你,现在他却被杀死在床上——死在你的手里,他是个好人,一个勇敢的男人。"

"他是个伪君子,"我啐了一口,"还是个骗子。"

贡森点了点头,他的一个手下随即狠狠地揍了我一拳,我弓下腰，双膝弯曲。下一刻，吉蒂冲到我的身边，对着他们所有的人尖声咒骂。一名警卫一拳击向她，将她击倒在地。我立马扑向那人，但对方人太多了，他们抓住了我的胳膊和腿，把我拖到外面的大雨之中。我正奋力挣脱，一副手铐向我的头部扫过来，我倒在地上。等我恢复知觉时，我的手腕已经被铐住，卫兵队长大摇大摆地走了过来，从腰带上抽出一根粗马鞭。他把马鞭压在我的喉咙上，"再来打我啊，"他冷笑着说，"我要从你背上抽下一层皮。"

我不再动弹，眼睛低垂下去，雨水淋湿了我的头皮。我以前见过男人被鞭打的情形，听到他们厉利的号叫声在街中回荡。警卫队长咯咯地笑了起来，更加用力地将马鞭压向我的喉咙，直到我开始哽咽。"你的小荡妇还真有狠劲儿，等把你关起来的时候我得来看看她，我喜欢有灵魂的妓女。"

我以前也产生过这样的愤怒，还没来得及控制自己，我就已经怒火冲天了。我入狱的第一天就曾被狱卒头子嘲弄过一番，还没来得及去考虑后果，我就直接一拳头打在他的下巴上，那时我还是青涩的毛头小子。我熬过了严刑拷打、牢狱之灾和背叛，活了下来，现在我是个男人，我的愤怒应该像冰一样燃烧，而不是火，我抬起了下巴。这个警卫，这个带着鞭子的猩猩算什么东西，什么都不是！我直视着他的眼睛："如果你敢碰她，我会杀了你。"

卫兵脸上的笑容消失了。

"克劳德先生！"贡森急躁地喊道。他站在离我们几步远的地方，没有听到警卫队长的那句威胁，他把厚重的羊毛披风紧紧地裹在肩上，"话可真多！"

克劳德和他手下的人把我拖向考文特花园。其中一个留在后面拦住吉蒂，但我在沿罗素街往下走时，还是一路听到她的叫骂声。当我们走到广场时,我看到山姆从市场返回了。我朝他大喊了一声,他睁大了眼睛,满是震惊地跟着我们一起跑。

"把吉蒂带到你父亲那儿去,"看守推搡了我一把,我说,"要保护她的安全,山姆!"

他点点头,立刻跑开了。

我感到片刻的宽慰,克劳德现在动不了吉蒂了——除非他想和伦敦最有势力的一伙人来一场恶战,他狠狠地将警棍戳向我的后背,把我往前推。

"贡森先生!"我骄傲地走在队伍的前头,向治安官大声喊道,"你的证据呢?你的逮捕令呢?你没有……"

克劳德重重地往我的后脑勺上来了一击,疼痛在我的脑袋里闪过,我踉跄着步子,目眩头晕,卫兵们拖着我穿过街道,我闭上了嘴不再说话。

第十章

"那么，霍金斯先生——你准备好坦白罪行了吗？"

贡森双手背在背后，在牢房里踱来踱去。他带着一副心满意足的神气，就像一个心中毫无疑虑的人；一个走在光明之中却忽视了自己影子的人。他脱下了帽子和斗篷，我猜想他肯定是在什么地方把这些衣物用火烤干了。这地方，在这个房间里，是不会生火的。虽然他的棕色羊毛长袜还是湿漉漉的，上面溅满了泥点，但他身上的双排扣长大衣已经够暖和的了。他头上那顶又长又厚的灰色假发，散发出湿山羊身上的味道。

克劳德守在门口，他挺起的啤酒肚上，粗壮有力的双臂高高地交叉在一起。

我挪动了一下身子，铁链在墙上咣当作响。我光着双脚，浑身酸痛地被吊在那里，几乎只能踮着脚尖挨着冰冷的石头地面。我的手腕举过头顶，锁链被固定在天花板上方的钩子上。贡森逮捕我的时候，我本以为自己会被关押进威斯敏斯特监狱，结果却被拖到一处安静院子中的一所私宅内。警卫们恶意地剥掉了我腿上的长袜和身上的马甲，把我押至地下室。在他们把我独自关在这里一小时之后，我的双腿开始颤抖，手臂和肩膀火辣辣地疼痛。我的手指已经麻木，抬眼看去，它们已呈青白，没有血色。

我没想到贡森会这样做。他一向恪守法纪，为什么要把我带到这种私人场所来？是想隐瞒一些什么吗？这种行为根本不合法规。此刻,他过来了,期望看到我被吓得抖如糠筛,打算坦白罪行的情形。

他知道我在马夏尔西监狱所经历过的一切吗?他有没有看我一眼然后觉得我很容易被击垮?我怒视着他那张光滑、淡漠的脸。"你没有权利把我拘留在这里,先生。"

贡森停下了步子,摆弄着他那件土色大衣上磨损的袖口。与大多数市政官员不同的是,他自视清廉,并引以为豪。这也就解释了他为什么会穿土褐色衣服,脚上还套着磨破了的、过时的方头鞋,或许他认为质地精良的漂亮衣服是魔鬼之作也说不定呢。"我的手下搜查过你的房间,他们发现了装满衣服和钱的袋子——这些足够在长途旅行中使用,很明显,你意图逃跑。"

我默然诅咒。昨晚,我在去王宫之前把那些包裹收拾好了,之后竟然把这事儿忘得一干二净了。"你没有证据证明是我杀死了伯顿,我真是高看了你,贡森先生,你素有公正执法的好名声,可你现在的行为是不合法的——"

"闭嘴,先生!"贡森怒吼道,"你竟敢用法律来教训我?胆大包天!"他握紧了戴着手套的拳头。有那么一瞬间,我以为他会上来揍我一顿,可是,随后他却抽身离开了。"我本应该听伯顿先生的建议行事,但我不愿在没有证据的情况下采取抓捕行动,而现在,他死了——死在你的手里。"

"看在上帝的分上!你凭什么认为是我杀了他?他家的门窗都上了锁、上了闩,根本就进不去,一定是他家里面的人干的,你不明白吗?假若是那些孩子中的一个——"

贡森向克劳德作了个手势,他大步走了过来,把双手搭在我的双肩上,然后,他恶狠狠地用力往下压,从关节处猛然扭转我的双臂,我痛得厉声大叫起来,他咧嘴一笑,再剧烈地一推,我感觉自己的身体已被分成了几块儿，我又大叫一声，疼痛像火焰一样撕裂着我。

最后，我被放下来。我的背部倚靠在墙上，全身不停地发颤。"我还是高看了你，先生。"

贡森皱起眉头，被这种侮辱的言辞所刺痛。"这并不为过，霍金斯，是你逼着我动用这些手段。"他从马甲的口袋里掏出了一张逮捕令，最上面写着我的名字：托马斯·霍金斯，以谋杀之罪名进行逮捕。下方是贡森的签名。我直接避开了，仿佛我要是看了它就会被诅咒似的，没有人愿意看到这张纸。这就是女王提到过的逮捕令——她为了让我帮助处理查尔斯·霍华德的事情而发令撤销的那张逮捕令。

贡森把逮捕令折起来放好。"我本来打算今天上午对你进行逮捕，有个证人控诉你去年九月在南华克枪杀了一名男子，伯顿先生已答应来作证，他听到了你和你的那位妓女谈论过这桩谋杀事件。"

"他在撒谎，他们都在撒谎——"

"这些已足够将你绳之以法，"贡森不愿听我说下去，打断道，"然而，这逮捕令上的墨水还没有干，我就被叫到了行政官的家里，他命令我停手。"他停顿了下来，嘴唇紧紧地抿出了苦涩的表情，"他说他自己也是没有选择，这个城市的行政官，竟被人威胁并加以贿赂，要保你？我原以为对你只不过是个愚蠢的下流之徒——可现在我看出来了，你就是个魔鬼。我检查过伯顿的尸体，先生，你杀了他。是谁在保护你，霍金斯？是沃波尔阁下吗？还是国王？"猜到这里，他露出了痛苦的神情，"我在想，要是你的施恩者知道了你是如何利用这种便利恣意妄为时，他还会不会对你像现在这样宽宏大量？"说着，他拍了拍口袋。"我敢打赌，今晚太阳落山之前，这张逮捕证就会签发。在那之前，你得留在这里，不用再和你的朋友接触了。"

接下来，他们把我留在这里，我仍然被吊着双臂，固定在墙壁上，房间里漆黑如夜，没有蜡烛，我茫然地盯着黑暗，不知所措，感觉精疲力竭。我没想到贡森会说出这样的话，这是他的一个狡猾的举动。他没有证据证明是我杀死了伯顿，但他以如此公然的方式逮捕我，向我背后的秘密施恩人——王后——提出了挑战，在此情形下，我真的值得被人保护吗？

几个小时过去了，没有人过来，我没有食物，也没有水，我的思绪开始漫游，然后断裂。我决不会承认自己杀害了伯顿，一千年也不会认罪。此时，我被铁链锁在墙上，身体冻僵了，疼痛难忍。我开始考虑，自己是否应该坦白在雪原杀人的罪行。如果我把这事儿给抖出来——如果我解释说是自我防卫，那么就有机会逃过一劫，或许会因此被流放几年，而不会被判绞刑。那样，我肯定能挺过去。

作出了这个决定，我心中已没有那么沉重了，没什么牵挂的了。按理说，我本该在去年九月的那个晚上就已经死去，结果非但没死，还获得了和吉蒂在一起几个月的幸福——这是一项我不配得到的宽恕，上帝保佑我吧。那么，就让贡森来对我进行控告，剩下的由命运来做决定，最后一次赌博，如果世界是公正的，我就会幸免。

是的，我知道这一切听起来有多么愚蠢——的确，是以一个公正世界为前提来押注。然而，我得为自己说句话：我当时踮着脚尖、双手举在头顶被吊绑着，天知道有多久，要不我让你来试一试，看看你的理智要过多久会飞出窗外。毫无疑问，这也正是贡森所期望的。

牢门砰的一声被打开了，克劳德大步走进房间，手中高举着警棒，我已经做好了再次挨打的准备，他走近一些，轻声喘息，接着，他掏出了一串钥匙，打开了我的锁链。

我松了一口气，呻吟着瘫倒在地上，过了一会儿，才有一阵剧痛

临终告白

袭来，肩膀、手臂发生了痉挛，并蔓延至裸露在外、冻僵了的小腿。血液回流时，我的手指开始抽动，想弯曲手指时，感觉就像有人把炽热的针扎进了我的指关节。我躺在地上，克劳德想把我踢起来。

痉挛终于结束了，我挣扎着爬了起来，忍受着身上的剧痛，一瘸一拐地走出牢房。克劳德不耐烦地从鼻腔中发出"哼"的一声。瘸着脚刚走了几步，他便把一只胳膊搭在我肩上，半拽着我走上楼梯，朝着房子前边的一个房间走去。灯光从敞开的门里射了出来，我听到一个女人的声音，高声中夹杂着颤音。是吉蒂？千万不要是她，求求你，上帝——为了救出我，她什么都会承认。我跟跟跄跄地向前走去，靠墙来保持着身体的平衡。从冰冷的地下室出来，房间里的热气像火炉一样扑向我。炉火在壁炉里熊熊燃烧，炉上的一锅浓汤在沸腾翻滚。贡森的几个手下围坐在桌旁，喝着小瓶啤酒。他本人站在火炉旁边，脸上稍稍带有反感的神情。一名年轻的女子正跪在他脚边，捂着围裙在啜泣。不是吉蒂，我万分惊讶地认出那女子来。**是咖啡馆的贝蒂。**

"啊，先生，求求你！"她尖声叫喊着，声音被布遮住，"我什么也没做，不要伤害我！"

"安静下来！贱妇！"贡森厉声说道，他俯下身来，粗暴地把她的手从脸上扯了下来，"你是怎么听到行政官下达的命令的？赶紧告诉我，不然我会因为你妨碍公务把你关进牢房。"

"我没有妨碍，我发誓！"她呜咽着，抹着眼泪："哦，我要晕倒了，先生——请不要把我锁起来！"

贡森产生了挫败感，气冲冲地问："霍金斯，你认识这个蠢货吗？"

我揉搓着肿痛的肩膀。"行政官下命令了，是吗，先生？"

他的脸红了,什么也没有说。

"我想看看,贡森先生。"

他犹豫了很久,尽其所能地拖时间——就好像他宁愿把除此之外的世界上的任何东西给我,都不想把那份公文交给我,最终,他还是从抽屉里拿出了一封信递给我,我抓起信,快速地看了起来,当我明白信中的目的时,我的心怦怦直跳。

那封信是市政长官写来的,要求立即释放我。不光如此,他还要求贡森为对我良好品质的质疑而道歉……我眨了眨眼睛,又读了一遍那行字,确信我不是在做梦。信里说,行政官本人指名让我来调查约瑟夫·伯顿的命案,而贡森必须全力协助我来寻找凶手。

"这信什么时候送来的?"

贡森的脸变得更红了,他一定捏着这封信好几个小时了,希望我能坦白犯罪,或者至少在这段时间里向他吐露一些新的消息。我差点儿就那样做了,我差点就如他所愿了。

我怒视着他:"你和我提到过受贿,先生。"

噢,那么他那时是想对我说些什么呢?愤怒和沮丧在他的血管里悸动。然而,他现在不能指责我,除非冒着自己丢掉官职的危险。他当然不会这么干,反而是把他的愤怒发泄在贝蒂身上。他对着她厉声疾呼,让她站起来,不准再哭。"你是怎么知道行政长官的信?快回答我,你这个贱妇!"

贝蒂吓得直摇头,小声地哭。

"不用难为她,贡森,"我说,"她只是个咖啡馆里的女仆,她在莫尔咖啡馆干活儿,——这城里有一半儿的人都会在那里泄露秘密。"

贡森露出一副厌恶的神情——他对贝蒂感到厌恶,对提到的莫尔咖啡馆厌恶,对他被迫所居于其中的整个世界感到厌恶。"这和你有什么关系，女人？你为什么这么着急赶到这里来，还引起这么大的事端？你是个探子——？"

贝蒂一脸惊恐地号啕大哭起来，那哭声顿时淹没了贡森的质问，"不是，不是，先生！我来这里只是因为……噢，霍金斯先生，你必须告诉他是怎么回事！你知道我愿意为你做任何事，先生！"说完，她快步走过房间，双臂搂住我的脖子，我还没来得及回答，她就将她的唇贴在我的嘴上，温暖又甜蜜，我刚刚感受到了愉悦，她就闪开了。

"愚蠢的荡妇。"贡森打了个寒战，深感震惊。

我看到自己的马甲和长袜堆在一个角落里，便坐下来穿好，然后蹬上鞋子。"依着行政长官的命令，我想我还缺少一个道歉，贡森先生。"

"滚！"贡森的脸色变得异常青紫，"滚出去，你这个恶魔。"他转过身去对着火炉，无法忍受我就这样拿着那份委任书从这里离开，不想看下去，他假装在对着炉子烤火，但肩膀却因愤怒在抖动。

我和贝蒂以最快的速度向国王街走去。贝蒂在鞋子外面穿了木屐套鞋，以免鞋子踩到街道的泥泞中去，金属鞋底在路面上叮当作响。我的脚在冰冷的地下室的地面上贴了好几个小时，还在隐隐作痛，腿也在发抖。我深感疲惫，又焦虑不止，然而我自由了——雨停了，阳光透过柔和的灰色云层照射出来，我感觉到一阵目眩，便眯起了眼睛。

我俩默不作声地走了一会儿，贝蒂领着我向北走，从白厅经过。我光着脑袋，身上也没有穿大衣，几次引来街上好奇的目光，直到我们进入苏荷区，才不被人注目——那里的人们不太爱管闲事。穿过一条安静的后街，贝蒂脚下的叩响声停了下来。

"呃，"我说，"那——"

贝蒂猛地把我推到墙上，我的后背和肩膀痛得厉害，受的刑罚不轻，现在仍然还是酸痛。

"我的上帝啊！"她啐了一口唾沫，琥珀色的眼睛里闪闪发光，"你知道你惹出了麻烦吗？"

我也瞪了她一眼，"什么？这怎么就成了我的错呢？"

她骂了一声，双手叉腰，往后退了一步。刚才那个惊慌失措、号啕大哭的贱女人不见了。我摩挲着自己柔嫩的肩膀，现在我倒是想起来了，在我的印象中，贝蒂从来都没有留下过惊恐、哭泣的轻佻女人形象。她把自己的角色演得近乎于完美——就像贡森所认为的那样：一个愚蠢、无脑的婊子，没办法去了解任何有价值的东西，他甚至还没有意识到自己的错误，就把一颗钻石从手里掉了下来。

"我提醒过巴奇你还没做好准备。"她低声说，"他们从来不听我的。"她又大步朝苏荷区走去，木屐高高地踩在泥泞上面，叮叮，叮叮，叮叮。

"你是王后的人？"我追上她，喊道。

她一步也没停下。"谁又不是呢？霍金斯先生，"她停了一会儿又说，"下次我吻你来分散别人注意力的时候，**请注意你的手应该放在什么地方。**"

"下次？"

贝蒂瞪了我一眼，那眼神能使花枯萎了。然而，再过一刻，我看过去时，她笑了，只是微微一笑。

"你怎么找到我的？"我问。贡森并没有把我带到他自己的关押地，而是带到一处私人房屋。他需要时间从我身上榨取真相，不受打扰,并不让我身后的大人物知晓。

"那该死的傻瓜给你戴上镣铐拖在街上走,半个城市的人都看见你了。"

我皱起了眉,这个城市一半人所看到的情形,到天黑时那另一半儿的人便会知晓,我像个罪犯一样被游行穿过伦敦市中心。一个人穿上华服,他就能够算是半个绅士;一个人戴上了锁链,那么他就一定是个流氓,这个城里的人们是不会忘记的。

我以前从未去过贝蒂家。事实上,如果有人问我,我一定会猜她睡在咖啡馆旁边的那间小屋子里。她居然能租一处属于自己的住所——即使那地方位于沃德街上一个阴暗的院子里,这让我感到惊讶。她让我等在那里,直至一切都安静了下来,才走到前面去开门。她进到院子里,院子里没有人,我这才按她所示从房外大步往前走过去,之后再沿着阴影处折身返回来,确信没有人看到时,我蹑手蹑脚地顺着地下室的台阶,溜了进去。

房间很小——最多六步宽,五步长的跨度——但是里面很干净,令人感觉到舒适。地面刚刚打扫过,天花板上吊挂着一簇薰衣草枝,空气中弥漫着贝蒂经常喷洒的茉莉花香水的味道。事实上,这是我在这座城里见过的最香甜的房间,包括女王的房间在内。贝蒂不多的几样东西整齐地堆放在架子上。房间里只有几件家具——一张狭窄的小床,一把藤椅,一张小桌子,上面摆放着一只洗脸盆和一个水壶。她的木屐和鞋子整齐地排列在门边,贝蒂赤脚走在自己的家里。

她关上了百叶窗,跪在炉边生火,火绒箱里迸出了火花,煤块下燃起了火苗,给房间带来了更多的光亮,产生了一丝热度。她把手指放在嘴唇上,示意我不要说话。"这里不允许带人来,尤其是男人。"

她将目光闪向天花板上说,"如果房东发现你在这儿,他会把我赶出去的。"

我站在她身边,在壁炉旁暖手。"那一定不方便。"

"也许我更喜欢这样。"她把一只平底锅放在三脚架上,站起身来,拍拍手中的烟尘,"你躺下来休息一会儿,我来煮汤,你看上去一副半死不活的样子。"

我张开嘴想表示抗议,然后意识到自己确实已经累得半死。我的皮肤上没有任何伤痕,但是肌肉因为长时间被固定在同一个位置,现在肿胀酸痛,我皱着眉头忍痛脱下了鞋子,躺到床上。墙上有几句话,笔迹粗糙。

我曾耐心等候耶和华

他垂听我的呼求。

这是《圣经》里《诗篇》第四十篇。我父亲把这些句子印在了我的脑海里,就像水手身上的刺青一样难以磨灭。我躺在床上,但我的脚悬在床边,于是,我翻了个身,双膝屈在胸前。我对着枕头叹了口气,我自由了,感谢上帝——至少现在是这样——在这处临时避难所里我很安全。

在过去的几个小时里发生了那么多的事情,我的大脑无法停留在一个念头上,更不用说计划下一步该做什么了。这一刻我想到了王后,然后想到了霍华德夫人,接着,是伯顿,匕首戳向他胸膛发出的声音,山姆检查尸体时的那张脸,冷静而好奇,还有霍华德,我必须找到他……必须找到……后来,所有的一切又开始旋转起来,这是一种我从未看到过的舞步,每一步都踏错了地方,每一个舞伴都不受欢迎。嗯……我不是已经厌倦了之前安静、受约束的生活吗?我不是渴望刺激的生活吗?但我却已经记不清为什么会产生这样的想法,我闭

临终告白

上了眼睛……刹那间,便进入了无梦的沉睡。

一觉醒来,听到了锅里肉汤沸腾的声音,我慢慢坐起来,搓揉着脸,贝蒂指了指桌子,桌上的热水在水壶里冒着热气,我把它倒进盆里,洗了脸、脖颈,还有手,感觉好极了,于是,我脱下了衬衫,把胸口和后背都用水浸湿,冲洗掉污垢。贝蒂抬头瞥了一眼就匆忙避开,在一边搅拌着肉汤。

我重新穿好衣服,坐在火炉边的椅子上,吃了一碗肉汤,还有一大块粗面包和一杯啤酒。贝蒂站着吃她的,长长的黑睫毛下,两只眼睛打量着我。她给我装好了烟斗,我十分感激地接过来,将端头塞入口中。慢慢地,我才恢复过来,搓揉着手腕上被锁链擦伤的地方。

"你以为你自由了。"贝蒂说。

我抬起了解除掉枷锁的双手。

"你并没有逃脱。"

我又吸了一口烟,吐出了一股烟雾,这听起来像要开始说教了。

她把围巾裹在肩上。"已经太迟了,霍金斯先生。你现在已成为了王后的亲信,这种束缚比铁链还要结实。"

"我以为她不会再来救我了。"

"霍华德昨晚冲进了宫殿,他站在院子里大喊大叫,要求还回他的妻子,让国王给他公平,他完全失去了理智,肯定是疯了。王后救你是因为她很绝望,她没有时间去找其他合适的人选来解决这件事。"

"我就不明白,他们为什么能够容忍下去,为什么不把霍华德给关起来?或者是……"我的声音低到了听不见:*或者是杀了他*。我知道这其中的原因,因为他身处贵族之列。"要是我解决不了这个问题,怎么办?"

"你很清楚会怎么样,别指望我能安慰你。"她固定好了帽子,把乌黑的鬈发紧紧地塞到帽子底下，头发向后梳，她的脸显得更有气场，神情更加严厉，不过仍然漂亮。事实上，显得庄严大气。"我上班快迟到了，拿着。"说着，她扔给我一顶假发和帽子，"前两天的晚上，有个喝醉酒的傻瓜把这些东西忘在莫尔咖啡馆了。"

"你知道……"我斜眼看着那些东西，"这两样是我的东西。哦！你有没有看到一只鞋呢？"

贝蒂自言自语地嘀咕了几声。"我一走，就把火给灭了，不要让任何人看到你从这里离开，像我这种肤色的人要花很长时间才能找到一处体面的地方住下来。"她将长裙上的缎带系紧，胸部结实地高挺起来，她发现我在盯着她看，噘起了嘴。"巴奇送了个口信，霍华德先生今晚将在南华克参加斗鸡比赛。"

我对着炉火骂起来，今天我已经经受了这么多的折磨，没心情在大晚上去和那个残暴的家伙周旋。"妈的，好吧，我想，在这件事上我也没有别的选择。"

"你有选择！"贝蒂转过身来对着我嘘声说，她把声音压得很低，但即使是这么小的声音，她的话还是带有分量，"几个月前我就和你说过！回家去！遵从你父亲的意愿，进入教会，再次继承他的衣钵，再次成为他的儿子，那么好的前程，你统统都抛弃了，到底为什么？"

我对着她皱起眉头说："为了生活。"

"一种会让你毙命的生活。"她摇摇头说，"我一直在看着你，霍金斯先生，你把自己抛向这个世界——如此地确定这个世界每次都不会放弃你，但，总有一天你会摔下来。"

"我父亲应该会喜欢你。"我走了过去，一只手握住她纤细的手腕，"这是我的天性，贝蒂，我没办法成为我不想成为的那类人。"

她的脉搏在我手指下怦怦地跳动。"也许吧。"她犹豫了一下，然

临终告白

后离开,"不过,你可以比现在做得更好。"

回到罗素街,我在邻居们满眼忧虑和深呼吸的迎接中归来,怪物回来了。当我走进街角的钱德勒商店想要买一些新的羽毛笔和纸时,老板娘声音高亢地告诉我,对我的信任感崩塌了,不欢迎我来,在杂货店里,我也受到了同样的待遇。

我拖着沉重的步伐朝家走去,身后传来一个淡淡的、带着鼻音的声音:"被人孤立了吧,霍金斯先生。"

那是药剂师费尔布雷德先生,他追上了我。那是一个极为古怪的老人——用王后的委婉的表达方式来说,是个另类的人——古怪的行为举止对于他所售卖并承诺有助于身体健康和永葆青春的药水与润肤露来说,并非是个好的广告宣传。他人特别瘦,长着一张狭长的脸,高高的假发两边竖起的尖角使他的脸显得更长。他的衣服——还是安妮女王①时代的款式——无精打采地耷拉在他瘦骨嶙峋的骨架上,就仿佛因为穿在他的身上而感到不好意思似的。

"费尔布雷德先生,你有良方?"

他咯咯地笑了起来,然后用舌头舔了舔口中的木制假牙,那些牙齿总喜欢黏在他的嘴唇内侧,所以他的嘴不停地在动,舔啊,吐啊。

"跟我一起走并非明智之举,先生,"我希望他能走开,让我安静一会儿,"会影响你的生意。"

"你杀死伯顿,关我什么事呢?"他嘲笑道,"真受不了这个人,没有人看得惯他,虚伪的家伙!"他转了一个身,向街上的其他人挥挥拳头。

他这个盟友并不让人觉得舒心。

---

① 约十余年前。

"你得吃点药,镇定下来,"他大声说着,就在包里翻找,"我这里有一包。"

一想到要吃费尔布雷德先生准备的东西,我的胃就觉得一阵恶心。我可不想用他的药粉往假发上涂抹。"我很好,先生,不过还是谢谢您。"

"乐观的家伙。"他不高兴地撇了撇嘴,他在伯顿的家门外停了下来,我也走了过去,他惊讶地看了我一眼说:"他们不会让你进屋的,先生,绝对不会。"

我从口袋里掏出行政官下达的手令:"想打个赌吗,费尔布雷德先生?"

费尔布雷德眼睛滴溜溜地转着,等着麻烦到来,他用手杖敲门,口中报出了他的名字,等了好大一会儿,奈德·韦弗打开了门。当他看到站在费尔布雷德先生后面的我时,他的下巴都快惊异得掉下来了。

"伯顿小姐在哪儿?"费尔布雷德挤进了走廊,"带我去找她,先生。"

奈德急忙在他身后关上大门,我用脚把门顶住,把公文从门缝里塞了进去:"奈德,我奉命过来跟你约谈。"

他看完行政官的手令,顿了一会儿,等他理会到其中的意思时,嘴里开始骂起来。

"嘿,奈德?"我给了他足够的时间去看行政官下发的命令,"让我进去。"

他打开了门,那张纸在他手里晃来晃去,然而,他就堵在门口不让开,我也没法进去,他那么结实,站在那里就是一扇门。"请发发慈悲,朱迪思和斯蒂芬……我们都很伤心,先生,请您做做好事,至

临终告白

少让我们安静地待到明天吧。"

　　我从他手中夺过那份任命书,失去了所有的耐心。"就因为你们这个该死的家庭,我被铐在墙上关了一天,我现在就要和他们面谈。"

第十一章

奈德拒绝回答我的问题，踱着步子径直走进他的木工作坊，闩上了身后的门。只听到砰的一声巨响，桌子被掀翻了，接下来是什么东西重重地砸在墙上的声音。让他发脾气吧，我径直去找伯顿的儿女们。现在，他们已成了孤儿。上帝饶恕我吧，但我还是忍不住去认为：他们现在的境况比之前要好。我真想知道，他们中间是否也有人和我抱着同样的想法。

客厅里空无一人，角落里的落地钟像一颗跳动的心脏似的咚咚跳动。这是一个毫无生气的空间，四周只有光秃秃的墙壁，没有妻子带回家来的小饰品，以及温柔的感触。家具制作精良，但样式平平无奇——它们更适合摆放在贵格会①信徒的会议室，并不适宜家庭休闲室应有的氛围。仅有一把舒适的椅子，搭配着一只圆墩墩的脚凳，靠近壁炉的位置。我敢拿十个基尼金币来打赌这是伯顿的椅子。我能想象得到这个老家伙伸展着腿脚、拿着一壶酒坐在火炉边，而他的孩子们坐在对面硬板凳上因畏惧而颤抖的样子，这样空洞的夜晚，日复一日。

不过，我还是相信他们此刻都在为伯顿的死而难过。或许是陷入了深深的震惊之中——我也愿意这么认为。那么伤悲呢？斯蒂芬和朱

---

① 贵格会（Quakers）兴起于17世纪中期，又名教友派、公谊会，信徒作派追求简朴无华，远离世俗娱乐。

临终告白

迪思,一生都被他们的父亲关在家中虐待;奈德在长达七年的辛苦劳作之后被赶了出来。叛逆的儿子,被吓怕的女儿,还有心有怨气的学徒。他们三个人都有充分的理由把刀刺入伯顿的心脏。

一个声音从天花板上飘了出来,像一支旧风笛一样沉闷,那是费尔布雷德的声音。我壮着胆子走上楼,皮肤被一种悲凄的恐惧刺痛。几个小时前,我还在这层楼里走着,趁着伯顿的家人还在熟睡之时,借着烛光检查他的尸体。我打开伯顿房间的门,走了进去。床上的窗帘被拉开了,但尸体却不见了,床上还剩下几缕床单碎片——很可能是被烧过。床垫斜靠在墙上,看来是打算扔掉,那上面漫延着一大片暗色的污迹,床边的地板被人用力地擦洗过。爱丽丝做的?如果是这样的话,她这活干得太差了,只做了一半儿。血迹已经浸入木纹,擦拭得极为粗心,那是伯顿心脏里流淌出来的血液。

傍晚的迟暮之光下,微尘在空中起舞,我对伯顿生出了片刻的怜悯之情。昨天晚上,我拖着步子上楼时,根本就没有想到伯顿再也不会醒过来了,想到这里,有那么一瞬间我对他生出了怜悯之情。但我立马又想到他每天晚上都逼着爱丽丝睡在那张床上,将自己强压在她的身上,于是我的怜悯之情顿时荡然无存。

一只手搭上了我的肩膀,我惊慌失措地往后跳了起来。"该死的家伙!"我不假思索地厉声吼叫,以掩饰内心的惊恐。

斯蒂芬站在门口,身上穿着他父亲的黑色大衣,袖口几乎把他的手覆盖至指尖。如果放在其他的时刻,这可能会是一幅滑稽的画面,然而那男孩的脸上遍布了疼痛的痕迹,眼睛红肿,他手里还拿着一把匕首:那是一把六英寸长的钢刃,象牙镶金的刀柄。正是在几小时之前,我在爱丽丝手中看到的、后来又被山姆插回伯顿胸膛的那把匕首。

我小心地跨了一步避开了那把匕首。"斯蒂芬,我很高兴你过来了,上面任命我来调查你父亲的死因。"我抽出任命书递给他。

他没有看。"是伯顿先生。"

"不好意思,你……?"

"父亲死了,你现在应该称呼我伯顿先生。"他立着肩膀,挺起胸膛,拙劣地模仿着他父亲的样子。

"当然。"我礼貌地笑了笑,眼睛盯着刀刃。

"你马上从我的房子里出去。"

我斜了下头表示同意,对于他是否有勇气运用那把匕首,我持以怀疑态度。不过,昨晚有人把匕首刺进了伯顿的胸膛。我可不想被一个十五岁的男学生给开膛破肚。"很好。"

斯蒂芬对自己感到很满意。他放下匕首,让到一边,让我过去,这是他犯的一个错误。我猛地向他扑过去,把他重重地撞在墙上,气息从他的肺部喷了出来。这并非什么难事,这个男孩只比身上的衣服高那么一点儿,比身上的骨头重一些。他还没来得及站起来,我就从他手中夺过匕首,将他扭过身去,把他的脸贴在墙上,手臂扭到身后。他疼得大叫一声——接下来,我把刀刃抵在他的喉咙处,他安静了下来。

"是你杀了你的父亲吗?"

"不是!"

我把他的胳膊扭得更高一些。

"不是!我发誓!"

"现在他死了,你就能继承一大笔财产,现在他也不能娶爱丽丝·邓恩为妻了。"

"我没有杀他,"他对着墙抽泣着,"先生,求你了!不要伤害我。"他窄窄的肩膀在他父亲的大衣下面颤抖着。

我叹了口气，退了回去。该死，我是怎么了，去折磨一个悲痛的男孩？是的——尽管带着期望，但我能从斯蒂芬的眼中看到一种深沉而真诚的悲伤。不过，并不能就此排除他的罪行。"我没想来伤害你，斯蒂芬，我不是你的父亲。"

他畏缩着，低下头去。

"他狠狠地揍了你一顿，是不是？"

"我活该。"他惨痛地低声道，却不愿与我对视。

"我听到的可不是这样。"

奈德头天晚上喝下了两碗潘趣酒，给我讲了这件事情。在那之后发生了太多的事情，我几乎都快忘记这一茬儿。他告诉我斯蒂芬极其渴望离开考文特花园，他的父亲在格罗夫纳广场附近建了三处房屋，为什么不把家安在那里呢？那是城里一个时髦而又体面的地方，而且伯顿一直在抱怨罗素街的不好：妓院、杜松子酒馆……以及声名狼藉的书店。在一个更好的邻里环境中生活，就没有必要那么早关门闭户了，朱迪思就能安全地行走于大街上。

但伯顿拒绝了这个提议——他声称要留在考文特花园这个地方，致力于恢复此地的声誉，这样会更符合基督教精神，礼仪改革协会正是依靠一些正派的公民生活在罪恶之中，揭发那些违法犯罪之徒。

斯蒂芬仍然在坚持，他是一名绅士，而这个地方不是绅士住的地方。他的同学们嘲笑他生活在地球上最贫困的穷人中间，他们对他妹妹说些下流的话，还说她每天从窗口往外看必定能获取某种经验。为了家族的名誉，难道他的父亲还不明白他们必须离开此地吗？

伯顿越来越生气了，他才不会让一个乳臭未干的孩子对着自己说教呢，他知道什么才是对这个家庭是最好的。于是，他一把抓住这个被吓坏了的男孩的脖子,把他推到楼下的木工室里——把他从长凳上扔过去,命令奈德把他接住,随后,拿起皮带狠狠地抽打了儿子一顿。当一切结束时,斯蒂芬哭着爬过地板,伯顿一把抓住他,把他的脸摁进一堆锯末之中。

"这就是你的学费!"他咆哮着,他的儿子被尘土呛住了,"我辛苦的汗水,这么多年来,它们都给我带来了什么?一个脑袋里装着糨糊的浪荡子,好了,那就到此为止,我一个铜子儿也不会再付,你就留在这里,学会怎么样成为一个男人,像奈德那样。"

那天晚上,斯蒂芬遍体鳞伤,疼得无法入睡,躺在床上啜泣。正因为如此,他第一个听到了爱丽丝尖叫着"有小偷",于是一瘸一拐地走到楼梯口,成为第一个走进父亲的房间并发现伯顿和爱丽丝睡在一起的人。虚伪?不公?难怪他第二天会当着贡森的面报复性地说了这句话:"你确定让我把看到的告诉他们,爸爸?昨晚我真正看到的那些?"

现在,我想弄清楚,为什么约瑟夫·伯顿会如此坚决地要留在罗素街?斯蒂芬受到的惩罚有些过重——即使对一个像伯顿一样严厉的父亲来说,这惩罚也太过严厉。奈德告诉我,伯顿以前从未将他的儿子揍得这么惨过。为什么呢?他儿子只不过是想要求一些极为平常的东西——为自己和姐姐寻求一个体面的家,一个挣面子的机会而已。

为什么想离开罗素街的想法就会激起伯顿如此大的怒火呢?他是否是在担心被别人——那些生活在格罗夫纳广场的新邻居嘲笑呢?他的儿子会蜕化成一名文质彬彬的绅士,而伯顿仍然还是一个干活的工匠,两只手上伤痕累累,举止粗野,就因为这个吗?他害怕被比他强的人的羞辱吗?在罗素街上,他可以肆意地将他的邻居们看低一等,在西边,他却会被别人看不起。

临终告白

尽管如此，这件事还是让我感到不安——那头老熊又吼又叫，不肯离开它的笼子。我不知道他是不是隐藏着一个更为黑暗的真相——出于某种迫切的原因，这家人不得不留在罗素街，或许那关着熊的笼子是锁着的。

我低头看向斯蒂芬，他穿着他父亲的衣服在哭泣，我为这个男孩感到不幸，也为自己感到不幸——这事干得并不体面，也没有荣誉可言。现在，从斯蒂芬口中也没有什么消息可挖了。我留下他，穿过楼梯口来到朱迪思的房间。我听到费尔布雷德在和一位年长的女士说话——是詹金斯夫人，她在街对面经营着一家面包店。不用说，她一听到风声就会急匆匆地跑到这里来，急切地想要对人施予安慰，并细听这个戏剧性的消息，吉蒂称她为"坏天气朋友"。

我轻轻地敲了敲门，然后进去了。除了费尔布雷德对着我满脸阴郁地干笑了一下，另两位并没有看到我。朱迪思躺在被子下面，脸朝着墙壁侧身躺着，詹金斯太太坐在她旁边，嘴里咕哝着那些陈词滥调："你父亲是个好人，他现在安息了，亲爱的。"

"一天两次，詹金斯夫人。"费尔布雷德颤抖着手拿起了一个瓶子，里面装满了黏稠的棕色液体。我深知费尔布雷德那一套，猜想那药应该是混着鸦片的糖浆，或者是煤焦油。

"在伯顿小姐喝之前，我必须和她谈谈。"我站在门口说。

詹金斯太太看见我时倒抽了一口冷气："啊！你这恶魔！你要来杀我们吗？"

就在那时，我才意识到自己手中还紧握着匕首。真倒霉。我把它塞进上衣口袋里。"不是，詹金斯太太。"

"我的心脏啊！我会被吓死的！"她说着，紧紧地捂着自己的胸膛，那儿看上去结实得像一辆大马车。

朱迪思坐了起来，好像刚从梦中醒来，乌黑的头发毫无生气地垂在脸上，垂到她那双柔和的灰色眼睛里，她的神色既有震惊又有怕意——就像山姆偷偷溜进这房屋的那天晚上一样，就在那天晚上，她发现父亲和爱丽丝同睡在一张床上。

我深深地鞠了一躬。"伯顿小姐，致以我最深切的哀悼。"

她皱起了眉头："你不是被逮捕了吗？"

"那只是一个误会，我已被任命来调查你父亲的死因。"

"可是，你和我父亲有仇，别……别……不要否认。"一丝凄凉的神色从她脸上掠过，"有时候我也恨他，我甚至……我还会希望他死。"她开始颤抖起来。"邪恶，"她压低了声音，"真是个坏女孩。"

我在床上坐下，正坐在詹金斯太太留下那处温暖的凹痕里。朱迪思怯怯地看了我一眼，拨开自己脸上的头发，她的左眼又青又肿。

"这是谁干的？"

她用手搓着床单。"这是我的错。我哭个不停，斯蒂芬不得不打了我，让我冷静下来……"

"斯蒂芬是个好孩子，"詹金斯太太插嘴说，"我敢肯定，他担心你可能会哭到全身抽筋儿的地步。"她狠狠地剜了我一眼说："朱迪思是个娇柔的姑娘，我们必须非常温柔地对她。"

"神经错乱，忧郁。"费尔布雷德一边收拾行囊，一边表示同意，他吧嗒吧嗒地用舌头舔着牙齿，"放点血就会让她恢复的，我明天就回来……"

"不要……不要！"朱迪思惊恐地喊道，"没有血，没有血。"她闭上眼睛，开始全身发抖。

"你可真无耻，费尔布雷德先生，"詹金斯太太不耐烦地喷声道，"我们不要再提起血和刀，也不要再说那些市场上的猪一样被宰杀的

临终告白

尸体。我们决不能再提起这个！杀人犯在深夜溜入这个地方，可怜的伯顿先生被人一刀又一刀地捅杀，就在大家都在自己床上睡觉的时候，他被人谋杀了！你怎么就没感觉到呢，费尔布雷德先生？伯顿小姐并没有生病——她只是又累又怕。今天早上她看到了那样的一幕，谁能怪她哦！一想到那些血，我就觉得头晕……你可真勇敢，亲爱的！"她对着朱迪思喊道。"我敢肯定，如果我看见我父亲的心脏上插着一把刀，我肯定早就昏过去了，真得喝点温热的肉汤，卧床休息。"

"完全正确，詹金斯夫人。"我说，在这所房子里所流的血已经够多了。

詹金斯太太的脸皱了起来。"我可不需要他来接话。"她恼怒了，开始问起费尔布雷德卖药的价格来。

"对不起，我之前指责过你，先生，"朱迪思低声说，"我……那不是我自己，我非常肯定你是无辜的。"

我轻笑起来，在一处私人卧室里低声道出我的清白，这很容易。可是，她已经对着整条街喊叫过我是凶手。我探近了她："伯顿小姐，你认为是谁杀了你的父亲？"

朱迪思惊讶地盯着我："当然是爱丽丝·邓恩了。"

"我知道了……但是……我想，你父亲已经打算娶她了吧？"

"从来没有！"她猛地一声喝道，直直地坐了起来。她的眼睛中满是戾气，像乌云一般的阴沉。"我父亲永远不会娶那个肮脏的婊子，那只是一个玩笑——一个愚蠢的玩笑。爱丽丝·邓恩——成为这房子的女主人？不，呸！——就是一千年也不可能！是她杀了我父亲，我敢肯定，愿她会为此下地狱！"

一片默然。费尔布雷德和詹金斯夫人惊讶地互相看了对方，然后又看向我。詹金斯太太搓起了双手。"喝热汤，"她颤声说，声音里透着忧虑,"休息。"

我被朱迪思的突然爆发吓了一跳,立身而起。有那么一会儿,我看到她那迷迷糊糊、如梦似幻的外表下燃烧着纯粹的愤怒之焰。昨晚怒火爆发了吗?会是朱迪思杀了伯顿吗?

"爱丽丝逃走了,霍金斯先生!"我离开时朱迪思喊道,"你不知道吗?她今天早上走了,她肯定是负罪而逃,你不明白吗?她一定是。"

在木工室里,奈德正在打磨着一张凳子。他用手指轻轻地碰着木头,检查是否存在着瑕疵。除了靠在角落里的一把破椅子,他先前的暴怒并没有留下什么迹象。我站在门口,仔细端详着挂在后墙上的工具。它们令我不由想起挂在马夏尔西监狱里的那些刑具。我感到喉咙一阵发紧,脖子被铁项圈箍得紧紧的,深深地嵌入了我的皮肤。我把手扶在门框上稳住自己,强迫自己回到现实。

奈德知道我在那里,但他继续背对着我,忙着手里的活计。斯蒂芬鲁莽而糊涂,被悲伤和恐惧弄得一团混乱。朱迪思意识恍惚,一心只恨爱丽丝。奈德的愤怒则得到了控制,被约束了起来。

长凳上只剩下几样东西——一张做了一半儿的边桌,一个橡木高脚柜。这些都是小活儿,用作实践操作而并非是挣钱的东西。伯顿曾是一位出色的手艺人,专做木工活儿。

邦德街以西新建的大广场皆用砖石砌制,但那里也需要搁栅和椽子、护壁板和木门。前一天晚上,奈德在莫尔咖啡馆曾满怀自豪和激情地谈起他的工作:强度和精确度的双重要求,美观的设计眼光,以及在建造隔墙和楼梯时对几何形体的理解力。"这是一项有关身心的职业。"他说着这些,眼睛里闪闪发亮。那时我很羡慕他,因为他找到了一份让他如此满意的工作。毫无疑问，我肯定不适合做牧师。同样，我生来也不是为了坐在桌前去翻译妓女们的对话。我不知道什么东西会让我的眼睛闪闪发亮：除了潘趣酒，吉蒂。

我毫不怀疑奈德能在其他地方找到一份好的工作，即使不能，木工公司肯定会帮助他营造自己的生意来。当然，这个前提是他不是杀死前主人的凶手。

"我得跟你谈谈，奈德。"我还是开了口。

他僵直了背。"没有什么可说的。"

"不是我杀死了伯顿先生。"

奈德从长凳上提起小凳，慢慢转过身来。"咖啡馆里的那些人，没人敢和你对视，他们都害怕你。"

我倚在门框上，疲惫至极。"因为他们太蠢了，竟听信了你主人的谎言，我不是杀人犯，奈德。"

"贡森逮捕了你。"

"什么——那能证明我犯下了罪行吗？他一直都恨我——你知道的！他根本就分不清生活中什么是不体面、什么是罪恶，把它们混为一谈。其实，这两种生活方式并不完全一样。"

"如果你过着体面的生活，你现在就不会有麻烦了。"

"确实如此——世界就是这个样子。你当了七年的模范学徒，又得到了什么呢？"

听到这话，奈德皱起了眉头，他认为我是在嘲讽奚落他："想问什么赶紧问完离开这里，在我失去耐心之前。"

多年的艰苦劳动使得奈德身体健康强壮，结实得就像一座罗马雕像，他的背上还背着一排沉重的工具。我朝着木匠室的楼梯方向后退了一步，以便快速撤退。"是你杀了伯顿先生吗？"

The Last Confession of Thomas Hawkins

我只要求看到他对此的反应。不过，我之前也曾问过他这话，这一次他甚至连怒气都没有。当然，他对这个问题很是反感，但除此之外，我只看到了他的悲伤和明显的疲惫。

"你有充分的理由对他产生怨恨。"

他瞥向了一边。"我有充分的理由怨恨你，先生。"

"你以为我愿意到这儿来问你这些问题吗？我必须证明我自己是无辜的，奈德。"

"是的，所以把罪行推到我的身上来。告诉我，先生——你见过有多少绅士在泰伯恩刑场被绞死？"

"我没——"

"没有，那就是事实：一个也没有。那么，有多少学徒呢？十个？二十个？如果今天早上被逮捕的人是我而不是你，我能在这短短几个小时之内就被释放吗？我能被授命去一个悲伤的家庭里问东问西地打扰吗？该死的，先生——我不会替你上那该死的绞刑架。"

我双臂交叉："你不会上绞刑架——如果你是无辜的。"

"哦，确实如此。"他大笑起来，用我刚才的话来打我的脸，"世界就是这个样子的。"他走到后面的墙边，从挂钩上扯下一把锤头。哦，去他妈的世界——奈德·韦弗和他那该死的木工工具。"你知道伯顿先生在这座房子里住了多久吗？二十年。"他指着这房子说，"这是他亲手建造的房子，二十年来没有出现过任何麻烦，你来到这里，不到三个月他就被人杀死在床上。"他把锤头重重地砸在工桌上，那响声砸裂了我们之间的隔阂。"那并非偶然，先生。"

"没有出现过麻烦吗？看在上帝的分上，奈德——他每天晚上都逼迫爱丽丝和他上床，他——"

奈德举起铁锤，向这边靠近，我从上衣拔出匕首，奈德认出那匕首的象牙柄，倒抽了一口气。"你在哪儿弄到它的？"

"我从斯蒂芬手里抢过来的，他莫名其妙地向我动手，这该死的房子，奈德！"

奈德露出了些许羞愧的神色，他把锤子扔到一个角落，坐了下来，宽阔的手掌抱在膝盖上，"如果不是你……也不是我……？"

我没有回应他，他知道是谁动手杀的人，斯蒂芬，或是朱迪思。

他叹息着，双手抱头。

"对不起，奈德。我知道他们就像你的家人一样……"

"就像？"他空洞地笑了一声，"并不是什么'就像'，我就是他们的兄弟。"

说完这些之后的很长一段时间内，奈德挥了下满是伤痕的手，不愿理会我的疑问。我在下往木工室的台阶上坐了下来，等待。耐心——耐心才是关键，最好的坦白并非是在强迫之下进行。

"伯顿先生是个好人，"他终于开了口，"他生活朴素，过着基督式的生活，可是……"

呃，就是这里了。"但是"我们全都是好人，除了那个简短的关联词，我往前探身道："可是什么？"

"他年轻的时候，就被一帮坏家伙们引入歧途，都是些淫荡的女人，很低贱的那一类女人，她们怂恿他喝烈性酒，然后去妓院嫖娼。"他一脸厌恶地停顿了一会儿，"于是，他放弃了学徒的身份，陷入了债务，被迫去……霍金斯先生，你必须发誓不把这件事说给其他人听，我只是想解释清楚……"他站起身来，开始在房间里踱来踱去，整理工具，掸去桌上的灰尘，为一个污秽的故事准备出一个干净的房间。"他在妓院干起了打手的营生。"

我开始笑了起来。当看到奈德痛苦的表情时，我咳嗽了一声借以掩饰。好，好，好。这真是一个精彩的故事。约瑟夫·伯顿，竟然以看守妓院大门为生。那个道貌岸然的混蛋竟然来非议我，真是胆大啊！天哪，如果他还活着，我真想把他扔进他那只大大的旧杯子里去，让自己开心一下。

"他只在那里干了几个月的时间。"奈德赶紧加了一句，"他羞于看到那一幕幕下流的场面，并对自己的所作所为感到羞愧。他所做的，是以卧底的身份加入了那个协会，之后，他一开始去参加教堂的活动，在那里遇见了伯顿夫人。她用嫁妆帮他建造了这座房子，并为他一开始的生意提供了资金。她是一位虔诚、忠实的女士，伯顿先生经常会说起她是如何拯救了自己。"

更像是她的钱拯救了他。"可是，你并非她的儿子。"

"是的，先生。"他羞愧地低下了头，"我出生在纽盖特，我母亲是个妓女，也偷东西，她利用了肚中的孕儿从绞刑架上捡了一命。我出生后，她就被流放，在船上因发烧病死了。"

"我很抱歉听到这些。"

他用粗糙的手擦了擦眼睛。"我从来不认识她，住在萨里的舅舅和舅妈把我养大，他们都是善良、诚实的农民。但他们自己有七个孩子，根本养不起我，于是他们就给伯顿先生写信，我母亲总是说他是我的父亲……"

我扬起了眉毛，考虑到那女人的职业，无论如何都很难证实这一点。

"伯顿先生不相信我是他的儿子——一点也不相信。他让我当他的学徒，为他过去的罪恶赎罪。他觉得他对我母亲的死负有责任，因为他曾经有过一次……一时意志脆弱……"奈德的脸红了。

只有一次吗？我对此非常怀疑。如果奈德的生活不是如此传统老套,他也会明白,像伯顿这样的男人是决不会为了给一时的情欲赎罪而把私生子带回到家里来——除非他有证据或是其他诱因存在。"但你真的是他的儿子吗?你很确定?"

奈德笑了。"我和他在这个木工间里一起干了七年的活儿,开始留意到一些东西,不仅仅是我的外貌,还有我的一举一动,我使用工具的方式,太多太多别人根本就不会去注意到的细节。你看看我,先生,现在你知道真相了——难道你看不出我和他很像吗?"

我歪着头看,不错,奈德虽然不算高大,但却和伯顿一样魁梧结实,他的眉毛很淡,肤色也很白皙,但这可能是他母亲留在他身上的东西。是的,确实有相似之处;事实上,他和伯顿的相似度要比斯蒂芬和他父亲的相似度更高——然而,斯蒂芬在过去七年的时间里一直是待在学校学习,没有去干修理屋顶和钉地板的活儿,根本就没办法来证实这一点。但伯顿显然是相信奈德是他的儿子。考虑到他那么不情愿地承认了这个私生子,我也倾向于相信奈德就是他的儿子。他肯定盯着那男孩看了好几个小时,希望能把他身上的相似给抹掉,最终还是无法否认那些东西。

"如果这一切都是真的,他为什么要反悔赶你走呢,奈德?"

"那是我的错!我想让他认下我这个儿子。我发誓,如果他不把真相告诉斯蒂芬和朱迪思,我就离开这里。啊——我真不该这样紧紧地去逼他!我父亲对我不错,霍金斯先生,但他脾气很暴躁,我应该像他教我的那样,耐心地听话。我确实认为……我真的认为他会及时改变主意的……要是能看在朱迪思的面子上就好了。"

"朱迪思?"

他尴尬地咳嗽了一声,"她对我产生了爱意。"

爱意?啊!"哦,天啊!"

The Last Confession of Thomas Hawkins

"我不敢告诉伯顿先生,但是……这情形总会令人感到不大舒服。"

我缩了一下身子,想起了我自己的妹妹,不大舒服?我得说,这简直是太折磨人了。在这之后,有好一阵子我们谁也没有说话。

我越去思考奈德所说的话,就越怀疑他不是凶手。伯顿死了,他就失去了被伯顿公开认下这个儿子的任何希望。斯蒂芬可能会在他的房间里哭泣,朱迪思在吸食鸦片以麻醉自己来减少痛苦。然而在我看来,奈德才是对伯顿的死最为动情的一个,没有和解的机会,没有让他父亲感到骄傲的机会。匪夷所思的是,在伯顿所有的孩子中,奈德——他的这个私生子——却是最爱他的。

"我为他的灵魂担心,霍金斯先生,"他陪我走到门口时说,"他死去的方式——让他失去了忏悔他罪过的机会,在过去的几个星期里,他完全变了样,根本不像他了,他对爱丽丝的态度……"

我听见詹金斯太太在楼上小题大作地安慰着斯蒂芬。此刻,这女人怎么也不会从这房子里出去了——除非发生了更有意思的谋杀案。王后真应该指派詹金斯夫人去调查查尔斯·霍华德,而不是我——那女人就是一份行走的报纸,满版的小道消息,"詹金斯日报"。不过,爱丽丝已经离开了,詹金斯太太还能派上用场。"爱丽丝真的跑了吗?"

奈德朝楼上瞥了一眼。"朱迪思把她赶出去了,我提醒她不要这么鲁莽,'现在你已经被释放了……爱丽丝。'"他没好气地笑了,突然惊异于一个想法,"我简直不敢相信,但她有充分的理由去……"

我摇摇头。几个星期以来,伯顿一直在秘密地折磨着爱丽丝。既然他答应娶她,为什么她现在会去杀他?她完全可以等到结婚仪式结束后、等他遗嘱上的墨水干了的时候再杀了他,而不是在这之前。我从口袋里掏出那把匕首来:"你父亲胸部被捅了九刀,这是出于愤怒,出于报复。"

他的眼睛睁大了,他从我手中扯下匕首。"你怎么知道?你怎么知道他被捅了九刀?"

我意识到自己犯了错,紧缩起身子。如果我没有看到过那具尸体,我又怎么会知道呢?"半个城里的人都知道这些!"我佯装生气地辩解道。但是,我的声音听起来很紧张,甚至传到我自己的耳朵里也觉得如此——奈德又起了疑心。

"昨天晚上,你对他很愤怒,你喝得醉醺醺的。"

所以,我们又回到了这个话题,该死的。"门窗都被闩上了,我又不是鬼魂,奈德,我不能穿墙而过。"

"也许还有另一条路能进来呢。"他顿了下来,眯着眼睛,"爱丽丝说她觉得这房子里一定有一条通道……"

谢天谢地,我还真押对了注。我的脸上不动声色,心脏却在我的胸膛里怦怦直跳,我相信他一定能看出我的心脏快要跳出衣服了。上帝保佑——如果奈德发现了阁楼间的通道,我就会坠入万劫不复之地,我将帽子扣到了头上。"没有门,也没有通道,杀你父亲的人还在这座房子里,奈德,如果我是你,我就把那把匕首放在枕头底下睡觉。"

第十二章

"上膛之枪"已开始营业。我在街上张望了一会儿,恢复了神智,品味着这漫长而残酷的一天中最后的一丝微弱光亮。尽管被逮捕的事情并不光彩,但店里的生意还是客源稳定,顾客们像往常一样偷偷溜进来。山姆在打理店里的工作,他非常适合这项工作,动作敏捷而心思缜密——他低垂着眼皮,却是在仔细地打量着每一位顾客,还能不被顾客们所注意。也许以后他会在他的房间里又画个素描图出来——画的是那个年轻的、带走一包新书的仆人。我猜想他应该是赫维勋爵手下的人,其主人是威尔士亲王的好朋友。由于那人经常在这里订购两本同样的书,我们开始怀疑其中一套是带给弗雷德里克亲王以供消遣和学习技巧。那么,他的母亲会怎么想呢?说不定她会高兴。毕竟,男孩了解如何繁衍后代也是件重要的事情。

山姆把那包书递了过去,然后把小费装进了口袋。尽管他在月夜偷偷地溜进伯顿家惹出了那么多麻烦,我还是莫名其妙地喜欢上了这个男孩。太喜欢他了,以至于不去想他可能就是杀死伯顿的凶手的可能性。理智告诉我,我不应该低估了他——一个杀人团伙头目的儿子,一个杀人高手的侄子。然而,我不相信他会做出如此暴力血腥的谋杀行为,再说,又能是为了什么目的——找刺激?不,杀害伯顿的凶手一直是在寻求报复或正义,我怀疑山姆有没有这个时间达成这两个目的。

伯顿的孩子则完全是另一回事。我越是想到他们所忍受的生活,就越确信是他们三人中的一个杀的人。伯顿令朱迪思这一生过得像个囚犯：除了去教堂，她很少能离开家，现在她自由了。我抬头瞥向上面的窗户，因对逝者的哀悼而紧闭。我曾无数次看到她坐在那里，脸色苍白，神情憔悴，如饥似渴地看着生命在她的目光下流逝。"可怜的朱迪思"，街坊在谈论中都是这样称呼她，费尔布雷德又给她送去了一剂药令她镇静下来。

斯蒂芬一定也害怕陷入同样的命运，一旦他的父亲拒绝他继续回学校读书，他的下场也会如此。他因为敢于质疑父亲的权威而被打得半死。并且，最痛苦的是，他发现他的父亲不仅是一个满身戾气的暴徒，而且还是一个虚伪的骗子。这些足以激起这孩子杀人的想法吗？那个四肢瘦弱、浑身发抖的小马驹？愤怒可以让软弱的灵魂增强至十倍的力量，斯蒂芬被切断了与学校及朋友的联系，遗产继承也处于风险之中，他有强大的理由去杀掉伯顿："金钱、正义、复仇"。在三个孩子中，只有他会从父亲的死亡中获得最多的利益。现在他成了这所房子的主人，可以随心所欲地生活。

朱迪思自由了，斯蒂芬自由了。在另一个世界里，我就会远离这一切该死的事情——让上帝来评判一切。然而，我也得考虑自己的自由，我宝贵的生命。

我必须逼着他们中的一个人招供，或者至少能拿出一些确凿的罪证。那把匕首是在尸体上找到的，可是凶手作案时那身血迹斑斑的衣服呢？今日几乎有一半的邻居都前来在屋里吊唁，凶手应该没有机会将血衣销毁。那衣服一定还藏在屋里的某个地方，除非有人想把它们偷偷带出去，否则那身血衣就会一直留在那里，没办法扔到炉火中烧成灰烬。

我扭动着酸痛的肩膀，很高兴自己找到了一线希望。明天，我就请求来彻底搜查这所房屋。与此同时……几个衣衫褴褛的街边男孩正站在面包店外面。毫无疑问，他们也许会为了几个便士和詹金斯太太的几个面包卷在这里待上一夜。我穿过街道向他们走去，当我走近时，他们突然尖叫起来，还没等我来得及说什么，他们就跑开了。这是一个让人哭笑不得的时刻，我现在成了一个怪物，是吗？我的灵魂在颤抖，预感到未来会有更多的麻烦向我涌来。一个人一旦被人看成怪物，接踵而至的几乎就是"罪犯"了。但至少，山姆看到我安全地从拘留所回来还是露出了高兴的神色，他趴上了柜台，握住了我的手，一言不发地抓着。我把任命书拿出来给他看，他脸上露出敬畏的表情。"警长的手谕。"他喃喃地说，一面用手摸索着那张纸，仿佛它是最优质的丝绸。

我将纸抽了回来，山姆喜欢在店里安静的时候练手，"伪造警长手谕会被判什么刑罚？"

山姆把一根想象中的绳子绕在脖子上，假装被吊挂的样子，舌头耷拉着，在原地摇摆，这情形太令人信服了。

"你见过多少次绞刑的场面，山姆？"

"几百次了，看过杰克·谢泼德①嗝屁的样子，站在马车下面。"

我也曾见过谢泼德在绞刑架上晃荡的样子——那是我在伦敦度过的第一个冬天。那帮乌合之众们爱他至极，拽着他的双腿往下扯，好让他走得更痛快一些。这一切以一场人群骚乱而告终，他的朋友们为了不让他的尸体落入外科医生之手而发生混战。成千上万的人流涌过街道，践踏着路上的一切东西。我原以为自己会在这样的疯狂暴乱中

---

① 十八世纪初英国臭名昭著的大盗（真实人物），1702年生于伦敦，因被捕后连续四次越狱成功，在民众间引发诸多讨论。1724年11月，在他被处决前，《鲁滨逊漂流记》的作者丹尼尔·笛福曾访问他，并写就了一本关于他的书。

临终告白

死去，还不如待在索科尔的家中平安无事，但当我从中幸存下来，被一群陌生人拖进附近的酒馆时，我的衬衫被撕破了，嘴唇上沾染着血迹，我却知道我从来没有想过要离开这里。

"托马斯·霍金斯，哦，你这个混蛋。"门砰的一声被猛地关上。吉蒂脸上脏兮兮的，在这样冷的天气里，她的衣服却都被汗水浸湿了。"看看你！看看你这没心没肺的样子，我已经半死不活了，你还在满世界溜达。我在街上走了一整天，一直在找你。我去了每一座监狱、每一处拘留所。那些人嘲笑我，戏弄我，还对我毛手毛脚……你是什么时候被放出来的？哦！你都不知道我有多恨你，你这个自私的混蛋！"

"我以为你处境安全，山姆，你应该把她带去圣吉尔斯。"

他耸了耸一边的肩膀说："她不去。"

"她，"吉蒂怒气冲冲地在店里走来走去，"刚刚才从贡森家里回来，那个该死的警卫动了手。"她指着自己脸颊上的瘀伤说："他让我在那里等了半个世纪，然后说你几个小时前就被释放了，还说你带着你的黑婊子走了。"她踢翻了一张凳子。"他说你还吻了她，当着所有人的面儿，你……哦，你这个混蛋——你吻了她！"

"呃，不，不完全是这样。"我慌了神，"她做的是有些……不过，她吻我是在演戏。演戏，是的。是在演戏，怕说漏了嘴。"

"怕说漏了嘴？"吉蒂恶狠狠地模仿着我的语句，"我看是你的舌头正好滑到了贝蒂嘴里吧？"

"噢，该死的，吉蒂——那只是一场表演，仅此而已。请允许我解释一下……"我伸手去拉她，可她却避开了我的手，转身跑上了楼梯。

我抬头瞥了一眼天花板："好吧，山姆。我想我还是去碰碰运气吧。"

他咧嘴一笑,把绳子绕在他的脖子上来回摆动。

吉蒂正在我们房间里生火。她听见我走进来的声音,便在床上坐了下来。但是,直到炉火熊熊燃烧起来,她也没有转身看我。她摘下帽子,解开发卡,把头一甩,卷发就顺着后背弹了下来,她知道我喜欢那样。

"原谅我吗?"我摘下假发,把它挂在一处角落里。我已累得连与她争吵的力气也没有了,不想动弹。四肢因被上了枷锁而疼痛,我的思绪分散开来,像球拍上的球一样从一个想法跳到另一个想法。

"贝蒂呢?"她解开了长袍上的缎带,扯掉了里面的三角胸衣,露出她那高耸滚圆的、柔软的胸部。

突然间,我的脑子里一片寂静。

"你想要她吗,汤姆?"她脱下鞋子,一只脚搭在我的大腿上,往上面滑去。啊……她把袜子卷了下来。"我看到过她看你的样子,就像这样子。"她张开两唇,从低垂的眼皮下盯着我看。一种需要,一种欲望。

"呃,呸——很多女人都那样看我,那是——"

吉蒂哼了一声,卷下另一只袜子,扔到了我的脸上。"不,不——千真万确。在这个城里,有一半的人想睡你,还有另一半的人想绞死你。"

我踢掉了两只鞋子。"我想这两样你都想做。"

她爬上床,解开我裤子上的扣子,然后她吻了我,占有式的吻。她的手往下滑,抚摸我的身体。"说,你是我的,"她低声说,"我一个人的。"

临终告白

"我是你的。"

她笑了。我想要她,我现在就想要她。不要再等待,我把她推倒在身下,将她的长袍拉扯到臀部以上的位置。是的,我要,我要。我伏在她身上,把全身的重量都移到了肩部。

他妈的!疼痛撕裂了我的肌肉,我滚了下来,气喘吁吁。

"汤姆?"吉蒂坐到了我的身上,"你受伤了吗?"

"贡森把我拴在墙上。"我一只手臂挡住了眼睛,该死的。

她将我的手臂拉开。"躺下。"她解开了我的衬衫,抚摸着我肿痛的肩膀,然后,她的手移到我的手腕上,那里已经被铁手铐磨破。"亲爱的。"她叹了口气,解开了衬裙。

我在她的身下坐了起来,吻着她的脖颈,"我没法儿在你的身上……我的肩膀……"

她轻柔地将我推到后面的枕头上去,然后脱掉了我的裤子,蠕动着扒掉自己身上的裙子。接下来,她跨坐在我的身上,臀部紧贴着我的坚硬之物,俯下身来吻我的唇。

我伸手一路往下,掠过她光滑的长腿,像丝绸一般柔滑,完美的丝绸触感。"这不是——"我开口,她紧紧地压向我,我开始喘着粗气,"……我想象的……"

"真的吗?"吉蒂把头发往后拢,绿色的眼睛里闪闪发光,"这正是我所想象的……"

事后,我们静静地躺着,吉蒂把头靠在我的胸前。对于我们在床上一起度过的所有时光来说,这已经不一样了。我们漫天地聊了一会儿,这一天毕竟还是有些好事情的。如果我成为一名牧师,这就是为自己准备的布道词。尽情享受这一安静、甜蜜的满足时刻。这样的时光并不多——可这就是所有。我笑了，闭上了眼睛。

"啊！你竟然睡着了，该死的。"

我猛然惊醒。"我没有睡！"

吉蒂轻抚着我的脸颊。"你醒着时会打鼾吗？你自己抽根烟斗，汤姆——我们有很多事情要讨论。至少，我在说话时，你必须听上一会儿——要是你嘴里叼着烟斗，就能多听一会儿了。"她把双腿交叉放在身下，仍然赤裸，仍然美丽。

"我可不打鼾。"我咕哝着，摸索着找我的怀表。八点一刻，该死的星星。今晚我必须去和查尔斯·霍华德碰个面，这就意味着要过河去对岸的南沃克区。我从床上滑了下来。"原谅我，亲爱的，我得去见个人，我们明天再讨论。"我在衣橱里找着衣服，冷空气刺痛了我的皮肤，我哆嗦着身子。霍华德是个贵族——我得穿戴得体才能融进他的圈子。但是，南沃克区的街道上很脏，斗鸡比赛的长椅制作粗糙，经常有裂缝。呃，我放弃了一条丝绒马裤，选择了一件棕色的丝质针织衫。等我选好了一件绸缎马甲时，意识到房间里死一般的寂静。

她睡着了吗？要么她正恼怒地瞪着我的背部？我环视了一下。啊，果然是这样。

"我们今晚得谈谈。"吉蒂躺床上说。她把我的衬衫披在头上，放轻脚步走过房间，一半是在调情，另一半是威胁。"上次你说有约会时，你被一个疯子袭击了，告诉我发生了什么事，把所有一切都告诉我。"

于是，我什么都和她说了，几乎所有的一切。当我告诉了她我和詹姆斯·弗里特达成了交易要去见亨丽埃塔·霍华德，以及随后在圣詹姆斯公园发生的可怕的打斗时，我和她两人坐在一起抽着烟斗。

"很刺激么?"

"不。"上帝啊,真没有。

"但你希望这会让你觉得刺激,"她悲伤地低声道,"你觉得烦闷了。"

这倒是真的。现在她大声说出了这个事实,听起来又是多么的渺小和愚蠢,"跟你在一起不会。"

她爬上我的膝盖,从我的口中取下烟斗:"那么现在呢?你陷进了什么样的麻烦?"

我告诉她我去了王宫。

"王后。"她吃惊地笑了,"汤姆,我真想踢你——为什么你以前不告诉我这件事?那么,我们今晚要去见霍华德吗?"

我惊恐地盯着她,一想到霍华德见到吉蒂,那双疯狂、炽热的眼睛就会盯着她……"不,不行。他是个怪物,吉蒂——真的。你不能和我一起去。"

"为什么——你不让我去吗?既然你偷走了我的处女之身,你认为我还会服从你的命令吗?"她一只手扶在前额,假装出意乱情迷的样子。

"偷走了?是你双手奉送给我的。"

她咯咯地笑着,把鼻子埋在我的脖颈之中,"让我来帮你吧,汤姆,我以前救过你的命。"

是的,而且你还杀了一个人。如果我告诉她大英的王后知道她所做的一切,告诉她那个秘密压在我的身上就像一把匕首紧挨着我的心脏,我不知道她会说些什么呢?

"这将会是一个血腥可怕的夜晚,"我尝试一种不同的策略说,"我要去南沃克的斗鸡场见他。"

"去斗鸡吗？完美！"她跳了起来，"我好几个月都没去过了。"

穿戴衣物时，我告诉吉蒂今天下午我去了伯顿的家里。

"奈德是伯顿的儿子！"她喃喃地说，一边系上靴子的鞋带。她熟知南沃克的那些旧街道，绝不肯在那些污物上浪费一双好鞋子。"确实有些像，现在我想到了，他的嘴，还有他下巴的形状。"

"我相信奈德是无辜的。最重要的是，他希望父亲能承认自己是他的儿子，伯顿不可能从坟墓里爬出来认他。"

"是朱迪思杀了伯顿，"吉蒂一边说着，一边示意我给她系上束身衣，"我敢肯定，她憎恨她的父亲。"

她希望他死——她自己也承认了这一点。然而……我皱起眉头，拉扯着吉蒂胸衣的绳子。要是我能把伯顿谋杀案了结得这么整齐利落就好了。吉蒂梳着头发，开始用发针别起她的卷发。我俯下身，吻着她的脖颈，呼吸着她的气息。那是玫瑰水和淡淡汗水混合在一起的味道。我很高兴向她坦白了这些——对我理清楚思路很有帮助。"我倒宁愿是斯蒂芬下的手，朱迪思太……"我努力思考着最适当的用词，想起了詹金斯夫人的描述，"娇柔。"

"娇柔？"吉蒂又把一根发针扎进她的头发里，"说实话，她让你神魂颠倒了吗，汤姆？你抓着她颤抖的手了吗？呃，亲爱的伯顿小姐，别害怕，我会保护你，你这朵令人怜惜的、娇弱的雏菊。呸。所有咬着舌头说的话和小声抽泣说的一切——我一个字也不会相信……噢，别拉得那么紧。"她喘着气，将胸衣放松了一点。"给馅儿饼留点空间，在城里走了一整天，我都快饿死了……不——汤姆，你还不明白吗？是朱迪思拿着刀，最终还是向她父亲报了仇。这些年来，她一直扮演着一个孝顺听话的女儿，像修女一样待在房间里，你的那些法国修女中没有一个停止漂泊的，汤姆。"

"你不喜欢朱迪思。"

"我是不喜欢朱迪思，"她表示同意，"如果她杀了她的父亲，我倒是不那么介意，什么——我为什么要介意？他想要你死！但是他对爱丽丝很残忍，都是私下暗地虐待。在她父亲面前，她总是那么温顺温和，但是只要她俩单独在一起时，她就像对待一条狗一样对待爱丽丝，哪怕是最轻微的错误，都要去打她，去掐她。"

我摇了摇头——但这并不难相信。朱迪思并不是第一个把怨气发泄在仆人身上的女主人。难怪她对这桩婚姻如此愤怒，奈德在伯顿那里做了七年的学徒，朱迪思以伯顿女儿的身份做了十八年的苦工，到头来却没什么可值得炫耀的，如今，爱丽丝——这个家中她唯一可以使唤的女仆人——竟然要成为这个家庭的女主人。

这应该足以使我相信是朱迪思犯下了罪行——但脑海中同样的问题仍然没有得到解答，如果是她父亲的这桩婚事让她如此愤怒，她为什么不去杀了爱丽丝？

我把匕首低挂在腰间，希望今晚不会用到这玩意儿。今晚这不可能完成的任务重重地压在我还疼痛着的肩膀上。我怎么能跟一个在数天之前被我用棍棒打昏的人成为朋友呢？呃，我说——晚上好，先生。你还记得我们在圣詹姆斯公园的那次碰面吗？再次认识你真是太高兴了。现在，你能不能告诉我一些你生活中的丑闻细节，我可以把这些信息出卖给英国的王后殿下。

也许吉蒂能从那畜生嘴里套出一些有用的东西来，她知道如何挖出秘密，知道如何避人耳目地打听。男人们总是低看吉蒂，而她正好就利用这一点，女性也是如此。这让我怀疑……"吉蒂——关于朱迪思和爱丽丝的这些闲话，你是怎么知道的？"

吉蒂飞快地跑开了，抽出一条格纹披肩。"爱丽丝告诉我的。"

"爱丽丝走了，朱迪思把她撵出家门去了。"

"我知道，她就在楼上，我雇了她来代替珍妮。"她把披肩搭在肩上，看到了我脸上惊恐的表情，"我们确实需要一个女仆，汤姆。除非你想自己擦地板、洗碗、补袜子，还有——"

"我并不是在质疑我们家需不需要女仆，吉蒂。我只是在想，是否有必要雇佣那个在昨晚满身血迹、挥舞着刀爬进我们家的人。"

"我正好在商量工资上利用到这一点，她每个月佣金要比珍妮少发一个先令。"

"要是我们在床上被人谋杀了，那就会是一个极大的安慰。"

"我们现在必须把她藏起来，如今你已经被释放了，爱丽丝很害怕朱迪思会指控她是谋杀犯。"

"她早已经害怕这个了，爱丽丝，也有可能就是她动手杀人。"我压低了声音，不安地抬眼警向楼顶。

"不会。是朱迪思干的，我已经决定了，汤姆。"

山姆在楼下拆卸那台破旧的印刷机，它放在店后面积满了灰尘。山姆喜欢机械类的东西——他喜欢把它们拆开后再重新组装起来。我在学校里就认识像他这样的男生——他们想剥开这个世界的外壳，看看这一切是如何运作的。没有什么神秘的事情是不能通过接近、仔细研究来揭开的，能在显微镜下呈现最好不过。

我叫山姆去找几个街头小伙监视伯顿家的房屋，以防有人偷偷带出一套血衣，然后又给贡森写了一封简短的信，请他明天派一名警卫过来帮我在那房屋内搜查信件。我的天啊，他肯定带有恨意——但就算他有这么多缺点，贡森还算是个尽职的地方行政官。他会按照示意

临终告白

行事——尽管会恨得咬牙切齿。"把这封信送到他家去，山姆。"我说，给了他两先令，"办完事情后，好好吃上一顿丰盛的晚餐，喝碗潘趣酒。"

他把钱币装进口袋，他很可能会跑到一些脏乱差的小馆子里买上一碗便宜的炖肉，把剩下的钱省下来。毕竟，身体是什么？无非是另类的机器，食物就是其燃料，仅此而已。

我牵着吉蒂的手，两人一起向南沃克出发。她身披一件垂下兜帽的灰色骑马斗篷，我们走在路上，她抬头朝我微笑，有点害羞，不再是女仆啦！我紧紧抓住她的手，以笑容回应。*我是你的！*

现在，如果我闭上眼睛，我就能看到这样的情形：我们从小城一路走向泰晤士河，双脚在潮湿的鹅卵石上打滑，讨论着等我们解决完烦恼之后会做些什么事情。我俩的生活就在我们面前延伸开来，还有很多的路要走。

接下来，我睁开了眼睛，目之所及是我所被关押的牢房内那厚厚的灰色墙壁。我已被定罪，关在纽盖特监狱，被判绞刑。吉蒂永远消失了。

第三部

The Last Confession of Thomas Hawkins

一行人沿着泰伯恩路向西骑行,马里波恩区漂亮的新建房屋落在了身后,此起彼伏的田野进入了视野,满眼无趣的灰褐色,一片泥地。黑色的乌鸦双翅紧扣在背后,趾高气扬地行走于脊形的地面。灌木篱笆墙下,坚硬的积雪在苍白的春日阳光下慢慢融化,已然历经了一个酷寒的严冬。这里的空气更加清新,天空更为开阔。这使他想起了萨福克海岸,那是他成长生活过的地方。我再也不能去那里了,我再也见不到我的父亲和妹妹了,我再也不能……再也不能……

"啊,上帝!"他叹息着,只有两边的守卫听到他的声音。他们凑近去观察和倾听一切,记住每一个细节:有人愿意花大价钱来探听托马斯·霍金斯的临终遗言。

现在,已是无路可走,他听到了聚集的人群在前方发出的呼喊声,成千上万的人聚集在泰伯恩山上观看这一幕,人群队伍一直延伸到远处的田野之中,大量的小贼混入人群来行窃,想要偷表,最好的地方就是在刑场。

警察们在人群中开出一条路,用棍棒把汹涌挤向前的人群击退。人们爬到树上,站在梯子上,翻上屋顶、墙壁和马车来看热闹。一位父亲把他的儿子扛在肩上,富有而时髦的有钱人坐在绞刑架旁高高的长廊里,身上裹着大衣和围巾,悠闲地谈论着最新的宫廷秘闻。小贩们在这些地方来回穿梭,售卖水果和一碗碗热奶油大麦茶。他闻到了空气中热酒的气味,还有香甜的肉豆蔻,他的肚子咕咕作响,自从审判以来,他都没有什么胃口吃东西,质地优良的外套在肩上松松地耷拉下来,此刻,他竟然又有了食欲——他的身体在抗议,呼喊出要活下去的欲望。

马车向左拐了一个大弯,他终于看见了绞刑架,泰伯恩的绞刑场地。三根实心柱子深深地插入地下,顶部有三根横梁,形成了一个三

临终告白

角形。这绞刑架尺寸大到可以同时吊死十二个人。刽子手约翰·霍珀倚在其中一根横梁上，口中含着一只烟斗，结实有力的手指熟练地拉着绞绳。当马车靠近时，他翻转了其中一根，绳子摇摇摆摆地落了下来，轻轻地晃着。

如果还有赦免令，那只能是此刻出现。

卫兵们将他架了起来，坐在马鞍上的执法官弯下身子，和警官们在交谈。他朝着那四辆马车瞥了一眼，接着猛地点了一下头，骑着马上了刑场。"朋友们，"他在一片喧闹声中大声地呼叫道，直到他喊到第三次时，人群才稍稍安静了一些。"仁慈的基督徒。"有人在后面喊了一声，一群观众都笑了。

霍金斯的心怦怦直跳，几乎无法呼吸。

执法官等到众人都安静下来后，他将手探入一侧的马鞍袋里，抽出了一卷纸，它上面有鲜红色的蜡封："皇家赦免"。

第十三章

　　曾有人说过,夜幕之下的白厅斗鸡场极具上流社会的风雅。在那里玩的男人们即使输掉了钱财,也会保持着安静的尊严;而女士们则被禁止进入,只因出于对她们在此地晕厥过去的担忧。相比之下,南沃克的斗鸡场则是一场地狱之旅。按霍华德的本性,他自然而然是选择了那处糟糕的地方。

　　竞技场隐匿在一处迷宫般混杂的小巷里,就在死人场后面——那一连串的拐弯抹角,我现在已然记不清楚了。吉蒂在马夏尔西干活时就很熟悉这条路,带路时,她将披肩和长袍高高地提了起来,以避免衣物被弄得脏兮兮的。我手压在刀柄上,望着那片阴影,跟在后面向前走。我们离那座监狱太近了,我不喜欢这种地方——在那个该死的监牢里,我为自己招来了一群卑鄙的敌人,而要前去那处斗鸡场的路上又正好再次看到监狱。自从我被关在监狱开始,我就对南沃克这个地方产生了强烈的仇恨,这是几个月以来我第一次又回来这个城镇。

　　又转了一个弯,我们来到了一条小巷的入口处,那里比牧师的黑袍还要暗黑。老鼠们在黑暗之中窜来窜去,发出吱吱的叫声。小巷的尽头,一支火把闪着光亮,指示着我们向前走。一处没有名字的酒馆,因某种原因隐匿于此。我感觉自己看到前面有什么在动,于是拍拍吉蒂的肩膀,可是什么也没有。我已经怀疑这个城市的每一个暗处都存在着危险。我们停下来的时候,我听到身后有脚步声,一名游手好闲之徒匆匆走过,他身材矮小、表情严肃,连看都没看我们一眼,兜帽遮住了他的脸,长长的斗篷在他身后飘动。那不是霍华德,而是一个与他体形相似的家伙——强壮、有力——在这样一个到处都是危险的地方毫无惧意。

酒馆的窗户被厚木板钉死,但我们能听到里面的下层人群粗鲁不堪的吵闹声。门口站着一个守卫——那男人皮肤黝黑,头上戴着一顶脏兮兮的帽子,在他的脸上布满了可怕的旧伤疤,皱在一起,像是一张没有缝补好的皮革,看上一眼便能令人噩梦缠身;而他的眼睛却是清澈的,里面满是喜悦——至少在这一刻是如此。他正在和那个刚刚从我们身边挤过去的家伙说笑。然而,当我们走过去时,他脸上的笑容消失了。

"女的不能进,"他说着,挡住了我们的去路,"今天晚上不行。"

站在他旁边的那个人揭开了兜帽:"当然,那我是什么,杰德?"

杰德往他的脚边啐了一口,咯咯地笑了起来:"他妈的知道你是谁,妮拉·马奎尔。"

妮拉……？火把的光亮照在那个人的脸上,我这才发现那其实是个女人——比我矮上一头,但上帝保佑,她的体形像橡树一样宽广结实。她的黑发剪短至颈后,衬托着一张坚毅的脸和方形的下巴。她说话带有爱尔兰的口音,声音低沉而粗犷,像个男人似的。

吉蒂走上前去,火把的映照下,她的红色头发变成了金色。"你这么快就把我忘了吗,杰德？"

"吉蒂！"杰德惊讶之后咧嘴一笑,然后紧紧地拥抱着吉蒂,将她半抱了起来,"哪里知道你会穿这么奇怪的衣服啊,没有认出你！听说你得到了一大笔钱呢。"他的下巴猛地朝着我扬起:"他跟着你来的？"

吉蒂一只胳膊搂上我的腰。"是我跟着他来。他爱上的是我的甜美,可不是我的钱包。你说是吗,汤姆?"

杰德差点笑得尿裤子。"进去吧,"他说着,一边示意我们进去,"从来没见过你。"

酒馆里面挤满了人,空气中弥漫着烟味、汗臭和酒的味道。仅仅那喧嚣的声浪几乎就能把我掀翻过去——男人们聚集在室内中央的圆形竞技场周围大声地吼叫着。我茫然地站在那里,这些声音、臭味以及混乱的场面让我头昏脑涨。我宁愿找个更安静点儿的场所进行任务。如果一个人在这样的地方遇到了麻烦,上帝应该会帮助他——没有人类会出手。我伸长了脖子去寻找霍华德的踪迹,却并没有在人群中看到他,这里面至少有两百个人。

吉蒂抓住我的手,迫切地往前挤,踢着脚踝、踩着脚趾,用力开辟出一条通道,其他人则是震惊得张大了嘴巴,这地方没有女人。有些家伙对着我咧嘴笑,好像我是世上最幸运的魔鬼,还有些人恶狠狠地骂着,紧皱着眉头表示反对。

我俩奋力向前挤到了竞技场的边缘,身体探过栅栏。斗鸡开始之前,那些公鸡已经列成一排走了出来,气宇轩昂,鸡腿上绑着银光闪闪的利刃,显得威风凛凛。吉蒂仔细地打量着它们,仿佛是要挑选结婚对象那般认真。这时,有一只鸡昂首挺胸地走了过去。"我喜欢那只鸡的样子,"吉蒂在我耳边嘟囔着,她用胳膊肘推了推她左边的人——那是一位戴着眼镜的老绅士,"嘿,你好。那只鸡是什么血统来着?"

老绅士的两只眼睛在厚厚的镜片后面转了一转,然后惊愕地睁大了,他用力地拉了拉我的衣袖:"先生,这样不合适!今晚的娱乐……不适合女士观看……"

吉蒂对着他笑起来:"我看起来像是优雅的女士吗?"

那人张开了嘴,接着又闭上,看起来像一条惊慌失措的鱼,究竟是该死的"是",还是该死的"不是"呢?上帝啊,我能体会到那种心情。

两只公鸡已经开始斗上了,喙啄爪抓。酒馆里的人们大声嘶吼刺激着,直到两只鸡发起狂来,奋力争斗。鸡的主人们大声喊叫,冲了进去,但已经太迟了。那只体形大一些的公鸡跳到它的对手身上,一边的利刃狠狠地一划,另一只鸡的肚子就被撕开了。鸡的主人把它拉出来的时候,它还在猛烈地啄着、戳着,受伤的那只鸡躺在地上流血不止,悲鸣不止,肠子在木屑上流了一地。它的主人边骂边拧断了它的脖子,公鸡的两条腿乱蹬之后又动弹了一下,最后就不再动了。

斗鸡结束后,酒馆老板动作缓慢地走到中间,宣布今晚的娱乐活动开始。带刀的角斗……他的目光扫视到了吉蒂,猛地打住。"滚出去!"他在一片喧闹声中大声喊叫着,"把那个婊子赶出去!"

两百个男人伸长了脖子盯着我们,竟然有个女人在这里!出于某种我无法理解的原因,众人的怒气相当的大,大到没法估量。的确,大多数斗鸡场都是专为男人准备的,但室内总还是有几个女人在场——主要是城里的女人……可是,今晚除了吉蒂在这里,没有其他女人在场。

一名身穿船工紧身上衣,满脸是汗的胖子用手捂着嘴说:"你要看漂亮鸡巴吗,荡妇?"他抓着裤裆说道。

"是啊,不过我要的是立到最后的,"吉蒂冲着他喊回去,"可不是斗鸡场上的第一个!"

船工的下巴耷拉下来,然后他大笑起来,举起双拳以示赞成。泰晤士河上的船工们最欣赏的就是一张污言秽语的臭嘴,其他人也和他一起大喊大叫，只不过抗议声和欢呼声都差不多。我把吉蒂拉近一些说：“你待在外面跟着杰德一起也许更安全些。"我在她耳边小声说，这样的场面可能很快就会变得不堪入目。

酒馆老板抓住了我的外套。"滚出去！你们两个！除非你们想被人在胸上插上一刀……"

一声枪响。片刻间因惊恐而出现了一处沉寂，接着就是一片混乱，人们要么躲到了桌子底下，要么掏出自己随身携带的匕首和手枪。

"妈的！"酒馆老板喘着气骂道，抬起头来望向室内后面的一张长凳。一个身穿深色天鹅绒外套的男人站在长凳上，手里拿着手枪，枪管里冒出滚滚烟雾。那人绅士打扮，长着一张疯子的面孔，唇间挤出了一个毫无幽默感可言的笑容，那是霍华德。

那些掏出了武器的人看到是他时，要么叹息抱怨，要么就地坐了下来。也许是因为他的贵族身份，也许是因为他在此地的声名狼藉，不管是什么，没有人愿意出来与他斗狠。

霍华德盯着我看了很久，好像要把我活活吃掉，令人感到害怕。接着，他放松了下来，把手枪塞回大衣里。"让他们待着，史密斯！"他对着酒馆老板吼道。他举止粗野，但发出的声音却带有一种不容抗议的，朝臣特有的清晰的权威。史密斯立马服从，领着我们穿过房间，暗自小声咒骂。

霍华德端坐在竞技场上方一处凸起的平台上，他的旁边坐着五个人。我认出其中两位是他的轿夫，另外三名都是绅士——至少从衣着打扮上来看是绅士。我走上前去和霍华德打招呼，他一言不发地看着我，脸上竟然毫无表情。当他跨步走过来时，我紧张起来，一想起他那晚打我的最后一拳，我还感觉到自己的下巴在疼。至少他的手枪里没有了弹药，如果他向我们发起攻击，我可以拉着吉蒂钻回人群中，一溜烟的工夫就能把她拉出酒馆。我敢肯定，吉蒂比查尔斯·霍华德对这附近的小巷更熟悉。

"你真勇敢……"他说着，拿起瓶子喝下一大口酒。

我什么也没说，只是紧盯着他，随时准备逃跑。

"……竟然把这么优质的一块美玉带到这里来。"说着，他向吉蒂鞠躬行礼，然后又将目光转向了我。烛光之下，他的眼睛闪闪发亮——那是站在地狱边缘，即将历经地狱之苦的人眼中才会闪现出的光亮。"您怎么称呼，先生？"

我盯着他看，这种情况可能吗？他没有认出我吗？"托马斯·霍金斯。"我答应道，心中惊讶无比，又对此感到极为宽慰，我并没有撒谎，深深地弯了下腰。

"是一位绅士。"他的声音里带着嘲讽，"那么好吧，这位先生——一起玩吧。"他示意他的轿夫们离开。当那几位站起来的时候，他们中间年轻的那个像是被抽离了骨头似的滑倒在了地上，一动不动地躺在那里，霍华德一脚勾在那男孩的肋骨下，将他踢滚了出去。

其他人也喝得酩酊大醉，台子下面散落了不少酒瓶，不过霍华德看起来还是镇定的样子。呃，他这么多年纵情于酒色之中，现在才五十出头，看上去却比实际年龄老得多。我猜想他年轻时一定是相貌堂堂的男人，但这几十年的放荡生活彻底毁了他自己。他脸部浮肿暗黄，鼻子和脸颊上遍布暴出的血管。

"谢谢您出手相助，先生。"我盯着他外套下面凸起的那支手枪，点点头说，"我得再请您喝上一两瓶酒……"放荡不羁算得上是从霍华德那里套取有用消息的一种有效的方式——要是我自己能够保持清醒不醉的话。

The Last Confession of Thomas Hawkins

"那就在那个爱尔兰母狗身上赌一个基尼,她只要上场,我们俩就扯平了。"他说着,抓住我的肩膀使劲地捏了一下,我稍稍退避了一下,口中发出无声的痛叫,上午的折磨让我现在仍感到疼痛。虽然我一点也不明白他的意思,但我还是微笑着,在疼痛中点点头。令人惊异地是,他对着吉蒂鞠了一个漂亮得出奇的躬,以示欢迎。我在台上坐了下来,对自己如此的好运气深感诧异,他是真的不记得是我在公园和他打斗的事情了。那天天色太暗,他自己也喝得酩酊大醉,我把他打得没了知觉,直到现在,他的额头上仍然有一道伤痕,带有瘀青,已经结了痂。幸运的是,我把他对那晚的记忆全都击碎了。

他又喝了一大口酒,仔细地打量着我:"我觉得好像在什么地方见过你,霍金斯……"

血液瞬间涌到了我的脚趾上。"或许是在赌桌上见过……"

他搔了搔下巴,"可能吧。"他挽着吉蒂的胳膊,把她带到台上,让她坐在自己身边。当他拍着吉蒂的手时,我咬紧了牙,强迫自己隐藏好反感的情绪。

然而,从他的举止来看,却像是在他的体内驻进了一个勇敢的灵魂——那更像是一个善于掩饰、凸显绅士风度的年轻人所具有的气质。这个演技派的家伙把亨丽埃塔骗进了婚姻——一名风度翩翩的上尉勇往直前地追求一个只有他一半年龄大小的年轻姑娘。姑娘是一名出身于贵族家庭的遗孤,继承了一笔数目可观的财产。霍华德一定是对她垂涎已久,他等了多久之后才显露出他的本性?举行完婚礼后没几天吧,我敢赌,那野兽等不了多久就会直接暴露出其兽性。可怜的亨丽埃塔,那时她只有十六岁,她一定吓坏了。

"你知道吗,感觉很奇怪。"霍华德皱眉道,"你们两个看起来都很熟悉,你是一名演员吗,夫人?"

"不是，先生，"吉蒂微笑着说，"我们在罗素街开有一家书店……"

他极力思考着。"哈！上膛之枪！伦敦城里最他妈好的店子！"霍华德向他的一名同伴击了一拳，"听到了吗，德拉蒙德？"不到一会儿的工夫，这一帮人都开始讨论起我们的这家店，评论它为市民们提供了多么好的服务，我简直不敢相信我的运气。霍华德不仅不记得我们之前的打斗，他竟然还是我们店里的优质客户。他的大多数东西都是派出小伙计前去购买，但他确信自己曾短时间内来过我们店里，并见过我们俩人。我承认我对他的前来并没有印象，可我平时大多都在楼上的书桌前忙活着文字。

"昨晚罗素街不是发生了一起谋杀案吗？"霍华德问道，"白厅里有些讨厌的老家伙在说这件事……"

"约瑟夫·伯顿，是个木艺匠人，就住在我隔壁。"

霍华德吃了一惊，然后大笑起来，双手拍打着膝盖。"约瑟夫·伯顿……"他咯咯地笑着说，"有一段时间没有听到过这个名字了，他最近成了一个邪恶的、不信上帝的流氓，我敢说，他今晚就会在地狱里被烈焰灼烧。"

吉蒂盯着他："不信上帝？"

"我认识他的时候，他在妓院做守卫。"霍华德说。"就是七面钟外面的那家妓院。倒回二十年去，如今……这城里最黑暗、最下流的地方。去那种地方可不是为了找些傻不拉几的小伙子，你懂的。所有的邪恶，那里都存在。"他的眼睛闪闪发亮，"鞭打、饮尿，若是你喜欢，跟狗交配也未尝不可。"他笑了，其他人也跟着笑起来。"伯顿在那里的工作就是阻止这些下流变态的行为恶化，比如说，有男人拿刀捅那里的姑娘，或者说殴打时出手太重。不过，伯顿那人欠了一屁股的债,只要塞给他钱,他就睁一只眼闭一只眼。"他又笑了,"我的上帝啊,约瑟夫·伯顿没有看到……"

又一阵欢呼声将我们的注意力引回到了竞技场上。有人上场了——几乎什么外套都没有穿。"是妮拉!"吉蒂喘息道。我向前探身去看,天啊,就是我们在外面遇到的那个爱尔兰女孩。她已经脱下了长长的骑马斗篷,露出紧绷在身上的胸衣和一条白色亚麻的短衬裙,两条结实的腿也露在外面。她双手握着一把刀,刀刃足足有三英寸宽。随着她高举起那把刀,人群中又是一阵怒吼。接着,另一个女孩也加入了她的行列,穿着同样的衣服入场。不同的是,她的袖子上系着红色丝带,而妮拉的袖子上系着蓝色丝带。她那一头金发被紧紧地贴着头皮箍成发辫,以免搭落在眼睛上。

"蓝色下注一个基尼,"霍华德命令道,把我推向竞技场,"首开得胜!"

"再加一份赌注!"吉蒂在我身后喊道。

我发现在那一帮闹哄哄的人群的最前面,有一个人要跟我赌——就是那个刚刚跟吉蒂互相对骂过的船工。妮拉在竞技场里大步走动,大声喊着她赢过的许多场比赛。她说起了她在埃尼斯蒂蒙的八个兄弟,他们教她如何像军人一样用刀。她从边缘走过时,我距她特别的近。她看到了我,微微点了点头,然后转身前去和对手握手。

我以前从未见过女性角斗的场面。我听说女人角斗只不过是为之后男人的决斗营造一下娱乐气氛——只不过是一种小型的运动而已,并不存在真正的危险。而现在,这场面并非如此。

妮拉的刀尖很钝,刀刃却像剃刀一样锋利无比。我拍了拍那名船工的肩膀:"她们要斗多少个回合?"

他耸了耸肩道:"她们都是为了钱来斗,得看她们挣钱的欲望有多强烈。"

妮拉单膝跪下，低下头祈祷，然后，她站起身来，在胸前画十字，接着，她双脚弹跳起来。

"天主教的婊子！"有人在我旁边嘟囔着。

我强压着眉头，我母亲是在天主教的信仰中长大的，我敢打赌那人口中的"婊子"会赢。摸了摸藏在衬衫下面的金十字架，我祈求好运。

男人们大声喊叫鼓动斗志，女角斗士们又缓慢地绕了一圈，她们两个都是左手握刀作防御，刀持在身外。那个英国女孩比妮拉高，动作敏捷。她首先发起了攻击，手中的刀用力地劈了下来，力道太大，声响划破了整个酒馆。妮拉在这一击之下屈膝，往后一跳。

这是一场艰苦而残酷的战斗，挤满了人的房间里像地狱的中心一般燃起了炽热的火焰。姑娘们很快就已是汗流浃背，皮肤闪闪发亮，白色的衬裙紧贴在大腿上。我瞥了一眼这群血脉偾张的男人，这才明白吉蒂到了这里为什么不受欢迎，那群男人对着姑娘们大吼大叫，并不只是贪恋鲜血带来的刺激，几个围观者已经在暗中将一只手塞进了裤裆之中。

我倾身对着那船工，指着竞技场对面那一群摩拳擦掌、血气方刚的学徒说："我们再来赌谁先完？"

船工哼了一声。"都是一群稚嫩的小奶狗，还没等到我开口，他们就结束了——"他顿了顿，做了个鬼脸，"连赌注都来不及和你下。"

霍华德挤到我旁边，一只手臂搭在我肩上："在找乐子，嗯？"

我不得不承认这场景是一项精彩的奇观，另一个女孩确实是一名尤物，她知道如何挑逗起围观男人们的心，在迅猛出刀的同时还能对着男人们调笑。她极速地一刀划破了妮拉的手臂，血从伤口喷涌而出，英格兰姑娘赢得了第一滴血。人群欢呼起来，霍华德赌输了。

"真倒霉。"我说，但他似乎并不在乎，接着，那个基尼便不属于他了。

他凑得更近了，指着妮拉溅在木屑上的血说："没有比这更精彩的了，是不是，霍金斯？"

比这精彩的多了去了，成千上万。

"我想看看你那婊子在竞技场里全身是血的样子，看得出来，她是个放荡的淫妇，你是怎么让她乖乖听话的？"我摇摇头，不敢信任自己的舌头。他笑着说，"你不会是被她迷住了吧，是吗？该死的蠢货！"说着，他又挤回到人群中去和酒馆老板闲谈去了。

妮拉在缝合包扎伤口，角斗暂停了下来。她喝下一大杯烈酒来稳定自己的情绪，然后高扬着刀回到了场上。

"勇敢的女人。"船工在我身边说。

角斗继续。半小时后，妮拉的胸部又被砍了一刀，血流不止，她的对手此时已经精疲力竭，踉踉跄跄，几乎没办法再举起刀来保护自己。妮拉本来可以在十分钟前就上前一步发起攻击，然而，她却一直在磨蹭着，不断地向前戳一刀，又往后退缩，直到人群开始变得焦躁不安。

"妈的，快把她干掉！"

"赶紧动刀，该死！"

她对此并不作理睬，挡住了来自于对方毫无力道的最后一刀。她的对手摔倒在地上，扔下了手中的刀。当妮拉走过去时，那女孩举起双手认输。妮拉把拳头高举在空中，看到将赌注押在她身上的为数不多的几个人在为她欢呼时，她咧着嘴笑了起来。哈！我赢了一克朗！

临终告白

还输了一基尼,这个倒是没必要去计较啦。

此刻,失败者正穿过人群,向出价最高的人兜售自己的今夜,似乎没有人对买妮拉一晚感兴趣,而她似乎也对此并不在意。她去柜台拿她角斗赢得的钱,在竞技场对面对着我打招呼。我向她表示祝贺,并邀请她和我们一起吃晚饭。她眨了眨眼睛,看向霍华德。霍华德又坐回了台上,正在和吉蒂说些什么。妮拉的脸上掠过一丝警惕的神色:"那是你的女人吧?如果我是你,我就会把她给看好。"

霍华德又戴上了那副面具,面带笑容,时而笑得厉害,我看着他,一颗心在沉沦。妮拉骂得很对,但我不可能让吉蒂先回家去。黑暗的巷子极为危险,和霍华德一样——但,至少我还能盯着他,我叹了口气。我第一次和吉蒂共度良宵的美好梦想到此为止。熊熊燃烧的炉火,温暖舒心的床,还有我能买下的最好的美酒,也就这么多了。我给她买了一个看起来不怎么美味的馅饼,回到台上的坐处。此时,第一组的两只公鸡已经出来了,当老板高喊着它们的种类时,它们再一次地绑着银色的利刃列队行走。吉蒂中止了她和霍华德的谈话,拿走了馅饼。

"我们应该赌左边的那个。"她咬了一大口饼说,"它的祖先在克莱肯威尔像个该死的恶魔一样狠。"她用肩膀轻碰了下我的肩。"这个有意思吧,汤姆?我们应该每周都来这里。"

斗鸡开始了,两鸡互相厮杀。我打开了几瓶红葡萄酒,做了个鬼脸。事实上,我讨厌斗鸡。我知道只有我和贵格会的是这种态度,但是我真不忍心看到两个无辜的动物为了取悦于人而互相撕扯。这太可惜了,因为如果你了解这些禽类的血统和战斗历史,你就可以赚很多钱——我无法控制我神经质的天性。我曾努力向吉蒂解释这些,那时她最喜欢的猫在它的对手——一只鸡的脖子上弄出了一个大洞,然后站在毫无生气的尸体边,得意扬扬地叫着。

她正在擦去手指上的脂膏。"你想让我可怜一只鸡?"她吻了吻我的脸颊,"我亲爱的汤姆。"

夜幕降临,霍华德变得焦躁不安起来。他在头几场比赛中赢了几次,可现在却已经输了近三英镑——这些钱都是从台下那个年轻人的口袋里拿来的,他几乎整晚都在那里没有动过。我向站在旁边还算清醒的同伴打听这个小伙子是谁——从他的衣着上判断,我认为他出身于贵族。

"是的,霍金斯。"霍华德插嘴道,他把那年轻人拉到座位上,让他靠在长凳上,男孩的头往后一仰,"他是我的儿子,亨利——醒醒,该死的。"

亨利·霍华德,亨丽埃塔的儿子——她唯一的孩子。我盯着那个年轻的孩子,他一屁股醉倒在地,一串口水顺着下巴往下流。我想起了他的母亲,她是那么的优雅美丽,那么的沉着冷静,她的面孔就像一幅画像一般沉静;然而,在放荡的外表下,男孩和他的母亲也有相似之处:他和亨丽埃塔有着同样的高额头和无瑕的面容,面部轮廓与其极为一致。我在他身上几乎看不到霍华德的影子,当然,除了那醉醺醺的样子。

亨利打了个嗝,然后在我们脚边吐出一小堆呕吐物。

"啊……"霍华德咒骂起来,一听到他发出来的叫声,一位轿夫就过来把这个男孩扛到了肩上,从人群中挤出去,但愿新鲜空气能使他苏醒。"连个酒都不会喝。"霍华德皱着眉头看着轿夫带着儿子出去,"这都怪他那该死的母亲,妈的。"

我微笑着,尽力扮演着自己的角色。我不能冒险就此结束这个夜

临终告白

晚,尽管我心里很想这样做。在酒精把他那层薄薄的、迷人的外表撕扯下来之前,霍华德在这个夜晚的一开始还能讲述一段段精彩的故事。有以前的战争故事,还有他多年来侍奉老国王期间的宫廷丑闻。想必在很久之前的岁月里,他曾经和他的朋友们过了一段自由而潇洒的生活。然而,如今的他已是老朽、堕落的废人,就像变质的牛奶一样,酸臭又令人恶心。

最糟糕的是他对自己妻子的仇恨,已然像一种毒药在他的血管里流淌。他能用大半个晚上的时间来讲述他婚姻生活中的下流事件给我听,那都是在亨丽埃塔躲入王宫寻求庇护之前的事情。我感觉到他应该经常讲述这些给别人听,谁都可以。他带着一种怪异的愉悦感扮演着一个混蛋人渣的角色,仿佛他人生的伟大目标就是要用一切可以想象到的方式来折磨和贬低他的妻子。他将她继承来的遗产挥霍一空,满城里浪荡,而她待在肮脏的公寓里饿着肚子。终于等到他回了家,他却当着她的面操着从外面带回来的妓女。

"一个儿子,这就是她给我的全部。"他冷笑道,"要是一个当妻子的肚皮里连孩子都不能生出来,那她还有什么用呢?"

不知怎的,我竟然还能保持冷静。如果对着霍华德击上一拳头,或是愤而离去,那又能对亨丽埃塔有何益处呢?我必须弄到一些有用的东西带回给王后。"我想,你们两个现在已经分开了吧?"

"法律上还没有!"他厉声道,"她仍然是我的——永远都是。她可以躲在她的房里,但我仍然还在,在她的脑袋里。"他的手指轻敲着太阳穴。"永远都在。"接着,他又开始讲起另一个令人深感忿恨的事情来:她一个小小的反抗招致他野蛮的殴打,他绘声绘色地讲述着她的一只耳朵在暴打之后变聋了,而这不算是他的错;现在她该怎样感谢他才好呢,因为这样她就不用听国王那无聊乏味的谈话了。

The Last Confession of Thomas Hawkins

当然，这并非是我第一次听说一个男人描述殴打自己妻子的情形，也绝不会是最后一次。步行穿过考文特花园，你能看到不少黑着眼圈、嘴唇残裂的女人。然而，霍华德说起这件事时，他的话语中充斥着浮夸的自豪感，好像这种暴行就是他的职责和乐趣所在一样，我简直闻所未闻。

为了亨丽埃塔，同时也是为了自己，我更加下定决心找出某种方式来阻止他。可是，我能向王后报告哪些她还尚未知情的信息呢？霍华德赌博、酗酒、嫖妓、欠债、暴虐、残忍。考虑到霍华德的地位，什么样的消息才足够震撼呢？奈德·韦弗之所以对我有怨恨之情，就因为我是绅士的儿子，在法律上对我有所偏颇。而查尔斯·霍华德出身于贵族，如果他的兄弟在没有继承人的情况下去世，他将成为萨福克伯爵……

……除非有人捅死他。我承认，我确实产生过这样的念头。在一处黑暗的小巷里，在背后捅上一刀。如果我不是我自己，那么我就能轻而易举地解决这个问题。譬如说，如果我是塞缪尔·弗里特——王后希望我能取代的那个人。

"你的酒量很好！"霍华德拍了拍我的背说。

我接受了他的赞美，但事实上我只是在小口地啜酒。把酒瓶塞给霍华德的某个同伴，或是把几杯酒泼洒在地上，对我来说轻而易举。吉蒂整晚大部分时间都待在竞技场里，她没有喝酒，一直在角斗赛上押注。我们两人的头脑都还处在清晰的状态。

霍华德凑了过来。"我包下了一条船！"他喊道，喷出的气息又热又湿，直冲进我的耳中，"你得跟着我一起去，你们两个都要去，一直喝到天亮。"

我点头答应，和他说我要去找吉蒂，尽管我并不打算带着她跟我一起。我在酒馆里慢慢地兜了一圈，终于发现她正在门口和杰德说话。我把她拉到烛火够不着的阴影处，告诉了她霍华德一会要包船玩乐的事情。

"你现在必须回家，"我低声说着，在黑暗中伸手去握住她的手，"杰德能送你回家吗，你认为？——付费？或者说让那个爱尔兰姑娘送你回去也行？"

"那是妮拉，她走了，没多久之前。"

"在船上不安全，吉蒂，河上无处可逃。我没办法在那六个人的手下保护你的安全，就算他们喝多了，醉得半死。"

她紧紧攥着我的手。"他不记得你，汤姆，你得给王后弄到一些消息。"

斗鸡结束了，酒馆里也空了下来，人群涌向寒冷的空气中。几只获胜的公鸡被关在木笼子里，咯咯乱叫，并高声啼鸣，一边猛烈地拍打着翅膀。我把杰德叫了过来，问他是否愿意有钱可拿把吉蒂送回家。"我和查尔斯·霍华德有事要谈。"

"霍华德？离那个混蛋远一点，你还是自己带她回家吧。"

吉蒂戳了戳我的胸："我可不是一袋土豆儿，被人拖着进城去，我想去哪儿就去哪儿。"

"吉蒂……"

"喂，喂——这是在做什么？"霍华德叫道，一边拍着手走进夜色中，"和情人在吵架吗？"

"斯帕克斯小姐有点累了，我正安排她安全回家。"

"回家？你到底在说什么，霍金斯？不，不行，我不能让我新交的朋友走，你必须和我一起去。"他的胳膊一把搂住我们的肩膀，拖着我俩离开，"必须得去。"

The Last Confession of Thomas Hawkins

船在圣救世主码头那里等着我们,停泊在那里随着水浪摇摆。这是一艘贵族们乘坐的驳船,船尾处有一间宽大的船舱,船头处的船舱要小一些。至于这位贵族如何能支付起包这艘船的费用,我只能靠猜测——他在酒馆里输掉了一大笔钱,然而当我们上船时,他却给了船首的划桨人一个法郎。他儿子一定很有钱——亨利还和我们在一起,一路上他呕吐了好几次,不得不由霍华德的轿夫把他抬上驳船,另外几个人都跑到教堂后面的那家酒馆去了。赞美耶和华。

当船驶离时,我告诫自己保持镇静,霍华德邀请我们是作为他的客人。他并不记得我们那晚的打斗,却也没有理由相信这次的相遇纯粹是偶然。我将刀带在身上,比以往任何时候都要清醒。不过……我们不能犯蠢去相信这些。当他再去船尾拿酒时,我把一枚硬币塞进了船首划桨人的口袋。"等会要是我拍你的肩,你就把船划到最近的上岸台阶去。"我低声道。

泰晤士河面上很平静,水面上只有几艘船。这一点也不奇怪——此时天色已晚,空气寒冷刺骨。我们的船从另一艘船边驶过时,一群狂欢的人兴奋地大声喊叫起来,吉蒂向他们挥了挥手。一阵大风吹过水面,她冷得打了个哆嗦。"我们进去吧,我想晚餐已经摆放好了。"

我拉过她的手:"跟紧我。"

霍华德腋下夹着一条毛皮毯子从船舱里走出来。"披上吧,亲爱的。"他说着,把毯子披在了吉蒂的肩上,吉蒂微笑着将毯子裹得更紧,以御寒风。要不是霍华德整个晚上都在劝导我用暴打的方式驯服吉蒂,这还真是令人感动的一刻。霍华德的儿子瘫卧在船边,正把胆汁往水里吐,霍华德保持着身体的平衡走到儿子旁边。

他跪在儿子一边说:"你喝酒像个女人,亨利!真是太丢脸了,是你的母亲毁了你。"

"我的母亲是个妓女。"亨利含糊不清地对着父亲的脸说,这是他整个晚上开口说的唯一一句话。

霍华德拍了拍他的肩膀。"好小子。"

亨利转身吐到了河里。

"我们进去吧,霍华德先生?"吉蒂说。

他笑了起来。

世界似乎变慢了。霍华德正面带着笑容,船桨划破了河水,吉蒂径直走向船舱,我没有拉住她。我知道我们已经处于危险之中,从那个笑容中我就知道这个夜晚已经完全颠倒过来。我拍了拍划桨人的肩膀,他继续划动着船桨,口中吐出一句话:"抱歉,先生。"

"这是我花钱雇的人,而不是你的人。"霍华德说着从大衣里掏出了手枪,我跟跄着往后退时,他拍了拍额头上的伤口,笑了起来,"你以为我把你忘了吗,无名英雄?救我妻子的那名英雄?"

他一直都记得,引诱我和吉蒂来到河上。

"霍华德先生,"我保持着声音的平稳,"让船靠岸。"

"你是打算要杀我吗?她花钱雇你来的?"

"霍华德先生——"

我听到身后传来扭打的声音,还有哭泣声。霍华德的几个轿夫要把吉蒂拖进船舱,一把利刃正抵着她的喉咙。其中一名轿夫在她耳边低声说了几句什么,吓得她睁大了眼睛。不,不,不要。我伸手去拿我的刀,扑向他们。

我后脑勺上猛的一声爆裂,然后,什么都消失了。

第十四章

醒来时，我躺在地板上，在一间空空的木屋里面。我的双手被粗绳捆绑着，身上带的刀也不见了。躺在一片黑暗之中，头脑迷迷糊糊。接着，我想起来。吉蒂！我摇摇晃晃地站起身来，使劲地摆着头想让它变得清醒，一阵剧烈的头痛深入骨髓。

我被人扔在船头的那个小船舱里。等我跟跟跄跄地走到门口，才发现门是从外面关上的。我用力想扭开它，门却纹丝不动。于是，我开始用拳头捶门，大声地呼叫救命，希望有人能帮到我们。吉蒂和霍华德单独在一起，我竟然没能拦住他带走了吉蒂。那个畜生！我又踢又叫，但门却关得紧紧的。

接下来，突然砰的一声巨响，门闩被人提起，掉到了地上。我推开门，差点撞到亨利的身上。

"真见鬼……？"他笑起来，嘴巴歪在一边含糊不清地说，"是什么游戏吗？"

我抬起手腕。"是啊，是啊，一场游戏。快把我解开，亨利。"

可是，醉酒的他太不清醒，只是吃吃地笑，总也解不开。我咒骂了一声，将他推开，转身向船头的划桨人走去。

"发个慈悲，请帮帮我。"

他犹豫了一下，回头看了看，眼里充满了疑虑。"就按着良心来办，先生。就说是那孩子把我放了，求求你了。"

他俯身将绳结解开。"船尾，快去！我把船划到靠岸的位置。"

临终告白

那些人搜走了我的刀,但我的匕首还藏在上衣的某个地方。我惊慌失措地赶紧摸索,终于抓住了匕首的柄端。我抓着亨利的后颈,把他向船尾推去。

他面露异色:"你要做什么?发生了什么事情?"

我把刀刃抵在他的喉咙上,他惊得一动也不动,等到清醒过来时,意识到这并非只是一场游戏,我一脚踢开了那间大船舱的门。

吉蒂正蜷缩在房间另一头的一张长凳上,手里拿着一个破瓶子。她脸上有抓痕,衣袖已被撕破。我昏迷多久了?几分钟吗?在这段时间里,她已经击退了三个大男人——或许是因为那三个男人喝得东倒西歪,可这仍然是个奇迹。一名轿夫一动不动地躺在桌子底下,另一位正用手帕捂着前额上一道深深的伤口。

霍华德把桌子拖到一边去抓吉蒂,他头上的礼帽和假发在混乱的打斗中被撞飞了。

"放了她!"我大声喊道。

霍华德转过身来咒骂了一句,曾经的士兵经历使得他保持着镇静,估算着概率。"你不是杀手。"他做出了判断。

"我是为了她。"我把匕首的刀尖抵在他儿子的脖颈上,加大了力道,刀刃上现出了一缕血迹。

霍华德把手伸进夹克,掏出了手枪,他把枪对准了吉蒂,吉蒂往后缩着身体。"怎么,你以为就凭这点小伤你就赢得了?"他对着她笑着,"这是一场游戏,仅此而已。"

我的头一阵眩晕,霍华德这人行事过于疯狂,他是真敢开枪打死吉蒂,而且能凭借他的权势逃脱刑罚。这风险太高,我不能冒险。于是,我放下了匕首,霍华德的一名轿夫夺过我手中的武器,他一把推开了亨利,一只胳膊卡住我的喉咙。

"好了，吉蒂，"霍华德开口道，"放下那个破瓶子。"吉蒂的名字从他肮脏的口中吐出，我真不能忍受。

吉蒂犹豫了一下。

他把手枪上了膛。

吉蒂把瓶子摔在地上，玻璃瓶被摔裂成了十几份锋利的碎片。

霍华德开始单手解开马裤上的扣子。"你操了我的妻子吗，霍金斯？"他瞥了我一眼，"嗯哼，先生？"

我摇了摇头。

"你骗我！要不然你为什么会为了她与我打起来？"

我的心在胸口燃烧，我能对他说些什么呢？我如何跟这样一个人有绅士风度呢？他此时正意图当着我的面、当着他儿子的面强奸吉蒂。我绝不能让他得逞。我不能！

霍华德把手插进吉蒂的头发里，狠狠地拽扯。他对着亨利大声地喊："儿子，你现在瞧瞧，就是这样来驯服野蛮的家伙，让他们嘚瑟，让他们觉得自己很强大，然后你就——"

吉蒂猛地向后撞去，两人一下子都翻倒在地上。当他们跌倒时，吉蒂转过身来，抬起膝盖，重重地撞向霍华德的两腿之间。霍华德高声惨叫，手枪落在了地上，他身体蜷缩成一团，神情痛苦地在破碎的玻璃碎上翻滚，手枪滑到了长凳的下面。地上的碎玻璃刺穿了他的皮肤，在他的白衬衫上留下了斑斑血渍。"我要杀了你，"他低声说，"我一定要杀了你。"

吉蒂撑起身来，像一只小船在波浪上摇晃，然后，她抬起脚跟，踩在霍德华那只空着的手上，在一块厚厚的玻璃碎片上用力地碾着。霍德华厉声大叫，另一只手仍然紧紧地攥在身体的那个部位，一直在惨叫，直到没有了声息。

临终告白

一名轿夫跑过去要帮他的主人，我拿过匕首，抓着吉蒂的手，跑出船舱，跌跌撞撞地冲到甲板上。月光洒落在泰晤士河面上，水浪翻滚，水下又暗又深。划船的人把我们带到河北岸的萨默塞特宫，但我们离岸边还有二十码远。

舱门砰的一声开了，霍华德怒气冲冲地跑到甲板上。他一脸痛苦地屈着腰，血淋淋的拳头中握着手枪高举起来。

没有时间去考虑，我牵着吉蒂的手从船上跳了下去。

我听到了枪声，然后河水淹没了我的头顶，水又脏又冷，我在水面上乱扑，惊吓得直喘气，河水的冰冷刺破我的皮肤。几个在台阶上等着过海关的船工们站在他们的船边上，开始大声喊叫起来。我听见吉蒂在几英尺之外的水中挣扎的声音，她身上的长袍将她往水下面拖。我向她游过去，奋力地逆流而行。当我抓住她的手臂时，一个波浪把我打了回去，我滑向水下，仍然紧紧地抱着她。

然后，我浮出了水面，吐出一口污浊的河水，看见那艘驳船向我们驶来。霍华德站在船头，对着桨手大喊，让他们再划得快一些。他的脸怒不可遏地扭曲着，不一会儿，船就快要撞到我们身上，我拖着吉蒂的腰部，拼命地向那边的船工们游过去，大声呼救。此时，我俩身上的衣服浸水后已变得沉重如铅块，水流不断将我们拖向水下。岸上几个船工划着小船过来救我们，当他们划回岸边时，我们惊恐地紧紧抓住船舷。等触到岸边的台阶，我将吉蒂拖到了安全的地方。

"喂，你们！"霍华德站在船上隔着河水对救我们的船工喊道，"帮我抓住他们两个，我给你们钱！"

在我爬上台阶，口中吐出难闻的水时，救人者们在讨论这项交易，我的手伸进湿漉漉的衣服，然后往他们脚边扔出一把钱币。"求求你们了。"我手脚并用地爬上了台阶。

The Last Confession of Thomas Hawkins

其中一个男人举起了灯笼,目光斜向水中的驳船:"那是查尔斯·霍华德?"

"呸!"另一人往水里啐了一口。"我真他妈的讨厌那个蠢货。"他把我拉了起来,"快逃吧!"

我根本就跑不动,连走路都很困难,头骨怦怦疼得厉害,还冻得发抖,然而,我竟然还是摇摇晃晃地走上了萨默塞特郡的台阶。但我发现吉蒂缩在那里瑟瑟发抖,她看上去半死不活的样子,看到了她,我终于恢复了理智。我用尽最后的力气把她抱了起来,踉跄着步子、半拖半抱地不顾一切地朝考文特花园的方向逃去。我本想把她抱起来扛在肩上,但是那天早上,我被贡森囚禁在墙壁边上受过折磨,气力尽失,没法扛她起来。无论如何,我必须想办法坚持下去。在我的耳边,仍然能听到霍华德跨在台阶上愤怒的喊叫声,我们还没有摆脱他。

我一路跌跌撞撞地向前走着,尽量不惊慌。现在已经很晚了,街道黑乎乎的,一片寂静,我们肯定不能回家里去。霍华德已是狂怒的状态,我担心他会破门而入,把我们都杀了。

回头一看,发现他和他的一名轿夫就在远处,于是,我赶紧往罗素街走去。

"回家。"吉蒂嘟囔着,摇摇晃晃地倚在我的身上。她冻得冷入骨髓。

"我们现在不能回家。"我低声对她说。

她瘫倒在地,膝盖耷拉着,毫无意识,我用尽了自己最后的一丝力气,竟然把她抱了起来,扛在了肩头。我的肌肉痛得厉害,但由于心中的恐惧和急迫,那些疼痛的感觉也变得不重要了。我缓缓地走入德鲁里巷,外面仍有几个街头妓女还在等着生意,她们好奇地看着我。霍华德在后面咒骂我的名字，听传来的声音，他已经拉近了我们之间的距离，我向左转到圣吉尔斯。

"霍华德，你这个狗娘养的——只要你敢，那就跟着我们吧！带着你所有的疯狂和愤怒，让我们看看你是否能在圣吉尔斯的贫民窟继续跟下来。我选择了看到的第一条路，一头扎进去，黑暗将我们整个吞没。

没办法再往前逃了，当走到小巷的尽头时，我跪倒在地，身体冷得直打哆嗦，我把吉蒂放到地上，抬头看向我们头顶上方的绳索和空中走廊，一切依旧。

"我的名字叫托马斯·霍金斯！"我从冻得麻木的唇间大声呼叫，"我在为詹姆斯·弗里特做事，我们需要他的帮助。"

没有任何回应。

哪怕是风传来的最微弱的私语，抑或是路上最轻柔的脚步声，什么都没有。

我瘫倒在泥地上，抱着吉蒂取暖，她的身体冰冷得像死人一般，为什么我要同意让她今晚和我一起出来？为什么我当时没有阻止她？"我很抱歉，"我低声说，"对不起。"

我听到了身后的脚步声，霍华德手里抓着一个瓶子，正大步跨进小巷里来，他的轿夫拿着火把在给他带路，天哪，他真是个疯子，半夜竟会跟着跑到圣吉尔斯来。我跪了下来，举起双手，口中喘着粗气。"请原谅，霍华德，已经够了。"可他却不知道这话的意思。

"在地上，脏泥里，这太合适了，你知道吗，在杀死你们两个之前，我要先在你们俩身上撒泡尿。"他抱着酒瓶喝了一大口，开始扯开他的马裤，血从他手中一处较深的伤口里流了出来，那正是吉蒂把它踩进碎玻璃的地方。

The Last Confession of Thomas Hawkins

我冻得浑身发抖,湿漉漉的衣服在冬夜里像冰一样令人刺痛。我的牙齿开始打颤,紧咬着牙关,我不想让他以为我在畏惧,此刻,我既无畏惧,也无怒气,最重要的是保护吉蒂的安全。我挣扎着站了起来。来场最后的战斗吧。

霍华德直冲我的喉咙扑来,狠狠地把我推到身后的那堵砖墙上,我想甩开他,可是太过于虚弱的身体根本没办法做到。我撕扯着他受伤的手,指甲深深抠入他的伤口里面,他痛苦地号叫,然后松开了手,我猛地向他冲过去,一侧的肩膀抵在他的肚子上,他踉跄几步,但没有摔倒,反倒用手掐住了我的喉咙。当他把拇指塞进我的气管时,我哽咽了,跪倒在地上……

……接下来,我被放开了,大口地呼吸着空气进入肺部。我能感觉到周围有一场搏斗,那是一场短暂的搏斗。恢复意识后,才发现我们周围有一群衣着褴褛、打着补丁的人,朴素却很洁净。其中一人正拿着刀抵在霍华德的喉咙上,另一人拿刀抵在轿夫的颈部。

一名身材矮小、身强力壮的人悄无声息地走进火光中,他压低了帽子,鼻子和嘴上都蒙着黑布。是詹姆斯·弗里特!他伸手摸了摸吉蒂脖子上的脉搏。"带进去。"他对着他的一名仆人吩咐道。那人把吉蒂抱起来带走了,她甚至动都没有动一下。她为什么不动呢?我想说话,却发现自己动不了舌头。这一切让我生出一种怪异的、压抑的感觉,就像是一场梦境。我的牙齿又冷得打颤,有人在我肩上披上了斗篷。

霍华德转向了弗里特,他再次呈现出一个军人的姿态——像是正对着一位上尉在说话:"我是查尔斯·霍华德,萨福克伯爵的弟弟,那个人归我。"

弗里特笑了起来。他示意手下把刀从霍华德的喉咙处放下。"对

临终告白

您来说,他要值多少钱,阁下?"

霍华德咧嘴一笑,从俘获他的人身边闪开。"值一个金币。"

"值一个金币,你听见了吗,霍金斯先生,你值这么多钱?"他手下的人轻声笑起来。

霍华德皱起了眉头,此刻他已经没有了威胁,那么本性中的疯狂又回来了。没有人能嘲笑他,尤其是一群卑鄙下流的盗贼们。

"不能成交,霍华德先生,"弗里特说,"现在你赶紧离开。"

霍华德愤怒地瞪大了眼睛。"你怎么敢!你竟敢像对着低贱的仆人一样对我发号施令!我要——"

弗里特抬了抬下巴——那是一个无声的命令。不大一会儿,霍华德的轿夫跪倒在地,他的喉咙被割破了,鲜血从伤口喷涌而出,像是黏稠的水一样。他"呃……呃……"嘶叫着,窒息了几秒钟后,倒在地上死了。

血蔓延到地上,形成了一洼血泊,弗里特往后退了一步。

霍华德目瞪口呆地看尸体,然后他跑了。

我一定是在那之后情绪崩溃了,因为在到达弗里特家之前的事情,我什么都不记得了。我的脑袋挨了一击,河水冰冷刺骨,让我感觉头晕目眩,疲惫不堪。至于轿夫到底怎么回事,那可怜的家伙,我一直不清楚。每个人都要为在深夜进入圣吉尔斯付出相应的代价。他所付出的代价的确过于苛刻,而他的主人却毫发无伤地彻底逃走了,相比之下他的代价就更残酷。世界就是这样不公平——若是杀死了一个贵族,这片贫民窟都会被夷为平地,弗里特这帮人也会被毫不留情地通缉追捕,然后送上断头台;而割断一个轿夫的喉咙,没人会在意甚至关心此事。

The Last Confession of Thomas Hawkins

醒来的时候,我正被人抬上楼,来到房子顶层的一处大房间。弗里特的一伙人站在那里,抽着烟,低声说着话。"把他身上的湿衣服脱下来,康妮。"有人发话了。一个老太婆一瘸一拐地走过来,她那稀疏的、如云朵般雪白的头发卡在一顶缝制的夹层帽子下面。她扯掉我身上的湿衣服,我抬手试图去帮忙,她拍开我的手,用亚麻布的床单和几条厚毯子把我包裹了起来,并把我带到火炉边弗里特的那把椅子那里。我身体太虚弱了,不得不靠在她身上。我想着把椅子往火炉边拉近一些,她责骂起来:"不能这么近……"又用拳头敲击心脏的位置。"心脏不跳了。"她把一碗热巧克力塞到我手里,命令我喝下去。我想向她打听吉蒂的情况,可是要么她听不懂我说的话,要么就是我被冷得大脑有些迟钝了——说话结结巴巴,语无伦次,脑子里一片混乱。我咬紧着牙关喝下了那碗热巧克力,终于慢慢地恢复了知觉。

在某种信号的召集下,弗里特的人聚集了起来,再次出发。最好还是不要去想他们又在预谋做些什么。其中一个人在我的椅子前停了下来,耸耸肩说:"她和加芙列拉在一起。"

我晃晃悠悠地走下了楼梯,精疲力竭地扶着墙在每一个房间里找吉蒂。终于,我找到了她。

她躺在一张小床上,身上盖着几条毯子,那一头红色的头发上盖了个天鹅绒帽子。一个黑发女人坐在她旁边,用葡萄牙语轻声唱着歌。加芙列拉,弗里特的妻子,山姆的母亲。她五官秀美,皮肤光滑,黑色的卷发中间间或夹着几缕银发。她是一位大气而庄重的美丽女人——只是在她脸上有一条长长的伤疤,从太阳穴一直扭扭曲曲蔓延到下颌的位置,令她的脸颊皱起,向下拉扯着她的右眼。

她示意我过去。"稍等会儿。"

临终告白

我步履蹒跚地走到床边，一盏灯笼把琥珀色的光投射在毯子上，但是吉蒂的皮肤像大理石一样冷白，她的嘴唇略呈蓝色，我握住她的手，把脸贴在她的脸上，确定她还在呼吸。"她冻坏了。"

加芙列拉一只手搭在我肩上说："你得去休息。"

我摇了摇头，房间在我四周旋转，我必须保持清醒，来照顾吉蒂。可是，我却睁不开眼睛，我在她的旁边躺了下来，她一动不动，我好像躺在了坟墓上的石像旁边。

弗里特走进了房间，在火炉旁和加芙列拉轻声交谈，听起来忧心忡忡的样子。

两只强壮的手臂将我从床上拉了起来，抱起我离开，我此时毫无力气去反抗。我到了另一个房间，男人们睡在地板上，我则躺上一张已经加热了的床，颤抖的身体上被人盖上了毯子。在这种发热的状态下，我感觉自己还是在泰晤士河里——我们逃跑的后续完全是一场梦。身上的毛毯是水面的波浪，而我正在往水下沉。冰冷刺骨的河水将我的头顶淹没，河水在我耳边咆哮。我到处找吉蒂，却找不到她。我一个人孤零零地在空荡荡的河水里，身体正滑至水下，沉溺于一片黑暗之中。

第十五章

  温暖干燥的床上，阳光洒落在我闭着的双眼上。街上响起了喊叫声和醉醺醺的咒骂声，间或还有马车的隆隆声和小提琴的声音，一只狗正在狂吠——这些一直都在我的感官边缘，渗透入我的梦境。我咽了下口水，感觉口干舌燥，翻了个身，疼痛的感觉在我的头骨上不断地弹跳，我呻吟起来。

  "他醒了！"一个声音高兴地喊道，"醒了，醒了，醒了！"我的眼睛睁开一条缝。一个黑眼睛的小女孩正俯身看向我，她的脸离我只有几英寸的距离，还有三个姑娘站在床边，正窃窃私语，饶有兴趣地看着我。毫无疑问，她们是山姆的姐妹们——基于同一主题上的不同版本，都有着乌黑、聪明的眼睛和一头乌黑的头发，全都穿着单调、褪色的长袍，衣服根据个人的身形重新修饰过。最大的那个姑娘在脖子上裹着一层薄纱，鲜红的纱巾上面点缀着金色的斑点，在早晨的阳光下，像一颗宝石或是一个警示一般耀目。她把小妹妹从床边拉起来，吻了吻她的卷发。"快去告诉爸爸，比娅。"

  我疯狂地想离开房间去找吉蒂，但是盖在我身上的毯子下面那微妙的感觉，让我知道自己现在一丝不挂，就这样突然出现在詹姆斯·弗里特的女儿们面前似乎并不明智。

  先是一阵窃窃私语，然后发出了咯咯的笑声，之后，最大的那个女孩自我介绍说她叫伊娃。"这是贝琪、索菲娅。"她指着她的妹妹们补充说道。

"你打鼾了。"贝琪提醒我。

伊娃打断了她说:"你在教山姆成为绅士。"

贝琪和索菲娅一想到这样一个不可能完成的任务,不禁窃笑起来,我勉强坐起身来,将毯子围在胸前。"在某种程度上……"

伊娃摸了摸她的围巾。"你认为我能成为一位优雅的小姐吗,先生?我想穿漂亮精致的衣服,还有——"

"滚出去,你们几个,没礼貌的家伙们。"弗里特站在门口,一手抱着比娅,从他那暴躁的表情中,我猜他并没有让他的几个女儿跑到我的床边来,当几个女孩们笑着跑出房间时,他拦下了伊娃。"这是什么?"他一把拽住那条鲜红色的纱巾厉声斥道,"把它摘下来,孩子。"

"我待在屋里,爸爸!"她号啕大哭着将丝巾抓回到胸前,"没有人看到。"

趁着父亲和伊娃争吵的空当,比娅费劲儿地挣脱出来,爬回到床上。她皱起眉头,趴在我的肩膀处,用她那胖得带肉窝的手摸向我的脸,黑色的眼睛显得很忧郁。"坏人走了?"

我想起了霍华德从阴暗处跑开的情形。"是的,都走了,你爸爸把他赶走了,我希望坏人一直都不要出现。"

"坏人都走了。"她心满意足,用一根脏兮兮的手指顺着我的脸颊摸,然后,她从床上滑下去,摇摇晃晃地跟在她姐姐后面。

弗里特看着她离开,摇了摇头。"五个女孩,我的上帝啊!你头还痛吗?"

我动作缓慢地把脚垂至地上,用毯子裹住臀部,顿感房间开始倾斜,我不得不使劲呼吸来稳住自己。"我还好,"我摸着后脑勺说,那里肿起了一个小包,不过并没有我所担心的那般严重,"吉蒂呢?"

"在楼上。"

我站起来，一瘸一拐地走过房间，每迈出一步都让我的头剧烈地疼痛起来。"穿上衣服，霍金斯。这里可不是妓院。"他指着地上的一个包袱离开了，那堆东西的上面放着我的匕首。

一条粗糙的羊毛马裤，一件过于肥大的旧马甲，一条破烂的领结。还放有一顶假发——可那假发看上去太恶心了，我碰都不想碰它，更不用说把它往我疼痛的脑袋上套了。我很想知道这些衣服是谁的，是怎么来的——不过，最后决定还是不要对弗里特的家事太过好奇。

我走到楼梯口，听见楼上有人在低声说话。我赤着脚一瘸一拐地走到楼梯顶上的房间里，空气中弥漫着交谈声和温热的香辣食物的香味。

吉蒂就在那儿，她坐在火炉旁，两只脚缩在裙子下面。她的脸色依然苍白，但比前一天晚上好了一千倍。我们隔着房间互相看着对方，经过那黑暗恐怖的夜晚之后，现在我们安全了。接着，她跳下脚来迎向我，我的手捧在她的脸上，她的皮肤摸起来很暖和。"你还好吗？"

她点点头，我吻向她，用双臂搂住她的腰，好像她会消失似的。

"哦，天啊，汤姆，"她喘着气挣脱开了，"你快把我挤死了。"

我松开了手，这才想起弗里特在房间里，他的妻子加芙列拉怀中抱着一个婴儿。我猜那是他家第五个女孩，伊娃、贝琪和索菲娅正咧着嘴笑着互相推搡着。小比娅坐在桌边睁大了眼睛看着我俩，一只拳头放在口中。山姆倚在墙角边，双手插在口袋里，一如既往的不多言语。

我向加芙列拉深鞠了一躬。"谢谢您，夫人。"

临终告白

她对我的礼貌报以微笑,眼神看起来有些疲倦:"运气好,你们俩。"

她的口音中混合了葡萄牙和圣吉尔斯的口音,她将一根手指弯进婴儿紧握的拳头中,上下晃动。"不要再往河里跳了,嗯?"

"我发誓——以我的生命发誓,"吉蒂说,"那感觉就像是自己被一辆马车撞倒在地。"

弗里特一只手搭在我肩上:"跟我来。"

凤凰街上拥挤且混乱,每个人都在售卖自己的货物,食物、杜松子酒,乃至自己的身体。一个小炉匠站在门口,叮叮咚咚地敲响着铁锅,他的鼻子上发了疹子,塌陷下来。上衣的下摆被尿液浸湿,身上带有一股尿液的骚臭味。我把目光移开,他弄出来的声音让我的脑袋怦怦跳动起来。

今天的早晨,空气中带有丝丝凉意,这种天气还真不错——它让我清醒过来,且令这街道更为清新。一个男人拖着一辆装满衣服的手推车从我们身边小跑过去。就在那一瞬间,我认为自己看到了那名轿夫的外套埋在那堆东西里面,血糊糊的。然而,车轮差点碾过我的脚趾,我不得不跳了回去。等我回过神来时,马车已经不见了。

弗里特大步从衣衫褴褛的人群中穿过,用一双更习惯于黑暗的眼睛睨着冬日的阳光。他走过时,一群人向他点了点头,但大多数人还是最关心自己的事情。我们拐进了一条没有阳光的小巷,弗里特叹了一口气,就像要归家的感觉。我们转了一圈,又转了一圈,来到了一个破败不堪的院落里。这里没有马车,也没有叫卖东西的小贩。白天,这里窗户紧闭,到处一片寂静。贫民窟中的绳索和走道在我们头顶上高耸入云,挡住了光线。在这里,我们两人都身在阴影之中,世界被染成了灰色。

他的脚轻叩着鹅卵石路面,双手插在口袋里:"你知道这个地方吗?"

我环顾四周,支离破碎的房屋挤压在一起,狭窄的阳台上搭着破破烂烂的床单。这就是我昨天晚上停下来的地方,那时我再也跑不动了,于是大声报了弗里特的名字,他给出了回应。

他摊开了一只手,两枚金币在他的手心闪闪发光。

那是我前去圣詹姆斯公园与和霍华德夫人会面的酬劳。弗里特从一开始就知道她的丈夫会出手袭击马车。他不做任何警告便让我前往,结果我差点就在那儿死了。毫无疑问,他认为昨晚的事情已经算是扯平了。可是,如果我们握手以示成交时他没有对我撒谎,那么我一开始就不会遇到查尔斯·霍华德那个恶魔,吉蒂也绝不会受到伤害和威胁,被溺得奄奄一息。

他笑着把金币塞到我的手里。"拿去吧,先生,别忘了,你的那条命只值这些钱的一半。"

"你出卖了我。"

"霍金斯先生,"他沉重,又带些倦意说着,"你知道这其中的危险,是你出卖了你自己,先生。"

"什么——我能猜到你是在为王后做事?"

"我为自己做事。"他抑制住了笑声,"绅士,所有受过教育的……我忘了你是哪种傻瓜,你真没办法在这个世界里活下去:趾高气扬,认为你自己就是全英国最聪明的人物,你以为你会比我更聪明吗,先生?"

"我——"

"你当然是这样认为,即使是现在也是这种想法,告诉我——你

临终告白

在牛津大学学了什么?"

我怒视,他完全知道答案。

"神学。"他咯咯地笑起来,好像这是一个大笑话一样,"在另一个世界中浪费了三年的时间,呃——而我花了八年多的时间来研究'我们这个世界',谁会对这个世界了解得更透彻,你认为呢?"

"你想要我做什么,该死的?"

"你知道的,先生,你很清楚。"

是的,我知道。他和他的哥哥一起搭档赚了很多的钱。塞缪尔曾经就是王后的一名密探——想当然,他也曾是其他人的密探。而现在,我要来做他做过的事情——有山姆来协助我。这是一笔利润丰厚的交易,对詹姆斯·弗里特来说几乎没有什么风险。"我不会为你做事。"

他笑着摇了摇头,接着继续笑起来:"这不是提议,霍金斯,这是一个命令。"

我的喉咙像打了个结一般,无法出声。现在我终于明白贝蒂对着我为什么那么生气了,她瞬间就意识到我在与詹姆斯·弗里特握手成交的一刻会失去什么。

我想起了马夏尔西监狱——想起了我为了获得自由而忍受的种种折磨。如今,在不到三个月的时间里,我又成了囚犯。为了什么呢?一阵短暂的刺激。我怎么会如此鲁莽?单是耸耸肩说自己天性如此远远不够,单是去斥责上帝或感叹命运也不足以慰藉,我本可以适时收手。

难怪弗里特嘲笑我是个蠢货,他拍拍我的肩膀,那只手的重量就像是一根铁链。"吃早饭吧。"他说。

"我不饿。"

The Last Confession of Thomas Hawkins

"你当然不饿。"

我当然不饿。这不是提议，霍金斯。如今我已是弗里特的人了——也是王后的人。上帝保佑我，我要是能活过这一周就已经太过幸运了。

当我们沿着凤凰街往回走时，弗里特从他的口袋里扯出伊娃的那条纱巾，将它扔进了臭水沟。那丝巾在污秽脏物之中漂动了一会儿，上面的金线在阳光下闪闪发光。之后，一个街头男孩一把抓住它跑开，他沿着一堵墙爬上屋顶，消失了。

山姆带来了贡森的一封信——这是对我要求搜查伯顿家的答复。贡森抱怨斥责我的无礼，但他别无选择，只能顺从。"先生，"他写道，"搜查伯顿的住宅什么也证明不了，除了彰显你那黑恶心肠的残忍和伯顿儿女们的无辜。你总有一天会受到审判的，霍金斯。这种邪恶的行为绝不会躲过惩罚。"接下来，便是长篇的说教之辞，我没有去看。重要的是，他答应当天下午晚些时候会派出一名警卫去伯顿家。与此同时，山姆告诉我，那些街头的伙计们整晚都在监视着那所房子。没有一个人来过，也没有一个人离开过——那所房子仍然闩上了门闩，寂静如常。就仿佛伯顿还活着，依然在用《圣经》和他的拳头管理着那个家庭。

加芙列拉端上了早就应该吃的早餐。她做的是梅子粥，里面加了很多辅料，味道极其鲜美。我吃了三碗，她对此相当满意。"塞缪尔，这就是男人的吃法。"她责备着她的儿子，因为山姆把所有的葡萄干都挑了出来，像死苍蝇一样排列在餐桌的边缘。她把他拉过来俯在她胸前，吻了吻他的头，用手抚摸着他的卷发。"倔孩子。"她一脸笑意，长长的伤疤在她的脸上皱起，山姆什么也没说，但在那一瞬间，他闭上眼睛，同样面带笑意。

我很快就抽完了一根烟斗、喝完一壶浓郁的咖啡，然后就迫不及待地想回家了。弗里特已经脱掉靴子，躺在吊床上轻轻地打着鼾，从夜间工作的状态懈怠下来。

吉蒂吻别了加芙列拉，我们往楼下走去。

"我不能跟他们一起去吗，妈妈？"伊娃恳求着她的母亲，"霍金斯先生答应过可以把我培养成为一名优雅的女士。"

什么玩意儿……？ 吉蒂和加芙列拉两人都盯向我，我举起双手以示抗议。

"我会成为一名美丽的淑女。"伊娃颤颤说道，一边拎起了长裙，用手扇着扇子。

"一个漂亮的婊子。"山姆嘟囔着，一边闪身跑向楼梯处好避过那一记耳光。

"你和我待在这里，伊娃，"加芙列拉坚定地说，"我们要是把你放到外面的世界里，我想你会闹翻天。"

和吉蒂走到考文特花园时，我将那顶借来的帽子压低在眼睛上，大多数路人都不会认出身着如此寒酸衣物的我，那些人看起来既谨慎又困惑。昨天我就是那个恶魔，被贡森的手下逮捕并被拖进了监狱，那是多么轻易的一件事啊！今天我却穿着身上那套不合身的衣服，显得怪模怪样的在大街上自由自在地行走，他们更不会喜欢。很显然，我被带去讯问的消息已然传开，造成了更大的混乱。旁人会如何对待我？可怜我？谩骂我？害怕我？没有人会知道。所以他们保持距离，直到他们想出一个大家都能认同的答案。上帝保佑我，我最好在那之前找到杀死伯顿的凶手。暴徒往往就是这样诞生的：心中先是充斥着困惑和恐惧,然后迅速做出愤怒的决定——那个人,他是罪魁祸首。

我突然想到,弗里特和王后正饶有兴致地在盯着我看,看我会如何解决伯顿家的这个问题。我已经证明了自己不顾一切的勇气,保护了亨丽埃塔·霍华德,使她未受到其丈夫的伤害。现在,在寻找凶手的过程中,我的推理判断能力也会受到考验。如果我成功通过考验,还能证明自己对他们有些用处,但如果失败了,我很可能会被施以绞刑灭口,这想法让人不安。

我跟在吉蒂后面走进店内去找纸张,她站在屋子中间,双手叉腰,眼睛盯着书架,她拿起一本小册子,又把它放回原来的一堆书上。"有人来过这里……"她低声说,从店里穿过,走到空荡荡的印刷机前,皱着眉头绕着它看了一圈。

"有什么被偷了吗?"我迷惑不解地问道,"一切似乎都很正常……"

"太过于完美。"她一根手指扫过印刷机,想找出灰尘,"我从来没有见过它这么干净整洁的样子。"

"谢谢,小姐。"爱丽丝从后面的贮藏室里走了出来,手里拿着拖把和水桶,她的长裙一直卷到膝盖处,脸颊看上去很热,乱蓬蓬的金发从帽子中落下来,看到我时,她吓了一跳,迅速扯下长裙,将裙摆甩到脚踝以下。"我把整个房子彻底打扫了一遍,墙壁、地板、窗户……珍妮是个好姑娘,但我必须说……"她吸了一口气,没有继续就这个再说下去,"那个……男孩不让我进他的房间。"她眨巴着眼睛,望向门边,山姆正靠在门框上。"我不在乎那些,就好像我对他的任何东西都有兴趣似的。"她用力地以拖把来回地擦洗着地板,不过那地板上已经干净得可以举办舞会了。

吉蒂惊奇地环顾四周:"你肯定干了一整个晚上的活儿。"

"我干活很卖力的,小姐。"爱丽丝高兴地说,"一直都这样,要么就干活儿,要么就是躺在床上等着被人杀了,所以我点了一些蜡烛,你看到了。"

我让爱丽丝热上几桶水,吉蒂在圣吉尔斯洗过澡,但我的皮肤上仍能闻到河水的臭味。我找到一捆纸,把它拿到楼上放在我的书桌上,山姆像影子一样跟在我后面,他看起来有些困惑不解。

"霍金斯先生。如果我想杀了她……"

"这可算不上令人愉快的寒暄,山姆。"

"她为什么觉得擦洗地板就更安全呢?"

"我不知道,"我叹了口气,把羽毛笔蘸了蘸墨水,"不过,我们的房子现在变得很干净,所以我很感谢于此。"

"可是……"山姆一脸迷惑,"有了拖把和水桶,事情就容易多了,我可以用它们来洗掉血迹,然后……"

我看了他一眼。

"真是莫名其妙。"他嘟囔着溜回了自己的房间。

我给巴奇写了一张便条,告诉他:我和霍华德的会面并没有如我所希望的那样顺利。我必须想出其他的方式来解决他,因为我不能再去和魔鬼做朋友。唯一令我感到安慰的是,他没有猜到我是在为王后做事。我让巴奇把霍华德的密友和敌人、老邻居及债权人的姓名都列出来,之后我便沮丧地靠坐在了椅子上。霍华德在驳船上的致命攻击本应让他这个混蛋栽个大跟斗,可他出身贵族,不会因为这种行为而受到责难或是威胁。只不过是和敲诈勒索他的人起了个小小的冲突——他肯定会将此事描述成这样。法庭会耸耸肩,继续按照套路来走。

我闭上眼睛，思绪回到了船舱，我看到了吉蒂撕破的衣袖和脸上惊恐的表情，以及霍华德的那双眼睛，冷漠而带有嘲讽。

我真想扭断他的喉咙，至少吉蒂有过奋力反抗，也许他在下一次威胁一个女人之前会三思而后行，但我对此表示怀疑，这似乎是他生命中最大的乐趣。

我将信封印好，对着楼上喊山姆来拿。等我做完这一切时，爱丽丝已经在炉火边的浴缸中装满了热气腾腾的水，并在水里加了一小份牛奶，让水质更加细滑。"谢谢你，爱丽丝。"我对着她说，还没等我解开领结，她就离开了，这让我只高兴了那么一会儿，接着我就想起她上一任主人强迫她所做的事情。

我在水中慢慢放松，发出一声柔和的呻吟，如释重负。身体从头到脚都在疼痛：被贡森锁链吊着的肩膀仍然僵硬着，头上的肿块还在微微地跳动。我躺在水里打起了瞌睡，直到水变凉把我皮肤上的最后一处污迹都浸湿了。如果可以的话，我想用整晚来把骨头都擦干净。

匆忙刮完了胡子，我伸手去拿塞缪尔·弗里特的那套旧袍。吉蒂从马夏尔西把那件旧的红色家居服带了出来，与之一同带出来的还有弗里特的那几份看不明白的报纸，以及那枚不凡的戒指，吉蒂总是把它用链子挂在脖子上。

那套衣服对弗里特来说太大了，他只能卷起袖子穿，我不忍心把袖子放回到我的手腕上。

点燃一根烟斗，移步至窗前，我在冰冷的空气中瑟瑟发抖。斯蒂芬·伯顿穿着他父亲的衣服正朝他家走过，他的腿上挂着一把刀，脚踝被绊了一下。没有人教他如何将刀固定好，需要再系紧一些。我想起我自己的刀在河上丢了，我得再去买一把新的。

待到斯蒂芬走进去，我就打开了窗户，对着正在监视伯顿家住宅的街头小伙们唤了一声。有一个畏缩不前,仍然在害怕,不过他那勇敢的兄弟却从尘土飞扬的道路上跑过,转头看向我。

"他从屋里拿走过什么东西吗?"

那男孩摇摇头,紧咬着他的唇。"是你杀了伯顿先生吗,先生?"

"不是。"

他耸耸肩,信服了我的话。我把手伸进我的衣服的口袋,将一便士抛向他。他灵巧地接住了钱,急忙跑回到他的同伴身边。过了一会儿,之前的那个年龄小一些的男孩匆匆走了过来。

"先生!我也认为不是你捅死了他。"

我翻了翻眼睛,将另一枚钱币抛在他的脸上。我所需要的只是另外六十万便士,这样我就能买通这镇上剩下的那些人了。我给自己倒了一杯酒,现在,除了思考没有其他事情可做,我等着贡森下命令搜查伯顿的宅子,不过他似乎并不急于帮这些忙。

我听到了脚步声,笑了,是吉蒂。她走到我身后,把下巴搭在我肩上。

"爱丽丝正在打扫地下室,她说我们需要一个捕鼠器或是一只猫。"

"我们昨晚差点就死了。"

她拿过我的烟斗,吸了一大口。"我想我应该和朱迪思谈谈,汤姆,我自己一个人。对于身遭不幸的女士,你太过于仁慈。还记得可怜的罗伯茨太太吗?"

我把烟斗夺了回来。"我完全能看穿女人的诡计。"

"你当然可以。"她让步道,用鼻子蹭着我的后脖颈,"不过我不妨去试一试……"她一只手伸到我的衬衫下面。"你不这么认为吗?"

"我不认为。"我说,当她的手再往下面挪时,我闭上了眼睛。

The Last Confession of Thomas Hawkins

一个小时之后,贡森的手下克劳德接到了下发的搜查伯顿家的命令。我撞见他不怀好意地盯着吉蒂看,只能劝说自己松开握紧了的拳头。在遭受了霍华德在河上的袭击之后,任何眼神,任何侮辱,都足以令我热血沸腾。

奈德打开了门,他把那份任命书看了好几遍,难以置信地摇着头。

"贡森先生希望你们家人能明白,这并不是他做出的选择,"克劳德狡猾地说,"这位先生很有人脉。"

奈德恶狠狠地看了我一眼。"请告诉贡森先生,他可以派出十几个警察来家里搜查。"他提高了音量,让整个街上都能听到他说的话,"我们是清白的。"

我挤了过去,失去了耐心。"奈德,那我们就从你的木工房开始。斯帕克斯小姐想和伯顿小姐谈一谈,请叫她下来。"

"不行,你发发善心吧!"奈德沮丧地喊叫道,"朱迪思还在悲痛中,身体不舒服。"

吉蒂从他身边挤过去,她的长裙轻轻拂过墙壁,发出沙沙的声响。"那么,奈德,霍金斯先生就应该被绞死吗?这样就能免除伯顿小姐的紧张情绪?"

"等等!"奈德摊开了双手哀求道,"等等,斯帕克斯小姐,我求你了,我去叫她来。"

原来朱迪思现在还躺在床上,需要时间穿好衣服再下来,所以吉蒂就帮着搜查木工房。我们打开木柜,在松弛的地板下搜查,把家具翻了个底儿朝天。

一番折腾之后,我们只发现一条血迹斑斑的绷带,它从一处木柜上滑落下来，不过那绷带上面满是灰尘，显然已经好几个月没人动过了。奈德的手上伤痕累累，那血迹可能来自于干活时的旧伤。

奈德似乎很想加入到搜查队伍中来，他帮克劳德把比较沉重的家具搬回原处，并提着一盏灯笼检查那些光线较暗的角落。一开始我很惊讶，直到我发现他的注意点一直放在连接这边房屋和上膛之枪书店之间的那堵墙壁。

"他在搜寻两座房屋之间的那通道。"奈德手敲砖墙的时候，吉蒂低声对我说。

我点了点头，感到焦虑。看着奈德用指关节敲打着墙壁上的石膏板，检查墙壁里面有没有中空，我只能努力让自己装得若无其事的样子。爱丽丝花了一个星期的时间才找到阁楼上的暗道，不过她只能利用闲暇的时间暗下里寻找，而奈德，只要他有这想法儿，他可以整天都去搜暗道。如果让他发现了那处位于衣橱的门，我就惨了。我所能做出的唯一的辩解就是，那所房子在凶杀案发生的当晚被锁上了门闩。

接着，我们又搜查了客厅，但是什么也没有找到。壁炉里没有生火，那房间里荒凉而冰冷，落地大钟发出沉闷的心跳声，我打开了钟盒，钟摆慢悠悠地来回在摆动。没有时间了，没有时间了，没有时间了。

吉蒂一只手搭在我耷拉着的肩上："我们会找到证据的。"

克劳德冷哼了一声。

门开了，朱迪思带着詹金斯太太走了进来。朱迪思的双手戴着黑色的手套，庄严地交叉在身前；身上穿着丧服——那是一条黑色的绉绸女外套，身后拖着长长的后摆，在地上沾染了些许的灰尘。她乌黑的头发盘成一个紧紧的发髻，使得她的脸看起来显得更尖锐，更老成。一条黑色蕾丝披肩遮住了她的头，披在肩上，一直垂到腰间，上面别着一枚乌木胸针。长袍和披肩是多年未穿过的古董式样——她一定是在她母亲的衣橱里找到的这些。这个想法令人心绪不安：她是在那些旧礼服中找到的衣服，那些衣服离秘密隐藏的那扇门如此之近。

朱迪思这身穿搭显得极为古怪，就连克劳德看起来也感到困惑不解的样子。他向她鞠了一躬，仿佛她是一位年长的公爵夫人，而不是一位迷人的年轻女子。她没有理睬他，灰色的眼睛直盯着吉蒂。

"斯帕克斯小姐，你想和我谈谈？"她在对着我时的那种飘忽不定、如梦如幻的声音已经荡然无存，吐词清晰有力，尽显骄横。

吉蒂挺直了身子，不过她并没有发脾气。"是的，伯顿小姐。就我们两人来谈。"

"不行！"詹金斯太太叫道，"可怜的伯顿小姐，她已经因悲痛过度而承受得够多了，不能这样——"

"——噢，詹金斯太太，你肯定要留下来，"吉蒂打断了她的话，"我坚持让您一起，我的意思只是说，绅士们不要在场，给我们一个安静的空间，让我们畅所欲言地交谈，进行女人之间的谈话。"她优雅地轻咳了一声，这肯定是她在戏院里学会的。

詹金斯太太抿嘴，挤出一丝喜悦的笑容，她拍了拍伯顿的椅子——那是房间里唯一一把舒适的椅子。"那么，朱迪思，来吧，你来坐在这里，我坚持，能坐在那样好的椅子上……我就会相当的心满意足。"

"这个才是我一直坐的椅子。"朱迪思说着，径直坐在了离火炉最远的那把木椅上，她指着伯顿的那把椅子说："那是我父亲的椅子，我不忍心坐在那上面。"

詹金斯太太紧张地瞥了椅子一眼，仿佛伯顿的鬼魂可能就躺在那里。最终还是自我安慰占了上风,在吉蒂将男士们推向厅外时,詹金斯太太提着长裙,兀自在那椅子上坐了下来。

我们被赶到了外面,房门紧闭。

"朱迪思私下里会说些什么呢?"奈德迷惑不解地问。

客厅里传出了阵阵笑声。"哦,亲爱的!"詹金斯太太咯咯地笑着说,"嗯,那样的事情可不能怪你!"三个女人哈哈大笑起来。

奈德的脸红了,她们当然是在谈论他的事情。

"都是些穿着华丽衣裙的婊子。"克劳德冷笑着说。

奈德握紧了拳头,我用力地拉住他的手臂:"别理会那些,你去干自己的活儿去吧,奈德。"

在厨房里的搜查也没有新的线索,厨房内并不像我想象中的那样摆满了东西,不过这可能只是伯顿这名虔诚的清教徒的狂热罢了,礼仪改革协会对丰盛的食物和烈酒会有很多说辞,当然,这个协会对于强奸自己家里的女管家也会有很多说辞,或许,伯顿并没有加入那个协会。

厨房后面有一个后院,相当的荒凉。罗素街这一边的院子朝正北,很少能看到太阳。伯顿这院子很整洁,被人照料得很好,花盆里种着冬日的香草,还有一小块耙好的地用来种植蔬菜。我想起了我走进上膛之枪书店时吉蒂对我说过的话,她一直在描述隔壁那个怪异的家庭,说她很少在附近看到那家的女儿。

"她每天都在院子里待上一个小时,去打理那个小园子,每天早上都固定在同一时间。我想这是她父亲唯一允许她外出的时候,除了去教堂之外。汤姆,你能想象吗?我是忍受不了。"

我也无法忍受。我往后退了一步,以便能清楚地查看这座房子。朱迪思的房间位于房屋的后端,每天一个小时,我在监狱里的自由都要比这个多。十八年间,她都在楼上俯看着同样的风景,重复同样的生活。

克劳德站在院子的台阶上,往土里啐了一口。"这里什么也没有找到。"

我指了指角落里的厕所,臭气从院子那头飘了出来——自从爱丽丝离开后就没有人来清扫厕所了。

克劳德撇了撇嘴。"我没有去那里找,不然会被传上瘟疫。"我和他争论了一会儿,最后我同意付给他两先令才让他得以行动。在搜查行动中如此态度,我真想把他踢进去。然而,还是什么也找不到——角落里、粪坑中都没有什么发现。克劳德捡起一块旧木板,推进下面的粪水里。粪坑里的污物溅出来,随着木板的侵入散发出更加浓烈的恶臭。当克劳德把那块木板从一片污秽中扯出来的时候,响起了一声尖厉的吱吱叫声,一只肥胖的老鼠从坑中跳了出来。

我惊得往后一跳,克劳德举起了木板,狠狠地砸在老鼠身上,把它砸得晕了过去。还未等到老鼠恢复神智,克劳德一刀砍在了老鼠的脖子上,老鼠在刀锋下扭曲了身体,发出尖锐的惨叫声,克劳德的衣袖被溅上了鼠血,他扭动着刀尖狠狠地压下,直至在地上戳出了一个洞,老鼠的头和身体断成了两截,最后,老鼠一动也不动了。

我头晕目眩地拖着步子走开了,老鼠、鲜血、恶臭,我手扶在墙上,弯下腰,吐出一口酸胆汁。

克劳德觉得这很好笑。他把死老鼠踢回了粪坑里,老鼠的尸体扑通一声落入其中。我深深地吸了一口气,然后站直了身子。

奈德站在院子的台阶上看着这一切,他的眼中充满了困惑。

"血。"我解释着,很高兴他看到了这一切。

也许现在他不会再那么相信,我能以如此残忍的方式杀害他的父亲。

我给了克劳德两先令，把他送到了土耳其酒馆，我不再需要他，我要一个人去搜查这座房屋剩下的部分。

会客厅里，女人们还在交谈中，奈德在外面等待着，来回地踱着步子。"我看不懂你，霍金斯先生。我父亲说你是个邪恶的恶魔，可是……我没办法判断。"

泥土中的金线闪出了光亮，这已经是相当的让步了。奈德从小就相信绝对：弱或是强，朋友或是敌人，虔诚的或是受诅咒的。而一个人可能只是半个恶棍，这个发现肯定会令他觉得心绪不安。

客厅里的声音突然提高了——而且那声音变得很尖锐，一声大喊，接着是陶器摔碎在地板上的声音，以及詹金斯太太惊愕万分的叫声。"伯顿小姐！"她斥责道。

朱迪思从房间里跑了出来，她的脸上痛苦地扭曲着。

"朱迪思……"奈德惊讶地询问道，他伸手去抓她的胳膊。

"别碰我，"她喊叫着，奋力挣脱了奈德，"不要……不要……"她用戴着黑色手套的手捂住了嘴，抽泣起来，一边跌跌撞撞地走上楼梯。

詹金斯太太抓住门框，她看上去激动得要飘起来似的。"她称斯帕克斯小姐是——"她顿住了，"呃，我差点被吓死了。"她一脸兴奋地跟着朱迪思跑上楼。

吉蒂提着长裙从门口闪过，一脸得意地笑着。

"你做了什么？"奈德哭喊着，"你对她说了些什么？"

"我告诉她，说你有一次在店里摸过我。"吉蒂伸伸手指，咧嘴一笑。

奈德惊呆了："我没有干过这种事情。"

"你当然没有干过，不然我会把你的手给砍下来。我只是想知道朱迪思会有什么样的反应。"

"你太残忍了——去折磨一个还在服丧期中的年轻小姐。"

在服丧吗？我得说，应该是庆祝。这个把她囚禁了十八年的人，这个反对她嫁给自己喜欢的奈德·韦弗的人，为什么要对他的死伤心难过呢？

奈德惊恐地盯着她："你……你没有告诉她……我是……？"

吉蒂凑近了奈德："是她的哥哥吗？"她低声道，紧紧地盯着他的眼睛很长一段时间，然后，她退了回去。"没有，我没有说这些，目前，我难道不是如此行事吗？我替你保守了秘密，你不应该感激万分吗？"

"说出来会害死她的，"他低声说，"我敢肯定，费尔布雷德说她精神不大稳定，她只是在开玩笑……我们必须善良，斯帕克斯小姐，这只是一种暂时的依恋。"

"她爱上你了，奈德。她肯定你会娶她，因为她父亲已经死了。"

走廊里出现了一片令人不悦的寂静。正是在这里，朱迪思在父亲的床上看到了爱丽丝后，晕倒在楼梯上，这一幕被我和吉蒂所见。无论当时她说了些什么，伯顿都为此狠狠地揍了她一顿，就因为她开口说了话。

奈德摇摇头。"伯顿小姐决不会伤害她的父亲，我不会相信。"

他走开了，回到他的木工房，把那里当成了避难所。

"是朱迪思，"我们上楼去找斯蒂芬时吉蒂说，"我敢肯定，她有动机。"

"这不能当作证据，吉蒂。"

走到楼梯口时，她停了下来，松开了缠在腹部的绸带，解开覆在胸前的手帕，从帽子里拉下几绺长发。"我看上去怎么样？"

我用极具渴望的眼神盯着她的长裙。

"好极了，"她咧嘴笑着说，"我要让斯蒂芬立刻吐露出他的秘密。"

"他会透露出一些信息的。"

然而，斯蒂芬的房间里没有人。他的床上空荡荡的，衣柜里也是空空如也。我把家具移开，寻找任何可以隐藏的地方或是丢弃的衣物，除了躺在地板中央的一张他姐姐小时候的照片之外，什么也没有。那照片的表面全是裂纹，框架扭曲，看起来像是斯蒂芬故意用鞋子狠狠踩过的样子。

斯蒂芬失踪的谜团很快就被解开：他已经搬进了他父亲的房间。我们看到他正瘫坐在火炉边的椅子上，身上穿着宽松的衬衫和天鹅绒马裤，手指上捏着一根烟斗。奇怪的是，他竟能如此迅速地进入到他父亲惨死的房间里，那床边的地板上仍然还有斑斑的血迹。

我们进去时，斯蒂芬几乎没有动弹。我意识到，他是喝醉了——我的思绪飞到了亨丽埃塔的儿子亨利·霍华德身上。那是另一个假装成男人的小伙子，他假装是他的父亲。斯蒂芬在昨日打了他的姐姐，是源自愤怒？悲伤？还是想接替父亲在家中的位置？

吉蒂跪在他光着的脚边，让他能更好地注意到她的胸部。他眨了眨眼睛，有了稍许的精神。

"我为你父亲的死感到难过。"她摸着他的手柔声说道。

他在椅子上晃了晃身，把烟斗递到唇边，竟然没能放入口中，还戳到了自己的鼻子。刚将烟斗塞入口中，他就狠抽了一口，眼泪汪汪地咳出了烟。

吉蒂想问几个问题，但这家伙喝得酩酊大醉——也许还有悲伤的情绪在内,那我们就宽容一点吧。我翻遍了所有能找到的衣服,包括伯顿粗犷的工作服、严肃庄重的套装,以及斯蒂芬剪裁考究的礼服。把儿子送去上学并把他打扮成一名绅士一定花销不少,然而,在伯顿死前,他似乎对这个决定有所后悔。

多么奇怪和阴郁的家庭啊!在表面之下还有那么多的东西存在,要弄清楚其中的意义,就如同一场艰难的搏斗。我想,所有的家庭都是如此,但这个家庭……就像吉蒂说的那样,*怪异*。三个孩子如今都成了孤儿,但他们似乎被锁在自己的私人监狱里,几乎意识不到彼此的存在。朱迪思被困在面纱后,沉陷于费尔布雷德的鸦片麻醉之中;斯蒂芬醉倒在烈酒里;而奈德,躲在他的木工室内,郁郁寡欢。三人之中的每个人都在怀疑另外两人是否是凶手,其中有一人是知道真相的。

伯顿就是这样养育他的孩子们——与世隔绝,在充满着威胁和不信任的恶劣氛围之中呼吸生存。除了詹金斯夫人,还有谁来关心这个家庭?我看不出这是一个家庭。他们的律师呢?他们在教堂的朋友,他们的那些亲戚都在哪里?除了彼此之外,他们谁也没有——然而,即使是这种微小的慰藉,他们也要拒绝。每个人自成堡垒,独自守卫着自己。

斯蒂芬正在喋喋不休地说着自己要离开罗素街的想法。住在这里不合适,也不够时髦。这里是东区,住在这里的都是低级的、令人恶心的人群。必须往西区去,西区,西区。他要雇奈德在格罗夫纳广场那里建上一幢壮观的新房屋。我不是我的父亲,斯帕克斯小姐,那个精打细算的老傻瓜,一个子儿都舍不得花,看看他又落得了什么样的下场,三四十岁就死了。我会去买新的衣服、新的家具,一切都是新的。这个地方的任何东西我都不会要,什么都不要。让他们把这房子

临终告白

折掉,把它烧成平地,我才不管呢,把所有的东西都烧了!"

他开始哭泣。

"要和你的姐姐一起吗?"吉蒂轻声问,"她赞成你的计划?"

"我那该死的姐姐!该死的!"他的唇间迸出了几滴口水,"朱迪思跟我有什么关系?只要她愿意,让她饿死在街头也没什么。要么,……就让她嫁给奈德·韦弗,毁了自己吧。"

吉蒂站起身来,掸去长裙上的灰尘。"好吧,我相信你父亲会同意的。"她对着斯蒂芬微笑着说,"我听说他最喜欢奈德。"

斯蒂芬发出了轻蔑的笑声,但那笑声并未如他所愿,尖厉刺耳。"我父亲之前说过,要把奈德扔到大街上去,他为什么还留在这里?我要把他赶走。"

吉蒂把长裙上的缎带系紧,将一绺头发塞到了帽子下面。"可是,你的父亲爱奈德,对吗?对他的爱要比对你的爱更多,对吗?"

"不是!"斯蒂芬喊叫道,他从椅子上跳了起来,举起了拳头,但他醉得太厉害了,身子猛地一晃,便滑倒在地。"不是……"他抽泣着说,"不是这样的,不是这样的。"他攥住了吉蒂长裙的下摆。

吉蒂扯回衣裙,离开了房间。斯蒂芬蜷缩成一团,眼泪顺着他的脸流了下来。在一定程度上,这是因为醉酒使他情绪脆弱而流的泪,但也有悲伤的成分在内:吉蒂说的话触动了他的内心。我低头看着他,不知道该说些什么安慰的话。"你父亲是爱你的,斯蒂芬。"

他怒视向我。"这和你有什么关系?"他痛恨我表露出来的怜悯,开始咆哮起来,"滚出去!滚出我的房子!"

吉蒂将手绢别回了胸前,站在楼梯口等我。

"这样不好,吉蒂。"

"我从他那里套出了一些事实,是不是?这事能让你背上绞刑的惩罚，汤姆。要是让朱迪思或斯蒂芬发现了那处通道，而我们没办法证明是朱迪思或是斯蒂芬……"她压低了声音说，"如你所愿，我们可以以君子行事，然后，你会因这事掉了脑袋。"

我们在房子的其他地方又搜寻了一个小时，翻开地板，拖走松动的砖块，在这过程中我俩都弄断了指甲。我在通往阁楼的楼梯上发现了少量的血迹，但我猜想这些血迹应该是爱丽丝在发现了伯顿的尸体后逃回房间时所留下的。

"你为什么要雇佣爱丽丝，吉蒂？"

我们来到了阁楼上没人住的房间里，伯顿把他妻子的旧衣服都置放在那儿。我之前并没有在白天看见过这个大衣橱——那橱柜又大又丑，但它起了作用。吉蒂把里面的东西扔到地板上，想从里面搜到凶手的血衣。我的上帝，我们如此地靠近那扇隐藏的门——一想到这个，我就忍不住地冒汗，心里暗自庆幸奈德回到了木工间。

吉蒂抖出一条旧裙子，把它拿到亮处。"我和你说过，珍妮走了，而爱丽丝正需要一个安全的地方安顿下来。"

安全的地方，就在我们眼皮底下。"你是在囚禁她。"

吉蒂狡猾地看了我一眼："她想来我们这里干活儿，汤姆。你必须承认，把她弄在身边是相当明智的做法，房子从来没有这么干净过。"

感谢上帝，吉蒂跟我想的一样，这不是第一次。"如果事情到了紧要关头，你会杀了她吗？你知道她是无辜的。"

"我杀了她？"她翻遍了已故的伯顿夫人的其他那些衣物，又暗又沉，那坚硬的材质落到地板上时发出沙沙声响。"她深更半夜出现在我们的房子里，从头到脚都是血，我并不是说是她杀的人，汤姆。我只是陈述事实，至于罪行是否成立将由陪审团来决定。"

"那些人立即会对她进行诅咒。"

"那么,我们必须找到真正的凶手。"

奈德,斯蒂芬,朱迪思。我们又回到了之前的难题。杀人凶手肯定是他们三人中的一个——但我们仍然没有证据。

我们一无所获地结束了搜寻行为,我想不通。总应该有一些东西——一些能帮到我们的琐碎的线索。我和吉蒂面色阴郁地回到了家,沉默不语。爱丽丝已经准备好了一顿丰盛的晚餐,我一只手撑着脑袋吃起来,心中满怀恐惧。

我确信,我已经发现了一些线索。

◇

我现在知道为什么我们那天什么也没有搜到了。因为这一切都是建立在一个错误的假设之上。

奈德,斯蒂芬,朱迪思。是谁杀了人?

答案是——都不是。他们三个都没有杀人。

坐在监牢里面,几天后我就要上绞刑架,我真想为自己的错误判断而诅咒自己。但这几个星期以来,我已经受够了诅咒。我需要在这个世界上剩余的所有运气。所以我什么也没说,只是低下头来祈祷。

第四部

The Last Confession of Thomas Hawkins

得救了,谢天谢地,他松了一口气,双膝差点跪了下去。该死的,他们从纽盖特到泰伯恩一路上都在折磨他。混蛋。

行政官打开封条拿出赦免令,把它举过头顶,风猛然拉扯着纸张,几乎把它从他手里带走。"尊贵的乔治二世陛下,已经对今天在此地被判刑的人之一给予了皇家赦免。"他停顿了一下,人群欢呼起来。这比歌剧好看多了。

行政官微笑着。"国王陛下赦免……"又一个停顿。

霍金斯咬紧牙关,低声咆哮着。他抓住马车的边缘,紧张得手指关节都发白了。

"……玛丽·格林。"

震耳欲聋的嘶吼。玛丽的朋友们把她从马车上拉下来,扛在肩上,推开守卫们。

陌生人纷纷伸手触摸她的长袍:多幸运,多幸运。她走近他的马车,面对突如其来的免刑,她惊呆了。

他的咽喉因为恐惧而收紧。一定还有一个。一定有第二个人被赦免。

但是行政官从马上跳了下来。他正在和一个外科医生的助手争论,那是一个瘦骨嶙峋、眉毛发白、眼珠鼓凸的小伙子。他的主人希望有四具尸体来解剖,而不是三具。得考虑到一些费用问题:交通费、警卫费、棺材费。

"你会得到补偿的,先生,"行政官向他保证,他用手拍着空气说,"你会得到补偿的。"

霍金斯跪倒在地。他迷失了。现在,最后关头,他明白了。他还是要被绞死,永远被当作杀人犯。他的家人将被迫忍受这种耻辱——他可怜的妹妹和他已经厌倦了生活的病人父亲。他心头的重担肯定会要了他的命。

他真是个傻瓜，竟然相信了他们的承诺！他诅咒每一个引导他的马车抵达绞刑架的警员，他诅咒他们所有人，而与此同时，警员们将他的马车引到绞刑架下。他也诅咒自己，他应该听吉蒂的话，她早就警告过他。

吉蒂！他迅速站起来，在人群中寻找那一缕红发，以及带雀斑的苍白皮肤。她不在这儿。当然不在。她怎么可能在这里？

第十六章

我在圣吉尔斯的贫民窟开始了新的一天。现在是晚上,我被人悄悄带至圣詹姆斯宫。还是盖着一条马毯,依旧走的是后面无人的走廊。在火把的光亮下,我从仆人们通行的楼梯,进入王后的前厅。

对于我想获取更多霍华德相关信息的请求,巴奇之前曾给我回应了一封简短的信:"没有时间了,今晚面谈,等待马车。"

我独自一人在外面来回踱了几分钟,很想能来根烟斗。在铺着厚重地毯的地板上来回走动,着实叫人感觉不到满意。我想听到自己的脚步落在地板上的声响,想感受到它带给我穿透身体的震动。我想在这处挂着壁毯、陈列着赤陶半身像和大理石家具的、温暖且安静的房间里用餐。我认为自己应该拿起一个金脚凳,直接把它扔向窗户,至少涌入的冷空气能帮助我思考。

该死的,我需要来杆烟斗。

我该怎么跟王后说呢?我和霍华德的碰面以灾难而告终。或许她会把我打发走,另找一个可怜的傻瓜来解决这件事。是的,是的——也许她会晋封我为爵士,赐予我金银珠宝。

"霍金斯先生,见到你真让人高兴。"亨丽埃塔·霍华德穿着一件鸠色的、镶绣着一簇银花的锦缎长裙,步履轻快地走进了房间。随着她步履的移动,那件长裙窸窣作响,在胶水的黏合下,层层裙摆蓬起来。她神色平静,双唇微张,露出高兴的笑容。把一个人的感情如此深埋于心底要付出怎样的代价呢?难道她不担心有一天会失去吗?金

临终告白

银财宝终将慢慢地沉入海底,什么也不会留下,而海面很快便会恢复平静。"你昨晚见过我丈夫了。"

我点了下头。

"他和你谈过我的事情。"她用的是陈述的语气,而非疑问句,她肯定对霍华德在城镇中到处散布关于她的污言秽语有所知晓。

"没说什么。"

对于这种谎言,她并不相信,看起来却相当感激。她停顿了一下,接着又开口道:"也见过我儿子了?"不知怎的,她问起这个问题时显得相当的漫不经心,尽管她极其渴望听到有关于儿子亨利的消息。

我再次点点头,想到那个年轻的浪子烂醉如泥地往泰晤士河里呕吐,我的刀架在他的喉咙上时,他惊愕得说不出话来的情景。"他是一位善良的年轻绅士。"

她笑了,她选择去相信这句话。"他一直都是个天真烂漫的孩子——他很爱我,就因为这个,查尔斯怒气冲天。他把我们遗弃在那座烂房子里好几个月,亨利和我相依为命熬过了那段时光。真奇怪——当时我还自怜自艾,现在想来,那时和亨利在一起,我也许是快乐的。"她眉头微皱,好像是在努力地回忆一位老朋友。

"霍华德先生不让您与您的儿子相见,真的太绝情了。"

"他是个绝情的人,"她耸肩以示肯定,"你知道吗,霍金斯先生,我从亨利十岁起就再也没有见过他了。"

我目瞪口呆地盯着她。

"当宫廷中两派林立时,我们就被分开了。我面临着必须做出选择的局面——要么,留在王后殿下的身边,受她的庇护;要么,就得回到我丈夫身边生活,我无法……"她慢慢地说下去,"我不得不把亨利给抛下,留下他和查尔斯生活在一起,我没办法拯救他。"

在接下来长达十一年的时间里,霍华德一直在对这个男孩灌输邪恶的思想,使其与母亲站在对立面。他将亨利培养成了另一个自己:一个酗酒的醉鬼,对亨丽埃塔心怀仇恨,那仇恨深不可测、漫无边际。

"我一直希望有一天亨利能够明白我为什么会离开他,"她补充道,"理智一定会占上风,他一定会从他父亲的魔咒中解脱出来。即使现在,我仍然抱着希望。可是,我收到了不少关于他的消息,他行为粗野鲁莽……怕是查尔斯把他教得太好了。"

"他只是个孩子——才二十一岁。我敢肯定,在他这个年纪,我也一样举止不端。"

"那么现在呢?"

"呃——更糟了。"

"我倒是相信。"她笑了,我瞥视着她,寻到了她卸下心理负担之后的样子——轻松愉快。这是一个为阳光而生,却迷失在阴影中的灵魂。

随着咔哒声响起,通往王后殿内的门打开了。巴奇从狭窄的门缝里往外窥视,就像咖啡馆的老板在窗帘后面窥视的情形一样。他勾勾手指,示意我过去,然后将门开得更大。

我退后一步,让霍华德夫人先行,但巴奇微微摇头阻止了她。

"未传召我入内?"短短几个字中饱含了太多,这次会谈对亨丽埃塔来说意义重大。几个星期以来,她一直被困在宫中,像个囚犯一样——这一切都是源自那个折磨了她二十多年的男人。难道她无权旁听我对此事的呈报吗?然而,没有——她未被王后传召。王后和她的权力与复仇的游戏,就是在这种微小的拒绝、无尽的残酷中呈现,日

临终告白

复一日。

　　王后的殿内带有一种令人窒息的感觉，饰以流苏的、沉厚的窗帘令炉中火焰产生的热量封闭于室内。窗帘的后面，猛烈的暴风雨正对着窗户袭来，窗框咯咯作响。王后端坐在她的书桌前，身着一件宽松的绿色天鹅绒长裙，极像一幅具有人形的窗帘。我走入室内，她放下了羽毛笔，慢慢地站起身来。我向她鞠躬，她伸出戴着手套的手，我行着吻手礼。

　　她在沙发上坐定下来，双脚抬放到一只脚凳上，随手拿起一把镶满珠宝的象牙扇子，神情愉悦地拍在胸前。我听说王后是一个严肃、虔诚的女人，但私下里，她和巴奇都呈现出了恶作剧式的、哑剧般的幽默。而今晚，这种幽默方式不可思议地在他们两人身上都有所体现——那感觉就像是战斗场面上响起了欢快的快步舞曲。王后捧着一大盘数量惊人的甜食——那是一堆糖饼干、马卡龙和姜糖，即使她胃口惊人，这数量也太多了。我敢肯定，这样只是为了再次营造出些幽默的气氛——她过于夸张了自己对食物无节制的贪欲，强调到了荒唐可笑的地步。也只有她，才有权利开出这样的玩笑。

　　一个十七岁左右的漂亮姑娘坐在一张小桌子旁，正自己和自己下棋。那是王后的其中一个女儿——从年龄上来猜测，应该是卡洛琳公主或是阿米莉亚公主。她金色的头发上撒着白色的粉末，上面装饰着丝质的花朵，她轻盈柔软的身形之上，套着一条淡紫色的长裙，裙摆上缀着珍珠。她的长相极像她的母亲——如若她的智慧与其美貌相匹配的话，那么，这应该就是卡洛琳年轻时候的样子。然而，在王后怡然自得、兴高采烈地生出兴致和消遣时，她的这位女儿却显得闷闷不乐。她把棋子用力地拍在棋盘上，好像想要用手指把棋子压碎。她正好看到我在打量她，对我的这种无礼皱起了眉头，我赶紧将目光转向了上方的天花板。

"他一点也不英俊，妈妈！"她抱怨着，仿佛有人卖给她一块破损了的丝绸，"我不喜欢他的胳膊，脚也太大了，两条腿还过得去。"

王后咯咯地笑了起来。"阿米莉亚，亲爱的，你说得太粗俗了。你完全就像是霍华德夫人，她说话总是说不到重点上来，从……"王后摇着扇子考虑着，"……从1715年吧？"

"我就是不活了，也不要像霍华德夫人那样。"

"那是当然。生活本是悲惨的，而且这个世界充满了仇恨。上帝让你成为公主，真是太不厚道了。"

阿米莉亚公主转了转眼睛说："上帝他应该让我成为王子。"

王后赞同地轻哼了一声。"然后把可怜的弗丽奇变成公主？亲爱的，我现在必须得和霍金斯先生谈一些有趣的事情。"

"啊！"公主喊叫着把棋子扫到地上，"命令他谈一些有意思的事情，妈妈，不然，光坐在这张讨厌的地毯上，我发誓我会无聊死的。"

王后的嘴唇抽搐了一下。"呃，霍金斯先生，那就给公主说点有意思的东西吧，不用太有趣。"她急忙补充说。

我想了一会儿，然后笑了："公主殿下听说过女角斗士吗？"

阿米莉亚公主当然没有听过。于是，我便描述了妮拉在竞技场上角斗的情景，讲述了身着暴露衣衫的她是如何运用自己的力量和毅力去击败对手。公主坐在那儿，一双蓝色的大眼睛紧紧地盯着我，一脸着迷的样子。

"我想去见见这位爱尔兰女人。"在我讲完后，她说。

王后摘下手套，伸手去拿糖果。"绝不可能。"王后直接这样说，挥手把女儿打发走，但又把她叫了回来，在她的双颊上亲了一下。阿米莉亚离开之后，王后将目光转向了我："故事讲得真是不错，霍金斯先生，它太精彩了。我相信，现在你有另一个故事要讲给我听。"

"尊敬的殿下。"我开始向她描述我与霍华德先生的会面，她急切地打断了我："不，不。我想先听听关于你邻居的事情。"她假装想不起名字。"是叫比德尔？还是布德尔？"

"伯顿，殿下。"她对这个名字记得很清楚，只不过是再次捉弄我。我尽可能多地向她陈述实际情况，因为我不可能提起爱丽丝穿过墙间密道、一身血迹地出现在我家，也不能提起山姆半夜潜行于两屋之间的行径。伯顿被谋杀了，我被人怀疑——这就是问题的症结所在。

"你用刀威胁了他？在人证面前这样干？行事有点鲁莽了，先生。"

"以后不会再发生这种事了，王后殿下。"

"确实，威胁一个死人确实不需要。"

"我只是说——"

"是的，是的，不要再谈这些无聊的话题。"

我顿了一下，才继续开口。对卡洛琳王后来说，我所述的信息若光是有用还不够，还必须得具有趣味儿性。在我看来，她这是为了给自己在国王那儿所耗费的单调乏味的时光一个调剂。我相信，在国王那儿只有两个话题可以谈论：要么讨论历史上的军事行动的详情，要么是他心心念念的汉诺威城之奇迹，以及汉诺威是如何在各个方面超越了英国。所以，我就得来弥补她丈夫的不足之处，感恩戴德可能会有所奏效。"殿下，我必须感谢您昨日将我从拘禁中救出。"

王后瞥向了站在火炉边汗流浃背的巴奇："我自降身份办了那样的事情，巴奇？"

"要么就把他弄出来，要么就得去找个新人来做事，王后殿下，那就会有所不——"

"——单调乏味。现在霍金斯先生带着他那两条还算过得去的腿就站在这里,来表达他的感激之情。我的天啊!我们的确行事慷慨,要不是我们出手相助,他可能会在监狱里饱受折磨,可能会被送上绞刑架。"她在那堆堆得过高而摇摇欲坠的甜食之中又拣出了一个马卡龙,剩下的糖果并没有倒塌下来,她得意地笑了,"所以,我相信他发现了霍华德先生身上非常有用的东西。"

"尊敬的王后殿下,请原谅,我——"

"——你听说了吗,我敢肯定霍华德就在两天前的晚上又跑来闹事了。他站在院子里高声斥责,说他的妻子是个妓女,还坚持要我们把他的妻子交还给他。国王发怒了——大晚上躺在床上却被人如此搅扰,可怜的霍华德夫人一定很难堪。"

"殿下,霍华德先生没有被逮捕起来吗?或者至少要——"

"法律与权利同在,霍金斯先生!"王后厉声斥责,一时间真的动怒了,"他完全有权利要求得到自己的妻子,如果他愿意,动用武力也未尝不可。你认为国王应该逮捕他吗?那么,我想你是愿意看到这件事被公开审判吧?"她那双蓝色的眼睛——和她女儿的眼睛如此的相似——生起了熊熊烈焰,我担心自己会在它们的怒视之下被灼伤。"把你放出来就是为了让你来解决这件事,我是不是对你太过于客气了,霍金斯先生?也许就是你杀害了你的邻居,也许巴奇先生应该再去找市行政官谈谈。"

我双手放在背后,两腿站直。以前在监狱里,我也受过这样残酷无情的胁迫,我不会屈服于她的威胁。"我是清白无辜的,王后殿下。"

"这无关紧要,告诉我昨晚发生了什么事,我们看看能不能从中筛选出一些有价值的东西来。你不够机灵，靠你根本发现不了什么。"

我描述了如何在南沃克的竞技场内见到霍华德，以及他讲的那些关于他妻子甚至国王的拿不上台面的事情——涉及叛国罪名。这些会有用吗？王后看上去并没表示出什么兴趣来，一脸鄙视的神情。于是，我继续向她陈述我们在泰晤士河上发生的事情，霍华德对我的攻击以及他对吉蒂的强奸未遂。

王后终于开始产生了兴趣："她把他赶走了？在你没有出手的情况下？"

"是的，殿下。"接着，我告诉她霍华德是如何在我们跳入河中时向我们开枪。这算是谋杀未遂——这有用吗？不，显然没用。我还是讲完了我的故事：在冰冷水中被冻僵、无比绝望地游至码头台阶，穿过城市逃到圣吉尔斯，直到詹姆斯·弗里特出手相救。我没有提到那个可怜的轿夫，他被割断了喉咙，只是为了震慑他的主人，令其滚开。我的故事就这样结束了，迫于无奈我们去了自己曾经最害怕的地方。

王后将手指浸入一个漂亮的瓷碗里洗手。"你的那位妓女是个英勇的小东西，是吗？那么，对于怎样去阻止那畜生，你有什么提议？"

我没有答案。霍华德出身于贵族，是伯爵的继承人。对这类阶层有完全不同的另外一套规则。我清楚这一点，王后肯定更清楚。全世界都知道，即使霍华德去威胁一个没有家人、没有名誉的年轻女子又有什么关系呢？即使他口出狂言要杀了我，又有谁会在乎呢？我是谁？一个出身于无名之家且丢了名声的绅士，居住在一处臭名昭著的成人书店的楼上，靠着翻译黄色小说来赚钱为生。

"先生？"王后催促起来，看着我在她的绳索上挣扎扭动的样子，饶是带着一丝兴趣——甚至是鼓励——在打量着我，这是她对自己新人的又一次考验。

我必须想点办法,如果我没有给出她所需要的东西就离开了这里,我今晚还不如自缢死去,省得大家都麻烦。将我从贡森的监狱里弄出来完全就是因为这件事——我要为王后弄到可以让她用来对付霍华德的把柄。但是,究竟是什么呢?

我强迫自己冷静地去思考。霍华德赢了,我无法改变这局面。那么,接下来呢?当一个人掌握了所有的牌之后,他会做些什么呢?

让他赢。

就这样。就这样干脆,就这样简单。让他赢。勒索,永远不会在霍华德身上起作用——他太过于强大,太反复无常。不要试图去把一头野兽逼到墙角,而是得把他诱哄出来,收买他。可是,用什么呢?不能用钱。国王已经明确拒绝了他每年三千镑的要求。加官进爵吗?我直接打消这个念头——这样的代价将更加复杂,而且昂贵。

房间里一片寂静。我能感觉到王后在观望、在等待。集中精神。霍华德想要什么呢?亨丽埃塔?不——我不能那样做。他并不是真正地想得到她,他只是想让她的生活尽可能地悲惨下去,他想折磨她,只因为她犯下了一个可怕的错误——在很久很久之前爱过他。

然后我就知道答案了。这个方法极为简单,还能让霍华德满意。也不会花掉王后一分钱。但是,可怜的亨丽埃塔……这会让她付出一切。

我不能说,我不能为了拯救自己而毁了一个女人的生活,我会想出更好的办法,更为善良的方式。

"他的儿子。"话从我嘴里溜出来,背叛就这样发生了。

王后丰润的脸上掠过困惑的神色,然后她明白了,她那聪明的头脑已经在开始转个不停。

"亨利·霍华德昨晚在船上。"

她哼了一声。"亨利，我记得那个孩子，一个可爱的蠢孩子，他现在多大了，巴奇？十四岁？十五岁？"

"二十一岁，殿下。"巴奇轻声回答，他的脸色变得阴郁，之前的戏谑神情统统从他的脸上消失殆尽。

"二十一岁。"此刻，王后似乎也捕捉到了这种忧郁的情绪，伸手去拿一颗加糖的杏仁。

"他喝得大醉，"我说，"晚上大部分时间都在桌子底下睡觉，剩下的时间都在呕吐，原谅我，殿下……"

她对我的抱歉摆摆手。

"……霍华德以腐化这个男孩为乐，亨利却没有他父亲的残忍无情——"

"——还没到时候，烈酒总会使人变得冷酷无情。"

在大多数情况下确实如此。但是，我相信亨利的身上带有足够的、源自亨丽埃塔所具有的温柔气质，来抵御霍华德对其坏的影响。这一切一定会有希望。毕竟，在过去的几年里，我像个恶魔一样喝酒、嫖妓、赌博，我自己的内心也完好无损。不是吗？

"霍华德一心想让亨利背叛他的亲生母亲，他已经让亨利相信他的母亲是个妓女。"

"那一定耗费了不少的力气。"王后说着，把糖杏仁嚼得格格响。

"他想报复霍华德夫人，想一直折磨她，这才是他最重要的东西。当然，他肯定不会拒绝每年三千镑的巨款……但这也是源自对他妻子的憎恨，由恨所驱使。"我停了下来，不愿意再说下去。

王后继续吮着她的糖果，吧唧、吧唧、吧唧，紧贴着她的上颌，她瞥了巴奇一眼，扬起眉毛。"霍金斯先生拖着一头献祭用的牛犊进来了，但他没有勇气去割断牛的喉咙。"她拨弄着小手指上戴着的那枚钻石戒指，"为什么，霍金斯先生——你要让我亲自来替你挥刀吗？你害怕看到可怜得发抖的小牛的眼睛吗？你担心牛的鲜血会玷污了你的衣服吗？……"

我口干舌燥，王后说的是实话，我听了却心中压抑。今晚在这个房间里，我给亨利和他的母亲定下了罪。为了拯救我自己，我毁了他们两人的生活。即使现在不说出这些话，到头来，也不过是懦弱而已。"霍华德夫人必须给她儿子写一封信，需详尽具体，她必须告诉亨利，他父亲对他所说的关于母亲的一切都是真的。"

王后将视线从我这里移开，开始沉思。"是的，"她终于开口道，"霍华德会很高兴的，他总是乐于羞辱他的妻子。"她面露厌恶之色，与其身份相符。"这样足够吧？不，"她自己就给出了回答，"继续说下去，先生。"

我自己都搞不清楚是如何把这话从口中挤出来的："她必须答应永远不再联系她的儿子——放弃关于亨利的一切要求。"

"殿下。"巴奇插话道，"我担心她是否会同意。她目前正在秘密地打官司，试图走法律程序与霍华德合法分居。"

我的心猛地一沉。霍华德夫妇早已经分居多年，但是要寻求一种官方的、具有法律约束力的分居，这几乎是前所未有的。对于一个法官来说，即使是愿意考虑这个案件，也一定需要持有关于霍华德残忍无情的证据，一击致命的那种。而我此刻站在这里，要把亨利永远地交到那个怪物的手里。

王后正看向炉火，她神色温柔地说："我们要把霍华德的儿子交给他，还有信，另外，每年一千两百镑，控制、羞辱，再加上丰厚的费用，这些就足够了。作为回报，他不能再抗议分居，是的，我相信

临终告白

这方式有效。若是采用胁迫的手段,肯定会激怒霍华德,他可能会不顾一切地做出放肆行为。而采用这种方式,他就会认为自己占了上风,会很受用的。"她的嘴唇抿成了紧紧的一条线。"男人都这样。"

是的,他会认为是他赢了。因为他做到了。我清了清嗓子:"我们不应该和霍华德夫人商量一下吗,王后殿下?"

"与瑞士情妇吗?"王后慢慢地摇着扇子,"对这件事,她又可能会有什么看法呢?她对任何事情都不会提出意见。"

"在这件事上应该会有所不同吧?王后殿下?"我追着问道,至少,在这件事情上我对亨丽埃塔亏欠太多,"这是她唯一的孩子啊!她可能更愿意远离王宫?如果不给她选择的权利……"我突然停住了话,王后的脸颊已呈现出明亮的粉红色。

"给她选择?根本不需要,霍金斯先生。霍华德夫人是我的仆人,我说什么,她只会照着做就是。"

接下来,一阵暗含愤怒的沉默,这里面还有更深层次的东西——被背叛的旧伤。亨丽埃塔在成为国王的情妇之前一直都在王后身边伺候,两个女人在年轻的岁月中曾一度关系密切,互为知己。那时,王后还是威尔士王妃,结婚没几年。所有人都说,她那时极为美丽,受众人爱戴崇敬。

"失去儿子是一件难过的事情。"王后终于开了口,她的目光移到我的身上。

她知道我一定听过这些往事——王子和王妃极不光彩地被逐出宫廷,他们的孩子被扣为人质。国王给了卡洛琳一个极为艰难的选择:要么和她的孩子们留在宫廷里,要么和丈夫一起离开王宫。那时,她最小的儿子才出生几周,身体羸弱,在王室矛盾和解之前就夭折了。她的大儿子弗雷德里克,独自一人在汉诺威的王宫里长大——他对整个家族都很陌生，包括他的母亲。

王后深知失去儿子的痛苦——经历过生离死别。而今，她要让亨丽埃塔也来饱尝其中的痛苦，上述的方式确实有用，必须进行，但也是残酷的。可是现在，我凭什么来对王后做出评判呢？

"一年给他一千二百镑，"她说，"国王会接受这个数目，他肯定会在王宫里抱怨好几天，但再过几个星期，等他想到我们每年为他节省下来一千八百镑，他一定会高兴的。再过几个月，他就会认为这一切都是他的主意。"她戏谑地用手拍着沙发的扶手，"可以了，霍金斯先生，完全可以，你去做吧！"

这是在明确地示意我退下。我轻松下来——至少在这个晚上——除了我的良心之外，还好没有付出什么惨重的代价。我深深地鞠了一躬，心中既是羞愧又是宽慰。

王后一时心血来潮，把钻戒从手指上扯了下来，丢到我的手中。"赏给你的小智谋，还有她的勇气，我很高兴她能在那畜生身上留下伤口。"

霍华德夫人还在前厅里等候。即使她的内心充满了焦虑，她也不会在脸上表现出来。难怪她的面容那么的光滑，没有什么皱纹：平和的性情造就了平静的面容。考虑到她所遭受的一切，她身上的从容镇定简直是个奇迹。但也许正是因为如此，在饱受丈夫多年折磨之后她还能活下来，而现在，她又要经受苦难，因为我。

"你脸色有些苍白，先生，"她说，"王后殿下对您的汇报不满意吗？"

我低着头盯着脚下的鞋子看，那银扣被我擦得锃亮，以至于我能从上面看到自己近乎扭曲的面容。"我相信王后殿下是满意的。"

临终告白

她靠近过来，侧着头，直看向我低垂着的眼睛。"王后的陷阱布置得很好，"她轻声说，"只有当我们掉入陷阱时，我们才能看清楚那陷阱的样子，无论你做了什么，无论她让你做了什么……你都不要责怪你自己，先生。"

我没办法答话，她本想做好人来宽慰我，但她说出的话令我羞愧难当。事实上，我看到了陷阱，为了救自己，我却把她给扯入了陷阱内。对霍华德夫人来说，现在任何安慰都不可能让她全身而退，也无法让她继续保持内心的平静。亨丽埃塔再也见不到她的儿子了。

巴奇适时地出现，让我得以解脱："我的夫人，王后殿下想和您谈谈。"

霍华德夫人行了个屈膝礼，便前去见她的女主人了。现在我终于可以抬眼看她了。她挺直着脊背，步伐平稳优雅。王后会愿意对自己丈夫的情妇如实相告，让她知道她永远失去了自己的儿子吗？或者她会去选择善良对待？她的权势就在那里。卡洛琳王后策划所有行动的动力就在那里——选择的权利。

巴奇领我从曲折的通道穿过，来到帕摩尔街上。天气清冷，夜幕之上，星光闪闪。我想点根烟斗来抽，发现自己的手在颤抖。

"是王后殿下给你带来的影响。"巴奇看到了我抖动的手，他把一团烟草塞进口中，开始咀嚼，"你调查进行得怎么样？"

"很不顺利。"

"真不走运。我听到了汇报，城镇里的人都不认同你，霍金斯。"

"去他妈的这个城镇！"

他往地上吐了些许棕色的口水。"大家都说约瑟夫·伯顿是个混蛋。但是他在那所房子里住了二十年，都没有惹出什么麻烦来。然后，你住到了隔壁，便生出一些关于暴力、杀人的谣言。那些谣言你似乎没有办法去撼动……"他举起一只手,示意我不要辩驳,"伯顿说他有证据证明你杀过人,你威胁了他。他当晚就死了。我很难把这看成是巧合,霍金斯。虽然我喜欢你。"

"这不是巧合,我确信,整条街上的人都看到我跟伯顿斗起来了——包括杀人真凶在内。"我摊开双臂,"我成了一个完美的替罪羊。"

"那就是,"巴奇说,"在别人面前动刀的问题。"

"确实如此。可是,即使我没有去威胁伯顿,每个人都知道他准备指证我杀过人。"我顿了顿,"在这件事上,我想了很久的时间。"

巴奇在脸颊旁将烟草搓成了卷儿。"毫无疑问。"

"你自己说的,先生。伯顿在罗素街上生活了二十年,都没有出乱子。他根本就不像一家之主,完全像是监狱的看守一样来管理自己的家,每天晚上拿着《圣经》对孩子们进行说教;对每一个反抗的行为都进行惩罚,事无巨细。他的家里没有母亲出面缓解暴虐,提供任何温暖或示以善良之举。"我停了下来,巴奇看着我,一脸好奇的样子。我不知道他是否猜到了一点——我自己的童年生活跟上述情形并没有多大的不同。呃,好吧。肯定不会超过万处的不同。"朱迪思和斯蒂芬一直都遵从伯顿的命令,奈德在他的奴役下生活了七年,也从未有过反抗。"

"他历史上第一个学徒。"

"使他们这几个乖乖顺从的并不仅仅是出于惧怕。我想……将那些说出来会让我感觉痛苦,但我相信他们几个是尊重他。奈德说,尽管伯顿有种种缺点,但他是一位公正的家主。他按自己严格的规则生活。我想,在这样一个封闭的、私人的家庭里,这一点意义重大。他是一个虔诚的基督徒。"

"然后，他们发现他跟他的女管家在床上。"

"正是，那天晚上……"我停下了，差点儿就说出了山姆的名字，"就是那天晚上，爱丽丝大呼'有小偷'。一年又一年，他们几个人毫无置疑地遵从着伯顿的命令——这就是他们得到的回报。奈德一分钱都没有拿到就被赶出了家门；斯蒂芬马上就要被父亲逼着不再去上学；而朱迪思不得不看着自己的女仆摇身一变成为她的继母。"

巴奇在认真地考虑这个问题："我得说，那名学徒的损失最大。"

"是的。案发当晚，我和奈德一起在喝酒，他并没有因为钱的问题而生伯顿的气，他生气是因为伯顿出尔反尔地食言。那些年伯顿一直在进行说教，教导他们如何成为善良、高尚的灵魂。教得太好了。"

巴奇哼了一声。"他是因为强奸被人杀的？"

"不，不是。想一想，和爱丽丝上床的事一经朱迪思发现，伯顿就不再偷偷摸摸地隐藏。我们隔着墙壁也听到过他在床上干那事儿的声音，他逼着爱丽丝叫床，好让大家都能听见。啊……"我把抽完的烟斗扔到了地上，摔断在脚后面，"但是，伯顿还是希望他们继续服从于他的话，就好像什么事也没有发生过一样。也正是源于此，凶手这次对他下手时如此狠绝——并非是因为伯顿的随意殴打和长期的训诫迫使他们中的一个把伯顿捅死，而是源于他的虚伪。这极不公平。"

巴奇碰了碰我的胳膊，做出了一个停下的提醒。我没有再说下去了，胸口剧烈起伏着，想必自己一定是在大声喊叫的状态。几名年轻人大步从这里走过，神采飞扬。我认出了在赌场里见过的一个，他的家庭勉强跻身于贵族之列，他是家里最小的儿子。他看到了我吗？呃，很好。咖啡馆里的又一则小道八卦消息将要出炉了：我说，听说了吗？霍金斯在街上像个疯子一样大喊大叫。这家伙一定因为心中有愧而变得疯疯癫癫，肯定是这样的……

The Last Confession of Thomas Hawkins

我担心自己将感情倾注于此事过深了。我自己的父亲是一个严格而清醒的人，在我幼时，他无数次地斥责我的任性和顽皮，让我觉得自己就是个坏孩子……后来，我发现我有一个同父异母的兄弟，爱德华。他比我妹妹和我都要年幼，在他出生的时候，我们的母亲还活在世上。不过事实上，她那时已经躺在床上奄奄一息，即使是现在想起，还是瞬间就能激起我心中的愤怒。那是一种强烈的不公平感。但话虽如此，我从未有过拿起刀刺穿父亲胸膛的冲动。

"他为什么行事会如此冲动？这么多年都过去了！"

巴奇没有回应。我又回到了起点，一直在绕着圈子跑。*奈德、朱迪思，以及斯蒂芬*。

我们走到了查令十字街，就是在这里，我第一次碰见了查尔斯·霍华德，当时他的轿子差点把我撞倒。现在，他的其中一名轿夫已经死了。前一天晚上的记忆再次浮现了出来：那刀刃在他的喉咙上划动得如此迅速，血从突来的伤口中喷涌而出，他脸上先是困惑，然后露出了恐惧的神色，喉咙里发出一种可怕的声音，他在奋力呼吸，那是一种令人窒息的、湿漉漉的声音。

他是那个抬着轿背的轿夫吗？那个在经过时向我点头表示歉意，并对我微笑的人？上帝保佑，我甚至无法描绘出他的脸，到最后，能想到的只有他的那双眼睛，他目光中满是恳求：*我快死了，我快死了——救救我*。

我揉了揉脸。霍华德还活着，真是糟糕，那个混蛋赢了。"伯顿二十年前在妓院做打手，你知道吗？"

巴奇忍俊不禁，但并没有太过于惊讶。毫无疑问，他早已听说过上千个这种伪君子的故事。

"奈德告诉我，他在那儿工作是为了还债。"

巴奇闭上一只眼睛，搜寻着记忆："没有印象，那时我去的妓院不多……"

我回想起来。霍华德昨晚提到过那个地方，好像是？他都说了些什么？那时候这个消息让我心神不宁："七钟面，我想起来了，听起来像个邪恶之地。"

巴奇突然插口道："狐媚妇人。"

我耸了耸肩，霍华德并没有提到这个名字。"他说，那里面有千奇百怪的玩儿法。"

巴奇把最后一根烟丝吐在地上。"他妈的，伯顿是狐媚妇人那家妓院的打手……那里……你有没有听过关于那里的事情？"

"我知道的只有霍华德昨晚说过的那些，他说，如果有姑娘招致客人的暴虐毒打或是被砍伤，伯顿会为了钱选择沉默……"

巴奇颤抖着抓住了我的胳膊，微微颤抖。他不是那种会让别人看到自己颤抖的一面的男人。"那个地方发生过一起恶劣的变故，霍金斯。有传言说……那里可以满足男人所有的幻想，想怎样就怎样。与其说那是家妓院，其实还不如说是俱乐部。那里仅限邀请。后来有一天晚上，那地方被烧成了平地。所有的妓女都逃走了，顾客也逃走了。他们站在街上，看着泰晤士河的那个地方被烧毁。紧接着，是凄厉的惨叫声。那是一个男人和一个女人的声音。女人肯定是老鸨，而那个男人……没有人知道。他们被活活烧死了，霍金斯，慢慢地被烧死，死得很惨，惨不忍睹。城堡街那边就能听到他们凄厉的惨叫。后来他们被烧剩下的遗骸被人发现，两人被锁在一起。"

"没有人知道这事儿是谁干的？"

"那里的姑娘们知道，但她们都不敢说出来，也许是太高兴了。我听说这是一桩复仇事件，某个如花似玉的姑娘，脸上全都被刀划伤了,那是一个外国姑娘——我记得是西班牙人?"

我的心猛地在下沉,真相开始在我周围旋绕,像猛禽一样盘旋。"她后来是什么情况?"

"不知道。可能死了吧,也有可能还活着。"他耸耸肩。

也许她并没有死,也许我在今天早上还看见过她,也许正是她昨晚救了我的命。

是加芙列拉。

我匆忙找了个借口,把巴奇一个人扔在了大街上离开。他一定从我的表情中捕捉到了我心里暗藏着烦忧之事——我心绪不安,没有把这不安给隐藏起来。我在街上游荡了很长一段时间,这时间令人难受,我几乎没有想过自己要去哪里。我一定是弄错了,脸上带有伤疤的女人那么多。

然后我想起了今天早上爬到我床上的小比娅。她胖乎乎的手指顺着我的脸颊往下摸。坏人都不见了。我本以为她指的是霍华德,但她一直在找着伤疤的迹象。她母亲的伤疤,坏男人,伯顿。这些听起来并没有什么大的不同。

不知不觉,我发现自己正站在那扇熟悉的绿门外面,上膛之枪书店。我打开了怀表,现在还不到十点钟。我必须和加芙列拉谈谈——但不是现在,只有等到能确定她的丈夫出去做业务了才行。

夜访圣吉尔斯,上帝保佑我。我要是能活下来,那就太幸运了。

山姆坐在楼梯处,他的尖下巴搁在膝盖上。在经过他身边时,他抓住了我的外套,"霍金斯先生——"

"现在不行,山姆。"现在不行。如果我最黑暗的猜测被证实是真的——那就永远不行。

临终告白

吉蒂坐在我们房间的火炉旁正等着我,她怀里抱着一堆她父亲的日志。对于她的悲惨生活经历,我深有触动。纳撒尼尔·斯帕克斯是一位杰出的医生,也是一位绅士,一家人过着非常舒适的生活。可是他去世后,吉蒂的母亲完全沉溺于悲痛之中,最后,母亲开始酗酒,越陷越深,直到出卖了肉体。吉蒂是逃走了,还是被遗弃了,这很难说,因为她一直拒绝提起关于她母亲的任何事情。她的母亲可能还活着,尽管我对此表示怀疑。镇上一半的人都知道,塞缪尔·弗里特死后,吉蒂继承了一大笔财产,而我认为,埃玛·斯帕克斯才应该是最需要被施予援手的人。吉蒂至少有五年都没有见到她的母亲了,她是如何孤身一人地活下来的还真是个谜。我所能肯定的是,吉蒂一直保留着处女之身,还能像恶魔一样抗争,这两个事实肯定有所关联。我曾试图哄骗她说出事情真相,但她却像一只雌狐狸一样咬我、咬我,直到我不再问下去。

我原以为还有时间。我们去年秋天才认识,并不着急。不过现在,我有了更为紧迫的问题。看到纳撒尼尔的医学论文,我才想起自己对吉蒂·斯帕克斯知之甚少。不过,至少,我懂她的心——我想最后这才是最重要的。

爱丽丝给我们弄来一份晚餐,麻烦重重的又一天令人精疲力竭,我们吃完饭就上床睡觉。我将吉蒂抱在怀中,昏昏欲睡地和她闲聊起一些琐碎之事。她将王后赏赐的戒指戴在手指上,戒指在被子上闪闪发光。我很想再向她求婚,但我知道她会拒绝我。明天,我明天再向她求婚。

第十七章

有人在我的肩膀上轻轻地一拍:"先生,时间到了。"

我睁开了眼睛,爱丽丝蹑手蹑脚地走出房间,下楼去了。我在黑暗中随意地穿好了衣服。

听到吉蒂趴在枕头上发出重重的呼吸声,她睡得相当平静。我尽可能地凑向她的身边,用嘴唇碰了碰她的头发。

我让爱丽丝在凌晨四点钟时叫醒我。她一直待在楼下的厨房,借着烛光做清洁卫生工作。她给我倒了一杯咖啡,我迅速地喝了下去,感觉这咖啡让我的感官苏醒过来。爱丽丝并没有问我要去哪里,那不是她该打听的东西。

有时,当我看着爱丽丝时,我感觉自己又看到了她第一次潜入这座屋子的模样,浑身是血。幽灵般苍白的脸上涂抹着红色的污迹,蓝色的眼睛里满是惊恐,那阴森森的可怖模样构成重影儿,那天晚上的爱丽丝置身于现在的爱丽丝面前。我们的爱丽丝,总是不停地擦洗、拖地、扫地,好像只有她能看见地面上那一层层的泥土。

我的内心本来一直隐隐地感觉,我们是不是太过轻易地接纳了她的说法。可是现在,我认为她没有杀人,于是很高兴吉蒂把她弄到了这里来。

"把门锁上,窗户也关上,在我回来之前别让任何人进来,也别让斯帕克斯小姐出去。"

要是吉蒂知道我要去哪里,她一定会坚持跟我一起前往。自从经

临终告白

历过霍华德在游轮上袭击我俩的那件事之后,我便不会再去冒险让她跟着。就让她骂我吧,愤怒地扯掉她自己的头发也好,我不在乎。

"我怎么才能拦住她呢?"

这个问题问得好。"尽你最大的努力吧,爱丽丝。"

她点了点头,有点害怕。为此我很是抱歉——爱丽丝在过去的几个星期里已经历经了折磨——但这也是没办法的事了,至少她还不知道我要去哪里。

圣吉尔斯——在深夜。步行前往地狱,但首先我需要一个向导。

前一天早上,弗里特就向他手下的人通告过,说我受他的保护,帮派中的人相互传递了此话,这也算是我在和弗里特达成的协议中的一个小小好处,但我没有想到这么快就需要用到。

弗里特说过,如果我要找他面谈,就去威灵顿街上的车夫与马酒馆那里留个口信。此刻,我正穿过黑漆漆的街道径直朝那地方走去。酒馆里空无一人,信息却已经传递了出去。十分钟后,弗里特的一个手下过来了,向我指了指房间里一处黑暗的角落。

"老大在忙着。"

我点了点头。事实上,我很希望如此。"事情很紧急。"

"今晚他来不了这里,霍金斯。"

尽管这里并没有人偷听我们的谈话,但我还是压低了声音:"那么,你带我去凤凰街,我可以在那儿等他。"

他咬了咬牙,想了想:"出了什么事情?"

"这不是你该管的。"

他皱了皱眉头,但这样说是对的。他不会对一个轻易就能泄露秘密的人产生信任。又想了一会儿,他说:"把你的手枪交出来。"

我假装出一副极不情愿的样子,然后把手枪递了过去。我随身还带着匕首,把它深藏在大衣里面。弗里特的人把我的手枪交给了酒馆老板保管,让我事后去取。*事后*。一个想象中的时间。得当夜晚结束,我又安全地回到了家再说。拭目以待吧!

我们径直走向圣吉尔斯,不像山姆那样来回地绕行。我知道弗里特住在哪儿,现在没有必要对我隐瞒。我和那人从街上走过,若单是我一个人穿行于此,那街道上便会有危险悸动。即使如此,我仍然能感觉到在我们的背后有一双双凶恶的眼睛在紧盯着,能听见我们头顶上的空中走廊里有人在窃窃私语。然而,我已被允许安全进入这处黑暗世界的中心地带。至于自己将如何再次走出此地,我不能确定,我从来不擅长提前做好计划安排。

这次我们从广场穿过进入了弗里特的家,并没有从山姆喜欢走的屋顶那条线路通行。钻进一间简陋的木屋,又从一条狭窄的过道里出来,来到后院,我们来到了隐藏的广场中心。弗里特家的屋顶上燃着蜡烛,但除此之外,一切都是静止的。现在是凌晨四点半,大多数人要到天亮才回来。

有几个人在里面站岗,他们在喝酒打牌打发时间。我走过时,他们对我点了点头。看来,消息在我们到达之前就已经传递到他们这里来了。

加芙列拉坐在顶层房间的火炉边,她的头发披散在肩上,看上去一副疲惫的倦态。又是一个为丈夫守夜的夜晚,她如何忍受这样的生活?

我迅速地鞠了一躬,搓着双手取暖。这是一个寒冷刺骨的夜晚,几片雪花落在我的大衣上,生出点反光。当我们走进圣吉尔斯时,天已经开始下起雨来;现在,窗外的世界像是一场暴风雪,明亮的白色,寂然无声。

加芙列拉高兴得抿起了嘴。"你又冻得发紫了,先生?"她起身将

临终告白

另一把椅子拉至火炉边,"坐在这里等吧,詹姆斯很快就会回来。"

上帝保佑,不要回来得太早。"我希望我们能谈谈,弗里特夫人。"

"叫我加芙列拉,请坐,他们拿走了你的武器,是吗?抱歉,我必须得问这个,就我们两个人。"

她给我倒了一杯热乎乎的葡萄酒。当然不会就只有我们两个人,弗里特的人就待在附近。她是不是猜到我身上还藏着一把匕首?如果低估了她——詹姆斯·弗里特的妻子,那就大错特错了。她的裙子下面绝对也藏着一把匕首,我的目光从她身上的长裙上掠过。那裙子是朴素的灰色,但却与她的身材十分相称,如果这裙子被人偷穿,那么肯定得重新修整一番。她生过六个孩子,腰部不再纤细,可是,抛开她脸上的伤疤不谈,她仍然是一个雅致的漂亮女人,连伤疤也显得恰到好处,现在我已经习惯了。

加芙列拉胸前佩戴着一枚闪闪发光的金色胸针,我想起了伊娃那条夹杂着金线的鲜红纱巾。看来,她的母亲至少允许她持有一件小饰品。

我正打量着加芙列拉,而她也正在看着我。她咖啡色的眼睛极为温和,睫毛浓密,看起来和山姆很像,但她没有那么腼腆,相处时更令人感到舒服。"葡萄酒味道还好吧?"

"是的,谢谢您。"

"这酒是他们在去泰伯恩的路上送的。"她喝空了杯里的酒,把嘴唇上的些许酒滴吮吸干净,"最后一杯该死的酒,你在盯着我脸上的伤疤看,霍金斯先生。冷静,冷静。"我慌乱地向她致歉,她笑了起来:"我知道你为什么来,我并非轻浮之人。"她说的最后一句话是纯粹的圣吉尔斯口音,最后的音节在她喉咙后部的某个地方消失了。她凑过身来说:"楼下有人。我要是叫他们,他们就会割断你的喉咙。所以,我们安静地谈完话,然后你离开。可以吗?"

我盯着她,关于约瑟夫·伯顿或是七面钟妓院,我一直没敢开口提过关于它们的一个字。

她一根手指触向了脸上的伤疤,顺着被毁的面颊勾勒出一条线。"这就是我的生活,我的故事,我知道男人什么时候想听。"她把光着的双脚挪回长裙里。"我是一个犹太女人,你知道吗?我的家族在葡萄牙生活了长达几百年的时间。后来,我们皈依了,"她以手示意,表明皈依程度并不深,"宗教法庭不相信我们的忠诚。他们对于这类人会做出什么,你知道吧?烧死,用酷刑。于是,我们扬帆远航,奔向英国,奔向自由。我的父母,我的两个兄弟,还有我的妹妹。这是……二十一年前的事情了,那时我十三岁。"她双眼空洞地凝视着炉火,"遇上了暴风雨,他们都死了。"

她停了下来,已是费了好大的劲才迸出这几句干硬的词句来。她没有说的部分,我和她都心知肚明,不用再说。过了片刻,她继续说了下去。

"我十三岁,独自一人在伦敦,长得漂亮,没有人照顾我,我只会几个英语单词,这样的女孩会发生什么事情,你觉得呢?"她耸了耸肩,对这个世界的方式不屑一顾,"我又饿又怕,一个好心的女人收留了我,'可怜的小加比,叫我阿姨。'她给了我衣服和食物,还有一张床,然后她让我为他们做事。"

"多克西妈妈①。"

---

① "多克西(Doxie)妈妈"与前文"狐媚(Doxy)妇人"的原文相近,指老鸨以妓院名为化名。

临终告白

她又给我们两人倒上了一杯滚烫的酒,血红色的液体从壶中溅了出来。"你听说过约瑟夫·伯顿的事情,对吧?"

当说出伯顿的名字时,她的声音里充满了恶毒。"奈德·韦弗和我说过……"

她的下巴猛地一顿。"他的儿子,是的,我知道他。"

"他说伯顿以前曾在七面钟的一家妓院干过活,查尔斯·霍华德昨晚也跟我说了同样的故事。"想到这里,我皱起了眉头,伸手去拿烟斗。

"我记得他,他过去常去那里。"

"他说,那妓院与其他妓院有所不同,在那里什么都可以做,百无禁忌。"她撇了撇嘴,学起了以前老鸨的那套说辞,"您想要做什么就能做什么,先生。只要您付钱,您想要做什么就能做什么!而伯顿就站在前面的台阶上,他那么高,胳膊就像这样。"她紧紧地抓住自己纤细的胳膊,仿佛那是一棵结实的橡树,"妓院的打手们应该保护妓女,你明白吗?他的工作就是在嫖客们行为太过狂野时劝阻、制止他们。不过,伯顿先生只要从嫖客那里拿了钱,就会让他们为所欲为,有时他在一旁看着,有时他也和他们一起蹂躏妓女。"

"他划伤了你。"

"这个?"加芙列拉摸了摸自己脸上的伤疤,"不是,先生——让我告诉你伯顿先生都干了什么。"

可是,她停了下来,沉默了很长一段时间。她的气息浅而快。尽管外面还在下雪,她的脸上却渗出了一层光滑的汗珠。她双手合十,举至面部,好像是在祈祷。当她再次抬起头来时,又恢复了常态,一脸平静:"有一个男人,我不念出他的名字,他不配被人记起。那人又老又丑,冷血至极,所有的姑娘们都怕他,他喜欢去吓唬她们,明白吗?"

"有一天,他第一次找了我。他指向我,就好像我是史密斯菲尔德的某种动物一样,就那个。①多克西妈妈不想把她的小加比卖掉——因为那人有时候会在姑娘身上留下印记,而我又是那么的漂亮,对多克西妈妈来说能值更多的钱。然而,……您想要做什么就能做什么,先生,只要您付钱。她定了个价——那价钱多到能买下妓院里的每一个妓女。那人笑着付了双倍的钱。对他来说,这是一场游戏,他喜欢玩游戏。"她闭上眼睛片刻,"他抓住了我的手,感觉到我浑身都在发抖,他又笑了起来。他喜欢看到我恐惧的样子,他知道我听说过他的事情。

"多克西妈妈将我们带到了这个男人最爱的那个房间。那间房位置很高,位于妓院的后面,非常安静。妈妈跟伯顿先生说——在门外站着,如果有麻烦就喊人。之后,妈妈离开了,只剩下我们在里面。那个人给了伯顿先生半枚金币。他说,'闭上你的嘴吧。'"

加芙列拉拿起火钳,深深地戳进火中,翻转煤块,让炉火烧得更旺。她没有回头看我,眼睛一直盯着火光。"那个人,他绑住了我的两只手,用一块布蒙住了我的眼睛。我就这样站了很长时间,很害怕,就那样在黑暗中等着。然后,我感觉到一把刀,就架在这里。"她摸着自己的喉咙说,"他在我耳边低声告诉我他要用刀来做什么,我开始哭,他狠狠地打我,我直接跪倒在地。"

"先生,我不会告诉你他当时对我做了什么。只是……在他面前,我飞离了自己的身体,明白吗?一直都这样。就像一只鸟,直到它死掉。我没办法逃离他,只有痛苦和恐惧,我想他会杀了我。我不敢飞

---

① 史密斯菲尔德有伦敦最大的肉类与屠宰市场。

走,我被困住了。我开始想,不,加芙列拉,不能。你能行,你不是小孩子。你的家人都淹死了,但是你活了下来。你活着。我就像这样握紧了拳头,跳了起来,一把将他推开。我又踢又蹬,直到脱离了控制。我扯下了蒙在眼上的布,大声尖叫着跑到门口。

"伯顿先生就站在那里,他看上去一副生气的样子,他说我是个愚蠢的妓女,我不能惹麻烦。我从他身边跑过,冲向楼梯,冲向活路。我在流血,但我逃了出来。接下来,我感觉到伯顿的手臂拽住了我的腰,把我扯了回去。我力图抗争,可是他太强壮了,那就像一场噩梦。他把我抱回到楼上的房间,把我扔在床上。他全身的重量都压在我的背上,压着我的头伏在枕头上,我几乎不能呼吸。他说,'安静点,婊子,好好挣你的钱。'

"那人对他道了谢,他指着自己的脸——额头上有个小伤口,只是轻微的刮伤,他拿起刀说,'把她按住,这婊子要为此付出代价。'"

加芙列拉将膝盖屈至下颌之下,双臂环抱起双腿。

"一切都结束后,他们扔下了流着血的我。我太虚弱了,身体动不了,也被吓呆了。一个姑娘发现了我,多克西妈妈看到了,就骂了起来。骂我!我完了,快要死了。**一文不值**。她把我推到了大街上。我记不得太多的情节。后来,我一定是跌跌撞撞地一路走进了圣吉尔斯——我不知道自己是怎么进来的。我本应该死在臭水沟里,我想应该是这样。可是你看,我就在这里。"她终于转向了我,"我活下来了。"

"怎么活下来的?"

她笑了,像个天使——她的眼睛在闪闪发光。"是詹姆斯,他发现了我,他把我带到他哥哥的朋友斯帕克斯医生那里,他救了我的命。"

纳撒尼尔·斯帕克斯——塞缪尔·弗里特的好朋友、吉蒂的父亲，救了加芙列拉。"加芙列拉……你认识吉蒂……"

"是他的女儿。当然！我认识吉蒂，在她还很小的时候。我的天啊，她太吵了。她总是哭、哭、哭个不停，我都快聋了。这就是我们昨晚救你的原因，吉蒂。难道——你以为我会爱上你的那双腿？"她又笑了起来，脸上又恢复了光彩，此时她最糟糕的经历已经过去了。

如果我是个聪明人，我在那时就应该离开了。我所担心的一切都是真的。所以，现在就离开——而且要快。逃离这个充满屠戮、杀人和复仇的世界。抓着吉蒂的手，一起逃离这座城市，让这场悲剧在没有你的情况下落幕。但是，我没有动。我一动不动地坐在椅子上，我必须弄清楚所有的一切。

"妓院被烧成灰烬了。"

加芙列拉的眼皮沉了下去。"是的。"

"两个人，被活活烧死。"一个是多克西妈妈，还有那个加芙列拉不愿说出名字的男人，那个不配有名字的男人。什么都没有了，也永远没有悲伤了。"这是詹姆斯为你做的吗？"

"是的。"她的声音里充满了爱。

"可是，他饶恕了约瑟夫·伯顿。"

"不，先生。我们没有饶恕他。"她将膝盖紧抱在胸前，"我仍然会梦到那晚，好多次了，我已经从那个房间逃了出来，你知道吗？可是他又把我拖了回去，不让我逃走。只是杀了他，你觉得够吗？就那么片刻的痛苦够吗？

"詹姆斯烧毁妓院的那天晚上，我们没有找到他。他和一个新来的乡下姑娘上了床，那是一个新来的处女，能卖出好多钱。多克西妈

临终告白

妈发现这件事情，直接把他踢出了门外。詹姆斯和塞缪尔搜遍全城，终于找到了他，他跪在教堂里，像个孩子一样地抽泣。他知道妓院被烧毁的缘由，他知道现在轮到他了。詹姆斯正打算割开他的喉咙，可是塞缪尔……呃，你认识塞缪尔，先生。"

哦，是的。我认识塞缪尔·弗里特。若是有曲折之路，绝不会去走笔直的大道。或者更好的是，他自己设计的迷宫，充满了曲折的弯弯绕绕，以及普遍的困惑。

"塞缪尔说，'哥哥啊，你想，让这人活着受尽折磨岂不是更好？为什么要让他逃脱活罪的痛苦呢？'他就是这样的说话方式，你还记得吗？"

"我记得。"

"他说，伯顿先生，你学过木工活，是吗？那么，你会再次从事你的本行，你会成为一个受人尊敬的公民，去教堂，读《圣经》。你会结婚生子。你所挣的一切，都得交付于我们。总有一天我们还会回来，来完成源自今天的事情。我们会杀了你，但不是今天。也许也不会是明天。如果你逃跑，我们总会找到你。如果你想说这件事，那我们就把你带走，然后慢慢地杀了你。那样，你就会认为活活烧死其实是一种仁慈。"

只有塞缪尔·弗里特才能想出这样一个计划。它是那么优雅，那么残忍。还有钱可赚。看着伯顿多年以来一直深陷于乏味、道德的生活之中，弗里特想必很是享受于此。我怀疑弗里特再也想不出比这更折磨人的损招了。

"二十年了，我们让他活了下来。他拼命地干活，我们拿走他的钱。二十年来，他一直在担心我丈夫会在哪一个晚上去找他。有时我也在想，他的心脏会不会因为过于恐惧而爆裂。但是，他还是活了下去,而且结婚生子了。"

"奈德说他的母亲是个妓女。"

"他的母亲是个**年轻的姑娘**,约瑟夫·伯顿把那个乡下姑娘据为己有,多克西妈妈也把她赶了出去,她一无所有,所以她因偷窃被人抓住了。"

想到另一种破碎不堪的生活,我叹了口气。奈德的母亲在纽盖特监狱因肚里怀着孩子而幸免,她的儿子救了她那么短暂的时日,不过后来,她还是在去殖民地的路上死了。"你让伯顿把奈德带回了家。"

加芙列拉喝干了她杯中的酒,她突然不想再说下去了。"就这些,这就是我的故事。"

"但它还没有结束。"

"没有。"一阵长时间的沉默,"塞缪尔在监狱里被人杀死。当然,他已经在伯顿的隔壁住了好多年了。他觉得这样很有趣。他会说,'明天好,我的邻居,怎么——我哥哥还没有杀了你吗?'又对着伯顿说,'你必须得感谢我。'因为他是唯一能够说服詹姆斯饶了伯顿狗命的人。确实如此。塞缪尔对詹姆斯说,等他的孩子们长大了再说。我也同意,孩子们是无辜的。当塞缪尔死后,伯顿就知道自己的死期到了。"

现在,我总算明白了伯顿在被害前几周的奇怪行为。他知道他自己随时都有可能被人杀死。他把儿子从学校接回家,以便在他生命的最后几天里与之亲近;他拒绝搬家,因为他深知自己生意上所有的利润都会进入詹姆斯·弗里特的口袋;至于他拒绝给奈德工作,也是因为同样的缘由。还有——我的上帝啊,他强行与爱丽丝发生了关系。奈德无法理解伯顿在生命最后几周内的行为——那些言行似乎与他的性情格格不入,然而事实恰恰相反:正是在过去的二十年里,他的性情才是与原本的伯顿有所出入。他也许是在与贡森和协会的工作事宜中，在恃强凌弱方面得到了某些满足，但他的天性却与之大相径庭。当死亡已经开始潜伏在每个角落的时候，当加芙列拉的儿子住进了自己的隔壁保持着缄默和警惕的时候，他干吗不去操自己家中的女仆？

山姆·弗里特，有着遗传自他母亲的一头卷发、父亲的黑眼睛，以及叔叔的名字。山姆·弗里特，他趁着半夜溜进了伯顿的家里。练习。

山姆，每天看着他母亲伤痕累累的脸慢慢长大。他一定听到过母亲在夜里因梦境到来而发出的凄厉的尖叫声。我不曾认为他是凶手，因为他没有理由去杀人，也因为杀人的行为极其凶残。事实上，他确实具有最强烈的动机去干掉约瑟夫·伯顿，在那平静的表面之下，他一定在长达几周的时间里陷入了风暴之中。

我必须接受这个事实，尽管这个真相令我感到痛苦——山姆就是杀害伯顿的凶手。那天晚上，当我们站在那具被人捅杀得血淋淋的尸体旁时，我不是质问过那个男孩吗？

是你干的吗，山姆？

他已经用自己的一个问句作出了回答。

我为什么要杀他？

暴风雪已经席卷了这整座城市。加芙列拉讲述的故事对我施展了魔力，或者，也许只是因为自己太累了，我的精神也虚弱起来。我能理解她和詹姆斯为什么会去找伯顿寻仇。只要不去想伯顿留下的那几个孩子，以及这种报仇对他们自己无可责难的生活所产生的负面影响，我几乎要为他们在过去二十年中所采取的报仇方式而鼓掌喝彩。可是，把山姆送至伯顿的隔壁生活……他们一定清楚会发生什么事情。

"你让你的儿子去杀伯顿?"

加芙列拉伸开脚,舒展了身体。"我认为他还太小,但詹姆斯说,'他不能一辈子都在学习阶段',对此我能理解。母亲总是希望她的孩子永远年轻、安全。但是山姆已经十四岁了,他不再是一个孩子了。"

正如我所担心的那样,山姆是被指派着住进了上膛之枪书店,为的就是谋杀约瑟夫·伯顿。詹姆斯·弗里特从来就没有想过养出一名绅士的儿子——他想要的是一名杀手。毕竟,这是一份家族事业。

我们两人都不再说话。楼下,弗里特的手下人还在喧嚣地玩着纸牌游戏。有人用纸币卷成哨子吹出一支刺耳的欢快曲子。我的头因酒和炉火产生的热量而悸动。我应该离开了,弗里特很快就要回家了。如果他知道我已经怀疑上了山姆,我肯定他会杀了我。我也开始对加芙列拉产生怀疑,她一直把我留在这里,是在等她丈夫回来吗?

"你在想怎么离开这里,"加芙列拉拨弄着胸前的那枚金色胸针说,"你害怕了。"

"傻瓜才不会害怕。"

"傻瓜。"她浅浅笑道,"你是聪明的,在你的那个世界里,那是绅士的世界。可是在这里……啊,先生,我多么希望你没有来过这儿。从你走进这个房间的那一刻起我就这样在想。我在想、在想……"她拍了拍额头说,"在想要怎么救你。我想要救你,霍金斯先生。你要是死了,那真是太可惜了。"

我坐在椅子上慢慢地挪动着身子,想到藏在大衣里的那柄匕首,一秒钟我就能掏出刀来。然后呢?要做什么?拿刀捅她吗?我真的能做这种事吗?

"我必须保护山姆,"她说,"我想你也喜欢他吧。"

"是的。"

她的笑容愈加浓厚："你是个善良的好人。"

"有时是。"当个善良的好人给我带来了如此辉煌的回报。"你不应该把他送到我那儿去，我以为我是在帮助他，我知道他就是那天晚上的那个潜入者，我心里很清楚这一点，我应该阻止他。"

"你阻止不了一头老虎，霍金斯先生。"

我盯着她，说不出话来。她就是这样看她儿子的吗？**是一头老虎吗？** 看在上帝的分上，他不是一个具有掠夺性的食肉动物，他只是一个男孩。在她的骄傲和我的疏忽之间，我们失去了他。

"我有个建议，霍金斯先生。吉蒂今天早上跟我讲了关于爱丽丝的事情，她的长裙上全是血……"她扬起了眉毛。

我点点头，竭力保持镇静。我明白她的意思，如果我愿意指控爱丽丝为杀害伯顿先生的凶手，并能以那件血衣为证据，我就可以自由地离开了。否则，我将无法活着离开圣吉尔斯。我假装自己在考虑这个建议，疲惫不堪地揉着脸。"嗯，这建议不错。"

我站起身来，转向窗户。天还很黑，但是覆盖着雪的屋顶在月光下闪闪发亮。加芙列拉也站了起来，在这种半明半暗的、怪诞的光线之下，她显得异常美丽。我盯着她看了好久，几乎没有再留意她脸上的那道伤疤，尽管那疤痕深深地从她的额头一直蜿蜒至她的下颌处。她靠得更近了，在那么一个奇怪而颤动的瞬间，我甚至认为她想要吻我。但是，不是，不是——我看到了她双眼周围的紧绷。她突然不再说话，向前一跃，同时从胸前拔出胸针，我随之往后退去。那不是胸针，而是一把藏在她两乳之间的匕首的顶端。

我是个善良的好人。所以，她根本就没有相信我刚才所说的话。

她持刀一挥，我匆忙后退，跟跄走向阳台。匕首在我的手臂上划出了一道口子。我感到一阵刺痛，接着血开始流出来，一股暖乎乎的感觉。此时，她开始大声喊叫，呼叫增援。

我飞快地冲出门，跑到阳台上，不顾一切地摸索着梯子。这个家中此刻一片哗然——我听到了从下面传来的喊叫，弗里特的手下们做出了回应。楼梯上响起了第一串脚步声，没过一会儿，伊娃跑进了房内。

"妈妈！"她喘息着，脸色苍白，"妈妈，不要！"

加芙列拉转过身来，心烦意乱。我抓起梯子，将它横置于间隙处。砰的一声，梯子那一端击中了对面的屋顶，砸掉了一小坨才积成的雪块儿。我必须爬上去——这是唯一安全的逃路。可是，只要加芙列拉从这端扯住梯子，我就会掉下去。我抓住受伤的手臂，犹豫不决。突然，伊娃从她妈妈身边挤过去，挡在了我和加芙列拉中间。

"伊娃！"加芙列拉愤怒地厉声斥责。

"快跑！"伊娃嘘声道。

我不假思索地爬上了梯子，梯子在我的重压之下弯曲起来，在没有人扶稳它的情况下微微摇晃着。我小心翼翼地在上面缓缓往前移，生怕加芙列拉会将伊娃一把推开，掀翻木梯，那样我就会从木梯上摔落而死。然而，我担心的情况并没有发生，我的身前就是另一端的屋顶。我奋力扑倒在冰冷的木头上，梯子从屋顶上滑下摔落至地面。

我仰身而躺，天空在我上方旋转，冷空气使我喘不过气来，雪水融化浸湿了我的衣服。**站起来，快站起来**。我小心翼翼地站了起来。层层的屋顶一直延伸到很远的地方，结霜的屋顶上，寒冰在半空中闪着寒光。我迈出一只脚，往前踩下却打滑。一失足，我可能就会摔断脖子。

在楼下的阳台上，加芙列拉正指向我。弗里特的一个手下爬下去捡起木梯,并斜靠在我身下的房子上,他开始往上攀爬来抓我。

我谨慎万分地一步一滑行至屋顶的另一端。下面有一处阳台,我跳了下去,然后从那里再跳到大街,双手和膝盖重重着地。我从大衣里掏出匕首,沿着凤凰街逃跑。如果我能逃到考文特花园,那边的广场上挤满了商贩,弗里特的手下肯定不会冒险在这种公开的场合来攻击我——这不是他们的行事风格。

街道上一片寂静,即使是相对于圣吉尔斯这种地方来说。我手中拿着匕首,看起来肯定一副疯狂的模样。谁又会来冒着风险去攻击一个受詹姆斯·弗里特保护的人呢?接着,当我拐过一个弯时,弗里特就在那里,就在我的前面,我竟然直接遇到了他。

我俩面面相觑,彼此都很惊讶。我想起自己身后追过来的那个人,他离我只有几步之遥。

弗里特首先从震惊中恢复过来:"霍金斯,这是怎么……"

"加芙列拉!先生,你现在赶紧去她那边,她有危险,快点,先生,快去!"

此时,即使说上一大堆话也不会有丝毫意义,但我知道他有一个软肋:他很爱他的妻子,他会竭尽全力地去保护她。*加芙列拉,很危险。*这就足够了。他没有停下来问我为什么会跑到圣吉尔斯,为什么我跑向相反的方向。他一心只想着他的妻子,他朝着她的方向跑了过去。我穿过街道,那速度之快是我这辈子都未曾有过的。

我一路跑到朗埃克大街的拐角处,差一点儿被一辆运送蔬菜的马车碾压至车轮之下。我跳到了人行道上,气喘吁吁,心怦怦直跳。

"你这蠢货!"车夫回过头来冲我大骂道,"找死啊!"

我挥手以示歉意。周边的人正往这边看过来,我的袜子已经湿透了,在从屋顶跳下来的过程中被撕破,头上的假发和帽子也在被人追赶的路上丢落。

　　这都算不上什么。我安全了——而且，我知道了事情的真相。现在，我必须做出决定，如何利用这一真相。

第十八章

"你必须离开这个城市，马上离开。"

我俯身凑向那杯热腾腾的酒，吸了一口热气。"我知道，贝蒂，我知道。"

我藏匿在莫尔咖啡馆一处安静的角落里。以前的我在夜夜笙歌之后，曾多次坐在这张桌子旁深受头痛之苦。但是，在此刻，让我深感头痛且双手颤抖的不再是酒。我伸手掏出烟丝，又装上了烟斗，我觉察到贝蒂浓密黑睫毛下的双眼正在看我。她只知道我和弗里特那帮人发生了冲突，仅此而已。若是知晓了加芙列拉所说的那些事情，便会身陷囹圄，我不想让贝蒂牵扯进来，引发生命危险。

我黯然无声地喝下了一杯潘趣酒，历经了逃离的兴奋和放松之后，破碎的身躯终于着地了。我得回家，收拾好行李，在一小时之内离开。但是，回家就意味着会见到山姆，我无法面对他，至少是现在。我没办法再去看那双黑色的眼睛，看着真相也在对我回望。

我从未有过如此的愤怒，身体也随着情绪在颤抖。我以前曾目睹过残酷的情形——甚至是杀人的场面，然而，詹姆斯·弗里特的罪行，还有加芙列拉……即使是上帝也不会宽恕。他们已经把他们唯一的儿子弄到如此的境地，失去了回归本性的所有希望。那只是一个十四岁的男孩。如果我把这个故事讲述给邻桌那位将头深埋于《每日新闻》的男人听，他应该只是耸耸肩，对此毫不在意——圣吉尔斯的某个黑心恶棍把他的儿子培养成一名杀手，这算什么？这是什么新闻？

山姆一直都生活在小偷和杀人犯中间，这有什么值得一提的吗？婊子和黑帮头目生出来的儿子。如果说有哪个男孩生来就注定要去杀人，那么这个男孩就是山姆。

但是，感观极其敏锐的他本来还有其他的路可以走。假以时日，他本可以成为一名律师、一名股票经纪人、一名医生，或者是任何一种精心选择的职业身份。可现在呢？即使他从那条命运之绳上逃脱，那些路也已对他永远禁封。他潜入了一处住宅，用刀捅死一个人，这桩罪行将会塑造出他的余生。怎么可能不会呢？

一个父亲怎么会想着让自己的儿子成为这样的人呢？即使是像詹姆斯·弗里特这样的杀手——难道他从来没有想过让自己唯一的儿子过上更好的生活吗？我在想——是不是他指派山姆住在我这里，并命令他杀死伯顿？或者他只是让山姆待在伯顿的隔壁，等待那不可避免的结果？他是否认为这样就能赦免他的罪恶？不——弗里特根本不在乎这些，他的手下有多少条人命啊，一定是他命令山姆动手杀人。

我想象山姆在半夜三更手持利刃、悄无声息地潜入伯顿之屋时的情景。**练习**。他那两个字其实就已经坦白了，我却没有在意。他蹑手蹑脚地走入伯顿的卧室，准备动手……只看见爱丽丝·邓恩蜷缩在她主人的身边，这是一个意想不到的情形。他不能在有人目击的情形下对伯顿动手——这女人会把整个房子里的人都吵醒。所以，他又等待了一个晚上，等到只有伯顿一个人的时候——然后把嫌疑转嫁到可怜的爱丽丝身上。

我回想起伯顿被杀的那个晚上，山姆急切地想把嫌疑的罪名安放在爱丽丝身上。如果爱丽丝像山姆所建议的那样直接逃走，人人都会认为她是凶手，而不是我。他促成这种局面究竟是出于对我的忠诚，还是出于把我置入危险境地而产生的愧疚？或者说爱丽丝只是一个更合适的替罪羊？一般来说，绅士是不会被判处绞刑的。而一个身份卑微的仆人，没有朋友，没有金钱……

在这件事上，我再也不能任由自己相信情感了。事实上，我对山姆的真实了解又有多少呢？就在几个月前，正是这个黑帮小成员把我诱入他父亲的帮派埋伏中，我被他们抢劫、殴打。即使如此，我仍然还是相信他，毫不置疑地跟随他那支闪烁的火把，穿过那狭窄、弯曲的迷宫般的街道——此刻，我被带到了这里。

我不怪山姆，即使有愤恨，我也会责备我自己。这段时间里，他一直跟我生活在一起，我没有意识到他身陷漩涡之中。珍妮曾警告过我，说这个男孩儿有些不对劲儿。看在上帝的分上，他趁着珍妮睡着的时候溜进了她的房间！要是我当时多注意一点儿该有多好！如果我接纳了那些警告就好了，相反地，我竟然生出一种愚蠢的想法，认为我和山姆有着某种不可言述的相似之处。我也是在自己父亲的期望之下深感压抑。可不同的是，我的父亲是一名乡村牧师，而山姆的父亲却是个杀人犯。

我本应该帮助那个男孩，而非与他密谋勾结。如今为时已晚，山姆已经踏上了一条只会导致更多死亡的道路，其中也包括他自己的死亡。有多少出身于圣吉尔斯的男孩以此为开端走上了这条不归路，以吊在绞刑架的绳子上结束这一生？他们中好多人甚至在二十岁之前就如此结束了生命。我本可以对自己再好一些，说服自己——山姆的命运在他出生的那天就已经注定了，他出生在一个强盗和杀人犯的家庭，可是我对此并不信服。我对詹姆斯·弗里特和加芙列拉感到愤怒——那种炽热的愤怒像熔化的金属一样从我的血管里喷涌而出。然而，我还是把一部分的愤怒留给了自己。无论如何，我本来肯定可以阻止这一切的发生。

The Last Confession of Thomas Hawkins

贝蒂触着我的手腕,手指轻轻地在我的皮肤上摩挲,我眨了眨眼。自己这样呆坐在咖啡馆里目光空洞地陷入沉思有多久了?烟斗摆放在桌上,已然燃尽。坐在旁边长凳上的那个人也已离去,一群律师事务所的职员们正聚集在火炉旁,跺着脚取暖。

我喝下了最后一口酒,天变冷了。"我得回家了。"

贝蒂的手紧紧地攥着我的手腕。"弗里特肯定会盯着书店,霍金斯先生——你现在必须离开伦敦,我可以去给斯帕克斯小姐捎个口信。"她向前倾身,迫使我不得不看着她的眼睛,"现在到我的住处去,躲在那儿,我在一个小时内给你送衣服、食物和钱——所有你需要的东西,有一辆从乔治街出发前往海岸的马车……"

我几乎没听到她在说什么。吉蒂。我从桌旁跳了起来,突然感到一阵恐惧。吉蒂在家里,她根本还不知晓我们所处的危险。如果弗里特已经派人前往书店了呢?她肯定不会把那些人关在门外。此时我呆坐在桌前喝酒,那些人却可能已经在那里了。

我站起身时,贝蒂抬头抿起嘴看着我:"从来没有人听说过……"

"半个钟头,我必须去找吉蒂。"我笑着说,"谢谢你,贝蒂。"一时的心血来潮,我弯下身去,吻向她的嘴唇,将唇上的反对意见吻去。

那一刻,她任由我去吻她,之后一把将我推开。"傻瓜。"她喃喃自语。

我离开莫尔咖啡馆时,考文特花园的钟敲响了七下,天空中已有了亮光。广场上的集市依然一片熙熙攘攘的景象,熟透了的水果和大麦的香味,牲畜身上刺鼻却并不怎么难闻的气味,它们混合在一起。一个磨刀匠把他的马车停放在日晷下面广场的中央。当我从那儿经过的时候,我退避了几步,金属在石头上摩擦产生的尖厉的刮擦声让我

临终告白

无法忍受。

就这样，什么都解决了。告别伦敦，告别我在这里建立起来的生活。我的逃离会让全世界都相信我犯下了罪行，可是我能活下去，去保护吉蒂的安全。黑帮头目的职业生涯很短，我从来没有见过在泰伯恩刑场被绞死的犯人有年龄超过四十岁的。

也许等到詹姆斯·弗里特死后，我们可以再回来解决这一系列问题。酒馆里到处都有为非作歹之人，他们很多都是私逃出去避风头，然后又偷偷地跑回来，秘密地在此生活下去。

我匆匆地穿过广场，开始感觉到有一帮人聚集在我的身后，这为那些在考文特花园散布流言蜚语的人增添了更多的谈资。我在人群中、屋顶上搜寻着弗里特的人，然而，我所发现的只有那些闪现在曾经对我友好地微笑点头的老邻居们眼中那阴沉的目光。还有什么会比他们今天的行为更加阴险？他们明目张胆地盯着我，让我感到心绪不安。我感觉到一种酝酿中的愤怒，仿佛他们全体都认为那愤怒已经达到了忍无可忍的耐心界点。我迅速地穿行至罗素街时，一阵恐惧的涟漪掠过我的全身。这种愤怒很快就能把一群百姓变成暴徒，而伦敦的暴徒们从来都是心狠手辣。

磨刀的轮子又转了起来，打磨着铁器。

我走到了费尔布雷德先生的店里，药剂师正站在他的台阶上，用杵和臼把什么东西捣成粉末。他咧嘴一笑，嘴唇粘在他那堆烂牙和牙桩上。"你收了门徒，霍金斯先生？"

我回头看了一眼。十几个人正在不远的地方跟在我的身后，他们在融化了的灰色雪泥中费力地行走。那群人中领头的是乔西亚·伯切斯，他在上膛之枪书店的对面开赌场。我暗暗诅咒着他们，如今，我怎样才能秘密地从这个城市逃离呢？

我转过身来，面对着他们，装出一副若无其事的样子。"先生们，你们有什么事情吗？"我语气力显专横。这句问话让他们犹豫了一下，男人们总是习惯于服从华服之躯……可现在，我身上的衣服破烂不堪，头上的假发和帽子在拼命逃离圣吉尔斯的途中早已丢落，尊贵绅士和卑微贱民之间的界线并不清晰。衣着和自信相关联，我尽量让自己显得更加挺拔。"嗯？"

那帮人互相看了一眼，然后用肘轻轻地碰了碰伯切斯。在我的印象中，伯切斯一直都是鬼鬼祟祟、胆小怕事，但现在看来，被提升为小头目让他获得了更多的勇气，他用手指向我的胸膛说："杀人凶手。"

我的心咚地一跳。杀人凶手。在大街上的这句指控，所有人都听到了。掷地有声，就像将一副金属护手直接扔至我的脚边一样。事情有了什么变化——某种看不见的界线已被越过。现在怎么办？他们是想要迈出暴乱前的最后一步吗？他们是想要对我进行攻击，把我撕成碎片吗？我从他们的脸上看出了不确定的表情——是采取行动，还是让步？这捉摸不定的言行让我感到迷茫，没有人前来相助。

伯切斯斜睨了我一眼，他离得那么近，我都能闻到他口中的杜松子酒味，他一定是整晚都在喝酒。

我退了一步，带着嘲讽的意味鞠躬，像是觉得好笑，淡然以对，接着，我转过身去背对着他们。这是一个冒险的举动，我很害怕他们会朝着我扑过来，把我拖走。但是，对暴徒示以恐惧只会给他们带来更多的勇气，以及无声的攻击许可。对我来说，唯一的机会就是挺直腰板昂首阔步地走开。

当我转过身时，一个纤瘦的人影从阴影中出现，是山姆，他把头歪向街上的书店。

"有陷阱，"他说，"快跑！"

我犹豫了，这可能是真的，或者这本身就是一个陷阱。也许詹姆斯·弗里特此时就在书店里，对着吉蒂，他会伤害她吗？吉蒂的父亲救了加芙列拉……可弗里特是个比较现实的人，只要有需要，他什么事情都干得出来。

我的身后有一群暴徒聚集，前面也有一伙人。我加快了步子走向上膛之枪书店，身体里的血直冲向我的耳部。山姆惊恐地睁大了眼睛。"霍金斯先生！"他摇晃着我的胳膊，像是要把我晃醒过来似的，"快跑啊！"

前面传来一声厉喝，一伙人从书店中涌了出来，我猛吸了一口气，那些都不是弗里特的人。贡森的警员们手持警棍聚集在书店的门口，地方行政官戴着那可笑的长假发站在那伙人中间，眼睛盯着街上。我和他的目光碰到了一起，他吃了一惊，然后得意地笑起来。

"他在那儿！抓住他！"

我还没来得及逃跑，身后的那帮人就冲了上来，把我推倒在地。我挣扎着力图反抗，却无济于事；我感觉那该死的整条街上的人都压在了我的身上。

贡森被他的手下簇拥着走了过来，我尽力地昂起头，阳光照在我脸上。克劳德将一只穿着皮靴的脚踩在我的脸上，狠狠地将我的脸踩到泥里，尘土和污物顿时挤满了我的口腔和鼻孔，我被呛着了，眼中流出了泪。

"把他拉起来！"贡森命令道，几双粗糙的手把我拽了起来，我吐出口中的尘土，身上的肋骨被街坊邻居们的靴子踢得生痛。

我挣扎着与警卫们对抗："你们要干什么？你们没有权力来……"克劳德对我甩出了一记耳光。

越来越多的人围了过来，贡森开始大声地向人群进行宣告。消息传到街上，人们纷纷从商店、酒馆和咖啡馆里跑出来看热闹。"我的朋友们！"贡森大声喊道，用手杖指向我的胸膛，"看看这个卑劣的歹人吧，他犯下了众人所知的每一样罪行。我们的社会已经提醒过民众，让大家小心这样的恶棍，他们这类人污染了我们伟大的城市。我们这些好公民已经沉默得太久了，我们逃避责任已经太久了。我们太过自满，我们放任邪恶滋生。这就是给了我们所有人的一个教训，我们有责任去清除这些街道上的害虫。"

那是一次长篇大论的演说，就像是政府的某位高官在发表讲话一般。毫无疑问，他今天早上肯定是对着镜子练习过。当群众表示赞同欢呼起来时，他会顿一下，一副志得意满的模样。即使这人群中，有近乎一半的人都是他口中所厉声斥责的害虫。除了这些有罪的人群，剩下的还有谁呢？尊敬的约翰·贡森先生独自一人在空荡荡的城中大步地来回走动，对着他自己发表保守派的演说，也许这就是他的伟大梦想。

他拿出一张逮捕令，举到众人面前。

"托马斯·霍金斯，今天早上奈德·韦弗在你家的阁楼和约瑟夫·伯顿先生家之间的墙壁中发现了一条隐蔽的通道。我熟知伯顿先生。他是一个好人，一位光荣可敬的、无可斥责的好公民。而你却杀害了他。"

"那是谎言！"我大声叫道，在卫兵的束缚下奋力挣扎，"我没有杀人！"

克劳德又给了我一拳，我的嘴唇被打裂了，尝到了血的味道，舌尖上是滚烫的金属味，另一名警卫啪的一声将我的双手给铐上了。人们口中开始咒骂着我的名字，高喊着"杀人犯！"接着，人群向前挤

临终告白

来,撕扯着我的衣服。在一片混乱中,他们与警卫打了起来,想要接近我。贡森被人群推搡到了后面,头上的帽子和假发被挤得歪歪斜斜。"干得好!"他大声地喊着,竭力在这片喧闹声中让人们听到他的声音,众人拥挤过来时,有人踢中了他的小腿,令他摔倒在人行道上,瘫跌进冰冷的泥水里,两名卫兵赶紧跑过去帮忙。

"快走!"克劳德在我耳边嘶嘶地说,用他的棍子戳着我往前推。我们一起跌跌撞撞地朝前走,身后被一大群人推挤着。贡森急匆匆地走到队伍的前面,卫兵在我们的周围紧紧地围成了一个圈。当一行人走到书店门口时,吉蒂从门内跳了出来。

"汤姆!"她哭喊了起来,接着,她被人捆绑着赶回屋内。门砰的一声关上了,我被拖走。我救不了她,也救不了我自己。

那群暴徒跟着我们沿斯特兰德大街和舰队街一路走下去。杂乱的喧嚣声极是骇人,淹没了街上平常的叫卖声,令人难以忍受。人们停下了手中的生意盯着看,也有少数几个人加入了这群衣衫褴褛的队伍,仿佛集市上赶集那般。贡森故意选择了在最热闹的街道行走,以便给我带来耻辱,让我颜面扫尽。全城的人都会在几小时之内得知这个消息:托马斯·霍金斯就是杀人凶手。带着镣铐在城里穿行,身后跟着一群乌合之众,现在有哪个陪审团还会相信我是无辜的?

这就是贡森的报复,我敢肯定。他之前被终止了对我刑讯拷问,为此我嘲笑了他。现在他要来证明他是对的。当一行人走到老贝利街(中央刑事法庭)时,他浑身上下都洋溢着正义胜利的喜悦。

接着,我们来到了纽盖特监狱。之前,我也曾手戴镣铐进入监狱,但那次除了一个执行吏负责押送之外,只有我一个人在南沃克区一条安静的街巷上行走。纽盖特监狱是一座宏伟宫殿式建筑,充满了罪恶和耻辱。我被带到了那里,半个城里的人都在我的身后怒声叫嚣。对于通往监狱的门楼，我很熟悉——我已经从那地方走过多次。但是，哦，现在亲眼看到，那两座角塔，还有那扇铁闸门！我这次被捕，感觉就像是在做一场噩梦，而现在我的梦醒了。

我脚步有些踉跄，人群中发出了嘲讽之声。"看！"有人喊道，"我们的主绊了他，连主都愤怒了。"

哦，是真的吗？上帝就是这样度日的？用他的神靴绊倒有罪之人？一派胡言乱语——可贡森却点头以示认同，我还是太高估他了。他一直骄傲自得，严守礼仪，我没有想到他会如此虚荣，在众人面前哗众取宠。

闸门之后的监狱大门紧紧地关闭着，克劳德砰砰地敲响了其中一座角塔的后门，门嘎吱嘎吱地打开了一英寸的缝隙，一名狱卒望着外面的人群，露出担心的神色，"快把他带进去，动作快点，该死的！"

卫兵们把我推到门口。"我没有杀人，"我向人群喊道，"我发誓我没有杀人！"

狱卒关上了后门，把其余人等都关在了门外——那些警卫、街坊邻居、拨弄是非之人还有那帮黑社会的恶人。我如释重负。只要逮住机会，那帮人肯定会用绳子套住我脖子，把我吊死在附近的商店招牌上，但进了监狱，我的人身至少是安全的。从这一点上来说，我还是应该感谢贡森，以正规的方式、正式的公文来办理每一件事情，估计他在撒尿之前还要自己起草一份尿液释放令。

到了这里，需要填写文件，需要手写签名，需要盖上印章，还有最后一次的说教。"霍金斯先生，"他低声说，侧着头细致地打量着我，"上帝终于对你做出了惩罚，你杀害了一个善良的公民，还妄想着把嫌疑推到他悲痛欲绝的子女身上，现在你必须为你所犯下的弥天大罪付出代价。你最好扪心自问，先生，我想你活不过这一个月。"

他不再说什么，走开了。

狱卒带着不悦的表情看着贡森离开。"他算个什么玩意儿！"他低声骂道，然后转向我说："你是名绅士，"他半是陈述、半是疑问的语气，"监狱长说你很有钱。"

我拍了拍放在大衣口袋里的钱包，他把钱包抽了出来，将一串钱币倒入手中，我伸出手，他打开了镣铐。

"你以前进过监狱。"他猜测道。

"债务问题。"

"那你清楚该怎么行事了。"

我点点头。在马夏尔西的时候，我确实学到了不少监狱里的规则：不要去殴打狱卒，不要去指控监狱长杀人，最重要的是，管好自己的事儿。

"监狱长可以不把你安排到重犯牢房，只要你付得起钱，可以住进监狱里最好的牢房。"

"对我抱有期望？"

狱卒耸了耸肩，领着我穿过监狱，来到那间死囚牢房，将我锁了进去后，他留下我在黑暗中摸索了一段时间。他回来时，拉开门上的小窗口，递给我一支廉价的牛油蜡烛，要了三倍高的价钱。我接受了，没有反抗，就像我之前说的，我了解监狱里的那些潜规则，任由那帮混蛋在你身上压榨勒索，什么也不要多说。

我把蜡烛放到了钉在墙上的烂木架上，蜡烛忽明忽暗，微弱的光亮在牢房四周投下了一片阴影。这个地方臭气熏天，角落处的粪桶里溢出了粪便和呕吐物，空气污浊不堪，牛油燃烧的气味让这臭浊的空气更加难忍。苍蝇在粪桶边上嗡嗡作响，以脏物为食。每次我踱步经过这处，那股恶臭都会扑鼻而来。然而，我没办法停止走动，绕了一

The Last Confession of Thomas Hawkins

圈又一圈，心中充斥着被监禁于此的焦躁不安，以及对不白之冤的愤怒，还有，恐惧，是的——直达内心深处的恐惧。

走动的同时，我努力在想着解决问题的法子，可是我的脑子里老是想着吉蒂，我很担心她。她独自一人面对着贡森的那帮警卫，那些人现在离开了吗？那弗里特的人呢？要是他们正在等待下手的机会呢？在无力的愤怒中，我只能踢墙壁解气，我连自己都保护不了，我又如何能去保护吉蒂呢？

蜡烛熄灭了，牢房又一次地回到黑暗之中，我摸索着走到小板凳边等待。

终于，门开了，监狱长鲁斯先生站在门口。在他腰间松弛的腰带上挂着两把办公室的钥匙。那钥匙很大——超过一英尺长，至少有一英寸厚——在他走动时，钥匙叮当作响。

他皱起鼻子。"呸，这里太臭了。"他嘟囔着，好像这完全与他无关似的。他挥手示意把我叫到过道里，并把我领到附近他所居住的宅院。我的心中生起了一丝希望，王后又一次地动用了她的影响力吗？我要被释放出去了吗？

鲁斯把我领进一间舒适宜人的房间，室内摆放着样式精美的家具，墙壁上挂着漂亮的油画、素描、刺绣衬垫。我想，这应该是鲁斯夫人的杰作。"先生们，你们谈完了请叫我。"他说着，鞠完躬后离开。

约翰·艾略特——吉蒂的律师——背对着烧得正旺的壁炉立在那里。他浅笑了一下，眼中的目光却很严肃。就那么一眼，我所有获救的梦境在那一瞬间破灭。

他紧紧地抓住我的肩膀。"霍金斯。"

"吉蒂——"

临终告白

他短粗的手指紧捏着我的肩头:"非常安全。"

"感谢上帝,我没有杀人,先生,我发誓。"

"我当然相信你。"他声音中的善意和信任让我在这一刻情绪崩溃了,这是克劳德手中的警棍永远无法做到的,泪水盈满了我的眼眶,我粗暴地将其拭去。

我们在火炉旁坐了下来,我喝下一瓶艾略特特意带来的葡萄酒让自己打起精神来。他向我询问,在我自己所做的调查过程中是否发现了什么有用的信息。可是,若是不想让我们大家都陷入更大的危险之中,所能提供的有用信息几乎没有,我不能供出是山姆谋杀了约瑟夫·伯顿。在这里,和伦敦城里几乎一半儿的恶人们关押在一起,我确实担心自己的生命安全,这其中肯定有一两个人和弗里特是一伙的。但如果我揭发山姆或是弗里特的杀人罪行,不仅我活不过今夜,吉蒂也会死。

我也不能把任何人牵连进来,除非问心无愧,即使我告发了他人,又有谁会来相信我?我是最确凿的嫌疑人。

伯顿之前曾指控我杀过人,在他被人杀害的前一天晚上,我在半条街的邻里面前威胁过他。我唯一所能申辩的是:伯顿的住宅紧锁,无法出入。而现在,既然奈德已经找到了那条暗道,我又怎么可能是无罪的呢?艾略特尽其所能让我振作起来,但我并不愚蠢,如果我的案子开庭审理,我会被判处杀人罪,然后被送上绞刑架。

我双手抱头,搓揉着头皮。最近几日诸事缠身,我没有时间去打理头发,头发又长长了,我得去理发。监狱这种地方肯定有虱子,每个角落里都藏有老鼠,床单上也有跳蚤。啊,上帝。我以为自己已经摆脱了这一切,至少我不会再次被染上瘟疫,是的,这真是个好消息,我完全有可能活到被绞死的那一天。

"我和鲁斯谈过了,"艾略特说,"他可以在死囚牢房旁边给你弄上一间像样的牢房,那里是看监狱工作人员住宅区的一部分,专门为有身份的犯人们所备。"他一脸尴尬地咳嗽了几声,"你能比多数人享有更多的特权,那里光线充足,空气清新,可以散步,也不会给你戴上锁链,算是个好消息,不是吗?不会像现在这样糟糕。"

"这要花多少钱?"

艾略特显得有些局促。

"多少钱,先生?"

"一周要十个先令,"他坦白道,"可是你知道的,先生——为了保证你的舒适,吉蒂宁愿花光她最后的一个先令。"

一周十个先令,这些钱完全可以租下半个旅馆。"她怎么样,先生?你确定她是安全的?"

"我确定,"艾略特一脸的困惑不解,"她为什么会不安全呢?"

我的心里打了结。到目前为止,她还能幸免于难,但这又能持续多久呢?"必须得保护好她,艾略特。你必须注意这一点。"

"怎么?她会有危险吗?我的上帝啊,究竟发生什么事了,先生?你对我隐瞒了什么?"

我必须找个人去保护吉蒂——还有爱丽丝,得找一个身体强壮、又能熟练用刀的人。熟练使用刀锋的人——可是一个男人住在我的屋檐之下,跟吉蒂生活在一起,我又如何能对他放心呢?我不放心。接着,我笑了,不找男人,而是一个女人……

我花了一些时间才说服了艾略特,告诉他去找一位名叫妮拉·马奎尔的爱尔兰籍的女角斗士到家里做守卫工作,这并不是什么胡乱想出的疯狂行为。我一直坚持让他去做好这件事情,直到他最终妥协。"还有,你得劝吉蒂立刻把山姆送回家去,他现在待在那儿并不得体。"

"得体……?"艾略特扬起眉毛,举止得体从来都不是我所考虑的头等大事。比如说,吉蒂一直和一名男人未婚同居地生活在一起,而那个男人此时被控谋杀……然而,艾略特看出来我已经决心要做此事,再说了,将一名出身于圣吉尔斯的某个男孩送回家,对他来说何乐而不为呢?

说服了艾略特,他对我做了一切可能的保证,说自己一定会照办。在此之后,我感觉自己的精神振作起来了一些。如果我们都能活过今晚,那么也许还能找到解决问题的办法。"鲁斯先生真是好心人,把这个房间借给了我们来交谈。"

艾略特从鼻腔中发出了哼声。"这可不是什么善心,至少不是对你的关怀。他从杰克·谢泼德身上赚了一大笔钱,好多人花钱要来看他,那些人排着队从栅栏里往门内看,鲁斯期望着从你身上也能有利可图。"

"谢泼德越狱过四次,全城的人都对他有兴趣,没有人会花钱在我身上。"

"抱歉,先生,恐怕你想错了。你是一名绅士,年纪轻轻,相貌英俊,你故事中的那些细枝末节——比如说,你坚持调查此案并审问伯顿先生的家人,这肯定会引起不小的轰动。"

我的心一沉,我已经见过这种情形。一大早,那些改编过的歌谣、小册子以及大字报就会成堆地涌出,其主要内容都是关于那个杀了人的绅士托马斯·霍金斯。不管我是否能死里逃生,我这个人终身都会被印上一个臭名昭著的烙印。

"吉蒂让我给你捎个信,"艾略特脸上愈加地平静,"贡森如今已经把她看守起来——他打算今晚对她进行审问,吉蒂说,她明天早上天一亮就会把裙子带来。"他停顿了一下,"她不会是想把你装扮成女人,然后偷偷地带你私逃出去吧,是吗?不要,不要,最好别吱声,我觉得,这种方法在谢帕德的身上还是奏效的……"

我重重地靠在椅背上,爱丽丝的裙子,是的,这也许还行得通,也许我们现在仍然还能把怀疑的矛头指向爱丽丝。她那身血迹斑斑的长裙,手拿着刀,从阁楼的门里走出来的情形,山姆和吉蒂都能作证。难道以上的怀疑岂不是更令人信服?——爱丽丝在床上转向伯顿,用刀捅死了他?去想想伯顿在每个夜里对爱丽丝所做的那些龌龊事,难道不是吗?有了那件血衣和证人,就更有说服力了。

一片阴影泊在了我的心头。

第十九章

别无选择。我不能为了救自己的命而把一个无辜的姑娘送上绞刑架。然而，在监狱的第一个晚上，我没能入睡。一个狡猾的想法一直不停地在我的脑海中爬行，留下了一道狠毒的痕迹：**拯救你自己，无论付出多大的代价。**

手中拿着钥匙却不去打开门锁，这是件很难做到的事。在我看来，那晚牢房里有两个人。一个是真实的自我，在地板上踱步，用拳头猛击墙壁，诅咒自己所犯的所有错误。另一个则是一个阴暗的我，他在等着天亮去供出爱丽丝，以获得自己的自由。随着漫漫长夜的流逝，有时我真忍不住想变成另一个阴暗的我，那样，我就能活下去。究竟要成为哪一个我？绝不能成为被关押在这间牢房的那个人，这一点是可以肯定的。

我非常害怕，我不想在自己二十六岁时死去，我不希望我的名字被诅咒和唾弃，代代相传。我不想让我父亲认为我是杀人犯。

我的父亲，我一想到他我就止不住大声痛哭。三年前，在我们最后一次见面时，我们对彼此进行了残酷而痛苦的指责，我发誓再也不会见他。去年秋天，当我从马夏尔西获释后，他给我写了一封充满遗憾和宽恕的信，使我大吃一惊。信的内容让我怀疑，我所记得的那个严厉固执的老头儿是否只是一个我心中所幻化出来的父亲。我甚至考虑过要回家去当牧师——但那时我因为在监狱中感染的瘟疫高烧而虚弱不堪。伦敦是我的家，吉蒂就是我的家之所在。

The Last Confession of Thomas Hawkins

于是我留下来,继续去翻译那些妓女们的生活细节、喝酒赌博,对自己被束缚的狭小的生活感到厌倦。与以往同样的陷阱,已经将我套住过多次。我每周给父亲写一封信,对我的生活只字未提。我只谈谈我读过的那些书,或是和他说说宫廷及城里传来的消息。我向他描述我幼时身边的那些街道和建筑,以及我在城市中遇到的外国游客。父亲会用我几乎认不出来的歪歪扭扭的草书以作回复,字里行间的努力清晰可见。仅仅这一点就足以告诉我,他不会把心中的想法书写在纸上——他爱我。

我多么希望能在那个漫长而残酷的夜晚跟他说说话啊!我不需要他的忠告——我知道我必须做什么;也不是为了听他的教化,上帝保佑我——这些年来我已经听够了。我所渴望的是他的安慰和鼓励。我父亲会理解并同意我救爱丽丝的决定,尽管这威胁到我的生命,他会为我祈祷。

吉蒂永远不会明白的。要是能救出我,她肯定会把爱丽丝扔给一群饥饿的狼。的确,她并不知道,爱丽丝是绝对无辜的。然而,即使她知道了这些,行为难道就会有所不同?我问出这个问题却不知晓答案,这一事实令人不安。

最终,我独自一人在牢房里面对着事情的真相。为了吉蒂,我必须跟她断绝来往。她对我炽热的爱令她行事鲁莽,这是一段危险的爱情——一段她会为之冒着生命危险的爱情,一段她会为之而去杀人的爱情。

我可以蜷缩在门口等待。我可以明天走出纽盖特监狱,继续我以前的生活,而一个无辜的女孩会被绞死。

这从来就不可能。我以前的生活早就一去不复返了,这只是处在两个监狱之间的一个短暂的梦。我必须从那个梦中醒来,接受我的命运。阴影消失了。

光线透过铁窗,照亮了房间。我听到了女佣在牢房外扫地时扫帚的嗖嗖声和刮擦声。清早,吉蒂会急匆匆地穿过街道,篮子里卷着一件沾满血污的衣服,她急着要救我,却不知道这次轮到我救她了——救她的生命和她的灵魂。

我深吸一口气,准备好,练习我要说出的话,直到它们很容易地从我的舌头上吐出来。当狱卒过来的时候,我已经做好了准备,挺直了腰板,呈现出冷酷的神情,在心脏所在的地方留下了一个空洞。

"你疯了吗?"吉蒂大喘着气,她紧紧地攥着我大衣的边缘,像是想要唤醒我的理智一样,"看在上帝的分上,跟监狱长说实话吧。"

我们站在鲁斯先生的私人房间里,壁炉里燃着熊熊的炉火,桌上放着茶和几片蛋糕,就像我们是在拜访一位老朋友。吉蒂带着胜利的神情,将爱丽丝的那件血污长裙展开,铺在桌上。那件血衣躺在那里等待着检视,上面布满了斑斑血污,像一场噩梦般可怖。室内的热气将那些发霉血迹中的腥气散发到空气中。

鲁斯对着它点了点头,心怀着厌恶和愈发兴奋的感情进行检视。他刮下了一块干血痂,用手指把它捏碎。他可以为此向访客收取额外费用。"你说这件衣服是你家女仆的?"

"是爱丽丝·邓恩的,"吉蒂放开我的衣襟说,"就是在伯顿先生被谋杀的那天晚上,我们都看到她穿着这件血衣,拿着刀从阁楼里逃出来。先生,这件衣服证明霍金斯先生是无辜的,你必须立刻叫贡森先生来,我们会解释一切的。"

此刻,她紧紧地抓住鲁斯的外套,痛苦地撕扯着衣服。我退后了几步,她紧盯着监狱长的眼睛,看上去疯狂而绝望,非常幼稚。监狱长脱下外衣，转向我，不清楚这是怎么一回事。"呃，先生，你来说说？"

我犹豫着。吉蒂开始有些发抖。"不，"她低声说，"求你了，汤姆，求你了。"

"鲁斯先生，我倒是希望真有此事。但我不能把一个无辜的少女牵连进去，我从来没有见过这件衣服。"

鲁斯急促地吸了一口气。"斯帕克斯小姐，你这种行为太过恶劣……"

"这是我的罪过。"我回答。"斯帕克斯小姐是个傻姑娘，容易上当受骗，这件衣服是我的主意，昨晚我害怕了，在恐惧中我杜撰出了这个故事。可是，到了白天，"我向吉蒂瞥了一眼，"我深悟到自己不能把责任推给一个无辜的人。"

吉蒂困惑地瞪着我："你为什么说这些谎话？他们会绞死你的，汤姆。不要这样，不要！我受不了。"

"你看，先生，"我说着，强迫自己不去理睬她，"一个漂亮的、脑袋空空的小女人。我担心她会不顾一切地来保护我。的确，我敢肯定，如果她认为可以救我的话，她甚至敢说自己杀了人。"

"我想……"我看出他在考虑做出决定。制造伪证是一件很严重的事情，但我坦白出来了，他似乎也不打算惩罚吉蒂。

我把他拉到一边："她相信自己有爱情，柔弱的可怜虫。让我们大家都成了傻瓜，是不是？"

他眼睛低垂，神情变得柔和起来，遗憾地点了点头。

我进一步压低了声音："如果你能把这件事一笔勾销，我将不胜感激。"

他吮着下唇，掩饰着一缕笑容。他没有漏掉那笔暗地里的贿赂。

在监狱里，感恩是一回事儿——钱是另一回事儿。

我们握了握手——两个理智的男人，他们明白年轻姑娘的疯狂和愚蠢，而这些姑娘又让人心疼。这就是鲁斯看待世界的方式，我就正好利用他的方式。再编造出一个谎言，我就完事了。吉蒂的脸色变得苍白。她知道我在做什么——如果可能的话，她也会为我做同样的事。"我不是傻瓜，我不是头脑空空，我说的是实话，我还有另一个证人——"

"够了，"我打断她，"别再说了，吉蒂，回家去，不要再来这里了。"我瞥了一眼鲁斯："如果你能护送斯帕克斯小姐离开监狱，我将不胜感激，我不想再见到她了。"

接着，我一言不发地走出了房间，吉蒂发出一声低沉、空洞的泣声，那悲痛的声音在监狱的墙壁上回荡，然后没有了声响。我让等在外面的狱卒把我送回牢房。

当我们向监狱深处走去时，感觉到两边的墙壁全向我压过来。我停了下来，伸出一只手稳住自己，手指下的石壁冰凉潮湿。就在刚刚，我毁掉了自己最佳的——也许是唯一的——释放的机会。然而，我知道自己做出了正确的决定。如果我泄露了吉蒂的故事，爱丽丝就会被判有罪。毫无疑问，她会为此而被绞死。那么，我真的就害了一条人命。

这是有代价的，当然是有代价的。这就是牧师和主教从不在讲坛上讲道的秘密。他们津津有味地谈论罪恶的代价，但他们从不承认美德的代价，就像忍受痛苦一样。我失去了自由，也失去了爱人，我甚至可能失去我的生命。我得到了什么回报呢？我能正视着自己的眼睛说："我是托马斯·霍金斯，我做了我自己。"

现在只有两个人能帮助我。卡洛琳王后是我最大的希望。她没有办法阻止审判的继续进行,不过,如果她愿意的话,她可以说服她的丈夫赦免我。我不能逍遥法外——不会就这样免于死刑——可是,我的刑罚可减轻为七年的流放。

还有詹姆斯·弗里特。他是个危险人物,但并非没有权力和影响力。发生了这一切之后,他会来帮助我吗?也许吧——如果对他有利的话。

我们到了我的牢房,我凑近狱卒,在他耳边低声说:"我得秘密地带个口信出去。"

狱卒笑了。口袋里有钱,在监狱里行事要简单得多。

弗里特没有马上来,让我等了三天。与此同时,艾略特先生帮着我在为审判做准备。他现在对我只是公事公办的态度,冰冷寡言却不失礼仪地处理这件事情。这让我很受伤,虽然我没有表现出来。由于我被控谋杀,我必须在审判中提出自己的辩护,艾略特只能在具体的法律问题上支持我。他照我的要求给我拿来了书和纸,但没有说一句安慰或同情的话。我就是那个让吉蒂伤心欲绝的流氓——我无视她的探望,也不去看她写来的信。他有一次试着提起了她,我勃然大怒,命令他离开牢房,他就再也没有谈到过她了。在那之后,我有时会发现他在用眼角的余光瞟我,目光中充满了疑惑,但我不能冒险告诉他事情的真相。

他至少在不知不觉中做了一件有价值的事。在一堆要投递的信件中,我塞了一封写给巴奇先生的简短的信件,我在信中表示将坚定不移地为他的女主人服务,并请求她能出手援助。第二天,我收到了回复:*一切都在掌控之中,要有耐心*。艾略特把这封信连同其他信件一起递给了我,没有意识到他成了英国王后的信使。

临终告白

最终,詹姆斯·弗里特还是来了。那是一个安息日,我刚从教堂回来。六名囚犯被判处第二天施以绞刑。他们一起坐在房间中央的一张黑色长凳上。在普通监狱里,詹姆斯·格思里牧师进行了一场冗长而威吓人心的演讲。有几个被判有罪的囚犯哭了起来,还有一名囚犯当场被吓得小便失禁——说不清是心生畏惧还是喝醉了。当离他最近的人把脚挪开时,那条黄色的尿液缓慢地流过石板。我决定不再去教堂了。

詹姆斯·弗里特在我的牢房里边抽着烟斗边等着我。我进去时,他站了起来,两个人小心翼翼地握了握手。他重新坐在床上,而我则靠在墙上。那是一个霜降的清晨,后背靠着墙壁冰冷,使得我的神智极为清醒。在过去的这些天里,我的睡眠极差。

"我知道是山姆杀死了伯顿。"

弗里特吐出一长串烟,耸了耸肩。

"是你命令他这么做的。"

"他太蠢了,应该用枕头捂死那个混蛋,这样,验尸官就会认定他是在睡梦中死去的,那小子却在身上弄出九处刀伤……"他摇了摇头,"根本没办法掩饰过去,他搞砸了。"

我的双手紧握成拳头。当加芙列拉被砍伤,遭受着折磨时,心头一直压有重负。山姆是看着她母亲那晚被留下的伤疤长大的——那是他母亲脸上的伤疤,也是深埋在她心底的伤疤。当她夜复一夜地梦见自己回到那个房间时,山姆听见她惊恐的尖叫声,弗里特正是利用了这种仇恨,并将这种仇恨灌输给他的儿子当作武器。把山姆送到伯顿的隔壁去给他添堵,他是在期望什么呢?山姆最终杀死了那个坏人——只不过没有按照弗里特所期望的方式而已。

"我看错他了。" 弗里特说,"但这孩子总得开始上道。"

我什么也没说，我气得喘不过气来。

弗里特等待着。他看到了我紧握的拳头，知道我瞧不起他如此的行径。他不是那种会道歉或解释自己行事的人。他没有兴趣和我争论他的行为是否合乎道德。他很久以前就选择了这种生活方式，我现在也不能将他从这种生活中拉出来。我们两人，谁的境况更好呢？探视一结束，我们当中又是谁能以自由人的身份走出监狱大门？

"我没有告诉任何人。"我终于开口道。

"这就是你现在还活着的原因，霍金斯。"

我没有理他："我将保持沉默，但有一个条件。"

"吉蒂。"他猜到了。

"她对山姆和加芙列拉的事情都一无所知——多克西妈妈妓院发生的那些陈年往事。"

他的身子缩了一下，把目光移开了一会儿。这么多年过去了，他听了这个依旧愤怒。

"我什么也不会说——对我的律师，对陪审团。"我从墙边走开，走到床前，强迫自己坐在他旁边，好像我们是能随意相处的搭档，"你知道，我愿意做任何事来保护吉蒂，就像你保护加芙列拉和你的家人一样。所以，让我们说清楚。只要不动吉蒂，我就不会吭声。"

弗里特把烟斗从口中拿了出来，盯着烟嘴。"只要你死了。"

"是的。"我已经准备好了，我已经等了三天，等着他的来访，并且聪明地利用了我的时间，考虑了每一种可能的反应。

"我在这里安插得有人，只要你说出一个字，你的肋骨之间就会插上一把刀。"

"你可以动手，"我同意了，"不过你这样做就会引起怀疑，验尸官会调查的。"

"验尸官可以被人贿赂,我手下的人就算是死也不会泄露出我的名字。"

"不过,他会因为这事儿被绞死的。我想你会避免那样的后果吧?"

他吸了最后一口烟,烟丝在烟斗中噼啪作响,烟雾在他头上盘旋。"我不想伤害你,霍金斯,你对我来说大有用处,我杀人只是为了寻求利益或是自我保护。"

还有复仇。

他拍了拍我的手臂。"你得让我放心。"

于是,我将自己的想法和盘托出。我告诉他,我已经和吉蒂断绝了一切关系——自从她拿着爱丽丝的衣服来看我以后,我再也没有和她说过话或写过信。她什么也不知道——他相信这些,若是她怀疑是山姆杀的人,她此时肯定会告诉全世界。弗里特接受了这个事实。

吉蒂是一个不安分的人,即使她的生命受到威胁。

"我已经给王后传递了口信,我迫切地希望她能赦免我的死罪。如果真的能赦免,我很可能会被发派去做劳役。我想,也许会被流放。"

"嗯。"弗里特左右摇晃着脑袋,权衡着这些可能性,"要是没有赦免,你就会被绞死。"

我不安地晃了晃头。我没有从巴奇或是王后那里得到更多消息——但那张纸条上提醒我要有耐心。"如果我被绞死,那么你就更没有必要去伤害吉蒂了。我想你是喜欢她的。加芙列拉说你小时候就认识她。"

"够了,"弗里特举起一只手,"别再说了。让我想想。"他盯着地面,痛苦地停顿了很长时间,然后,他突然果断地收起烟斗,伸出手来，我握住那只手。他的右手撑在膝盖上，慢慢地站起身来。作为一个帮派的头目，他已经老了。他肯定撑不了多久了。如果能得到赦免，那将成为我一生的使命——比詹姆斯·弗里特活得更久。

他重重地敲门以引起警卫的注意。那些狱警们正在牢房的另一端玩牌，过了好一会儿才把他们叫过来。弗里特双手插进口袋之中，漫不经心地等待着。"你在这里过得还好吧？"

"还算勉强。"

"有什么需要的？"

不需要你来帮忙。吉蒂还在向艾略特支付律师资费——我想——还有我在这里欠下的其他债务，我怀疑我的账单上已经远远不止几个基尼了。在过去的几天里，我没有了胃口。

"应该让那名女仆来顶罪被绞死。"

"她是无辜的。"

"你也是无辜的。霍金斯，在这个世界上，名誉可是无价的。它能比瘟疫还要迅猛地将你置于死地。"

第二十章

　　从那以后，日子无情地缓步而行至审判的时日。贡森做好了对我进行审判的前期准备工作，并找到了一长队满怀愤恨的市民来对我的性格进行抨击，作出不利于我的陈述，他们中的大多数人都向礼仪改革协会进行过募捐。

　　并没有明确的证据表明是我谋杀了伯顿，这桩谋杀案没有目击者。然而，我曾经当着十几个邻居的面对伯顿进行过言语威胁，说要杀了他，其中许多人都愿意出庭作证。在此情景之下，我还能恳求谁来捍卫我的人格荣誉呢？我的父亲身体不好，没办法长途劳顿，而我的妹妹必须跟他待在一起。他们两个都向法庭传递过书信，文中悲痛欲绝，提及到我善良温柔的天性，还有什么能够摆上台面可说的呢？我浪荡不羁，又沉醉于赌局，因此类可耻行为而被逐出教会。身边大多数有一定身份地位的那些朋友早在几年前就远离了我，而新交的那些朋友在贡森第二次将手铐铐在我腕上时便已消失不见了。

　　如果有更多的时间，我应该可以请求两位老朋友前来帮我辩护。其中一位朋友在苏格兰，因生意抽不开身，他冒着损害自己名誉的风险写了亲笔信为我申辩；另一位则是来自牛津的朋友，此时他正在欧洲大陆上旅行，等到这个消息传到他那里时，估计我的官司早已经完结了，不管是什么样的结果定论。

　　还有我的那位老朋友查尔斯——自从经历过马夏尔西监狱的那件事之后，我们就再也没有说过话。查尔斯。我都已经想不起他来了。

那里只有残忍和苦痛——块黑布蒙蔽在了我们的友谊之上,永远。

吉蒂当然会坚守事实,可是我不能让她搅和进来。

我只有自己——孤独并不适合于我。我是一个喜欢有人陪伴的人,越热闹感觉越好。日复一日,我独自一人坐在牢房里,精神衰弱,骨瘦如柴。然而,我发现自己除了伸展一下四肢以外,连和其他囚犯说话交谈的勇气都没有,甚至不敢冒险走进庭院里。我深埋于狭小的牢房内,对周围的环境几乎变得麻木,仿佛是想蛰伏起来躲避所有的烦忧。我也失去了食欲,以至于鲁斯先生开始为此担心,给艾略特带信让他来探视我。艾略特看上去一脸的疲倦神色——多萝西在我被捕的第二天生下了孩子,也许是新出生的婴儿影响了他的睡眠。不过,更有可能是为伦敦最臭名昭著的恶棍做辩护工作带来的压力所致。

"你身体不舒服吗,先生?"他扯过一把椅子坐到我的床边问道,从他脸上,我并没有看到任何怜悯的迹象。

我无精打采地躺在床垫上,一只手拂过额头。我该怎么去解释自己当初狠心地把吉蒂从我的生活中推开时,我是在为她伤心?我知道她每天都会到监狱来,结果都是被人给赶走。她每天也会给我写信——贿赂狱卒把信直接送到我手里。每天我都会把那信扔进火里,一个字也不去看。"请转告她,"火焰舔舐着纸页,我对守卫说,"告诉她,她是在浪费时间和金钱。"于是,她开始在信封上写信,用大写加上画线来强调。<u>看这封信,该死的!</u>以及,<u>汤姆,你必须让我来帮你,你这个顽固的混蛋</u>。我全心全意地爱着她,但依然还是把她的信扔进了火里。

"全城的人都站在你的对立面。"艾略特说着,递给我一张他在莫尔书店看到的钉在墙上的大字报。文字详细描述了伯顿的死状——九

临终告白

处刀伤,刀子直插入心脏,刀柄直没在胸口。朱迪思那凄厉的"杀人啦"在夜空中回荡,"使所有听到这些声音的基督徒的灵魂都深感阵阵寒意。"还有素描版本,其中一张是我被捕时的情形,当时我没有戴帽子,正在和警卫搏斗反抗。另一幅画上则展示了谋杀的现行。艺术家画出了这样的画面:伯顿躺在床上很快入睡,我站在他的床前,手中高举匕首,正准备行凶,画中的我看上去像个恶魔,大咧着嘴露出惊悚的笑容。

我把纸揉成了一团,倒在床上。

艾略特凑了过来。"霍金斯,你没有看到自己所陷入的危险处境吗?看在上帝的分上,你究竟是怎么了?你为什么不为自己辩护呢?"接着,他压低了声音问道,"人是你杀的吗?"

我极为愤怒地瞪了他一眼:"不是。"

他恼怒地抽着鼻子说,"不是,你总说不是,却不肯再多说,这样远远不够,先生!你是想被绞死吗?"

我用手捂住了脸,尽管我尽了最大的努力去抑制,还是忍不住哭了起来。

恢复好情绪之后,我擦了把脸,坐了起来。艾略特并没有来安慰我,也没有说什么善意之言,但他的表情变得温和了一些。他拾起了那张被我揉得皱巴巴的大字报,在膝盖上将它抚平。"我们必须要对此做出反击,你得和我说点什么,让城里的人们知道,让他们听到你的声辩。"他犹豫了一下,清了清嗓子,"笛福先生主动提出要来探视你,写写你的故事……"

丹尼尔·笛福! 好吧,他写了杰克·谢泼德的故事,也从中大赚了一笔。

"他倾向于相信你是清白无辜的,"艾略特说,"检控方的理由并不充分，霍金斯，你正在接受的是城内居民们的审讯，笛福可以使他们转变想法，还记得他被囚禁时，那帮民众是如何保护他的吗？他想跟你和吉蒂谈谈——"

"不行！"我跳了起来。如果弗里特怀疑我找来丹尼尔·笛福来讲述伯顿被谋杀的真实事件，他会要了吉蒂的命，我也一样没命。"我绝不允许，"我情绪激动地说，"你明白吗，艾略特？不要和笛福先生再多说什么，也不要再和任何人说这些。"

艾略特从椅子上站了起来，深感困惑，一脸的沮丧。"您是怎么了，先生？吉蒂深信你是无辜的，可是你的行为表现仿佛你是有罪的。"他叹了口气，鼓起他那肥胖的双颊，"我从事法律工作已经三十多年了，我能看得出来你是在隐瞒什么，我是你的律师，先生，我有责任保守你的秘密，你必须相信我，你必须把一切都告诉我——否则我帮不了你。"

这话在我听来极具诱惑力。我的天啊，我多么渴望自己最后能卸下身负的重担，隐瞒实情让我深感痛苦；我的梦是噩梦，醒来的时候会更痛苦，但我不能去冒险！如果他把实情告诉吉蒂呢？如果他根据我透露的些许信息洞察了事件的真相呢？

"没什么好说的，我没有杀人，就这些。"

艾略特垂下了肩膀。"我明天早上再来看你——"

"——不，别再来了，先生，谢谢您，不过我们没有什么可谈的了。"

"霍金斯先生！你的审判定在后天……"

"我很清楚具体日期，先生。"

艾略特皱起了眉头。"我想你是下定决心要上绞刑架。"他一脸挫败地说，"好吧，那至少吃点东西吧！看在上帝的分上，叫个理发师来修理下你的头发,陪审团希望在周四能看到的是一位年轻的绅士,而不是鲁滨逊·克鲁索。"

他走了,心中肯定是在暗自骂我。在艾略特看来,我到底是个什么东西?无所事事、酗酒成性的花花公子,没有责任感的浪荡败类,钻进了钱眼儿里,只会大肆挥霍吉蒂的财产。艾略特并不了解我的内心,固执、任性,这是我父亲在我幼时最爱对我做出的评价。我可以在适合我的生活方式中快乐地度过这一生,但当我下定决心要做一件事的时候,我就再也不会屈服。

尽管如此,艾略特此次的探视并非毫无意义。我不能冒险把我的故事告诉笛福先生,但如果我能想出一种方法,自己秘密地记录下来,并详细说明如何安全地保存下来的话,那么自我被关入纽盖特监狱以来,一直笼罩在我周围的那层浓厚的、潮湿的、忧郁的迷雾就会稍稍消散。我的未来不再由我自己决定——而是掌握在十二个男人和一个女人的手中,但是过去的事情仍然属于我。

于是,审判的日子来到了——那是2月26日,星期四。我接受了艾略特的建议,在黎明时分找来了监狱里的理发师。当他看到覆盖在我头上和脸上那层浓密的黑色发楂时,他便开始喃喃地抱怨——自从我被捕以来,我就再也没有刮过胡子、修理过头发。他花了三个半小时,才完成了修理的工作。等他离开后,我穿上我那套式样简洁的黑色马甲和马裤,没有镜子,我只能猜测自己的模样,从衣服吊挂在我身上的情形来看,我想自己一定是形容憔悴、瘦骨嶙峋的悲凉模样。且因缺乏睡眠,我双眼疼痛。好吧,没有什么可做的——的确,如果我炯炯有神地走进法庭,这才会显得很奇怪。

扯着领带,我的手开始颤抖起来,于是停了下来,坐在床上。我

The Last Confession of Thomas Hawkins

从来没有像现在这样感到如此孤独,我终其一生都在寻求他人的陪伴,在一大群人的喧闹之中寻欢作乐,而今,只剩下一片寂静和一间冰冷的牢房。那些朋友们要么已经离去,要么没办法前来相助。而我的家人又远在千里之外,我的妹妹给我写了好几封信,看到那些信我掉下了眼泪,因为我知道,只有她永远相信我是清白无辜的。可是,我给她带来了怎样的耻辱啊!

有这么一个声名狼藉的哥哥,她现在怎么能找到丈夫呢?我亲爱的妹妹简,总是对我那么好,可这就是我给她带来的回报。我闭上了眼睛,想象着自己回到了家中,行走在以前的那条海边小道上,在无边无际的天空下海面上闪闪发着光。一股咸咸的、清新的空气在我的舌尖上荡漾。

隔壁的牢房有人拉起了小提琴,并唱起歌来。那是一首古老的歌谣,用新填的词在吟唱。

汤姆·霍金斯是一个牧师的儿子

他的内心之中满是邪恶

他犯下了一桩恶劣之罪

用刀捅杀了乔·伯顿

他的手上鲜血淋漓

所以他要被关进囚车上刑场

绳索套上他的脖子

这名绅士即将被绞死

咔嗒,钥匙插入锁孔的声音。鲁斯先生进入了牢房,他的肩上搭着一套锁链。在过去的几个星期里,他除去了我手脚上的锁链,没有让我的手脚受束缚,可现在,我又得戴上枷锁,让全世界都看到。我站起身来,让他在我手腕上套好手铐。这只是一出戏,我对自己说,

临终告白

只需扮演好自己被赋予的角色，你就会得到赦免。他们领着我从牢房穿过，经过之时，我的那些狱友们正在互相喊叫，大声地开着玩笑。我可没想过要在纽盖特监狱这样的地方去交朋友，一直尽可能地待在自己的牢房里。我不去忏悔，也没有和那帮吃喝嫖赌的下等人混到一起，等着最后上刑场。最为糟糕的是，我始终在坚持自己的清白无辜，此举将好人和恶人都一同得罪了。所以，当我从监狱中间走过的时候，并没有狱友的情谊体现。他们又唱起了关于我的那首歌送我上路，而狱卒们则在一边兀自笑起来。

我安慰自己说，巴奇此时还在想方设法保我获释。他又来过一封信，信中简短地说，他的女主人希望这件事能在审判时解决好，希望我能在没有她出手的情况下被释放。我也希望如此，就像人们希望自己能飞起来或是在空中抢到金币一样。愿望总是美好的！

一行人走入了街道下面的一条通道，这条通道将监狱和老贝利（中央刑事法庭）连接起来。一路上，我身上的锁链叮当作响，声音在通道之中回荡。艾略特站在通道的另一端正等着我们。

"你看上去不太好，先生。"

"你总不会让我像春天的羊羔一样蹦蹦跳跳吧？"

"皇家议会已经传召了吉蒂来作证。"

我惊恐地盯着他，他似乎从我的反应中得到了一些安慰——这证明我至少还算体面，还一心想着要维护吉蒂的名誉。"她想为你辩护，你可以让她作为人证。"

我摇了摇头，天知道为了救我，她会说些什么出来，艾略特叹了口气，看起来还在期待着我的回应。看到他神色沮丧的样子，我一时冲动地抓住了他的手，对他说着："谢谢您，先生，谢谢您所做的一切。"

他啼笑皆非,仿佛在说,*你什么事也没让我做。*

"你是个善良的好人,艾略特先生,也是一位出色的律师。"

"是的……"他瞥了一眼法庭,法官和陪审团正在那里候着,"可是,你是个什么样的人呢,霍金斯?恐怕我也无法判断出来。"

于是,我们进入了法庭,全世界都知道接下来会是怎样的情形,这里我就不再写了。再一次置身于这种地方,汗水顺着我的背往下淌,我口中发干,害怕得几乎不能呼吸……在我的周围是一排排的观众,他们其中有一半都是我的老熟人。那些人都伸长了脖子想看清楚,好像这是剧院上演的一出戏剧,而不是我真实的生活。詹姆斯·弗里特就在那儿,静静地缩在阴影处,以确定我的言行不会有变。

而坐在第一排的查尔斯·霍华德则始终面色沉郁、怒目而视。当最后的判决结果出来时,他站起身来,拿起帽子,推开旁边的人,走向过道。我离他不到两英尺远,看守们给我套上了锁链,要把我带回监狱。霍华德笑了,笑得露出了牙齿,可当我独自一人身处牢房之内时,我记起的是他那双眼睛,那双闪烁着胜利的冰冷寒光的眼睛。

第五部

临终告白

> **审判通知**
>
> 被审判人：托马斯·霍金斯
>
> 审判地址：中央刑事法庭
>
> 审判时间：1728年2月26日
>
> 审判事由：考文特花园木艺师傅约瑟夫·伯顿先生谋杀案
>
> 伦敦
>
> 由伦敦及威斯敏斯特的书商印制
>
> 印发于圣保罗教堂周边
>
> 1728．[Price 6d]

被告于上午九点整被带入法庭接受审判，众多权贵人士入场听审。旁听席上，三教九流、各色男女皆有。被告在审讯过程中拒不认罪。

在法庭上宣读的公诉书上这样写道：托马斯·霍金斯先生，曾就学于神学院，性情暴戾、惨无人性，对约瑟夫·伯顿进行谋害，残忍地将受害人谋杀于其卧室内的床榻之上。被告人用一把长刀刺中受害人多达九处，其中一处在心脏位置，伤害力道甚大，刀刃深入体内没至刀柄，导致血液喷涌而出，受害者不久便殒命于血泊之中。

皇家法庭的公诉正在继续："众所周知，被告席上的犯人对他的这位受害人邻居极其厌恶和憎恨，被告曾多次对不幸的受害人进行威胁，叫嚣着要殴打和弄死受害人，以上情形均有目击证人。"

公诉人接下来念道："被告通过各种方式入侵被害人的房屋。被告所在的房屋位于罗素街，他在自家阁楼和邻居家房屋之间打通了一处隐蔽通道，供其随时出入。被告正是从这处密道，偷偷潜入了受害

The Last Confession of Thomas Hawkins

者的房屋,并残忍地将其杀害。

"在实施谋害暴行之后,被告企图混淆视听,极不道德地让无辜人群卷入犯罪嫌疑的范围内,包括死者的儿子斯蒂芬·伯顿、女儿朱迪思·伯顿,以及死者的徒弟奈德·韦弗。被告有幸在其青少年时期接受过良好的教育,即便如此,他却在此案中冷酷残忍地谋害他人性命,东窗事发之后懦弱无担当,各种狡辩,拒不认罪。"

为了证实公诉书中内容,法庭传召了数名证人出庭作证,首当其冲的便是死者的女儿朱迪思·伯顿。在法庭上宣誓之后,她指明霍金斯曾多次威胁她的父亲,而她于1月12日的早上在家中发现了约瑟夫·伯顿的尸体。

在被法官问询"在你发现伯顿时,他是否已经死亡?"时,她回答道:"是的,是的,在他的心口位置上插着一把刀。"说到这里,因情绪过于激动,涕泗横流,她再也说不出话来。法官们让她服下了镇定剂,以缓解她的紧张情绪。恢复之后,大法官又问道:"在你发现你父亲的尸首时,有没有想到是何人所为?"她的回答是杀人凶手绝对是霍金斯先生,是他谋杀了她的父亲,因为他曾摆出过要杀了伯顿的话。说到这里,她再次泣不成声。

被告向法庭提出请求,对证人直接问话,却被法庭驳斥。法官们认为证人此时正处于失去亲人的悲痛之中,况且被告人在被逮捕之前也曾对证人进行过逼问,并无所获。对于驳斥的理由,旁听席上一致认同。

死者之子斯蒂芬·伯顿在法庭上宣誓说,他曾听到被告多次对他的父亲进行威胁。霍金斯经常出入妓院和赌场这样的污秽场所,与下流人群往来密切。因此,他的父亲一直认为霍金斯是个残暴危险的家伙。自打霍金斯住到这里,他父亲就忧心忡忡,当被问到他的父亲对被告是否惧怕，斯蒂芬答道："是的，他确实害怕霍金斯先生！"

霍金斯质问证人是否亲眼见过自己殴打他的父亲，或是对他的父亲有任何暴力行为。斯蒂芬回答："没有亲眼目睹过。"

霍金斯接着发问，你们的父亲不是经常对你进行殴打吗？对你的姐姐也是。

斯蒂芬没有吭声。在法官的催促下，他说："是的，不过他是在教育我，我心甘情愿。"

奈德·韦弗是一名木工，也是死者的学徒。他确认了朱迪思发现尸体这一事实，也作证被告确实威胁过他的师傅。不过，他又补充说当时自己喝了很多酒，头脑并不清醒。接着，他描述了两幢房子之间的那条秘密通道，并认为被告人头脑灵活，有杀死约瑟夫·伯顿的可能性。此外，他说并没有足够的证据证明被告杀了人，他也不相信以被告的品性会做出这样残忍的恶行。法庭打断了他的话，申明案件结果应该由陪审团来决定，并要求奈德退下。

法庭随后又召集了凶杀案所在地附近的各色人等，包括面包师的老婆汉娜·詹金斯、药剂师埃弗雷特·费尔布雷德，以及赌徒乔西亚·伯切斯。所有人都证实霍金斯曾对死者暴力相向，两人之间仇恨颇深。伯切斯作证说，霍金斯在镇上声名狼藉，是一名无所事事的赌徒，和娼妓之类的下流女人往来密切。

霍金斯反问这位"目击证人"，这些说辞是否更适合用来描述证人自己和半个镇子的居民。这席话引得旁听席上那些下等人哈哈大笑。法官要求保持肃静。

当费尔布雷德被问到是否同意邻居的证词时，他说，在他看来，所有的人都有杀人的可能性，其他人的嫌疑并不比霍金斯先生少到哪儿去。

詹金斯夫人作证说，谋杀案发生后，霍金斯对受害者的家人施加了压力，冷漠且狂妄地对受害者家属进行盘查。他还坚持以不体面的方式去搜查整座房子，让死者的那些可怜孩子们遭受更大的悲痛。大法官问道："被告在调查中有没有发现什么有用的线索？"

詹金斯夫人说，他没有发现什么有用的线索，法官先生。她本人真切希望他能对自己的恶行感到愧疚。

下一个被传召来的证人是贡森先生，他是威斯敏斯特自治区的治安官，也是礼仪改革协会的成员。他的证词逻辑清晰，还提供了文字记录，上面阐述了他怀疑霍金斯是杀人凶手的缘由，以及他对被告人进行拘留，并就此案对被告进行严密审问的过程。

霍金斯打断了他的话，质问：凭什么在完全无证据的情形下随意进行逮捕，还下令把人锁在墙上不吃不喝地长达几个小时？

贡森先生回应道：着实抱歉，因为犯人拒捕。

霍金斯继续质问：难道就得因此受尽折磨，活活渴死？

贡森先生承认了这一点，"确实应该给犯人水喝。"但他认为当时的情况特殊，希望法庭能够原谅这微不足道的过失。

霍金斯反驳：先生，请以上帝的名义起誓，您的这些证据能证明我就是行凶者吗？

贡森：我认为人是你杀的，先生。

霍金斯：这不是"认为"的问题，先生。证据充足吗？

过了好一会儿，贡森才回答道，整体而言，证据也许还不算完整。接着，他补充道，所有人都知道谁是凶手，行凶者却利用计谋和能力让自己脱罪。他向法庭描述了犯人是如何蔑视法律，在权势朋友的帮助下逃脱了正义的囚禁。

霍金斯：如果我有这样的朋友，为什么我现在还能站在这里？

临终告白

贡森：也许他们已经放弃了您，先生。

贡森继续说下去：被告人曾经拥有良好的家境和前程，却选择挥霍掉这些上帝赐予的礼物。他的身上有种种优点，正因如此，他的罪行才更让人发指。对于那些被引诱至罪恶深渊中、行事放荡不羁的年轻人来说，严惩这位被告人正是一个极好的教育范本。贡森对霍金斯加以劝诫，让他把这次审判看作是为他来生所要面临的更大的审判之前奏，否则就有被诅咒的风险。他敦促被告向无限慈悲的上帝认罪并忏悔。

霍金斯再次坚持自己无罪，无论是灵魂或品格都不能拿到法庭上来作审判之用。审判只能靠证据！而且，贡森作为一个知法懂法的公务人员，他自己也深谙无须答辩①的法律原则。

贡森觉察到眼前的这名被告在法庭上博学而多智，比生活中的他增色不少，不禁为他在赌博、酗酒和肉欲享乐中肆意挥霍的生命深感惋惜。

被告直接骂出一句粗话，被从法庭笔录中划掉。

法庭又传召了爱丽丝·邓恩，她是谋杀案发生时死者家的女仆。她证实是朱迪思·伯顿发现了死者的尸体。不过，她看起来异常焦虑，拒绝回答法官向她提出的问题，招致法官的严厉斥责。经过一系列的拷问，她终于承认庭上的被告知晓两幢房屋之间有密道的事实。

法官：伯顿先生被杀害之后，你离开了伯顿府上，去了被告人家

---

① <英>在刑事诉讼中，在控诉方举证之后，被告方以指控不成立为由，请求法庭宣告其无罪。在下列两种情形下，被告方的这一请求成立：1.所指控罪行的关键构成要件无证据予以证明；2.控方提供的证据经交叉询问后证明是虚假的，或该证据明显不可信，以致任何理智的法庭都不会据以作出有罪的认定。除此之外，在控辩双方拟向法庭提供的证据均已全部出示之前，法庭不应作出定罪或宣告无罪的裁决。

里干活,是吗?

爱丽丝·邓恩:先生,是斯帕克斯夫人雇用了我,她对我很不错。

法官:难道不是因为你勾引了你之前的主人,然后被伯顿小姐驱逐出去吗?想必这才是真正的离开原因吧。

爱丽丝·邓恩:法官大人,请尊重——

法官:证人需要回答上述问题。

此时的审问被霍金斯打断,质问这个问题与本案有何关联,况且犯人无需受审。他向法院提出抗议,不希望一名体面的年轻女子因他受到不公正的对待。经过一番深思熟虑,法庭令爱丽丝·邓恩退下,然后传唤了最后一名证人凯瑟琳·斯帕克斯。

凯瑟琳·斯帕克斯被问及自己与被告是如何相识,她回复两人是在马夏尔西监狱里认识。

法官:现在你们二人寡廉鲜耻地同居一室?

凯瑟琳·斯帕克斯回应,这是她自己的房子,她可以邀请任何一名她喜欢的男人一起生活。

法官:你和被告在监狱里就睡在了一起?

凯瑟琳·斯帕克斯:这跟你无关,先生。

法官:你是个声名狼藉的妓女,邻里早已众所周知。

凯瑟琳·斯帕克斯:如果大家都知道,为什么还要来问?

法官:证人请——

凯瑟琳·斯帕克斯:众所周知,皇家法庭的法官一周要去(此处污秽之词被删除)三次,而且在(此处污秽之词被删除)的时候总喜欢(此处污秽之词被删除)。

法庭下令,要求遵守法庭秩序。

临终告白

法官提议在审判结束后对证人凯瑟琳·斯帕克斯进行逮捕，并对她藐视法庭的无礼施以鞭刑作为惩罚。

凯瑟琳·斯帕克斯注意到法庭理事会的注意力全部落在了"鞭刑"和法庭记录中被划掉的那些不雅描述上。

法官询问凯瑟琳·斯帕克斯和著名的医生纳撒尼尔·斯帕克斯有无亲戚关系。

凯瑟琳·斯帕克斯：他是我的父亲，先生。

法官声称纳撒尼尔·斯帕克斯是一位体面的正直之人，看到他的女儿处于如此堕落的悲惨境地，深感痛惜。

凯瑟琳·斯帕克斯对法官示以谢意。她说，除了眼前的这个麻烦，她对自己的生活非常满意。她详细地讲述了被告人霍金斯对她和各色人等的善良和温柔，并发誓说他没有杀人。她深信被告不可能做出这等残忍之事。而且，在谋杀案发的那天晚上，他一直在她的身边，绝无可能前去杀人。

被告这时开口对她进行提醒，说：这是法庭宣誓后的呈辞，万不可为了帮他洗白罪名而作伪证。

凯瑟琳·斯帕克斯激动地回应道，被告能无所畏惧地说出上面的话，她深感欣慰。在这件事情上，被告完全没有考虑到她内心的感受，她多次以不同形式进行请求，但被告始终拒绝回复她的信件，也拒绝与她会面。况且，在庭审上他什么都还来不及对她说，却提醒她别做伪证，这明明会给他俩招惹出更多的麻烦，难道这不是极为愚蠢的做法吗？她呼吁整个法院来作见证，被告的所作所为已经证明了他并非狡诈之徒，而且绝对不可能是杀人凶手——不仅仅因为他心地善良，这点她绝对认同，而且他的头脑已经愚笨到令人深感棘手的程度了。他竟然还能在这世间存活如此之久，这真是个奇迹！令人更觉诧异的是，她竟然如此关心他——上帝保佑——她呼吁陪审团要根据事实依据来断案，而不是拿被告那令人匪夷所思、怒火中烧的行为来裁决此案。她转向被告，问他是不是已经疯了，他应该被送进疯人院而不是监狱。难道他没有看到她的心都已经碎了吗？说到这里，她痛哭流涕，尽管那被告没有作出回答，但已然动容。

之前在几个关键性的时刻，法官一直都未能插进话来，于是，正好趁此机会结束了凯瑟琳·斯帕克斯的陈述，让爱丽丝·邓恩将她带了下去。

法官：看到这样一个生机勃勃的年轻女士被邪恶之人给毁了，深感遗憾。对于那些与邪恶之人鬼混的女人来说，这也不失为一个教训。

接着他一声令下：被告，你已经听到了对你的指控和证言，现在你站起来为自己辩护。

被告：在上帝的誓言下我被指控谋杀，但我没有杀人。我承认，我确实威胁过死者，但那是在我受到激烈挑衅之后心情不好且醉酒状态下的行为。死者恶意在镇上散布不实传言，并对我做出威胁。我错在言语上的暴力相向，但实质上并无谋杀行为。事实上，我对暴行深恶痛绝。我绝不可能用刀去捅死人，就像我不可能把刀刺入自己的心脏一样。

法官大人，除了传言和猜测，法庭并没有提供任何证据证明我触犯了法令。我以我的灵魂起誓，我没有行凶杀人。请求法官和陪审团以事实依据而不是以我本人的性格来裁决。我承认自己一向行事乖张、放荡不羁，希望上帝保佑我，让我能度过此劫数，幸运地活下去做一个好人。

法官询问被告，你仍然认定凶手是死者其中的一名子女，要么就

临终告白

是他的徒弟奈德·韦弗?

被告回答道,不。他承认,为了证明自己的清白,他对死者的家人带来了伤害,向他们表示歉意。他补充道,他认为是有人悄悄潜入屋内,却被受害人发现,于是就残忍地把人给杀了。

法官:请问被告,门窗紧锁毫无撬开的痕迹,这该如何解释?

霍金斯:我无法解释,先生。我此刻毫无头绪。但我发誓我没有杀人。

法庭询问被告是否需要传唤证人为其辩护。

霍金斯:很遗憾,我没有证人可为我作辩护,大人。

法庭认为,在这样的时刻,连朋友或家人都不肯出来为其辩护的人必然品性卑劣。陪审团在审议时应当考虑到这一事实:整个国家没有一个人为被告作辩护。

被告在这里为自己作了辩护。

法庭随后以敏锐的洞察力和观察力向陪审团总结了种种证据。被告是否有罪需由陪审团决定。没过多久,认为托马斯·霍金斯犯有谋杀罪的判决就这样被记录了下来。

第二十一章

陪审团判定我的罪名成立。陪审团的十二位成员对我的辩护无动于衷，他们甚至都没有离开审判室去仔细考虑，就定下了我的罪名。匆忙的讨论，简短的点头，审判就这样结束了。往常我和朋友们坐在一起商定我们的晚餐安排，都要耗费比这更多的心神和思量。

朋友。法官说的是实话——若是一个人在陷入生命危机之时，连一个为他说话的朋友都没有，那么这个人又会好到哪儿去呢？我在人群中发现了几个老朋友，他们看着我为自己辩驳，就像是在玩一场九柱戏似的。毫无疑问，他们定会在我多久会被绞死的时间上押注，在过去的几年里，我把他们当作朋友，他们却没有一个出来替我说话。

警卫带我穿过法院，人们在我背后嘲讽着我。我一路走向监狱，回到我那间有着厚厚石壁和狭小窗户的牢房，根本没有听到他们在说什么，也根本没有在意他们在说什么。我想起了吉蒂，她离开法庭时，把头埋在爱丽丝的肩上哭泣。当我被拖走时，我看到弗里特赞同地点了点头，我们的交易到此结束了。我还想起了查尔斯·霍华德，他心满意足后得意的笑容。弗里特和霍华德……在我们这个时代，这些人是成功之士。

我瘫倒在门边，因震惊而头昏脑涨。尽管我已经为这一刻做好了准备，但它还是给了我当头一棒。罪名成立！我将成为一名杀人犯，永远受人谴责，仿佛有一块砖头卡在我的胸口。

天色渐暗，身影渐长，我一动不动地呆坐着。寒风从窗户吹了进来，我从床上拽下毯子来，裹在肩膀上，那毯子很薄，不怎么管用。不知什么时候，一个声音响起，问我愿不愿意吃晚饭，我一想到食物就受不了，今晚不想吃。我揉了揉眼睛，累得筋疲力尽，却无法入睡。

我又想起了吉蒂，她穿着翡翠色的长裙，脸色阴郁，人看上去削瘦了一些，以前柔软丰满的颧骨已变得如今有些突出。她一直望着我，希望透过我那副冷漠的面具看到更多的东西。我强迫自己不去与之对视，眼中不带有丝毫情感，把自己真实的情感埋藏于内心深处不可触及之地。

尽管如此，此刻我还是会想起这些。我在黑暗中紧紧抓住它们，这是我所剩下的一切。

第二天，有人来探望我——终于，她带来了最后的希望。

贝蒂深夜出现在我的牢房里，用黑色的马术帽遮住了面部。定是她贿赂了值班的监狱看守，让他别多做声。她溜进门的时候，监狱看守伸手去摸她的屁股，但他什么也没抓到，除了稀薄的空气。贝蒂在莫尔咖啡馆工作了两年——她知道如何避开这些轻浮的举动，使之看起来像一场意外。事实上，这是贝蒂的绝技——扭动身躯、转身、躲避那些不良举动，既不会令人反感，也不会引起别人的注意。

门咔嗒一声关上了，室内就只剩下我们两人。她摘下了帽子，却紧紧地裹住斗篷。即使是在绅士专用的牢房里，空气也是阴冷潮湿的。她看到了我那狭小的牢房，看到了我衣衫褴褛的模样，以及又一个不眠之夜在我眼眶留下的黑色眼圈——隔壁牢房里的那个人整晚都在疯狂地胡言乱语，高声尖叫着说他下了地狱，祈求上帝的宽恕，之后，他安静了下来，而我躺在黑暗之中，没有蜡烛，寂然无声的夜显得极为沉重压抑。周围如此的黑暗和寂静，让我产生了一种奇怪的恐惧：我已经死了，困在我的棺材当中。当黎明来临时，我才记起自己身在何处，知道自己还活着，我感到了片刻的宽慰。

贝蒂放下带来的沉重的篮子，那里面装着面包和奶酪，一瓶红酒、蜡烛、纸、羽毛笔、墨水，还有几本书和一床厚厚的毯子。我急切地抓住了篮子："谢谢你。"

看到我这么不顾一切的绝望模样，她显得有些尴尬，退缩了一下，把目光移开，可是，她又能看向哪儿呢？一间狭窄的房间内，只有一张床、一张桌子和一把椅子。厚厚的石墙上刻着与我同样不幸的死囚的名字。

瓦伦丁·卡里克　1722

L.伦尼，20岁　上帝宽恕我的灵魂

亚伯拉罕·德瓦尔　我是无辜的

这些人都已经被绞死了。

我看向了贝蒂，她也看向我，就像我们第一次见面的那天晚上一样，我们曾在那处挤满了人的房间里互相调笑。而如今，我们站在空空的牢房里，相对无言。贝蒂在莫尔咖啡馆工作了很长时间，但我从未见过她像现在这般的疲惫。她棕色的皮肤暗淡无光，她是不是生病了？她的双眼充满了红血丝，难道她哭过？是因为我吗？

她一根手指探入帽下，理了理她的卷发。"我有个好消息。"

这让我感到有些意外。如果有好消息，她为什么看起来那么悲伤？

"巴奇先生已经和王后谈过了，你将会得到赦免。"

愣了片刻，我才明白自己有救了。我高兴地大叫了一声，松了一口气，跪倒在地。我失去了思考的能力，也说不出话。贝蒂跪在我旁边，盯着我的脸："霍金斯先生？"我把她搂在怀里，双臂环抱着她的腰。"我要活下去。"

她任凭我抱着她那么一会儿的时间。"这份赦免需要付出代价。"我的心猛地一沉。她不需要解释。王后现在可以向我提出任何要求，我只有无条件服从一切，而且，判决仍然具有法律效应，即使是得到了赦免，我这辈子都会背上杀人犯的罪名。对此，我并不在意，以后也不会在意。不会被绞死——这才是最重要的。"我能活下去了，贝蒂。"

她的头侧向了一边，好像有什么话要说。她曾经向我警告过这一天的到来。她恳求我逃跑的时候，我并没有听她的建议；如今，我的生命已经不再属于我自己了。但，这就是生活。我将拥有一个又一个的明天……总有一天，我会找到机会摆脱王后的控制。

贝蒂转向篮子那处，摆出了一顿简单的晚餐。她给我俩一人倒了一杯红酒，我们坐了下来，宛若一对老夫老妻。

"什么时候宣布赦免？"

"我不知道，晚点儿吧，我想，巴奇让你要有耐心。"

我放下了杯子。"还有十天，我就要上绞刑架。"

贝蒂的眼里闪着泪光，看起来一副焦虑不安的样子。我一直在尽力让她放心，表现出远远超过我内心真实感受的自信之态，她将一切都看在眼中。我点燃了一根烟，告诉她我打算把发生在我身上的一切经历全都写下来，希望有一天能帮自己洗刷罪名。她没有问我为什么不在现在就把事情说出来，好拯救自己——贝蒂知道没有答案，所以她不会问任何问题。她答应等我把日记写完后，设法将其从我的牢房里偷偷带出去，并好好地藏起来。我相信她会去看我写的那些东西，了解我内心的秘密——以便知道什么时候把它交给那些应该知情的人才是安全的。

我握住了贝蒂的手,感激得说不出话来。在过去的两年中,曾经有多少个晚上,她给我倒上潘趣酒,给我点燃了烟斗?她总是安静地待在那里,总是默默地看着,总是对我所需要的东西心领神会。大多时候,我会要一杯浓咖啡——还有踢在屁股上的那一脚。她送我回家的次数比我所能记起的还要多,而我却总说,我还能再喝上一杯,再玩一局纸牌游戏,再掷一次骰子。当我所有的朋友都抛弃我的时候,只有她在这里。

她将手从我的手中抽了出来。

"不要离开,"我的声音哽咽了,"求求你。"

她犹豫了一下,与我靠得更近,这就足够了。我将她揽在怀中,紧紧地抱着她,仿佛她是大海中的一块岩石,是千里之内唯一一处安全的港湾。我探到了她的嘴唇,吻向了她。因为我茫然无措,我害怕。因为吉蒂离我们太远。

钥匙在门上咔啦作响。"大门快关了。"狱卒低声说道。

贝蒂挽着我的胳膊,在我耳边压低了声音:"如果你有其他逃跑的方式,那就逃走。"

我点了点头,虽然我们都知道得到赦免令才是我唯一的希望。

她戴上了帽子,遮住脸不让狱卒看见,她的眼神温柔而忧伤。"再见,汤姆。"

我深深地向她鞠了一躬,比对王后行礼时还要低,抬起头来的时候,她已经走了。

汤姆。直到我写下贝蒂对我讲的最后一个字时,我才注意到这个细节,她以前从来没有叫过我的教名,她一直称我为"先生",或者"霍金斯先生"。我们也会开开玩笑,但是她从未叫过我"汤姆",我

临终告白

盯着纸上自己的名字,思索她来探望我的种种。这真的是一种善意吗?还是有其他不可告人的目的?

啊,贝蒂,我对你的怀疑是真的吗?九天以来,我一直在等待着国王颁布的赦免令。整整九个不眠之夜,当这种等待变得无法忍受的时候,我便写这个故事来分散注意力,从我第一次听到爱丽丝·邓恩大叫"抓小偷!"直到写下这一刻,想起那最后一次的亲吻,想起你叫我名字时的眼神。再见!

此刻,就在我被绞死的前夕,你终于给我捎来了话——耐心点。总是一样的口信。明天他们把我关进囚车上路的时候,我能得到赦免吗?或者这只不过是一种狡猾的方法,让我保持沉默,直到刽子手让我永远地闭上嘴?告诉我——如果我把这些写好的东西偷偷地交给你,你真的会把它们保管好吗?还是把它们和王后的秘密一起烧掉?

亲爱的,我希望你没有背叛我。

我本打算在这里结束我的故事,我花了大量时间写作,把其他的事情都忽略了。我的手因长时间握着羽毛笔而抽筋,手指被墨水染成了靛黑色。我的过去已经写好了,是以我的灵魂作为代价。明天一定会有其他人和我一起被送上刑场。当我坐在牢房里提笔写字的时候,他们已经花了很长时间向上帝祈祷,祈求上帝宽恕他们的罪行,他们已经为最后一程做好了准备。

詹姆斯·格思里牧师每天都来看望我,但一切都是徒劳。他是个极为自负的人,对自己的一切都过于满意。不,不只是这样。他把无数的灵魂从地狱中拯救出来。我只希望他不要那样夸大其辞。

格思里负责登记每一个在泰伯恩被绞死的囚犯的名字。他以厌恶的口吻叙述了囚犯们短暂而肮脏的一生,然后把自己塑造成他们的救世主。当死囚们走到绞刑架前时，个个感激万分，涕泪横流，他们为自己获得了救赎而欢喜，他们迫切地希望离开这世界，这样他们的灵魂就能进入天堂。

至少，这是格思里喜欢讲的故事。也有些顽固的罪人不愿意按他的套路行事，他们要么只在私下忏悔，要么根本就不做忏悔——在生命最后的日子里酗酒、嫖娼。格思里不太喜欢这样的故事，但他仍然可以将其进行利用：愚蠢的傻瓜会因为自我的无知和固执而下地狱。

可是，对于我这样的人，他又有何计可施呢？一个拒绝认罪的人，即使要被送上绞刑架还依然自认清白的人。没有罪恶就不会忏悔，没有罪恶就不会有救赎。相反，只有怀疑，微弱却持久。如果定罪错了呢？如果绞死了一个无辜的人呢？

从这样的故事中没有什么可以吸取的教训，至少，这并非是詹姆斯·格思里牧师想要教授的课程。

格思里来我的牢房并不是为了给予安慰，而是要寻求解决的办法。我每天都会让他失望，他说我就该下地狱去，我纠正了他从《圣经》中引用的圣言，他却提醒我说，骄傲是所有罪恶中最大的罪恶，然后就离开了。

他会怎么来记录我这个犯人呢，我很想知道。

今天下午我见过了约翰·艾略特，让他帮我写遗嘱。我没有很多钱——最多有十镑，这应该已经足够了。

当我说出这点微薄之财的受益人时，艾略特惊讶地扬起了眉毛。"我怎么才能找到那个男孩呢？他消失了。"

"啊，他确实很擅长这个，我一死，他就会像变魔术般地把自己变回来。"

临终告白

艾略特不情愿地在纸上下写名字和地址：*山姆·弗里特，圣吉尔斯凤凰街。*

山姆并不会全然消失，我清楚这一点，因为他今天上午来看过我。

我独自一人坐在监狱重犯院中的长凳上。我贿赂了鲁斯先生，这样我就能获得一些在户外活动的时间。在我看来，他做这件事一半出于利益，另一半出于好意。自从我被定罪以来，鲁斯已经让几十个好奇的家伙到我牢房前来看稀奇。那些人透过栅栏往里窥视，急切地想看到这位绅士像野兽被困在笼子里的模样。他们当着我的面对我议论纷纷，就当是我听不到或听不懂他们所说的话似的。我若是转身离开，那一定是我感到羞愧难当；我若是与他们对视，他们则会信誓旦旦地说在我眼里看到了魔鬼；我若是遮掩着面庞，或是在牢房里走来走去，或是神情忧郁地盯着那扇冰冷的石门，那么一定是我对自己的罪过和灵魂的悲惨处境感到绝望。没有一个人生出这样的想法：我看起来像是无辜的。

鲁斯先生则不同。他在英国遇到的恶棍比任何人都多，我不是杀人犯，他清楚这一点，他也知道这个世界的法则。他不愿意帮助我，但他很有礼貌，也很惋惜。当我问他是否可以在院子里独自坐上一会儿时，他同意了，并在黎明前派狱卒护送我出去。我看着阳光洒满了天空，感觉到早春的阳光照在我的脸上，我闭上了眼睛。有几个小贩隔着院墙叫卖他们的商品，但除此之外，这座城市一片安静。我头一次喜欢这样的安静。

"你的表弟来看你了。"狱卒说。

我睁开眼睛，看到了山姆。他看上去比我记忆中的还要更瘦小，更年幼，他更像那个在大街上举着火把跑动的男孩，而不是那个我在竞技场所认识的年轻人。

狱卒大步地走开：转头喊道，"半个小时！"

我曾花了很多时间去想，如果我再见到山姆，我会对他说些什么。我感觉就像自己在茫茫大海上驾驭着一只木筏，随着剧烈的风浪摆动。对于他的背叛，我自然感到愤怒。一个十四岁的男孩第二次愚弄了我，我为此感到羞愧。最重要的是，我为我们两人感到深深的悲伤。明天我很可能为山姆的罪行而死，而他，则会带着这些故事活下去。

他是一个聪明能干的男孩。如果他出生在另一个不同的家庭，我敢肯定他绝不会杀死约瑟夫·伯顿——绝不会因为这样的事情动手杀人。

我示意他坐下，却想不出要说些什么，于是我们默然无语地坐了很长时间。

"霍金斯先生，"他终于开口了，他动了动身子，以便能直视我的眼睛，"我很抱歉。"

令我惊讶的是，他竟然说全了，很完整的一句话，真的——这是多么大的进步啊！我的手搭在他的肩上："你依然还有选择，山姆，即使是现在，你也不必走你父亲的那条路。"

他的肩膀在我的手下沉了下去，这似乎是不可能的——那是一个他永远也逃不掉的禁牢。

"你知道，我父亲一直希望我能成为牧师，我并没有遵从他的意思。"

山姆看了我一眼，又抬头看了看我们周围的墙壁，还有那些用铁锁链锁着的高高的窗户。

"呃，好嘛，也许我本人并不是最好的例子。"他的嘴唇抿出了半个笑容。

　　我点燃了一支烟，想着山姆的事情，想着我怎样才能帮他摆脱他父亲对他残忍的管控。我自己的生活被毁了，但我还有机会拯救山姆的。这难道不是对詹姆斯·弗里特最大的报复吗？让他唯一的儿子与他对抗。

　　"如果你能做这世界上任何的事情，山姆——任何你期望的职业，你会选什么？"

　　"外科医生。"他毫不犹豫地回答道。

　　我对他的回答很是满意。他应该为夺走别人的生命来赎罪，这在某种程度上似乎是合适的。

　　"我要研究人体，"山姆补充道，他的眼睛亮了起来，"研究人体的每一个细节，我认为这就像……就像一台神奇的机器，想象一下——一具尸体，它的各个部分被割开，摊开，然后——"

　　"——是的，是的，"我急忙说，如果我第二天被吊死，而且没有人把我的尸体从解剖学家手里弄出来，上面说的就是我的命运，这个想法使我觉得有些眩晕，"成为一名外科医生，很好。"

　　"爸爸决不会允许的。"

　　我暗自发笑。**那确实**。

　　圣墓的钟声从监狱的另一头响起。山姆站起来，正了正他身上的夹克，在阳光下眯起了眼睛："霍金斯先生，人是你杀的吗，先生？"

　　我困惑不解地皱起眉头看着他，他的意思是说……

　　我们面面相觑。随着时间的流逝和钟声的敲响，原本的困惑变成了令人恐惧的深解。不！不！不可能！"你这话是什么意思？"

　　"你杀了伯顿先生吗？"

　　我半站了起来，然后又重重地坐下。我不知道该做些什么，该说些什么。

山姆看到了我的惊愕："你认为是我杀了他？"

"不是你？"

"不是。"他畏缩了一下，好像感到羞愧似的。

"你发誓，以你的灵魂来发誓？"

"我发誓，先生。"

我垂下了头努力去思索，却毫无头绪。怎么会是这样呢？这毫无意义，这不可能。"但是你妈妈告诉我……你父亲说你犯下了罪行。"

他咬着嘴唇："我知道，我告诉他们是我干的。"

我跳了起来，他立刻往后跑。我的上帝啊，他在必要的时候跑得可真快。我跑了十来步，才伸手抓住他。"为什么？"我大喊道，"以上帝的名义起誓，你为什么要说这种话？"

"我本就应该杀了他，爸爸说我必须得这么做，而且……我想……"

"为了你的母亲？"

他的眼里闪现出泪光。"还有爸爸，当我告诉他我杀了伯顿时，他为我感到骄傲，还有那帮人，现在他们很尊重我。"

我想，如果这时弗里特走进这院子，我一定会把他打死。"那么——你看到我被绞死就满意了，孩子？这样你就可以在圣吉尔斯那一片昂首阔步地走来走去了？"

"不是，先生！"他哭了，"爸爸发誓说你一定会安全，他承诺过，他说他付给你五十英镑让你出庭受审。他说他今晚会帮你逃跑，一切都是计划好的。他说你在生我的气了，我不能到这儿来……"

"我们没有做过这样的交易，山姆，是他以吉蒂的生命安全来威胁我。"

他像是被击中了似的，连连畏缩。

"这才是我以谋杀罪出庭受审的原因，为了保护吉蒂的安全。"

他双手捂住了脸。"不……他不会，爸爸不会……"但是，他当然会——山姆知道这一点。我伸出手，他紧紧地抱住了我，在我怀里哭泣。"他撒谎了，"他抽泣道，"他骗了我。"

"这是个好消息，山姆，你没有杀人。"

他挣脱开，擦拭着眼睛。"可是，你被关在这监狱里，都是因为我的错。"

"不，应该怪你父亲，我想。"他似乎很沮丧，我不再说话，又坐回了长椅，他也过来坐下，双肘支在膝盖上，低垂着脑袋。

"如果我履行了自己的诺言。如果我拿着枕头去……"

将一个人捂死。"可是爱丽丝就在旁边。"

他痛苦地点了点头。"我本想在珍妮那儿实践一下，看看需要多大的声音才能吵醒一个女孩儿，你可以靠得很近，霍金斯先生，"他补充道，仿佛是在描述接近一匹紧张的马儿的最佳方法，"我又试了一次，可是爱丽丝醒了，她睡得不熟，发出的尖叫声几乎掀翻整座房子。"

他还有很多的话要说出来，我能看出他内心的挣扎，我等待着，任由他自己找到出口。"霍金斯先生，"他终于低声承认道，"爱丽丝醒了我很高兴，我现在很高兴，我没有杀害伯顿先生。"

我捏了捏他的肩膀。

"我想是她下手的，"他补充道，"是爱丽丝。"

我僵住了，我甚至没有想过这么多，我还在让自己接受山姆没有杀人这一事实的过程中。但是，不，上帝保佑——不是爱丽丝杀的人。不是爱丽丝，她正和吉蒂睡在同一个屋檐下，她血迹斑斑的长袍还是我亲手拿来当作证据的。

"先生,"山姆拉着我的袖子说,"现在该怎么办?"

该怎么办呢?

"我必须告诉爸爸——"

"不!不行。让我想想,山姆。"我把所有的可能性都在脑子里过了一遍。现在指控爱丽丝已经太迟了,我告诉过鲁斯这件衣服是假的。爱丽丝在凶杀案发生的那天晚上出现在我们家,这只不过是其中的一幕,仅此而已。即使说出去,也只是在为自己的罪行做开脱。

我该如何对鲁斯,对格思里,对贡森,对全世界解释我在忏悔中突如其来的反悔?啊,是的,先生们——我被误导去相信是一个叫山姆·弗里特的男孩在其父母的要求之下谋杀了伯顿先生,然后,我与男孩的父亲在私下里达成了协议——顺便说一句,那男孩的父亲是一个杀人团伙的头目。我出面顶罪,为这起谋杀案出庭接受审判。我是被迫与弗里特先生达成的这个协议,他威胁我,如果我不遵从他的意愿,就会杀了我心爱的女人。所以你们看——我是无辜的,我相信你们现在会立刻释放我,尽管我已经被判犯有谋杀罪,明天就要被绞死。

他们一个字也不会相信,这听起来就像是一个疯子绝望的胡言乱语。我一定会被他们嘲笑,被当作懦夫和疯子,没有什么会比没有尊严地死去更糟糕的事情了。在这种情况下,王后会冒险对我进行赦免吗?当然,为了让我的叙述更具有说服力,我必须把弗里特出卖给政府,这样的背叛会立刻招致报复。

我想到了吉蒂。

不,讲真话不会有什么好处,反而会遭受更惨重的损失。我必须保持沉默,至少现在什么也不能说。不过,这也给了我一线希望,她明天之后就会安全了，如果我被绞死，凶手便没有任何理由去威胁吉蒂。如果得到赦免，我仍然会被判刑，但只要山姆没有罪名，弗里特就没有必要担心吉蒂会对这件事纠缠不止。

"你把自己给困住了，先生。"当我把一切都解释清楚后，山姆这样说。

"我想是的。"

"爱情是危险的，"他说，仿佛这是一种疑难杂症，"是的，的确如此，但愿它不是致命的。"

从眼角的余光，我看见狱卒走进了院子。我的狱友们从门里挤了出来，对着太阳眨着眼睛。

"别担心，"我低声说，领着山姆走出院子，"我明天不会被绞死。"

"王后会出手？"

我不再说话了。一个男人难道不能有秘密吗，该死的！

"书店房间的墙壁太薄了。"

"是啊，尤其是你靠在墙上偷听的时候。"我轻轻地拍了他一下，我只在床上跟吉蒂提到过王后的事，他还听到了什么？小东西。

当我们走到院子边上时，他犹豫了一下，"霍金斯先生！先生，"他害羞地说，"我认为你会是一个好牧师。"他鞠了一躬，就从门里消失了。

是谁杀了约瑟夫·伯顿？我不敢相信自己的故事就此结束，却仍然无法知晓答案。如果不是山姆，那会是谁？那些我曾经排除过的一串熟悉的名字又萦绕在我的心头。奈德·韦弗？斯蒂芬·伯顿？朱迪思·伯顿？爱丽丝·邓恩——我认为应该再考虑一下她，他们中的任何一个人都能做到，他们每个人都有很好的动机。

我不敢相信是奈德杀的人。在我看来，他不是那种让另一个人为他的罪行背黑锅上刑场的人。在我看来，他也不是那种能够下手杀人的人。

吉蒂一直认为是朱迪思下的手。她有足够的愤怒，真的。可是，她有足够的力量和她的父亲抗衡吗？能在伯顿还没来得及呼救时就往他的身上捅上九刀？

斯蒂芬因此事获益最多。他父亲去世，他就会继承一大笔财产。尽管他实际上什么也没有继承，但至少在多年的压迫和残酷之后，他可以自由地选择自己的生活方式。

再就是爱丽丝。难道这还不是最简单的解释吗？她全身是血、手中拿刀，跌跌撞撞地闯进山姆阁楼上的房间。伯顿曾夜复一夜地蹂虐着她，尽管他发誓要娶她入门，她也答应了。她会成为这所房子的女主人，成为朱迪思的女主人。

我整晚都在牢房里踱来踱去，在脑海里一遍又一遍地思索着这些，直到它们在无尽的可能性中纠缠到了一起。上帝啊，在我看来，甚至可能是他们四个人一起下的手。

我再也想不出来什么东西了，再也无能为力了。我们没有时间再去追究别人的罪过。再过几个小时，他们就会把我扔到囚车上，拖着我穿过街道一路前往泰伯恩刑场，我必须得安抚好自己的灵魂。

即使是到此刻，我被绞死的那天，我也不敢相信事情已经发展到这样的地步。我一定会从这场噩梦中醒来，发现自己坐在上膛之枪的书店里，吉蒂就陪在我的身边，她会侧身过来，把手放在我的脸颊上说:"没事的，汤姆。你很安全，你只是在做一场噩梦。"

然后我把手指按在牢房厚厚的墙壁上，用拳头猛击向石壁，这是

临终告白

真实的。这是真的,我必须做好最坏的打算。如果国王的赦免令没有如期到来,我必须做好赴死的准备。

上帝宽恕我吧!父亲,请原谅我。我亲爱的妹妹简,你的哥哥一直爱你。

吉蒂,如果我还活着,看到这些,你要知道我就在这个世界的某个角落一直思念你。也许你和山姆能一起找到杀害伯顿的凶手,但最重要的是要保证自己的安全。我想,你不应该再相信爱丽丝,不要去相信任何人。

如果我在今天死去,请记住,我最后想的都是你。好好生活吧,我爱的人,请记住我。

The Last Confession of Thomas Hawkins

绞刑手霍珀从绞刑架上爬了下来,将烟斗从口中取出。他指着霍金斯的假发说:"先生,我现在得拿掉这个。"他光秃秃的头皮在冷空气中感受到凉意。霍珀拍了拍霍金斯的胳膊,偷偷地摸索着他身上那件蓝色的天鹅绒大衣。当一切都结束时,这身衣服将会成为霍珀所得的报酬。

霍金斯的脖子上被套上了绞索,纽结紧紧地压在他的脖子后面。在马车上,霍金斯看到了成千上万的男人和女人们,人群一直延展至地平线,所有人的目光都聚集在霍金斯的身上。空气中充满了炽热,混合着了汗水、灰尘和香水的味道,人群的喧闹声令人震耳欲聋,那声浪从霍金斯的身上翻滚过去,弹落在他的脚下。人们大声地吟唱,大声地喊叫,还有一些人在笑着,只有为数不多的几个善良的民众在为霍金斯祈祷。这似乎并不是真的,即使是在此刻,霍金斯心底还是认为,那些人会认识到自己的错误——他们正在绞死一个无辜的人。

"对你的罪行进行忏悔!"有人喊道。

一阵欢呼响彻天空。他们想从他那里得到坦白,他们要求泰伯恩刑场上的犯人们要坦白。犯罪、忏悔、悔改、死亡、救赎。他们在等待着,满怀希望。

他脖子上的绞索极为粗糙,他大声喊叫"我没有罪!"的时候,绳索刮破了他颈上的皮肤。

嘘!嘲笑声和嘘声四起,泥浆砸到了马车上。霍珀低着头,温柔地看着那身蓝色的天鹅绒衣服。"您最好坦白罪行,霍金斯先生,他们想要的就是这个。"

霍金斯叹了一口气,此刻,那帮人想从他身上获取什么,对他来说又有什么关系呢?可是,接下来他想到了所有人,成千上万的人们带着嘲讽的笑意看着他慢慢地在绳索上死去,人可能需要一刻钟的时

临终告白

间才会断气。他认为,与其让这个世界对之诅咒,倒不如为之欢呼雀跃。

这样——他们要求他忏悔罪行,很好,他深吸了一口气,开口道:"我的朋友们,我以我的灵魂起誓。我承认……"众人大声疾呼以示赞同。他大声地喊道,希望上面能听到他的声音:"……我承认我经历过堕落的生活,沾染了每一种恶习。"

几声惊异之呼,但更多的是笑声。一阵稀稀拉拉的掌声响起,王宫里的那些美丽的女士们在座位上身体前倾。

"我承认我是个赌徒,我承认我嗜酒如命,喜欢混在低俗人群之中。我在酒馆和妓院里浪费了许多个夜晚,也未对此忏悔过。我承认我伤了一个女人的心,我真的很后悔,比世界上的任何事情都后悔。"他艰难地吞咽了一下,女士们对着自己扇起了扇子,"我承认所有的这一切,但是,我向我的灵魂起誓,我没有杀人。"

欢呼声响起,这是这个早晨最响亮的声音。就在这最后的时刻,颈上套着绳索的他终于说服了众人,他们不在乎他有没有杀人。面对死亡,他表现得很好,机智而狂妄,英勇赴死。到了最后的时刻,这才是最为重要的。在他的身下,离绞刑架只有几步远的地方,他看见牧师詹姆斯·格思里在摇头,不以为然地紧绷起了脸,记录死刑犯最后的供词和临终遗言是他的职责,他不得不用自己的手写下这些话。

这是霍金斯在这一整天里第一个愉快的想法。他抬头看着那处走廊,看向那一排排的女士,天啊,那些女士,他的嘴唇像狼一样咧着,慢慢地上扬,让她们记住这一幕……

接下来,他看到了她,朱迪思·伯顿。她坐在走廊的正中间,戴着黑色手套的手摆放在膝盖上,她接住了他投过来的目光,笑着。

他的心怦怦直跳。那条裙子,那条黑色的寡妇礼服长裙,就是

The Last Confession of Thomas Hawkins

那条。

"等等!"他大叫道,然而,已经太迟了。此时此刻,谁会相信他呢?"勇敢点,先生。"霍珀低声说。

一张白色的布巾从他的头上滑落下来,盖住了他的脸。他呼吸着,空气把布吸到他的嘴唇上。勇气,是的,他现在只剩下勇气了。最后几次宝贵的呼吸,得好好感受。

他闭上了眼睛,想着吉蒂。她那清新、香甜的味道,粉白的皮肤光滑柔软如丝;她的手指紧贴着他的胸膛,她炽热而急促的气息喷在他的颈部,愉悦轻柔的呻吟声。

他拥有过这些,至少,是在他的生命结束之前。

绞索把他的颈部勒紧了。

上帝,请宽恕我的罪过。

有人把马向前拉,他感觉到了马车在他的脚下移动,过了一会儿,他的身体自然垂落摆动着。

临终告白

托马斯·霍金斯之歌

汤姆·霍金斯是一个牧师的儿子
他的内心之中满是邪恶
他犯下了一桩恶劣之罪
用刀捅杀了乔·伯顿
他的手上鲜血淋漓
所以他要被关进囚车上刑场
绳索套上他的脖子
这名绅士即将被绞死

第六部

第二十二章

生命,已然被撕裂。
当空气进入了我的肺部。
当血液在我的血管中跳动。
生命,如此被烈火所炙。
我睁开眼睛,什么也看不见。我的手臂被固定在身体的两侧,我的关节紧紧地压在木头上,手指和脚趾早已麻木。我感觉到自己的身下有东西在动,是一辆马车的车轮在滚动摇晃着。我们正以极快的速度行进,马蹄在鹅卵石上踏出啪嗒啪嗒的响声,而我却被禁锢在这一片黑暗之中。我挣扎着想法摆脱,肌肉的痉挛令我痛得厉害,于是,我放弃了。呼吸,吸入了木头的清香,屑末钻进了我的喉咙。

我被困在一具棺材里。

我发疯似的蹬踢着棺盖,一边大叫呼救,但发出的声音细弱如丝,颈部又肿又疼。车轮滚滚之下,没有人能听见我的声音。我突然想起自己被绳索套住脖子,乱动窒息的情形。我不能呼吸了,我将独自一人待在这片黑暗之中。

内心的恐惧逼得我重振力量,我更加用力地去踢去蹬,皮靴踢下了不少木屑。

"别乱动,该死的家伙。"一个粗哑的男声,"要是还想活下去的话,那你就好好地躺着。"

我喘着粗气,往后一倒,感觉自己好像已经这样一动不动地躺着

临终告白

睡了一百年似的。我想要伸展一下身体，可我的腿又开始抽筋了。这真是一种痛苦的折磨，但我终于还是咬紧牙关挺了过去，我的手指和脚趾又有了感觉，那是一种剧烈的疼痛，就像是上千根滚烫的钢针刺入一般，痛苦仿佛成了活着的唯一证明。

我现在在哪儿？我得救了吗？我聚精会神地去听在这狭窄棺材之外的声音。我听到了醉醺醺的叫喊声、街头牲畜的尖叫声、民谣歌手的曲调和小贩的叫卖声，还有低沉的丧钟声，那是为被绞死的我而敲响。马车放慢了速度，驶入人群之中，然后又向前冲去，有人骂了几声车夫。车子转了个弯，外面的声音也随之有了变化：喃喃的低语交谈声，还有瓶子被摔碎的声音，一个婴儿在我们头顶上方的某个地方啼哭，马车的轮子在破碎的鹅卵石上轧轧作响，车夫咳嗽起来。"该死的灰尘。"我们停了下来，马儿们喷着鼻息，嚼起了马嚼子。

棺材开始动了，从马车上滑落下来，摇摇晃晃，我在里面翻滚了起来，撞破了膝盖。如果我是要被人扔进泰晤士河里呢？我深吸了一口气，准备好出手，可是棺材被抬得更高了，落在了坚实的肩膀上，斜着被抬上楼梯时，靴子砰砰地响着，有人骂着，我数到了第四层楼，男人们发出了重重的闷哼声。

一扇门打开了，棺材砰的一声落在了地上。

"把他弄过来了。"有人踢了踢棺材边，"十镑。"

"我们说好了给五镑。"

是吉蒂。

"把他弄到这儿来是五镑，再给五镑，我就不说出去。"

"给你的喉咙来上一颗子弹就能让你永远不会说出去。"一声尖锐的金属咔哒声响起，"滚开！立刻！"

短时的悄无声息。门砰的一声被关上，楼梯间响起了急促的下楼

The Last Confession of Thomas Hawkins

脚步声。

她开始拿着一根铁撬棍来撬开棺材盖,木头上的铁钉嘎叽作响。我用力地从里面往外推,棺盖开始松动,终于,彻底被打开了。我奋力挣扎,仰面而躺,感到一阵眩晕,大口地喘着粗气。

木椽在我头上方延展开来,阳光从一扇打开的窗户照射而入,在光秃秃的地板上投射出几大块耀眼的光斑,窗帘在柔和的春风中飘动,房间里有一股杜松子酒和没洗过的脏衣服的味道。我慢慢地坐起身来,仍然头昏眼花,不知所措。远处墙边靠着成堆的破布,随时待售。手指下的地板摸起来很是粗糙,微风吹在我出了汗水的胸部,生出了冷意。我真的还活着吗?我在哪儿呢?

墙的另一边有人在大声地咳嗽,并咳出浓浓的痰。

那么,这肯定不是在天堂。

吉蒂跪在我的旁边,她摘下了头上的烂帽子,刚才在打开棺材时用了不少的气力,她的脸已经泛红,这是极美丽的,她太漂亮了……房间渐渐暗下来,我慢慢滑到了地上。吉蒂双手紧紧地攥着我的肩膀。"你安全了,"她说,"汤姆——你听明白了吗?你安全了。"

我力图从肿胀的喉咙中发出声音:"吉蒂。"

她明亮的绿色眼睛因心生宽慰而变得柔和起来。"傻瓜。"她吻着我的额头、我的嘴唇,亲吻我,就像是她在用气息给我注入生命。我挣开她,惊奇地盯着那张我热切思念的脸庞来看,一边笨拙地用那半麻木的手指抚摸着她的脸颊。

我不知道自己是如何来到这里,她又是施了什么样的魔法能把一个被施以绞刑的犯人从死神手里给救回来。我只知道我的心脏在跳动,我的脉搏在悸动,我的皮肤是温暖的。我倚着她,高兴得像个孩子似的哭了。

临终告白

之后，我们两人躺在那张狭窄的床上，身体纠缠在一起，搭盖着一层薄薄的床单。我的需求来自于野性的狂野，更多的是动物而不是人类。如果可能的话，我会将她一口吞噬，牙齿刮擦着她的皮肤，手指钻进她的肉里。她紧紧地抱着我，背部高高拱起，陷入了自己疯狂的意乱情迷之中。我在她的体内耗尽了力气，瘫成一团，却又勃起两次。我的身体，在这简单的真实之中获取了快感——我还活着。

在此刻，半睡半醒之间，我才问起这样的奇迹是如何发生的。

她坐了起来，伸手去拿裹身的长袍。"我们给霍珀塞了钱。"

我的思绪又回到了刑场上，霍珀伸开四肢躺在高高的横梁上，抽着烟斗。在最后一刻，他把帽子拉下来盖住我的脸。**勇敢点，先生**。我热乎乎的气息急促地喷在亚麻布上。人群沸腾了。

"有很多方式都能让你迅速地完成某项任务。"她将一缕长长的红色头发绕成圈，然后任由那缕头发滑落在肩上，接着，她用两只手指压在她裸露的脖颈上，就在耳朵的下方。"也有很多方式能让你变得更缓慢。"她一只手移向脖子的后颈处，正是霍珀绑系绳索的部位，"他把你弄下来的时候，你只是看起来像是死了，你还在呼吸，只是很微弱。"

"你在那里？"

她摇了摇头。"我没有……"她环顾着四周，我知道她是想起了那场漫长的等待，在那过程中不知我是死是活，我伸手抓住她的手，眼泪从她低垂的眼皮下涌出。终于，她又开始和我说："我们给那个斯基姆奇塞了钱，把你偷偷运到另一辆马车上。"

我扬了下眉毛。

"那人帮外科医生干活儿，把尸体运回去解剖……"

一想到我跟那些尸体待在一起，我的胃部就开始翻滚。我记得刑场上那个外科医生的助理,那个面色苍白、身材瘦削的小伙子,长着浅金色的眉毛和睫毛,当时他还在和行政官争论。

我不知道他会不会因为失去一具珍贵的尸体而受到主人的惩罚,很可能不会——从泰伯恩刑场回去的路上,尸体经常都会丢,那些悲痛的家人会拖走死者的棺木为其举办一场体面的葬礼,杰克·谢帕德的尸体就曾被他的朋友们带去埋葬。

"我们现在在哪?"

她笑着说:"凤凰街。"

我惊慌失措地坐起来。我们给霍珀塞了钱。我们给斯基姆奇塞了钱。"是弗里特安排的?"

她脸上的笑容消失了。"不是,我才不会去相信那个混蛋会站着尿尿。"

我花了一点时间去猜:"山姆。"

"他昨天晚上来找我了,把所有的一切都告诉了我。"她狠狠地冲着我的手臂猛击了一拳,"你答应过我们俩之间不会再有秘密的,汤姆。"

我揉搓着手臂。"弗里特威胁说要杀了你。"

"那就更有理由让我知道,你这个傻瓜!"

我任由她发泄心中的怒气,她完全有这个权利,我为自己的牺牲感到骄傲,却从来没有停下来想一想这会给吉蒂造成多大的伤害。在过去的几个星期里,她的心都碎了,陷入了绝望。在她向我挥拳责骂的背后,我明白了自己对她的伤害有多大,她双颊凹陷,她那可爱的小腹已变得平坦,我高尚的自我牺牲到此为止:这几乎毁了她。

"对不起。"我说。她讲完时已是气息不平,我俯下身去吻她。这时,门口传来一声轻轻的、急躁的叹息。山姆溜进了房间,天知道他

临终告白

是什么时候过来的，最好不要去问。吉蒂裹紧了她的长袍，从床上跳起来，踮着脚尖走向他。她双手紧紧拉着他的手，将他一把拉入房内。他是这一刻的男主角，我必须承认，自己为此生出了一种怪诞的嫉妒感。今天早上的时候，我颇为自己能勇敢地走向死亡感到自豪。而现在，我被一个十四岁的男孩和一个叫斯基姆奇的外科医生助理给救了出来，我很感激，可是……

"你还好吗，霍金斯先生？"

山姆的声音有些颤抖，好像认为我还在生他的气，我把床单裹在腰上，一瘸一拐地前去迎他。只要他愿意，我想久久地去拥抱他，事实上拥抱的时间一点也不长。他双手摆放在两侧，身体僵硬，这就像拥抱着一小卷厚布的感觉。"你救了我的命。"

他强忍住骄傲的笑意，拯救生命难道不比结束生命要更好吗？他递给我一张大幅的报纸，刚从印刷机下印出来的纸张。那上面是格思里对我生死的评论，该死的家伙，为了赚钱，行动可真是迅速。"全世界都认为你死了。"

全世界都认为我是穷凶极恶之人。

"我们要在这儿待上几天，汤姆。"吉蒂说，而我，又坐回床上继续看那报纸。

"让所有人都忘掉你。"

"一名绅士，因为谋杀而上了绞刑架？再过一百年，我也不会被人遗忘。"

"我们将按之前的计划去意大利，山姆会继续寻找真正的杀人凶手。"

"爱丽丝。"山姆说，仿佛事情就这样定论了似的。

杀人凶手。我的上帝啊！在这一场死亡的剧情中，我完全把这个给忘了。我把那份大报揉成一团,扔到房间另一头没有点燃的炉火上,正好丢中目标,我心中稍稍地愉悦起来。"不,不是爱丽丝。你的想法是对的,吉蒂,是朱迪思。"

也许是因为我曾经距死亡如此之近。当我的灵魂正要逃离其肉身之时,一道亮光在脑中一闪而过。

我看见她穿过人群,身上穿着她母亲的丧服。她在走廊处找到了一个极为体面的位置,周围都是精心装饰过的朝臣,就像摆放在五颜六色的花丛中间唯有的一块乌黑的石头。她坐在座位的前端,双唇微张,戴着手套的双手环抱着她的衣褶,仿佛是在等待自己最喜爱的歌剧演唱家登台表演。

她太年轻了。在她平静的表情下面,她是如此的迷茫。那感觉就像一艘船在海中抛锚,在宽阔的海面上随意漂流。我们碰上了彼此的目光,在这短暂的目光交流中,我看出了她是有多么希望我死去。不是出于恶意,也不是为了报复,而是为了确保她永远不会受到怀疑。她朝着我微笑,微微地点头以示谢意。**谢谢你,先生。我非常感谢你。**

霍珀准备好了马车,我们仍然隔着人群在相互凝视;这是凶手和受害者的最后一次凝视。她满怀期待地紧紧抓住长裙,手指攥住黑色的丝绸扭动着。黑色象征哀悼,黑色象征死亡。黑色是如此之深暗,即使红色污迹也无法在其上面显现。

霍珀把帽子卷好放在我的脸上。

"等等。"

然而,为时已晚。我的脚从车上滑落下来,绳子被拉紧了。

"我要杀了她,我发誓,汤姆,我他妈的要杀了她。"吉蒂在房间里走来走去,所有关于外出流亡的想法此刻都已消失殆尽。"转过身去!"她对着山姆吼道,还没等他照做,就把身上紧裹着的长袍脱了下来,她穿上了长筒袜、吊袜带、衬裙、胸衣,然后穿上长裙。穿好后立刻变得一本正经,她最大努力所能做到的得体。我正盯着她笑,一下子被她撞见。"禽兽。"她正在找她的手枪,过了一会儿,她才意识到枪在我的手中拿着。

她跳起来抢,我把枪高高举起,她没有够到。这是一场短距离的搏斗,吉蒂直接拽扯着我的胳膊。

"危险!"山姆两眼紧盯着那支上了膛、打开了保险栓的手枪,发出了警告。

我锁住枪筒,然后将手枪扔向他,他干脆利落地接住了枪,把弹药倒在地上。

吉蒂烦躁地在房间里来回地大步走动。"你阻止不了我的,汤姆,今天是谁救了你?你认为是命运把还带着呼吸的你从绞刑台上弄下来的,还是上帝?"

"不——"

"不,是我们救了你,是我和山姆。如果他昨天晚上没有过来找我——你要知道,他为了避开爱丽丝和妮拉,只能偷偷地溜了进来……"

"他喜欢偷偷地溜进来。"

山姆耸了耸肩,我说的确实是实情。

"你怎么还能开得出玩笑?"吉蒂哭喊着,眼泪又涌出来了,"他们让你去送死,汤姆,*是他们让你去送死。*"

"我们必须想个办法让朱迪思坦白出一切,"我坚持道,"她是唯一能证明我清白的人。如果你上来就一枪打死她,她就没办法帮我洗清罪名。"

吉蒂擦了擦眼睛。"她把嫌疑转到你的身上,让你被捕,她在法庭上撒了谎,她坐在她的房间里大口喝着罂粟汁,而我却夜夜在为你哭泣。整整六个星期的时间,她从来没有想过要把真相说出来,她杀了她的父亲,还让你担上罪名被绞死,她永远都不会坦白真相,汤姆。"

"或许吧,但我必须要试一试。"

第二十三章

午夜时分,凤凰街和整个城市都还充满着生气,伴随着因我被绞死而饮酒狂欢的庆祝悸动不止。死得好。在生命的最后,我昂首阔步的气势彰显出我的勇气。这种勇气令人敬佩不已,尤其是在圣吉尔斯这样的地方。

我和山姆站在一起,躲在一堵墙的后面,等着那一大群人从这里走过。他父亲和他手下的那帮人正在家里为我守灵。我信守了承诺,没有透露出任何消息——在一群贼人之中,这是最大的美德。今夜,他们对我敬重有加,因为我已经安全地死去。他们一边喝酒、唱歌,一边一杯接着一杯地向霍金斯先生致敬之时,山姆已经趁机溜走了。那帮人根本就不知道并非是山姆杀了伯顿,若是知晓了实情,他们会对山姆感到多么的失望啊!

有几个人零零落落地进入了一家杜松子酒店。当一切差不多安静下来的时候,我们走到了街上。

这个夜晚温和而潮湿,一场小雨使得空中雾蒙蒙的一片。山姆给我带来了新衣服以替换我身上的蓝丝绒套装——我们把这身衣服送给了刽子手霍珀。我想,这是救了我一命的合理代价——加上吉蒂给他的那笔钱。这几个星期以来,我让吉蒂花掉了很多钱。我把大衣的领子竖至耳朵处。

"他们不会看见你的。"

我懂。人们只会看到他们所希望看到的东西,没有人想着自己会看到一个死人在城里游荡。但我还是宁愿低着头,竖起衣领。我把脖子压得很低,感觉到了脖子上瘀伤的疼痛,那是绳子深深勒入的地方。一时间,我感觉到自己无法呼吸。

山姆拿出一支涂着厚厚的黑沥青的火把。我从上衣口袋里掏出了火绒盒,在石头上擦出了明亮的火花。火把燃起来了,山姆将它高高地举起。突然间,他又变成了我在去年九月遇到的那个男孩。那个男孩答应把我带回家,之后却把我带入了黑暗的世界。

"喂,看看,山姆,又成了那个坏家伙。"

他的脸上露出了真诚的笑容:"不是,先生,今晚不会是,今晚我是送你回家。"

走在朗埃克街上,人行道上满是碎玻璃渣、浸湿的报纸,偶尔还躺有喝醉酒的人。我差点被一个老守夜人绊倒,他睡得正香,打着呼噜,灯笼已经烧坏了。绞刑后的那个晚上也没有什么不同。明天,他依然会走进咖啡馆,挠着头骂我的名字。

在考文特花园,几个妓女柔弱无力地走到拱门下面,紧紧地缩成一团取暖,去寻找下一名顾客。她们这行中的大多数人都在忙着生意,有人躺在简陋的房间里,有人被挤压在后街的一堵墙上,在目睹过一场绞刑之后,男人们迫切需要做些事儿来确认血液还在他们的血管里流动。

在莫尔咖啡馆,窗户里闪着亮光。馆内鼎沸的声音传遍了整个广场,甜蜜而悲伤,那是一首哀悼之歌。

"是在为你哀悼。"山姆说。

喏,这就是当鬼魂的感觉。我内心的某个部分渴望着再靠近,贝蒂在那里吗?她会为我伤心吗?她一定很清楚,她口中所说的那份赦免令永远都不会到来。她来看我只是为了确保我在审判和绞刑的途中保持沉默。

一场背叛,好吧,我以前也曾体会过这种感觉。压低了帽子,我的眼睛盯着路面上的鹅卵石。

很快我们回到了家。家。我的心跳了起来,真不敢想象能再次回到家。我轻轻地敲了敲门,门立刻就被打开,吉蒂正在门后焦急地等待着。几个小时以前,在山姆的保护下,她从圣吉尔斯一路急匆匆地赶回来,做好准备,密切地注意着隔壁的动静。她默无言语地吻着我,以示欢迎。而在此时山姆将火把放在墙壁外面的铁盖上摩擦,将其熄灭掉。

"爱丽丝在珍妮的旧房间里睡着了,"她小声说,"妮拉在厨房里,我往她的啤酒里下了点药,她一向睡眠很轻。"

在我被监禁的这段时日里,爱丽丝和妮拉一直陪着吉蒂,妮拉整夜都在守护。有些邻里会发出威胁,说吉蒂与谋杀案有牵连,全靠妮拉把他们赶走。听说,费尔布雷德似乎也出来帮她说了话。在这样一个时代,在这样一个意想不到的情形下,能找到真正的朋友才是奇怪。我很感激他们这些人,不希望他们被牵扯到今夜的计划中来。就让他们以为我死了,这样他们才会更安全。不管今晚会发生什么事情,我都还没有想好下一步该做些什么。毕竟,死去即为自由。这可能是一个重新开始的好机会:换一个新名字,摆脱过去在我身上的束缚。我想过不再为王后或是詹姆斯·弗里特做任何事——除了自己,我不想听命于任何人……呃,很有吸引力。

吉蒂咧着嘴笑,因这出新戏兴奋不已。也许我也应该在她的啤酒里放点药。不,不行。我已经吸取了教训。我选择了吉蒂,而她也选择了我。无论好坏,我们都要一起面对遇到的麻烦。

The Last Confession of Thomas Hawkins

我们踮着脚尖走上了楼梯，留心着脚下每一块松动的木板。走到了山姆的房间，我掏出了手枪递给吉蒂："没有装子弹。"

她皱着眉头，把枪拿在手里转了一圈，在她的手中来测枪的重量。她已经平息了怒气，抬着下巴斜向那扇秘密的门。那里挂着一幅饰有白色樱桃树图案的门帘，门就隐藏于其后。

吉蒂先走了进去，紧接着是山姆。手里的蜡烛忽明忽暗地摇曳着光亮，我独自一人站在那里愣神了好几秒钟，然后，我钻到了墙的另一边。

伯顿的房子里非常安静。在过去的几个星期里，吉蒂一直在注意他家里的情况，而我那时却在牢房里精神萎靡。朱迪思并没再找人来做爱丽丝的活儿——也许她根本就找不到一个愿意来到这种家庭里干活儿的人。除了一个非常严厉的律师，几乎每天都是手里捧着一大捆文件过来之外，没有其他人来过。有传言说，他家的生意遇到了麻烦，甚至连詹金斯夫人也是，在审判中陈述了证词之后，这个家就不再欢迎她来。这样的举措让她心生怀疑，自己是否被人利用完之后便被抛弃了——她敏锐的眼睛已然注意到了她以前忽略的东西。她的一位顾客看到奈德去了木匠公司。"在找工作。"她猜到了，这个猜测已经在考文特花园那一带成为了事实。

我拿起蜡烛，仔细地察看挂在衣橱里的那些礼服，用手翻开那些荷叶边和褶裥，那些衣服上都带有剪秋罗①的味道，那件深黑色的丧服不见了。

在我搜查房屋的那天，朱迪思就已经穿上了那件丧服。她当时将一条沉甸甸的蕾丝披肩披在头上，那披肩一直垂到腰际，她用一枚乌

---

① 一种石竹科草本植物，花卉具有观赏价值。

临终告白

木胸针精心地把它别好，盖住了下面的内衬。即使是在当时，我对她的这种打扮也心生出了怪异和做作的感觉，为什么不去订做一件新的衣服，或者是把旧衣服稍微剪裁得正常一点也好呢？没有人会想到她这么快就穿上了丧服。我原以为这是她悲伤，或者是精神不正常的表现。那时候，我很是同情朱迪思，误以为是她过于娇弱。

当时，我搜遍了这房子的每一个角落，想找到杀人凶手的血衣，而那时朱迪思一本正经地坐在客厅里，就穿着她在杀死父亲时穿的那件衣服。看着我像个傻瓜一样地四处寻找就在眼前的东西，她的内心一定觉得很可笑。

机智过人、居心叵测的女孩啊！

在下一个楼梯平台上，我们停了下来，彼此都在积蓄力量。我们在凤凰街达成的计划看似很简单：吉蒂和我从朱迪思那里套出事实真相，山姆会站在一旁看着，我们必须保持安静。奈德应该是睡在楼下的木工室里，斯蒂芬则睡在他父亲的旧房间。任何一人醒过来，我们都会惹上麻烦。

"别带感情。"我低声说，已经说过了一百遍，我的良心不会再死上一次。吉蒂和山姆交换了一下警惕的目光，我明显感觉到，他们在不想让我听到的情况下达成了某种不一致的意见："*我发誓！*"

终于，他们两人还是按计行事，一边极不情愿地摇了摇头。我走近朱迪思的房门，伸手抓住门把手，缓缓地扭动起来，门闩闷声一响，门打开了，铰链发出轻柔的响声。

床位于房间的正中，床上的遮篷在夜间全然敞开，我听到了朱迪思轻柔的呼吸声。这种行为并不光彩，是不是？——趁着一个年轻姑娘熟睡之时，偷偷地溜进她的闺房。有人在我背上戳了一下——是吉蒂在催我往前走，很可能就是用手枪戳的我，她太爱那玩意儿了。在我们身后，她随手关上了房门。

"她杀害了她的父亲，"吉蒂压着声音说，她从我的眼神里看出了我的疑虑，"是她让你上了绞刑架，汤姆。"

朱迪思动了动身体，两条腿在被子下面摩挲着床单，她的一头黑发在枕头上平摊开来，几缕湿漉漉的头发紧贴着她的面颊，身上穿的淡蓝色的睡衣在脖颈处敞开，露出一条精致的项链，上面挂着一个银质的十字架。是她让我上了绞刑架，她现在却平静而心满意足地在这里熟睡。

紧闭的眼皮下，她的双眼在颤动。

吉蒂急忙走到床边，用一块叠好的手帕捂住了朱迪思的嘴，朱迪思皱起眉头，惊恐地睁大了眼睛，她想大声地尖叫，但那声音被棉布遮挡住了。

吉蒂又使劲儿将手帕塞入朱迪思的口中："不要叫。"

朱迪思的喉咙中发出了轻轻的哼声，然后，她盯着吉蒂，缓缓地点了点头。

我高举着蜡烛走上前去："朱迪思。"

她听到我的声音惊恐得畏缩起来，终于看到了我。她太过于震惊，有那么一会儿的工夫，她躺在那里像是失去了知觉似的一动不动，眼睛圆睁，竭力想弄明白自己看到的是什么，然后，她开始呜咽，我向她走近，她眼向后翻，彻底地晕死过去。

"她真是太体贴了。"吉蒂说着，拿出了几块破布，把朱迪思的手腕绑在床柱上，把手帕塞在她的口中。

这方式让我心生犹豫，我拖着脚走来走去，地板在我的重步之下吱吱作响。

吉蒂不耐烦地看了我一眼："快去找那条裙子。"

临终告白

我去搜查衣橱，吉蒂在房间里又点燃了不少蜡烛。我很快就找到了那件丧服和与之配套的衬裙，我把衣裙平铺在床上，拿起一根蜡烛对着它们照亮，手指在丝绸上摸索。在凶杀案发生的当晚，凶手的衣服一定会被鲜血浸透，想必朱迪思一定是花了很长的时间希望把这件衣物弄干净，织物上还有一些模糊的痕迹，有些血迹卡在衬裙的缝里，外层的围裙很容易就能将其掩盖，紧身胸衣上的污渍更是难以发现，朱迪思擦拭过后，只留下了一块块浅浅的印迹。我沿着缝隙用指甲刮拭，一小撮儿深棕色的血沫溅到了我的手上。陪审团会坚持说这是污迹，是旧衣服上的污点，不过，我已经满足了。事实就是，朱迪思杀死了她的父亲。

不单单是那些血迹，还有她身着那套衣裙在我搜查时所表现出来的蔑视、在对我进行庭审时的她所表现出来的蔑视、在我被施以绞刑时表现出来的蔑视，以及她在享受着自己内心的笑话时，脸上所露出的那一丝得意的笑容。直到现在我才开始了解朱迪思，才知道她病得有多严重。我们都认为她是一个可怜的、懦弱的人，所以才会将她忽略。也许她就是这样——她的生活被自己的父亲亲手扼杀、毁灭，她在他的暴虐行为以及刻薄言语之下日渐畏缩。然而，在这脆弱的表面之下，还有其他的东西在生长。那是一种强烈有力的东西，由愤怒和痛苦组成。爱丽丝知道这位大小姐的真实面目，却只有吉蒂听后把它当回事儿——吉蒂一直都在怀疑朱迪思。

朱迪思眨巴着眼睛，从迷迷糊糊中醒来，她脸上没有血色，嘴唇近乎苍白，我们的出现把她吓得半死。

吉蒂把一壶冷水泼在朱迪思的脸上。

朱迪思吓得直发抖，口中塞着手帕喘不过气来。她发现自己被绑在床上，发出了一声压抑的喊叫，使劲地扯着布条，拼命地扭动着手腕，妄想挣脱。

我在床上坐下，她吓得直往后缩，浑身止不住地战栗。

"安静下来，"我低声说，"我不会伤害你。"

吉蒂坐在床的另一边，手里拿着手枪："别指望我也抱着同样的想法。"

朱迪思盯着她，然后点头表示理解。

"我想和你谈谈，朱迪思，"我说，"如果我们扯掉你口中的手帕，你能保证不叫出声来吗？"

她又点了点头。

我解开绳结，接着从她口中掏出了手帕，她的身体在剧烈地颤抖。

"你是鬼吗？"

"当然不是。"

"我看见你上了绞刑架，我是看着你死的。"

我摸了摸喉咙，绳子将我的脖颈勒得火辣辣的疼。"那都是因为你犯下的罪。"

有那么一会儿，她看起来有些羞愧，可接下来，她撇着嘴，将目光移开。

我把那件丧服平放在她的腿上。"你把血弄干了，干得不错，但还是有血迹残留。"

她久久地默不作声，她知道，此刻自己已经被发现了，便不耐烦地微微动了动肩。"嗯，这是女仆干的活，不是吗？搓洗衣服。"

"你穿着这身衣服真是太聪明了，就这么轻而易举地隐匿了血迹。"

"所有那些衣服，"她低声说，"都落满了灰，他从来都不让我碰，那些衣物是给女人的，而我不是女人。我是他的女儿，我永远不能长大。先生，您看到那些漂亮的丝绸衣服了吗？"她用一种缓慢的、梦呓般的声音问道。"我要把它们拆开重做，将它们洗干净，再以最流行的式样进行缝制。凡是我父亲否定过的事情，我都要去做。我要在这城里四处闲逛，我要去剧院看戏，我要去商店购物。"她停顿了一下，嘴角掠过一丝淡淡的微笑，"我要嫁给奈德。"

"这就是你杀死你父亲的原因吗？你可以——"

"——这样我才能活下去。去看看他的脸，哦……他的脸！他以为我是爱丽丝，他以为是那肮脏的婊子又爬上了他的床。接下来，他看到了那把刀。他太震惊了，惊恐得甚至都没有叫喊出来。我拿刀捅他，捅他，他只说了句，'为什么，朱迪思？为什么？'像一只老癞蛤蟆一样呱呱地叫。就在我把刀插入他的心脏时，他还在聒噪。"她笑了起来，"为什么，朱迪思？为什么？当一切都结束时，当他彻底安静下来时，我才告诉他为什么。他从来不让我说话，总是教训我。现在他终于安静下来了，我终于可以对着他说话了，我想和他说什么就说什么。我现在已经不再是一个小女孩了，是吗，爸爸？一个小女孩不可能这么轻易地将一个个头儿这么大的男人杀死。"她的眼睛忽闪忽闪地从我转到吉蒂，咯咯地笑了。"我把你们两个都吓到了，一个花花公子和他身边的婊子。这多有意思啊！你们知道我的父亲，知道他是如何对待我们的，我都快要喘不过气来了。"

"你可以逃走。"吉蒂说。

"不！不能……我必须得留在这里，为了奈德。"

她并不知道奈德是她的亲哥哥。我还以为奈德现在已经将此事告诉她了，他总是为朱迪思担心，她如此娇弱。我冲着她摇了摇头。

"他爱我！"朱迪思叫道，误解了我的意思。

"安静！"吉蒂发出了警告。

"你们为什么不相信我？"她哭着说，"我和我的父亲说了，他嘲笑我，骂我是个愚蠢的贱货。他说他永远不会让我嫁给奈德或是其他任何人，他说他要把奈德赶出家门，他把我摁在地上毒打，我以为他会杀了我。"

啊……这才是我记忆中的伯顿，我差点都快为他感到难过了。

"然后，他宣布他要娶爱丽丝为妻。我在想，噢，不行，爸爸，你不可能结婚。你会死去，大家都会以为是爱丽丝或者霍金斯先生杀了你。"她又笑了起来。

我站起身来，走到紧闭的百叶窗前，松开了挂钩，天很快就要亮了。我从凶手口中得知了事情的真相，可是，她会公开承认罪行吗，在没有手枪对着她胸口的情况下？当然不会。我把头靠在冰凉的窗户玻璃上。

"你让我上了刑场，朱迪思。"我转身对着床说，"你知道我是无辜的，却让我替你去死。"

"没有杀人？你在监狱里杀过人，全世界都知道。"

吉蒂开始笑了起来，那笑声卑鄙而危险。

朱迪思焦躁地拽扯着手腕上的带子："你笑什么？"

吉蒂对着她笑。"我想杀了你，"她说，"但这样更好，让你活着，痛苦地活着。我以为我永远失去了汤姆，我的心都碎了。所以现在，朱迪思，我也要让你心碎。"

"吉蒂……"我轻声警告她。

她没有理我。"奈德向你求婚了吗？"

朱迪思陷入了沉寂，然后她说："他会的。我知道他会的，他肯定……"

吉蒂又一次笑了起来。"可怜的朱迪思！你还不知道，是吗？奈德并不爱你。他不会爱你的，要我告诉你为什么吗？"吉蒂将嘴唇贴在朱迪思的耳边，温柔得像是一个吻，"他是你的亲哥哥。"

短短几个字，每个字都是一把刀。

"不！"

"所以你的父亲才不同意你嫁给他，奈德·韦弗是你的亲哥哥，朱迪思。他永远都不会属于你。"

"不！"朱迪思尖叫了起来——那是一声长长的、可怕的哀号，那声音穿透了房间，夹杂着凄凉和绝望。

吉蒂一只手捂住了朱迪思的嘴，但为时已晚。砰的一声，门被打开了，接着是一阵短时间的撕打。我从床上跳了下来，吉蒂还在尽力让朱迪思闭嘴。

斯蒂芬拿着他父亲的刀冲进了房间，后面紧跟着山姆。斯蒂芬看见了我，一个活生生的鬼魂正站在他姐姐的床边，他的勇气顿时就消失了。他两腿发软，瘫倒在地上，刀从他的手中滑落到地上。"啊，上帝啊！"他喊道，双手合十祈祷着，"请保佑我不会受到这个恶魔的伤害！"

我一脚将刀踢到山姆那边。"我不是魔鬼，斯蒂芬。"我拉下衣领，让他看到我喉咙上的勒痕。

斯蒂芬停止了祷告，他抬眼望向了我。"上帝宽恕了你，"他茫然不解地说道，"上帝听到了我的祷告，就这样宽恕了你。啊，赞美主！"

我对着他皱起了眉头。斯蒂芬为什么会为杀害他父亲的凶手祈祷？为什么他发现我还活着会这么高兴？我想起了在他那处空荡荡的房间里，他姐姐的画像被踩在地上，我想起了在朱迪思哭喊着"杀人了！"之后，他动手打了她！那并不是为了让她平静下来，而是出于心中的愤怒，出于耻辱。

"你知道人不是我杀的！"

他开始啜泣。

斯蒂芬在看到他父亲尸体的那一刻就猜到是他姐姐下的手，那种愤恨至极的杀人方式让他信服于自己的猜测。在谋杀案发生之前的日子里，他们一直住在同一个屋檐下，听到过父亲对朱迪思动手的声音，看到过他的父亲因为朱迪思直言不讳而对她进行毒打；以及朱迪思在房间里痛哭，流出充满仇恨和沮丧的泪水。当伯顿宣布要娶爱丽丝为妻，并要把奈德赶出家门时，斯蒂芬见到了朱迪思脸上的表情。当他走进他父亲的卧室，目睹血水和那把刀时，他就明白了事情的真相。可是，后来他却把真相从他脑中清除出去，因为这太痛苦，太可怕了，他根本无法接受。"她是我的姐姐，我不能……"

"于是就让我因此事走上绞刑架。"

斯蒂芬低下头。"是陪审团判你有罪。"

"但是你知道是谁杀了人，斯蒂芬，你心里知道是朱迪思。"

他又哭了起来，大口大口地喘着气："我为你向上帝祈祷，先生，我在房间里一遍又一遍地向上帝祈祷，我发誓。"

朱迪思在床上厌恶地瞪着他，她再次拉扯着手腕上的破布，想要挣脱出来。"那么，现在怎么办，弟弟？你会出卖我吗？你要让我被烧死吗？"

焚烧而死，这是对叛逆罪的惩罚。国王统治着他的臣民，父亲统治着他的家庭；一个女儿谋杀了自己的父亲，从法律上来说，就和一个臣民谋杀了国王是一样的罪名。如果她被抓捕，将会被烧死在火刑柱上,我都没有想到这一点。

"是你杀了我们的父亲,朱迪思!"斯蒂芬大叫道。

"呃?那又怎么了?这样的梦,我们做过多少次了?为此,我们向上帝祈祷过多少次了?上次他因为你胆敢反抗他而对你大打出手,难道你忘记了吗?要不是奈德恳求他停手,他就会杀了你。我必须杀了他,斯蒂芬。我必须得杀了他,因为你太没用了。"

斯蒂芬跳了起来,从房间里逃跑了,吉蒂追在他后面跑了出去。"他会把奈德吵醒的。"

"你待在这儿,"我命令山姆,"让她保持安静!"

斯蒂芬没有跑出多远——他只是穿过楼梯口跑回了他父亲的房间里,他蜷缩在一个夜壶旁,大声地呕吐着,我和吉蒂无助地面面相觑,现在该怎么办呢?

"奈德在哪里呢?"我有些惊讶,我们弄出的响动足以吵醒半个街道的人。此刻,奈德一定已经听到了。

"他离开了。"斯蒂芬用手背擦拭着嘴,抽噎着说。

吉蒂抽了抽鼻子。此刻的空气中弥漫着新鲜呕吐物的阵阵臭味,与一个十五岁男孩卧室里常有的气味混合在一起。"他去哪儿了?"

"我不知道,去找活儿了吧,我想,生意已经垮了,父亲挥霍完了所有的钱。"他低下头,"除了债务,什么也没有留下。"

吉蒂碰了碰我的胳膊:"汤姆,这就是伯顿要和爱丽丝结婚的原因,因为债务。"

肯定是这样。我一直很困惑,为什么伯顿要娶他的女管家。当我听到了加芙列拉所述时,更是不解。现在我明白了,他没有爱过爱丽丝——肯定没有。但是,他知道他的生命处于危险之中,如果他死了,那么他所有的债务都将会转移到他的家人——斯蒂芬和朱迪思身上。可是，如果他娶了爱丽丝，并在遗嘱中写明她的名字，那么爱丽丝就只能被迫承担所有的债务责任。感谢上帝，伯顿在爱丽丝嫁给他之前就死了，不然的话，她可能会在债务牢狱中度过自己的余生。

"我们欠下了半个城的债。"斯蒂芬抽泣道，"我和我的姐姐，我姐姐……我该怎么办？"

我瞥了吉蒂一眼，猜到了她在想什么。*学会保护自己，就像这个世界上其他那些不幸的人们一样*。毕竟，他都让我走上绞刑架了。但是，我并不恨他。他还是个男孩——年纪比山姆要大，但在许多方面却都比山姆幼稚。他的父亲死了，他所继承的只有一屁股债务，现在很可能会被关进监狱的是他，而不是爱丽丝。

我什么也没说，房间里一片寂静，这整座房子都是一片寂静。

接着，我的思绪又回到了山姆和朱迪思那儿，于是一个人穿过楼梯口。

一片暗黑的阴影在我的心中飘动。

◇

朱迪思卧室的房门已经被关闭上了，我站在门外，对着上帝祈祷，希望是我想多了，我转动着门的把手，走了进去。

上帝在很长一段时间内都没有听我的祷告了。

"山姆。"

山姆将压在朱迪思脸上的枕头拿开，退了回来，她的手腕仍然绑在床头，两眼盯着天花板，毫无生气。

"不会有血，"他低声说，"我保证。"

悲伤像一根绳子一样紧紧地压在我的喉咙上，我说不出话来。

山姆撑起她的头，把枕头放回了原处，动作精细、轻柔，然后，他转过身来面对着我。

"必须这么做。"

不！不！不能这么做！

他从口袋里掏出了一封信。那是一封仿着朱迪思笔迹写出的忏悔书。这一定是山姆早些时候在凤凰街准备好的，他早就事先计划好了一切。这不就是山姆的行事方式吗？他把那封信塞到了床边的烛台下面，然后从桌上拿起一瓶费尔布雷德开出的镇静剂，把里面的药倒出窗外，极像一名受过良好训练的舞蹈演员那样动作流畅。"朱迪思无法带着内心的负罪感活下去。因为你的死，还有她父亲的死。"他把那个空瓶子放在信的旁边。

我什么也没说，我的心已经碎了。

山姆拂去朱迪思脸上的一绺乱发，退了回来。"看，这样不是更好吗？看她现在有多平静。"

我强迫自己看向朱迪思，她的那两扇黑睫毛已经合上了，嘴唇略呈紫色，就在几分钟前，她还是活生生的一个人，她曾那么地渴望着活下去，可怜的朱迪思，永远地沉默了。

我终于开了口，要说的话重重地压在了我的舌头上："你的父亲会为你感到骄傲。"

山姆抬头对着我微笑起来，那双黑色的眼睛闪闪发亮："我做这件事并不是为了他，霍金斯先生。"

尾声

此刻，伦敦已是破晓，但今天并没有出太阳。一辆马车在已然被雨水浸湿的街道上疾驰而过，车轮下的水发出滋滋的声响。马车窗户紧闭，上面覆盖着厚厚的黑色窗帘，坐垫是黑色天鹅绒做的，镶有金边。

我也身着黑色衣装，一身黑色衣服适合死人穿着。吉蒂坐在我旁边，以一种全新的方式打量着我，眼中满是谨慎和担忧。我倒是希望她能冲着我大喊大叫，我想念那种方式。

距我被施以绞刑，已经五天了。报纸上满幅都是关于朱迪思坦白罪行并自杀的新闻。城中的众人既感到震惊，又迷惑不解，什么也说不出来。大报作家沉溺于书写关于朱迪思生与死的惊悚小说，他们在文中讲述她生命的最后时刻，想象出她因负罪而内疚、哭着吞下致命剂量的鸦片的情景。另外，书中还有新增的插图，上面描绘着朱迪思高高举起匕首，向她父亲捅杀下去的情形，在法庭审判中晕厥过去的情形，以及看着我被绞死时脸上浮现出的神秘微笑。

可怜而悲惨的托马斯·霍金斯，因为一桩并非自己犯下的杀人罪而被吊死在绞刑架上。我从之前残暴的杀人犯迅速地转变成一名没有瑕疵的受害者。我可以走进伦敦的任何一家酒馆或咖啡馆，然后被人们称之为奇迹。成为一名圣人，这个想法令我感到反胃。

好几个星期以来，我一直坚持申辩自己无罪，即使他们把绞索套上了我的脖子，我也没有放弃，然而，没有人愿意听。而今，整个城

临终告白

里的人终于都相信我的话了,此刻朱迪思的死让我深感内疚,压在我肩上的压力太大了,我几乎抬不起头来。

◇

我一言不发地从那个房间走了出来。朱迪思躺在床上死去,她的身上已然变冷。吉蒂站在楼梯口那里,脸色苍白。她也猜到了是怎么回事。看到我脸上的表情,她的目光变得柔和下来,全是怜悯。不需多问,人肯定没了。

"走吧,汤姆,"她说着,一只手触向我受伤的脖颈处,"让我来处理这件事。"

她处理好了。不知道用了什么方式,她让斯蒂芬相信了那张纸上所写的东西,朱迪思突然就从在房间里嘲笑他的那个凶狠暴戾、目中无人的女人,变成了一个娇柔、脆弱的女孩,心怀内疚而痛苦不堪,无法再继续活下去。他没有去质疑朱迪思是怎么挣脱束缚的,也没有质疑朱迪思什么时候能写出这封信。他转身离开,不想去面对真相,就像他之前一样,在意识到是朱迪思杀害了他们的父亲时一样,不愿去面对真相。随着时间的推移,关于这个夜晚的记忆便逐渐淡去,他会牢牢地依附于这个令人慰藉的谎言。

我走回阁楼,闻到灰尘和樟脑的气味,山姆举着蜡烛跟在我的身后,我一只手轻轻地挡在他的胸前,他的脸垂了下来。

"霍金斯先生?"

"回家去吧,山姆。"

我从阁楼的那处密道溜了回去,我想我再也不会见他了。

接下来的几天里,我躲在紧闭的卧室之中,抽烟、思索。爱丽丝和妮拉将来访者拒之门外。爱丽丝认为我是世界上最神奇的生物:我把她从绞刑架上救了出来,而现在我还能活着,并且是在绞死之后。

妮拉认为这是上帝的杰作,但吉蒂心里最为清楚。

"你不必为朱迪思悲伤。"

我无法去解释自己同样为山姆感到悲伤——为他可能拥有的一切,为他现在的一切,为他是他父亲的儿子。

在经历过那可怕的夜晚之后的第一天,奈德回来了,带来一丝小小的安慰。他从阁楼的密道穿过来,来看我。他面色憔悴,痛苦不堪,攥着我的手,跟我一起抽着烟斗,并承诺不会向外人透露我还活着的消息。我们都没有提到朱迪思,究竟还能说些什么呢?不过,他答应他会照顾斯蒂芬。

"他是我的弟弟。"他直接说。

我躺在黑暗的屋子里,开始在想,我应该一直保持死人的身份。我并不想成为这个城里最新的奇迹——成为从绞刑架上死里逃生的人。那么,我就有机会摆脱那些旧债,摆脱詹姆斯·弗里特和王后的旧债,重新塑造自己,成为一个全新的人。我们有足够的钱去另一个国家过着舒心的生活。在某个地方,我能感受到阳光照在我的身上的温暖,呼吸着新鲜的空气,喝着水,想象一下这样一个奇迹。

我应该将去年秋天在马夏尔西得到的教训,在去泰伯恩刑场学到的教训放在心上:生活中充满了风险,我们没必要去到处惹事上身。

"你确定你不会感到生活无聊吗?"吉蒂问道。

我打了个呵欠,伸着懒腰躺在床上。"我喜欢无聊。"

事情就这样解决了。爱丽丝和妮拉会在这里照看房子和书店,吉蒂和我去欧洲旅行。我会写信给我的父亲和妹妹,让他们知道我还活着。

其余的人可以去相信他们所希望的情形,或许有一天我们还会回来,或许不会。我开始梦想阳光和果园,而不是坟墓和监狱。

临终告白

我们给了自己一个月的时间来做规划。真是愚蠢！我们本应该立刻离开这地方！这句话我在之前已经说过一千遍了，总有一天我才会用心接纳自己内心的声音：在这个城市里没有秘密可言。

今天早上，我听到书店里有人在说话，吉蒂在责骂着什么，妮拉在大声地叫人离开，然后，我立刻辨出了一个喝醉酒后拉长了调子、慢吞吞的声音，是查尔斯·霍华德，我随手抓起匕首跑下楼。

"我想你应该知道，斯帕克斯小姐，是我阻止了王室颁布的赦免令，你知道吗？"他站在店子的中间，一手拿着一瓶酒，腰间挂着一把剑。他像往常一样喝得酩酊大醉，眼中露出威胁的神色，"他死了，因为这是我向国王提出的要求，现在还有谁来保护你呢？"他对着妮拉嘲讽道："这个爱尔兰的变态吗？"

"霍华德先生。"我轻声道。

他的脚下变得不稳，看着他甜菜根似的脸渐渐变得苍白，我感到了些许的满足。

"不……不可能，"他口齿不清地说，"我亲眼看着你被吊死。你究竟……是什么？"

甚至在我向他走去时，他还是在迟疑着。这个人极为残暴，与任何人都能打斗，甚至是从地狱里来的恶魔。然而，军人的经历拯救了他。他可以去跟一个鬼魂打斗，但不会跟一个拿着匕首的鬼魂硬来，何况还有一个双手持刀的女人援助。他从书店里退了出去，跑到了罗素街上，大声地咒骂着我们几个。

他走了，但还是有人看见了我，谣言传遍了全城。我们关上门，我回到楼上的藏身之处，希望这个故事会慢慢淡去。几个小时后，一辆黑色的马车停在了房子外面，一个满脸伤痕的警卫跳了下来，一直敲着门，爱丽丝不得不去把门打开。

"听说有人复活了!"巴奇朝着楼上喊道,"快下来,霍金斯先生,把斯帕克斯小姐也带上。"

马车慢了下来,一个急刹停下,拉开马车的窗帘,我们已经到了。我靠在椅背上,伸手抓紧吉蒂的手。一阵狂风骤雨溅落在车顶上,我的身子畏缩了一下,想起了前往泰伯恩的路上,石头砸在我头上的砰砰响声。巴奇出现在车窗前,举着一把大伞。

他招手示意我下车,吉蒂提起她的长裙和衣摆也走了过来,可是,巴奇摇了摇头。"只传唤了你,霍金斯。"

"你让我们两个一起来。"

"王后殿下想单独和您谈谈。"

吉蒂砰的一声关上车门,又靠在座位上,双臂交叉在胸前。"王后殿下可以亲吻我被雨水淋湿的屁股。"

我顺着后面的楼梯来到王后的宫殿,身后留下一串泥泞的脚印。在前厅,亨丽埃塔·霍华德身穿淡紫色长裙,佩戴着珠宝,在那里等待。她的神情轻松而镇定,双手放松地摆放在身体的两侧。

我鞠躬道:"夫人。"

巴奇神色不安地瞥了一眼王后所在房间的门。"尊贵的夫人。"他警示道。

"稍等一下。"她将我拉到一边,"霍金斯先生,你最终还是活下来了,多么神奇啊!"她笑着说,看起来却并没不太高兴。

也许,真的,她对我怀有一种强烈的厌恶感,这种情感从她的表情上是无法猜出来的。十一年来,她一直极度渴望能再见到她的儿子。她曾希望亨利长大后能了解他父亲的真正面目,能够抛开父亲去

临终告白

原谅她。我不知道她迫不得已地在给他的信中写了些什么，我再次为自己在其中扮演的角色感到羞愧。"我为您儿子的事情感到非常难过，夫人。"

她的脸上掠过一丝痛苦的神情，那神情消逝得极快。"我有一个儿子。十年来，我有一个儿子。我只能说这么多。"

"可是，你现在自由了。你可以离开自己的房间，去拜访你的朋友，在公园里散步也不会再惧怕。"

"是的，先生。"她双手绞在一起，"这些确实算是安慰，我非常感激。"

"你来了，霍金斯先生，死里复生。"

我深深地鞠了一躬。

"你生我的气吗，先生？"

我抬起头，仍然弯着腰。"非常生气，王后殿下。"

她大笑起来，气息波动太大，使得她长长的珍珠项链从宽阔的胸膛处滑过。"阿米莉亚公主正在为你深切地哀悼，如此英勇的死亡！要是她听说你还活着，一定会非常失望，霍金斯先生。"

我起身而立。我和王后的最后一次会面是在好几个星期之前。从那时起，我被逮捕，在法庭受审、被判处死刑、上了绞刑架，最后死里逃生。而在此同时，王后看起来并没有任何触动。她身着崭新的服饰——一件繁重的、深蓝色亚麻长裙——身旁还有一盘新做的点心。除此之外，这房间和我记忆中的一模一样，热得让人受不了。她拿着一把绣有花园景色的扇子，对着自己扇动。

"全身黑色，"她沉思着，"你看上去很是清醒。我想，你很想知道我为什么没有去选择赦免你吧？"

选择？她的这两个字便道出了真相——我的死确实是她与霍华德

协议的一部分。事实上,她在这个问题上几乎没有什么选择——她宁死也不愿承认这一点。"我相信王后殿下会有很好的理由。"

"哦,你相信?我岂是你的仆人,竟要为你解释这一切的琐碎麻烦事吗?把这些麻烦折叠起来,就像这样?"她啪的一声折起了扇子,"多么自以为是的想法啊!也许英国王后根本就没有任何理由。也许她在忙着打牌或绣手帕。去,给这孩子倒一杯红葡萄酒。"

我呷了一口酒,比我记忆中的味道还要美好。王后想站起身来,这需要费点力气。她面露遗憾,脸上抽搐着往火炉边走。应该是痛风,我猜想。她刚来到英国时,每天至少要走一个小时的路,把所有的侍女都累坏了。

"你去过约克郡吗,霍金斯先生?"

我太累了,不愿对这样一个意想不到的问题显露惊异。"没有,殿下。"

"我听说那地方自带一种粗犷的魅力。"她的目光有片刻时间在我身上转来转去,却没有说出话,"我们有个朋友需要人去帮帮忙,你马上就出发,也可以带上你那个小女人,要是你愿意的话。你最好沿途找个地方跟她结婚,你的这种城里的生活方式在北方是会被人唾弃的。"

"王后殿下……"我闭嘴不再说下去了。何必白费口舌做拒绝呢?这并非建议,这是命令。我将剩下的酒放了回去,我服从。

巴奇将我领下了楼,当我们走到最后一个楼梯口时,他递给我一捆用黑丝带扎着的文件:"约克郡那边的。"

我把它塞到腋下,我有许多话想对他说,我感觉自己被出卖了,被亏欠了,我不想大老远地跑到约克郡去,也不想再为他的女主人效劳。但似乎没有争论的必要，所以我什么也没说，我发现这些天我说话少了。

巴奇不习惯我这种阴郁的新生活方式，他一脸担忧地看着我："你希望得到一个道歉。"

"不。"我可没有那么蠢。

"王后殿下从不做解释，"巴奇说道，"而且绝不会道歉。"

我点头。事实上，我并不在乎。

他抬眼瞥了一眼楼梯，凑过来说："只有你被绞死，霍华德才接受条件——每年一千两百英镑，还能控制着他的儿子，却不能原谅托马斯·霍金斯。我想她一定向你传递过歉意，先生。"

"贝蒂吗？她有歉意？"

巴奇皱着眉头说："你认为她还能有什么选择呢？"

马车沿着河滨前行。吉蒂没有见到王后，那股怒气根本无法掩饰。她看起来如此愤怒又美丽，我开始笑了起来，这是这几个星期以来的第一次笑。

"我们要去意大利，"吉蒂嘟囔着，"我在地图上见过约克郡。我想它离意大利有一段距离。"

有几顶轿子在我们周围转来转去，轿夫们在雨中艰难行走，雨水从他们的帽子上倾泻而下；一名小贩从一条喷涌着棕褐色污物的臭水沟旁绕开走过。我已经有三年没有离开过伦敦城了，我不能确定自己是否能够离开这地方，"王后想让我们结婚。"

吉蒂低头盯着她的靴子看。

"吉蒂，你是在担心我会把你所有的钱都赌光吗？"

"是的。"

The Last Confession of Thomas Hawkins

"你担心我会感到厌烦而离你而去吗?"

她仍然对她脚上的靴子非常感兴趣:"是的。"

"你真的这么想吗,我亲爱的?"

她终于抬起头来,深深地凝视着我的眼睛:"我不知道。"

我对她微笑道:"好,这是一个进步。"

马车的轮子压到了地上的一处坑洼,吉蒂被抛向一边,我抓住了她,把她拉到安全的地方,紧紧地拥抱着她,她微微一笑,抵在我胸膛上的肩膀柔软了下去。

马车在雨中继续前进,车夫轻抽鞭子催马前行。他希望在今天的大雨把道路变成泥泞之前,尽可能往北走。他没有注意到一个又小又黑的身影从湿漉漉的屋顶上滑下来。那个身着缝补过的干净衣服的男孩正跟在马车后面飞快地奔跑着,他爬上了马车的后部,钻入行李之间的空隙里,直到完全看不见为止。他很擅长这个。

完

《临终告白》背后的故事

亨丽埃塔·霍华德的"软禁"

1727年至1728年冬天,英国乔治二世(时为威尔士亲王)的情妇亨丽埃塔·霍华德被软禁在圣詹姆斯宫内。她的丈夫查尔斯·霍华德给她发出了一封措辞严厉的简短信件,要求她回到他身边生活。当亨丽埃塔拒绝服从时,霍华德向首席大法官申请一份法令,允许他在"任何发现妻子的地方"将她带走。

这一切完全是霍华德的啼笑皆非之举,然而,如果有必要的话,他确实会将这种行为坚持下去。这对夫妻分居生活多年,显然对彼此心怀憎恨。但是,在1727年10月乔治二世加冕之后,霍华德找到了一个既可以羞辱妻子,又能够获得财富的机会:对他这样的男人来说,这个机会绝对无法抗拒。在公开场合,他继续强烈要求妻子回到他的身边,但在私下里,他明确表示,他将放弃对她所有的指控,只要每年能拿到1200英镑的巨款。虽然他表面上是向亨丽埃塔提出了这笔"费用",但很明显,亨丽埃塔不可能负担得起这笔巨额费用,他的这个要求实际上是向国王提出的。

潜在的威胁显而易见。霍华德越是坚持要亨丽埃塔回来,他就越要让她和国王的私密关系引起公众的注意。在那个时代,国王拥有情人是公众普遍接受的事实,但此类事情需要必须谨慎行事。这情形显得混乱而又尴尬。如果这种情况不能迅速得到解决,可能会让所有与之有关的人显得软弱无能，且有些许的荒谬可笑。

然而，霍华德的计划存在一个缺陷。他等待着乔治成为国王长达好几年的时间，为的是确保最大限度地造成难堪场面，从而可以获得最大的报酬。但此时，乔治已经对他的这名情妇有所厌倦。当他当上国王后，出乎大家的意料之外，亨丽埃塔竟然对他毫无任何影响力。那些多年来一直向她献殷勤，希望在新政权下能因此获得体面职位的人都大失所望。

乔治拒绝向霍华德付钱。也许这并不奇怪：众所周知，这位国王在钱的方面很是吝啬。而且，他为人自负、固执、脾气极差。（当处于愤怒之中时，他会扯掉他的假发，在房间里乱踢乱踩，像个蹒跚学步的孩子一样咆哮和发狂。）

这使亨丽埃塔陷入了一种无法忍受的境地。即使在当时的背景下，她早年婚姻的状况也是糟糕得令人不敢相信。霍华德娶她是因为她有一大笔财产，后来他将这笔钱全用在赌博上，败光了所有财产。更为恶劣的是，霍华德在他们共同的婚姻生活中，一直虐待和折磨着亨丽埃塔。邻里们在之后的证词中说，她经常遭受毒打，每次霍华德都会将她和他们年幼的儿子亨利弃之不顾长达数月的时间，让妻儿陷入贫困和绝望之中。亨丽埃塔甚至考虑过要卖掉自己的头发换钱，最终因价格方面没有达成一致而作罢。霍华德得知此事后，对她嘲笑了一番。

作为贵族阶层的一员，亨丽埃塔最后的希望便是在宫廷里谋得一席之地。因此，具有讽刺意味的是，正是卡洛琳王后，之前的威尔士王妃，把她变成了藏在金屋里的美娇娘，救了她。与此同时，霍华德在乔治一世那里谋得了一个职位。之后，两个派别分崩离析，亨丽埃塔终于找到了绝佳的机会摆脱了她丈夫的控制。然而，这也意味着她把她的儿子亨利留在了他父亲身边。

临终告白

如今,在十年后的今天,查尔斯又回来了,他发誓说,只要遇到他的妻子,他就会强制抓她回去。他甚至威胁说,如果有必要的话,他要把她从王后的马车上拖下来。因此,惊慌失措而又无能为力的亨丽埃塔只能被迫留在宫墙内的圣所之中。

在对过去历史的研究中,最有趣的一项就是揭示历史与传说有多少出入,又有多少保持了一致。有时,这种揭示会让人安心,有时,又会令人心碎。对于亨丽埃塔在她丈夫手中遭受虐待的事实已是众所周知的。霍华德显然是在虐待她的过程中产生了病态的兴奋,甚至连不喜欢亨丽埃塔的赫维勋爵也对她那"异乎寻常的艰难困境"生出了怜悯之心,他在回忆录中写道:"她要去说服一个有权对她进行折磨的人不要继续这样做,然而这是那人最大的乐趣;她找了另一个男人……他爱钱,也不怎么在乎她,不愿意为了自己不爱的东西而放弃自己爱的东西。"

与此同时,霍华德对事情进展之缓慢感到些许沮丧,他安排了一次单独会见王后的机会。小说中描述的她所记录的那场促膝谈心(她以法语这样称呼它),与她写给赫维勋爵的情景非常接近。他喜欢一些浮夸的戏剧,不过下面的这些内容听起来很真实:

霍华德先生来到王后殿下面前,说如果他在马车上看到了他的妻子,他就会把她从马车上拉下来,王后表示:"只要他敢!不过,"王后说,"我非常害怕他……在这种害怕的情形下,更让我心生畏惧的是,我认识到了他的残忍,以及那些许的疯狂。他很少处于清醒明智的状态之下,所以我并不认为'他要将我从窗口扔出去'是什么不可能发生的事情。(就在我们会面的这个房间里,窗户就像此刻这样敞开着。)可是,我一走近门口……(我说)我很乐意看到有人胆敢打开我的马车门,强行拉走我的仆人……然后我告诉他,我的决心是肯

The Last Confession of Thomas Hawkins

定的：如果他的妻子不想回到他的身边，我就不会强迫她回去；但如果她想回去，那我也不会强留下她。"

经过数周的僵持，国王终于被说服每年支付1200英镑的费用。（尽管特雷弗勋爵代表亨丽埃塔请求支付这笔钱，王后还是拒绝由她为此买单。她以没钱为借口，但实际上她是不堪受辱。她说，允许丈夫在她的室内豢养女人是一回事，但为此买单则是另一回事。）

把亨丽埃塔留在宫廷之中迎合了卡洛琳的利益——与其是其他人，还不如是自己有所了解的那名情妇。在国王上位的最初的几个月里，王后在对国王的影响力的斗争中显然是赢家，有一个她可以操纵的情妇，这很合她的心意。事实上，那名情妇欠下王后更多的人情。

然而，在做出这个决定之前，亨丽埃塔在圣詹姆斯宫忍受了漫长而可怕的冬天。她的丈夫在提出金钱上的要求，而她的爱人却置之不理。那时她陷入了困境，感到羞辱和恐惧。在这一道鸿沟中，我设想了这样一种情况：霍华德最初提出的要求要更多，也许还存在某种形式的妥协。我想象国王对这种形势越来越失去耐心，对亨丽埃塔也越来越厌烦。王后每天晚上都得忍受这一切，她意识到她可能会失去被她驯服好的国王情妇。卡洛琳是一位政治家及实用主义者，说不定她会在暗中做秘密调查，找出对付霍华德的办法呢？

这一思维的跳跃为我创作汤姆的调查和女王与霍华德的最后交易提供了空间——但故事的背景都是基于事实的。我确实允许自己做了一点小小的猜测。亨丽埃塔一只耳朵聋了。朝臣们开玩笑说，这有益于她忍受国王那众所皆知的沉闷无趣的交谈——她只需将聋了的那只耳朵对着国王即可。不过，关于她的那只耳朵为什么会聋，无记录可查。根据她邻居的证词和她对自己经常遭受霍华德残酷殴打的描述，我猜想这应该是由于她的头部受到了特别严重的撞击。我对此没有证据，但这应该是一种可能的解释。

曾几何时，丈夫殴打妻子是完全可以被接受的行为。事实上，丹尼尔·笛福①（Daniel Defoe）（为数不多曾公开表示反对这一行为的人之一）认为，家庭暴力在他的有生之年中变得愈发普遍，但即便如此，人们还是认为霍华德是个极端的例子："头脑不正常、脾气暴躁、固执、酗酒、靡侈、粗暴。"赫维勋爵如是说。就在文中描述的事件后不久，亨丽埃塔最终赢得了合法地与霍华德分离的法律保护——这在当时几乎闻所未闻。

这个故事还有更多的东西——并非一无是处——也许有一天我会写出更多关于它的东西。但我也想敦促所有对此感兴趣的人读一读特雷西·博尔曼（Tracy Borman）的精彩传记：《亨丽埃塔·霍华德：国王的情妇，女王的仆人》（*Henrietta Howard: King's Mistress, Queen's Servant*）。在这里，我要再次感谢她的这部作品。

有一件事我很确定：一定是卡洛琳说服国王每年支付给霍华德1200英镑。当然，这是出于她权谋政治的原因。然而，我也想使得亨丽埃塔身上呈现出些许的情感成分来。两个女人在成为情敌之前是朋友和闺蜜。我不相信王后会把亨丽埃塔交回到她那可怖的丈夫手里。她很聪明，颇有心计，但她并不冷血无情。

卡洛琳王后

卡洛琳王后是个魅力十足的女人。她非常聪明，如饥似渴地大量阅读书籍，追随着那个时代伟大的思想家，得以弥补幼时贫乏的教育。她与莱布尼茨和伏尔泰通信，在身为威尔士王妃时，也曾与艾萨

---

① 《鲁滨逊漂流记》的作者，生活于18世纪，与本故事同一年代。

克·牛顿一起喝茶。她的丈夫不明白读书的真正意义,过去常常对她"浪费"时间在读书上加以抱怨。

卡洛琳赞助艺术创作,对科学也有浓厚的兴趣。她在很早的时候就大力支持接种天花疫苗,鼓励对此加以研究,后来又给自己的孩子接种疫苗。她还确保孩子们接受艺术教育,带他们参观伦敦各地的私人收藏。(她丈夫也抱怨过这一点。)

卡洛琳是王位背后的真实掌权者。辅政大臣罗伯特·沃波尔严重地依赖她去说服乔治接受他的政策。她是这个家族中理性的代言人。与此同时,她行事谨慎,力求不让乔治对她在他之上的权力产生怀疑。她耍了个聪明绝顶的花招,充满谄媚、耐心,有时甚至带有屈辱性的顺从(不管发生什么事,她都真心爱着他)。乔治经常会大放厥词:

"查理一世由他的妻子统治,查理二世由他的情妇统治,詹姆斯二世由他的牧师统治,威廉三世由他的男人统治,安妮女王由她最喜欢的女人统治……而如今是谁在主政?"

卡洛琳听到这种话,一定会沉着冷静地回答:"当然是你啦,亲爱的。"

她一定是英国王后中最聪明的一位,而且她这人还非常有趣,弄些恶作剧出来。她是否也雇佣了间谍来处理一些私人事务?好吧,这个女人曾经无忧无虑地跟赫维勋爵闲聊,担心她的大儿子弗雷德里克可能会阳痿,还(开玩笑地)考虑该如何偷偷把赫维送进威尔士亲王的卧室,让他生个继承人。她精于隐秘的行动和策略,曾与沃波尔进行秘密会晤。(她在他背后给他起了个绰号"**大胖子**①",考虑到她自

---

① 此处为法语。

己本身的体重问题,这绰号似乎起得有些浮夸。)

卡洛琳喜欢保持消息灵通,她绝对喜欢八卦。我很确定她在伦敦城里有很多线人。她也许对他们并无那么直接的兴趣,但汤姆·霍金斯毕竟是个绅士,他还有那双大长腿。

我为描述王后的形象收集了很多素材,但迄今为止,她最好的传记作者是乔安娜·马什纳。有关详细信息,请参阅参考书目。

泰伯恩刑场

书中关于前往泰伯恩刑场的描写是基于一系列的实录。忏悔者的裹尸布,拖着黑色绉绸的马车从城中穿过,囚犯们反向而立,倚在他们自己的棺材上——这些都是戏剧中的一部分。

这种游行还带有某种仪式性——几乎就是宗教性质的。也许,在或有或无的意识之中,它就是为了模仿基督的十字架之旅:停留在圣墓前的台阶前进行祈祷,并献上鲜花;在圣吉尔斯献上一杯葡萄酒;在绞刑架下进行最后的忏悔,及获得赦免的机会。

囚犯们有时会在最后一刻得到宽恕。也有极其罕见的时候,囚犯们被吊死后还能被救活。在这地方有各种各样的故事,它们皆有助于给我带来灵感,构思出汤姆在泰伯恩的经历。有一名囚犯——在后来总是被叫做"半死的史密斯"——在被实施绞刑的几分钟之后,在行刑的最后一刻被暂缓执行。他倒下了,又活了过来。显然,复活的过程是如此痛苦(就像在清醒状态下痉挛一般的感受,我猜测应该是全身都在痉挛),以至于他希望那些给他行刑的人得上绞刑架。这似乎有点忘恩负义。

关键是,在这段时间里,绞刑中并没有"猛然下坠"。你不会立刻被扯断脖子死去,而是慢慢地窒息而死。这可能会花费多达百分之十的时间。因此，表达绞刑的种种俚语（黑话），譬如，"吊死"或"踢脚"，都是现代意义的来源。这一过程极为痛苦，花费时间过于漫长，以至于死囚的朋友和家人通常会往下扯囚犯的腿，加快死亡的进展，结束他或她的痛苦。

这一善举给杰克·谢泼德带来了不幸的结果。他是一名带有传奇色彩的真实罪犯，因为他英勇的越狱行为，在18、19世纪一直是一名民间英雄。他于1724年11月被绞死，据估计有二十万人参加了此次围观行和处决，大约占当时伦敦人口的三分之一。

谢泼德为最后一次逃跑制订了周密的计划。他在泰伯恩刑场附近租下了一间房，收买了一名外科医生。他的计划是：在被处以绞刑之后，迅速将尸首从人群中送出去，秘密带至外科医生那里，由外科医生把他救活。

不幸的是，由于杰克在公众之中声誉过高，获取了公众的普遍同情，人们确保用力拉扯他的双腿，让他能免受痛苦更快地死去。尽管那时候，他本可以活过来的，然而，当人群看到他被抬走的时候，以为他的尸体是被运出去用以解剖，根本就没有想到，这是杰克的朋友们在急速将他送到外科医生那里，于是开始为他的尸体大打出手。等到这场争斗结束时，再去救杰克早已来不及了。

主角汤姆的计划有点不一致。因为绳子是在他脖子后面打结，而不是压在颈动脉上的，并且霍珀是领过钱要让他早点下来的，所以汤姆不会昏迷太久，不需要外科医生把他救活。当然，一旦涉及到"猛然下坠"，这一切都不可能实现。

再次参阅参考书目，以便进一步阅读，特别是克里斯托弗·希伯特所著的那本精彩的《泰伯恩之路》。

临终告白

礼仪改革协会

这是一个真实的协会,特别是在18世纪二十年代至三十年代尤其活跃。"礼仪"一词与"道德"同义。该协会中的告密者负责将大批的妇女送至布莱德韦尔接受严厉的体罚。他们还瞄准了"莫莉之家"(同性恋妓院),由于该协会的调查,至少有两名男子因同性性关系被处以绞刑。

约翰·贡森(后来的约翰爵士)是英国皇家学会的杰出成员,也是威斯敏斯特的地方长官。作为一名法官,他因对妓女判处严厉的刑罚而声名狼藉。这场道德改革的另一面是,他也是弃婴医院的创始成员之一。

在18世纪版画艺术家威廉·霍加斯的系列作品《一个妓女的历程》的第三版中,他被描绘成突然闯进来逮捕女主角"莫尔·海克波特"的人物角色。莫尔一丝不挂,贡森的脸上则现出一种惊异且复杂的表情。

多克西妈妈的妓院

我在为前一本书《黑狱谜局》做宣传时,(出色的)作家罗宾·杨问我,在我的研究中有没有发现什么特别不寻常或令人惊讶的东西。"我确实找到了恋物癖妓院的证据。"我这样回答。我们都认为这是令人惊异之事。

接着,又是:性。在日光之下没什么新鲜事。更重要的是我是在哪里找到它的,以及它是如何被随意地放进故事里的。我在《大英图书馆记录》(*British Library records*)中找到了托马斯·尼夫斯(Thomas Neaves)的一本短篇回忆录的参考书目,他在1728年因盗窃罪被处以绞刑。这本书被放在珍本间，那是本易碎的原版小册子，看上去好像没被人仔细阅读过。被定罪的罪犯常常会写下"忏悔书"，在绞刑时出售，这笔钱将用于他们的家庭或支付体面的葬礼，而避免被用以解剖。正如小说中提到的那样，他们有时会雇佣笛福这样的代笔作家来记录下他们的故事。（毫无疑问，笛福就是这样想到要写《摩尔·弗兰德斯》的，这是他最早书写的小说之一。所以你可以说，英国小说的存在就得归功于犯罪传记。）

就像今天那些更耸人听闻的真实犯罪记录和电视节目一样，这些传记也有一定的窥视癖成分。但托马斯·尼夫斯显然是想通过加入一个相当出人意料的题外话来增加销量。他描述了一间独特的妓院，也就是我们现在所说的恋物癖者的聚集地——描述的情节相当的生动。在一个房间里，一名施虐狂坐在那里吃晚餐，给她的客人喂一些剩菜剩饭，她的客人像狗一样在她的脚边吠叫；而隔壁房间传来的气味……我还是到此为止吧。

在一名囚犯的忏悔书中如此公然地描述这个隐秘的世界，这不得不令人震惊。这证实了我对早期格鲁吉亚人的某些怀疑——他们对这些东西很感兴趣（因此这本小册子中出现了题外话），这些妓院相对不受约束（因此才有了礼仪改革协会）。

竞技场和女角斗士

对妮拉·马奎尔的描述是基于一位名叫索绪尔的凯撒的瑞士游客对伦敦的描述。衣服、彩带和武器都来自他对17世纪20年代中期伦敦生活的回忆录。在斗鸡比赛中，我参考霍加斯的版画作品《竞技场》来描绘开场。但是霍加斯对任何创作来说都是一个很好的起点，不仅仅是小说。

致谢

我花了两年时间研究并写作这本小说。在这期间，我的第一本作品《黑狱谜局》出版了。这是一件令人兴奋又害怕的事情——你的第一本书向全世界发表了。

我从朋友、同事和其他作家那里得到了大力支持，人数众多，我无法在这里完整地列出来，但是对于每一个给予鼓励的人——尤其是读者——谢谢你们。

向霍德出版社：非常感谢尼克·赛尔斯，他是我工作的伟大拥护者，感谢他极为实用的编辑笔记，感谢这位出版界最好的人（我在出版界打拼多年，这是确凿无疑的事实）。

我要特别致谢，这份谢意得用浮雕装饰，再撒满闪光纸屑，杰出的劳拉·麦克杜格尔，以及克里·胡德——他讨厌大惊小怪——谢谢你们。

向康维尔及沃尔什版权公司、向我的经纪人克莱尔·康维尔表示敬爱与感谢，感谢她的奉献、慷慨和明智的建议。我不能要求更多了。

的确，我要感谢整个团队，尤其是亚历山大·科克伦、马特·马兰德、亚历山德拉·麦克尼科尔和杰克·史密斯-博桑奎特。

感谢我可爱的LB公司的同事和朋友们，特别是：理查德·贝斯威克、汉娜·布尔斯内尔、凯斯·伯克、肖恩·加里、厄休拉·麦肯齐、克莱尔·史密斯和亚当·斯特兰奇。以及最重要的里安农·史密斯。

感谢伊芙·古铁雷斯和宝拉·卡迪在"最后一刻"栏目中的热情支持和一次迷人的现代监狱之旅。

我要给乔·安温一个热情的拥抱,表达我真诚的感激,因为他给予了我继续写作的信心。还要感谢马克·比林汉姆,他是个和蔼可亲、鼓舞人心的家伙。

非常感谢我所有耐心的朋友,当我拿一些18世纪的晦涩轶事逗他们开心时,他们依旧礼貌地点头:乔·克鲁帕、贾斯汀·威利特和维多利亚·伯恩斯;安特、维克和克斯蒂;兰斯·菲茨杰拉德及PJ.马克;哈里·埃文斯;卡洛琳·霍格;瓦尔·哈德森和安德鲁·威尔。

向我的父母和我的姐妹凯、米歇尔还有黛比表达爱意与感恩。特别感谢罗威娜·韦伯和伊恩·林赛-希克曼,以及同戈登·怀斯和迈克尔·麦考伊度过了非常有必要和非常珍贵的周末。

还有厄休拉·道尔,再一次感谢你如此忠诚和支持我。

感谢所有读到这份名单末尾的读者,虽然他们从未听说过上述这些人。你现在可以离开电影院了。演职人员名单结束了。

参考书目

这是一份在我写作中特别有用处的参考书目表，大概也能吸引渴望了解更多与本故事相关的元素的读者，或两者兼有之。

时代文献

Defoe, Daniel, *Street Robberies Consider'd: the Reason for Their Being so Frequent*

Gay, John, *The Beggar's Opera*

Hayward, Arthur L., *Lives of the Most Remarkable Criminals* (original publication 1735)

Mudge, Bradford K. (ed.), *When Flesh Becomes Word: An Anthology of Early Eighteenth-Century Libertine Literature*

Ilchester, Earl of (ed.), *Lord Hervey and his friends 1726-38* (letters)

Neaves, Thomas, *The Life of Thomas Neaves, the Noted Street Robber*

de Saussure, César, *A Foreign View of England in the Reigns of George I and George II*

Sedgwick, Romney (ed.), *Lord Hervey's Memoris*

辅助文献

（其中亦包含对主要参考资料有价值的补充）

Borman, Tracy, *Henrietta Howard: King's Mistress, Queen's Servant*

Cockayne, Emily, *Hubbub: Filth, Noise and Stench in England*

Cruickshank, Dan, *The Secret History of Georgian London*

Faller, B. Lincoln, *Turned to Account: the Forms and Functions of Criminal Biography*

George, M. Dorothy, *London Life in the Eighteenth Century*

Hay, Linebaugh, Rule, Thompson & Winslow, *Albion's Fatal Tree: Crime and Society in Eighteenth-Century England*

Hibbert, Christopher, *The Road to Tyburn*

Linebaugh, Peter, *The London Hanged: Crime and Civil Society in the Eighteenth Century*

Marschner, Joanna, *Queen Caroline: Cultural Politics at the Early Eighteenth-Century Court*

——, 'Queen Caroline of Ansbach: Attitudes to Clothes and Cleanliness 1727–37' in *Journal of the Costume Society No.31*

——, *Queen Caroline of Ansbach: The Queen, Collecting and Connoisseurship at the early Georgian court* (thesis)

Moore, Lucy, *Con Men and Cutpurses: Scenes from the Hogarthian Underworld*

Willett Cunnington, C. & Cunnington, Phillis, *Handbook of English Costume in the 18th Century*

Worsley, Lucy, *Courtiers: The Secret History of Kensington Palace*